Un corazón en juego

Ava Reed

Un corazón en juego

Serie Hospital Whitestone 2

Traducción de Cristina Martín

Besties Books

Título original: *Drowning Souls. Whitestone Hospital*

Ediciones Martínez Roca, un sello editorial de Editorial Planeta, S. A.
Avda. Diagonal, 662-664, 08034 Barcelona (España)
www.planetadelibros.com

Ilustración del interior: © Freepik

Primera edición: enero de 2024
ISBN: 978-84-270-5213-0
Depósito legal: B. 20.834-2023
Composición: Realización Planeta
Impresión y encuadernación: Rotativas de Estella, S. L.
Printed in Spain - Impreso en España

Para toda aquella persona que en ocasiones no sabe
cuál es su lugar o piensa que no es lo suficientemente buena.
Para los PJ, nunca he tenido amigas y amigos
mejores que vosotros. Formáis parte de mi familia.

Queridos lectores:

Antes de empezar quería recordaros algo: este es el segundo volumen de una serie. A pesar de que las parejas y los puntos de vista cambian, la línea argumental tiene una continuidad cronológica a lo largo de todos los volúmenes, así que no deben leerse sin respetar su orden o independientemente el uno del otro. *Un corazón en juego* enlaza directamente con el final de *Anatomía del amor*, el primer volumen de la serie.

Al final del libro y tras los agradecimientos encontraréis, al igual que en la primera entrega, un glosario con los conceptos médicos más importantes.

Los aspectos médicos que aparecen en toda la serie los he investigado según mi mejor saber y hacer y han sido revisados por personal médico experimentado. Si aun así se hubiera colado algún error, no ha sido de forma intencionada. Al fin y al cabo, somos humanos.

Si encontráis alguno, por favor, informad a la editorial para que pueda ser corregido.

Me alegro de que os hayáis embarcado también en la historia de Mitch y Sierra. Os deseo una estupenda lectura y que paséis un tiempo maravilloso en el Hospital Whitestone.

Gracias por vuestra paciencia y apoyo,

AVA

Banda sonora

«Dark Four Door» – Billy Raffoul
«Satellite» (Acoustic) – Charlotte OC
«Hearts» (Acoustic) – Jessie Ware
«Not Who We Were» – Em Beihold
«How to Save a Life» (Cover) – Shelby Park
«Broken» – Jonah Kagen
«Let's Hurt Tonight» – OneRepublic
«Lost» (Acoustic) – Jonathan Roy
«Keep You Dry» – Juke Ross
«Lost for Words» – Plested
«Fallible Creatures» (Acoustic) – Scott Quinn
«The Scientist» (Cover) – Gabriella
«I Don't Want to Lose You» – Luca Fogale
«You Say» – Lauren Daigle
«Long Time» – Wild Rivers
«Sola» – Luis Fonsi
«I'll Be Good» – Jaymes Young
«Tread Lightly» – Forest Blakk

«What If» – Rhys Lewis
«You Be Love» (Acoustic) – Billy Raffoul
«Sweetest Thing» – Allman Brown
«Half Light» – Banners
«Sorry» – Halsey

1

Sierra

Así que esto es tener miedo. No por mí, no por mi vida, sino por la de los demás.

Y eso que creía saber lo que era el miedo; al fin y al cabo, me ha acompañado a lo largo de la vida y nunca me ha abandonado del todo. El miedo a no conseguir terminar los estudios, a fracasar —especialmente en el trabajo— y a no encontrar nunca mi lugar en el mundo; siempre a medio camino de todo. A no ser lo suficientemente buena. A no ser lo suficientemente importante. A no ser lo suficientemente valiosa.

En resumen: a no ser suficiente.

El miedo a perderme antes de haberme encontrado.

Sin embargo, esto es algo diferente. Este es un miedo que no solo existe en mi vida como una palabra, como una sombra que me acompaña, un dolor de estómago sordo o una ligera tirantez. No, este miedo me oprime los pulmones y me retuerce las entrañas. Quiere evitar que mi corazón continúe latiendo. Este miedo es definitivamente más un sentimiento que una simple palabra.

Y mientras me devora, algo tengo claro: es imposible que todo esto sea real.

¿Qué acaba de suceder? ¿Cómo ha ocurrido y por qué? Laura y yo salíamos de trabajar, estábamos de buen humor, y lo mejor era que ella al fin se había recuperado del todo. Que después de todo el lío con Nash y la mierda que le siguió ya estaba bien, no arrastraba secuelas y su costilla había sanado.

Nos dirigíamos hacia el ascensor del que, justo en el momento en el que nosotras doblábamos la esquina, Ian salía. En ese preciso instante, Nash, Mitch y unos cuantos sanitarios querían pasar para llevar lo antes posible al quirófano a un paciente que ya se encontraba dentro. Aún no habían entrado del todo y las puertas no se habían cerrado cuando algo explosionó, nos dejó sin respiración y desmoronó nuestro mundo.

Y ahora, en un abrir y cerrar de ojos, no sé hacia dónde debo mirar, qué pensar ni qué hacer primero.

Ian está en el suelo inconsciente y cubierto de escombros. Por megafonía resuenan las instrucciones, aunque no entiendo una maldita palabra, pues hay demasiada gente hablando y gritando y mis pensamientos son demasiado ruidosos. Es como si hubiera puesto mi cerebro en *standby*, para que pueda sobrellevar lo que ha ocurrido y mi cuerpo no colapse. Me siento como paralizada, y eso a pesar de haber apartado a un lado a Laura y de notar claramente que voy dando un paso tras otro. Que me muevo. Cada vez más rápido.

Me abalanzo hacia el caos, hacia los brazos de este miedo aniquilador, cuya risa alcanzo a oír en los recovecos más profundos de mi propio ser. Y es una locura, pues era yo misma la que hasta este momento había pensado de forma racional y había retenido a Laura. La que no quería que su amiga actuara de manera impulsiva, porque no sabemos qué es lo que ha pasado realmente, lo peligroso que ha sido o sigue siendo todo esto. Pero cuando ha nombrado a Mitch y a los otros he entendido que no se trata de un simple accidente. Sus nombres me han advertido de lo que podemos perder y de lo que esa explosión puede significar para nosotros...

El estruendo aún resuena en mis oídos y toso a causa de la cantidad de humo que no paro de respirar, pero Laura ya se me ha adelantado.

Me detengo a sus espaldas y no entiendo cómo consigue arrodillarse junto a Ian con el fin de asistirlo. No entiendo —aunque es la elección lógica, pues es el primero que nos ha salido al paso— cómo ha elegido antes a Ian que a Nash. Cuando dirijo mis ojos entrecerrados y llorosos hacia el ascensor con las puertas entreabiertas, no puedo más que tragar saliva ante la visión de Nash.

Respiro con dificultad y con la casaca me tapo la boca y la nariz, pues el punzante e indescriptible olor que me llega de repente me supera.

Sea lo que sea, esta explosión ha destrozado casi por completo el interior del ascensor. La mayoría de los fluorescentes están rotos, hay vidrios por todas partes, el resto de las luces parpadea salvajemente, de forma desacompasada, saltan chispas, y todas las personas que se encontraban dentro del ascensor permanecen inmóviles en el suelo o están aplastadas por algo.

Lisha, una enfermera de urgencias, se ha visto impulsada hacia fuera y su cuerpo impide que las puertas se cierren. Se mueven, presionan ligeramente su cuerpo, pero enseguida se abren de nuevo por la resistencia con la que se topan, y vuelta a empezar. Y yo no puedo hacer otra cosa que empaparme de esta locura y confiar en no dejarme vencer.

Tantos escombros, tantos cristales rotos, tanta sangre y caos. «Dios mío», respiro y a continuación vuelvo a toser.

Quiero atender a Lisha, comprobar cómo está, hasta que advierto que el fuego se propaga demasiado rápido desde el interior del ascensor y que cada vez produce más humo. Por no hablar del resto de los gases.

—¡Mierda! —maldigo, y enseguida me alcanza Laura.

—Sierra, no podemos... —empieza a decir, pero su voz se rompe ante la visión de Nash. Al ver el fuego.

Venirnos abajo.

Ceder ante el dolor.

Perder los nervios.

Estoy convencida de que Laura quería decir alguna de estas frases al oírme maldecir. Pero cuando contempla la dimensión de todo, cuando ve a Nash —inconsciente, a la izquierda frente a nosotras, aprisionado entre la camilla volcada del paciente y una de las paredes del ascensor— acaba por comprenderlo.

¿Dónde está Mitch? ¿Por qué no puedo verlo? ¿Es que no llegó a entrar en el ascensor? Mierda, el humo se vuelve cada vez más espeso y el ardor de los ojos no me ayuda. Debo entrar ahí, aunque antes una de nosotras debería contener el fuego.

Laura susurra el nombre de Nash, cierra los puños y sé cuánto desea llegar hasta él. Aunque gana la médica que lleva en ella, entrecierra los ojos dos segundos y me dice con urgencia lo que ya tenía claro:

—No podemos llegar hasta allí lo suficientemente rápido, primero debemos extinguir el fuego. Necesitamos mantas. No podemos utilizar el extintor de CO_2, porque no sabemos usarlo y en el peor de los casos podría causar daño a las vías respiratorias, sobre todo en el ascensor. Detrás de nosotras hay un extintor de polvo, pero podría ensuciarles las heridas y provocar una infección. Ian, dentro de lo que cabe, ya está atendido.

Me ametralla con todo su conocimiento y todos sus pensamientos, y aunque nada es nuevo para mí, no la interrumpo. Estoy convencida de que Laura lo hace para no perder la concentración. Así que asiento con la cabeza mientras van entrando los primeros refuerzos.

—Yo me ocupo de Lisha y de apartar todos los escombros que hay en el suelo hasta que hayas vuelto. Antes no llegaremos hasta los otros —prosigue Laura, y yo cometo el error de observar de nuevo el ascensor con más atención...

Esta vez consigo reconocer a Mitch. No veo más que sombras y contornos, pero estoy convencida de que se trata de él. Está ahí. Una parte de mí lo sabía, era lógico, estaba claro; sin embargo, la otra parte, la que confiaba en estar equivocada, se viene abajo.

¡No! Yo...

—¡Sierra! —exclama Laura reteniéndome.

Ni siquiera me he dado cuenta de que me he movido, de que me he acurrucado contra ella y de que no solo he pensado ese «no», sino que lo he gritado. Y continúo gritando. En silencio. Porque me falta el aire y no puedo parar de toser.

—El fuego —repite ella, y yo salgo corriendo.

De nuevo es el miedo el que me impulsa cuando corro, aunque en esta ocasión no me siento paralizada. No he vacilado mucho, aunque nos ha costado unos segundos muy valiosos. A nuestros amigos les ha costado unos segundos muy valiosos...

Tan rápido como me es posible me hago con un botiquín de primeros auxilios y con unas mantas ignífugas.

La alarma se ha convertido en música de fondo, el pasillo en un hormiguero. Cada vez más gente revolotea a mi alrededor, con cada segundo va llegando más personal. Se llaman los unos a los otros, bajan las escaleras a toda prisa hacia nosotros para ayudar o para tener bajo control la sala de urgencias. Y, de ser necesario, para proceder con la evacuación.

Cuando regreso y llego frente al ascensor están colocando con cuidado a Ian en la camilla y monitorizándolo con electrodos ECG. En cuanto lo saquen de la zona de peligro recibirá oxígeno. Junto a muchos otros enfermeros y médicos reconozco al doctor O'Leary y a Grant, que ayuda a estabilizar a Lisha entre maldiciones y tosidos. Mientras tanto, Laura y yo podemos entrar por fin en el ascensor, cuyas puertas permanecen abiertas y bloqueadas, por lo que empiezo a extinguir el fuego con una manta. Las llamas están devorando los materiales inflamables de alrededor. Incluso la ropa de Mitch. Sin embargo, procuro descartar este pensamiento con vehemencia, pues de lo contrario me paralizaría.

El humo no disminuye, la visibilidad no mejora, pero eso no importa. Yo sigo trabajando, sudando, con el picor en la garganta, hasta que ya no veo ni una sola llama, ni una sola chispa. Hasta que lo consigo.

El fuego ha desaparecido y con ello la mayor fuente potencial de peligro. Aparte de los posibles gases tóxicos que estamos inhalando. Necesitaría una máscara de gas, la necesitaríamos todos, pues un simple paño mojado no serviría de nada. La autoprotección tiene siempre prioridad absoluta, eso es lo que nos enseñan. Aunque en este preciso momento para mí no es el caso. No me iré de aquí para conseguir una máscara, no puedo, me da igual lo negligente o descabellado que resulte.

Entre jadeos, lanzo la manta a una esquina y toso con toda mi alma. Laura ya se encuentra junto a Nash, intenta liberarlo, hablar con él, y puedo ver como su mente lucha contra su corazón por salirse con la suya.

Lo entiendo. Porque por primera vez puedo sentirlo. Este desgarramiento interior. Todo mi ser quiere estar junto a Mitch. Y eso que el paciente de urgencias también se encuentra allí en el ascensor, medio enterrado bajo la estructura de la camilla, en medio de un charco de sangre. Junto a él está George, que hoy ha trabajado con nosotras medio turno y nos ha apoyado incansablemente. Ni Laura ni yo nos hemos relacionado mucho con él, pues siempre ha sido enfermero de urgencias y nuestros turnos rara vez han coincidido. Siempre ha sido más bien de pocas palabras, en ocasiones seco, pero nunca ha dejado de ser amable y hace bien su trabajo. Lo conozco. Es un compañero. Mierda...

Sudo, tengo frío, estoy a punto de volverme loca. Me da la impresión de que llevamos aquí una eternidad, es como si nos moviéramos a cámara lenta, mientras que a nuestro alrededor todo se rompe y se desmorona. Han sido solo unos minutos. Segundos.

Todo ha ocurrido en un abrir y cerrar de ojos.

—He venido tan rápido como he podido —oigo decir a alguien junto a mí, y sé sin volverme que se trata de Zeenah. Su voz clara y tranquilizadora es inequívoca. Además, es la única que consigue no maldecir a voz en grito cuando las cosas van mal.

—Ocúpate de George y llama a alguien para que se

encargue del paciente —le digo esperando no sonar demasiado dura o autoritaria, ya que Zeenah es una estupenda profesional y sabe lo que hay que hacer. Sin embargo, ahora mismo no puedo dejar que se ocupe de Mitch. Tengo que llegar yo hasta él, y no me importa lo que eso diga sobre mí. Sobre mí como persona. Sobre mí como médico.

Me da igual.

Tropiezo con una barra y me caigo, aunque eso tampoco me importa. Arrastrándome consigo llegar hasta Mitch y arrodillarme junto a él, entre los escombros. Trago con dificultad hasta que de repente mi mano actúa por su cuenta y, en lugar de dirigirse a él, se alarga hacia la izquierda y se coloca sobre el cuello del paciente al que querían subir a la sala de operaciones para intentar salvarlo. La razón por la cual se han subido al ascensor.

No tiene pulso.

Y no solo eso. Tiene los ojos completamente abiertos, medio rostro destrozado y casi todo el cuerpo enterrado bajo la camilla. Su estado ya era crítico antes de que lo ingresaran, pero ¿esto?

No tiene ninguna posibilidad.

—Está muerto —digo, y sé que Zeenah me ha oído, pues alcanzo a oír su «vale» y con el rabillo del ojo la veo trabajar de esa manera suya tan profesional y tranquila, examinando las heridas de George.

Entonces dedico toda mi atención a Mitch. Toso por última vez, me froto los ojos y sé que ha sido un error, pues se me nubla la vista y necesito un momento para ver de nuevo con completa claridad y poder explorar a Mitch. El ascensor, el mal olor, el aire viciado, todo este caos y la luz que parpadea constantemente se han convertido en una jaula para mí. Como las fauces de un monstruo que amenaza con tragarnos a todos.

Con el corazón latiendo a toda prisa noto su pulso y compruebo si respira, aguantando yo misma la respiración sin querer. No puedo evitarlo.

Y cuando finalmente percibo su débil aliento, su latido, cuando reconozco el ascenso y descenso de su caja torácica, no puedo reprimir un suspiro de alivio. Casi me desplomo hacia delante. Quiero abrazar a Mitch y gritarle al mismo tiempo.

Respira.

Su corazón late.

Y eso que Mitch no me gusta lo más mínimo. Es como un niño. Me pone nerviosa y me saca de mis casillas.

Pero si se muere ahora, da igual cómo o por qué, juro que iré allá donde sea que se encuentre su alma para matarlo de nuevo. Por estar haciéndome esto. Por haberme metido este maldito miedo en el cuerpo.

Voy a hacer que vuelva.

Esta determinación me aporta nuevas fuerzas, me devuelve la concentración que necesito para poder superar todo esto.

Los ojos de Mitch permanecen cerrados, está inconsciente, y si no fuera por todo el hollín, la sangre y los hematomas, podría pensar que duerme plácidamente.

Cuando me coloco para comenzar con la exploración, noto que se me humedecen los pantalones en las rodillas. Lo más probable es que se estén empapando de sangre y mugre. Al mismo tiempo noto como las astillas y los cristales se me clavan dolorosamente en las piernas.

No tiene ninguna importancia. Nada de ello.

—¡Necesito ayuda! Una camilla, una vía intravenosa... —voy enumerando todo lo que requiero con la cabeza vuelta y gritando a pleno pulmón con el fin de que se me oiga entre todo ese estruendo. No tengo ni idea de si alguien me ha oído.

A Lisha ya se la han llevado y la están atendiendo, así que Laura, Grant y otro médico ya no tienen dificultades para pasar junto a la camilla volcada y tirar de ella para sacarla al fin del ascensor. Con todo el caos que reina aquí dentro, el espacio se ha vuelto momentáneamente demasiado estrecho y asfixiante para tanta gente. A continuación, consiguen sacar lo más rápido posible a Nash para llevárselo al quirófano o, por lo menos, a la unidad de cuidados intensivos, dependiendo de la gravedad de sus heridas. Si fuera necesario un nuevo diagnóstico, siempre se puede recurrir a una IRM.

De repente el ECG al que acaban de conectar a George se activa. Todos se ponen en movimiento de forma brusca, aunque saben lo que se hacen. Ahora hay que aplicar el desfibrilador para controlar las alteraciones del ritmo cardíaco de George.

—¡Fuera de aquí todo el mundo! —exclama Zeenah, y yo aparto la vista.

No puedo mirar, y me avergüenzo por ello. Una cosa es tratar a personas desconocidas, y otra muy distinta tratar a personas que conoces y que te caen bien. Esto convierte una misma realidad en dos completamente diferentes. Esto convierte algo racional en algo sentimental. Y entonces es cuando te afecta de verdad. Entonces empieza a doler de verdad.

Mientras exploro a Mitch, trago con dificultad y parpadeo más de una vez. El humo se disipa mucho más rápido de lo que me imaginaba, y ya no tengo que toser con tanta frecuencia y fuerza. Cada vez más detalles me pasan por la cabeza, aunque casi desearía que no fuera así. Porque lo que ahora veo hace que por un momento mi corazón se detenga, que mi boca suelte una maldición y que se me pare la respiración. Un segundo, otro más... Después consigo reaccionar.

Mitch tiene quemaduras graves. Antes de extinguirlo, el fuego ha llegado a alcanzar su casaca, ha devorado con sus fauces de llamas la tela y no se ha detenido ante la piel de Mitch. El fuego no tiene compasión. Es un parásito que no entiende que cuando destroza a otros solo se daña a sí mismo. Se suicida, igual que el cáncer. Aunque quizá se trata justo de eso. De la destrucción. No de la supervivencia.

Incluso bajo estas circunstancias puedo ver lo que le ha hecho al torso de Mitch, al lado izquierdo de su cuerpo. Yo tenía la esperanza de que las llamas no hubieran llegado tan lejos y de haber llegado a tiempo para extinguirlas. Pero no es el caso. Si Mitch se entera de que he sido incapaz de apagar el fuego a tiempo, de que no he sido lo bastante rápida, me odiará.

Habría preferido gritar toda mi rabia y desesperación, pero en lugar de eso me muerdo el interior de la mejilla y sigo adelante. Me centro con todas mis fuerzas en lo que más me importa.

No puedo quitarle la casaca, Mitch debe ser atendido en otra parte y llevado al quirófano, pues esa maldita cosa se ha pegado a su piel, en algunas partes incluso se ha fundido con ella, sobre todo en la cadera y en la cintura. Para no acabar gritando, me muerdo con fuerza el labio hasta que noto la sangre. El fuego también le ha alcanzado el muslo y el brazo. Aún no puedo reconocer exactamente cuánta piel. Pero si tuviera que valorar las quemaduras por lo que he examinado hasta ahora, diría que ha sido entre un dieciocho y un veinte por ciento lo que se ha quemado de su cuerpo.

Podría ser más, podría ser menos. No soy una profesional en este campo, pero recuerdo que las quemaduras se clasifican por grados. Cuanto mayor es el grado, mayor es la gravedad. La piel de la pierna hasta el lado izquierdo de su pecho está roja, no presenta partes blancas. Eso está bien. Quizá Mitch ha tenido suerte y allí no pase del grado IIA. Sin embargo, desde la caja torácica hasta la cintura, el brazo y el hombro, la piel no solo está de un color rojo oscuro, sino que también veo partes blancas y multitud de ampollas. La piel presenta un aspecto blanquecino, seco; su consistencia es, después de haberla observado con atención, más dura que blanda. Mierda. Se trata de una quemadura al nivel de la dermis. En algunas partes incluso podría haber alcanzado la categoría III, aunque realmente no sé lo suficiente sobre quemaduras para discernirlo, y la luz de aquí dentro, este continuo titilar, no ayuda para nada. Además, el alcance de las quemaduras se suele reconocer a menudo en el intraoperatorio.

Maldigo de nuevo, porque pueden haberse visto afectadas otras capas de la piel, también nervios y capilares sanguíneos, y no sé muy bien cómo proceder.

Los dedos me tiemblan, entrecierro los ojos y me obligo a mantener los pensamientos en el aquí y el ahora, sin dejar que las preocupaciones me superen.

Mitch necesita calor. Aunque suene paradójico, cuando se produce una quemadura el cuerpo se enfría. Además, Mitch requiere de oxígeno y hay que enfriar por lo menos las quemaduras más superficiales con el fin de evitar la posquemadura. Debe ser explorado lo antes posible para descartar huesos rotos, hemorragias internas y otras lesiones.

Seguramente no lleve ni dos minutos junto a él, aunque a mí me parece mucho más tiempo. Dos minutos pueden suponer una eternidad cuando no se tiene ni idea de lo que viene después. Ni de cómo termina...

Cuando miro a mi alrededor me siento mareada y veo que la salida está completamente despejada. Nash, Lisha e Ian ya han sido atendidos y colocados en las camillas, o incluso trasladados al quirófano, aunque ignoro qué ha pasado con George. Por fin una enfermera y un enfermero se dirigen hacia mí para ayudarme. Para ayudar a Mitch. Si las condiciones fueran otras, me sentiría mal por no haberme fijado en sus nombres.

Dios, desearía que las condiciones fueran otras...

—Id con cuidado, tiene quemaduras graves. Informad a los cirujanos de que se pueden ir preparando —empiezo a decir— y meted la camilla lo más dentro posible.

Les explico de carrerilla todo lo que necesitamos, todo lo que se me ocurre, y ellos asienten con la cabeza, escuchan atentamente antes de ponerse a trabajar y de agarrarme a mí por los brazos.

Antes de que al fin saquemos a Mitch de aquí.

2

Sierra

No puedes protegerte del dolor ni de todas aquellas cosas que pueden hacerte daño, porque para eso sería necesario saber todo lo que puede herirte. Y eso no es posible. Ningún muro ni ninguna protección pueden hacer frente a esta ignorancia cuando el dolor te alcanza.

Esto lo he aprendido hoy.

El dolor es como el amor. El dolor lo atraviesa todo.

—Usted se queda aquí, hágase cargo junto con los demás de la coordinación de la sala de urgencias. ¡La policía y los bomberos acaban de llegar, así que prosiga con todo hasta que haya nuevas instrucciones! —exclama el doctor O'Leary.

Al decirlo nos corta a Laura y a mí el paso. No permite que lleguemos hasta Nash y Mitch. No permite, maldita sea, que vayamos con ellos.

—¿Qué? —grito, y me da igual que yo sea solo una

médica residente y que él sea un respetado adjunto del hospital—. Queremos ayudar —le suelto.

No he llegado hasta aquí, después de haberle procurado los primeros cuidados a Mitch y de haberlo sacado del ascensor, para que ahora no se me permita quedarme junto a él.

—El doctor Rivera debe ser explorado y tratado lo antes posible, debe entrar en quirófano. Al doctor Brooks ya le están haciendo un TAC y necesita tratamiento neurológico. Ustedes dos —dice, y su mirada se dirige de mí a Laura y de nuevo a mí— no les serán de ninguna ayuda allá arriba.

—Vaya tontería.

Intento pasar, pero él me agarra con fuerza.

—Doctora Harris —dice en un tono firme que no admite respuesta—, usted está demasiado involucrada emocionalmente. Al igual que la doctora Collins. El doctor Brooks es compañero de la doctora Collins y el doctor Rivera es su compañero y amigo. Ambas están demasiado apegadas a los pacientes.

La puerta que lleva al siguiente pasillo en dirección al edificio anexo y el quirófano se cierra para nosotras. Mitch se ha ido.

—Dígame, doctora Harris, ¿cree que usted podrá ayudarlo más que todos aquellos médicos mucho más experimentados que lo van a explorar y a operar? ¿Me equivoco? ¿Me promete que tiene sus emociones bajo control? Si es así, le permitiré que lo acompañe sin objetar nada más.

Espera y me mira de reojo mientras yo contemplo las puertas cerradas y sus palabras resuenan en mi cabeza.

No puedo. Y él lo sabe.

Cierro los puños con todas mis fuerzas, los presiono

contra los muslos y aprieto los dientes. Me duele la mandíbula, y es como si el dolor se hubiera reproducido como un eco por todo mi cuerpo.

—No vamos a cerrar la sala de urgencias. Hasta ahora no ha sido necesario, pues está aislada mediante puertas dobles y de esclusa tanto del pasillo como de la zona del accidente. Además, ya hay suficiente movimiento aquí y en los hospitales de la zona; se han producido varios accidentes al mismo tiempo que la explosión. Soy consciente de la dificultad de la situación, pero a ustedes las necesitan aquí abajo. —Tras observarnos añade—: Además, alguien debería examinarlas.

—De acuerdo —me oigo decir, y me duele más de lo que pensaba. Porque lo siento como una derrota.

El doctor O'Leary no se imagina que ya hemos terminado nuestro turno. Que queríamos irnos a casa. Y yo no lo menciono, porque entonces seguro que nos mandaría a casa, y eso sería mucho peor que todo lo demás. Me vuelvo hacia Laura, que por un momento intenta claramente evitar las lágrimas, le agarro la mano y la presiono contra la mía. Tiene la mirada perdida, está pálida y por primera vez en todas estas semanas desde que nos conocemos me da la impresión de que no va a ser capaz de soportar la situación. La pérdida de Ria la ha afectado sobremanera, pero esto está acabando con ella de otra forma.

—Ayudaremos y nos quedaremos aquí —digo, y parece ser que finalmente he convencido al doctor O'Leary de que no vamos a hacer ninguna locura.

Asiente con la cabeza, se pone en camino y nos deja allí, perdidas en cierto modo.

—¿Laura? Deberíamos... —Me aclaro la garganta—. Deberíamos ayudar en urgencias. ¿De acuerdo?

No reacciona.

—¿O prefieres irte directamente a casa?

De puertas para fuera doy la impresión de estar tranquila, no me permito exteriorizar la tormenta que se ha desatado en mi interior, aunque no me faltan ganas de ponerme a gritarle. A ella y a todo el mundo. Pero ¿qué cambiaría eso?

En el caso de que Laura quiera irse a casa, lo comprendería perfectamente. Aunque me da igual la decisión que tome, yo me quedo aquí. No sería el primer turno con horas de más.

—Dios mío —resopla finalmente Laura junto a mí, y en su rostro se reflejan la desesperación y la esperanza pugnando—. ¿Qué ha pasado? ¿Qué acaba de pasar, Sierra?

—No lo sé.

A nuestro alrededor se ha desatado el infierno, la policía y los bomberos ya inspeccionan el lugar de los hechos. Lo revisan todo, recogen muestras y las analizan con el fin de determinar las causas y decidir si se trata de un accidente o de algo intencionado. Para mí, en último término, eso no tiene ninguna importancia. Ambas posibilidades han conducido al mismo resultado y a la situación en la que nos encontramos. Los motivos no modifican para nada el resultado si el hecho sigue siendo el mismo. Los motivos no cambian nada, no importa si eran buenos o malos; ya se trate de un accidente o de algo provocado, no cambia nada si alguien ha resultado herido porque, al final, duele de todos modos.

Carraspeo en silencio, entrecierro por un momento los ojos y aparco esos pensamientos.

—Tenemos que salir de aquí. Ven.

Con delicadeza conduzco a Laura hacia urgencias,

porque aquí ya no podemos hacer nada y solo estorbamos. Con toda seguridad, después nos interrogarán.

Tan pronto como entramos en urgencias, Maisie se acerca a nosotras corriendo. A pesar del caos.

—Hola. Yo... no he podido llegar hasta allí, hasta donde estabais vosotras, para ayudaros; de repente han ocurrido un montón de cosas. Se ha producido un gran accidente y enseguida han ido llegando más y más ambulancias. No podía... Quiero decir... —Se recoloca las gafas—. Lo siento —añade en voz baja, y sé que lo dice de corazón, aunque me siente fatal. Sobre todo porque no ha sido su culpa. La situación nos supera a todos.

—¿Qué podemos hacer?

Hago caso omiso de sus palabras e intento que no me afecte para convertirme en el ancla de Laura. Muchas veces ella ha sido la mía, aunque dudo que sea consciente de ello. Por ese motivo yo quiero serlo aún más. Especialmente hoy. Especialmente ahora.

Maisie nos observa sorprendida, sus cejas se alzan sobre la montura rosa de sus gafas con patillas doradas.

—Deberíais haceros un chequeo, por el humo, y después iros a casa, porque...

—Maisie —la interrumpo con brusquedad, porque es lo mismo que nos ha dicho el doctor O'Leary hace un instante y no puedo ni quiero tener que volver a oírlo.

Se calla de inmediato, vuelve a echarle un vistazo a Laura y por último asiente.

—Por lo menos limpiaos un poco, enjuagaos los ojos y poneos una casaca y unos pantalones limpios. Lleváis encima demasiada porquería, sangre y humo. Bebed algo y luego regresad, organizaremos un equipo.

Me vuelvo hacia Laura, que hasta ahora no ha dicho nada. Su rostro es inescrutable. No refleja emoción alguna. Únicamente su palidez y sus ojos enrojecidos me revelan que no se encuentra bien. Respira hondo, nos miramos y nos comprendemos a la perfección sin decir una palabra.

Lo conseguiremos. Nos quedaremos aquí. Juntas. Da igual cuánto tiempo. Y daremos lo mejor de nosotras. Igual que todos los demás.

Igual que Mitch y Nash.

Media eternidad después apenas nos podemos mantener en pie, estamos completamente agotadas y nos hemos sentado junto con Maisie en la sala de espera. Hace horas que hemos abandonado urgencias y al fin, siguiendo los deseos de Laura y según el consejo del doctor O'Leary y del doctor Gardner, hemos permitido que nos hagan un chequeo. Todo está en orden, solo tenemos las vías respiratorias y las mucosas un poco irritadas, pero no se ha producido intoxicación. Tampoco se aprecia hinchazón ni daño en la tráquea; en unos cuantos días tendremos que someternos a otro examen. Por seguridad, más que nada para descartar un edema pulmonar tóxico.

Hemos sido profesionales e imprudentes a partes iguales. A pesar de todo, volvería a actuar igual, y estoy convencida de que Laura también, pues cualquier otra cosa nos hubiera costado un tiempo valioso. Es posible que incluso vidas.

A George no hemos podido salvarlo. Un compañero nuestro no ha sobrevivido y de alguna manera este hecho sigue siendo demasiado abstracto para que nos lo podamos creer de verdad.

La policía ha pasado a vernos y nosotras contestamos, siempre que la situación lo permitía, las preguntas más urgentes, con el fin de que pudieran hacerse una primera idea de la situación general, tal como decían. Seguramente volverán a pasarse, o quizá algunos de nosotros tendremos que ir a comisaría, todo depende de los primeros resultados. De si se trata de un accidente o no. Ya corren varias teorías, y hasta ahora no se ha hablado de premeditación. Nada apunta a ello.

Cansada, me masajeo la nuca tensa y reprimo un bostezo. Debería darme una buena ducha, irme a casa, dormir y comer algo. Sin embargo, nada parece procedente. Nada parece más necesario que permanecer aquí, esperar y rezar por que los demás estén bien.

Laura se ha ausentado un rato, después de ducharse y cambiarse ha ido en taxi a casa de Nash para dar de comer al gato y a continuación ha vuelto; quiere estar aquí tan pronto como él despierte.

Si es que despierta...

Nash está en cuidados intensivos, no está consciente. A Laura no se le permite verlo, le están haciendo muchas pruebas. En las últimas horas le han realizado todas las posibles: un TAC, una IRM con angiografía por resonancia magnética, un electrocardiograma y una ecografía Doppler transcraneal. Por lo menos eso es lo último que sabemos.

—Están dando lo mejor de sí —nos dijo Bella antes cuando vino a informarnos—, aunque aún no saben cuánto hay dañado, cuándo volverá a despertar.

Traumatismo craneoencefálico cerrado. Este diagnóstico pende sobre Laura como una espada de Damocles. Sobre todas nosotras. Si Nash tiene un traumatismo de tercer grado, si los daños a largo plazo son demasiado graves y él ya no puede trabajar como médico, acabará destrozándoles la vida a ambos. Aunque yo creo que en realidad para ella no habría ninguna diferencia. Laura solo quiere que siga con vida. Y yo también.

Sobre Mitch no hay ninguna novedad, lo cual me supera. Lo más probable es que signifique que algo está saliendo mal o que ya ha salido mal, aunque también puede ser que esté yendo bien y que aún necesitan algo de tiempo. Simplemente no lo sé. La ausencia de noticias significa que, o bien no tienen ninguna razón para informar, o bien no tienen tiempo porque todo se está yendo al traste...

Esta espera, esta incertidumbre, todas estas posibilidades hacen que no me pueda tranquilizar, y lo odio. Odio estar de este lado y no poder hacer nada.

«No hay noticias»: si estás preocupada, estas tres palabras pueden volverte loca.

Cuando Bella se pasó para informarnos de las últimas noticias, Mitch aún seguía en el quirófano. Es por ello por lo que sigo esperando y no pienso irme hasta saber cómo está.

Maisie está sumida en sus pensamientos y juega con un hilo suelto de su fina chaqueta de punto, que hace unos minutos ha ido a buscar a la taquilla y se ha puesto por encima. Hace frío. Nunca habría imaginado que pasaría frío en Phoenix, pero así es. No se trata de un frío exterior, sino que surge de mi interior. Un frío provocado por el miedo, la falta de sueño y el agotamiento, y que no es tan fácil de combatir como se podría pensar.

Todas estamos cansadas e intranquilas, así que no me resulta extraño que estemos así. Hemos cruzado todos nuestros límites. Si no corporales, como mínimo emocionales, y no recuerdo haberme sentido nunca tan impotente, tan vacía. Es como si nos hubieran retorcido, una y otra vez, y después nos hubieran dejado así. Justo antes de rompernos. Algunos dicen que es mejor una torcedura que una rotura, pero es una tontería. Una rotura limpia duele de forma puntual y se cura bien. Se trata de un dolor rápido. Sin embargo, si se trata de una torcedura, entonces es un dolor lento, que permanece. Es como si no se pudiera avanzar ni retroceder, pues no hay nada realmente roto, aunque tampoco realmente sano.

—Me voy a casa —musita Zeenah, a la que veo por primera vez exhausta. Sin brillo en los ojos, sin una sonrisa o una mirada animosa, sino solo vacío e incredulidad.

Ha sido ella quien le ha prestado los primeros auxilios a George y después lo ha tratado. Ha sido la que ha tenido que certificar su muerte. George prácticamente ha muerto en sus brazos, y no hay palabras que podamos pronunciar o nada que podamos hacer para aliviarla. Desearía que fuera diferente...

—Puedo... Quiero decir... —La mirada de Zeenah se dirige a Laura, que mientras tanto se ha dormido con la cabeza sobre la mesa sin haber colocado antes su brazo por debajo para estar más cómoda. El cabello rubio le cubre la frente y la mejilla, y el mechón que se le ha soltado de la trenza se esparce por la mesa.

—No. Vete y descansa —le respondo, e intento sonreírle, aunque no lo consigo. No debería cargar con todo esto, es suficiente con que nosotras permanezcamos aquí. No puede hacer nada, aunque quiera—. Te enviaremos un mensaje en cuanto sepamos algo.

Zeenah asiente con los labios apretados, me da las gracias y pasa junto a Maisie, que rápidamente la abraza para consolarla.

—Y tú nos escribirás si necesitas algo, ¿vale? —le dice Maisie con insistencia, y no suelta a Zeenah hasta que asiente.

Yo no consigo articular ninguna palabra más, aunque confío en que sepa que estamos aquí en caso de que nos necesite. Debería preocuparse de ella misma y hacer lo que sea necesario para asimilar todo esto.

Maisie vuelve a sentarse, y una vez que la puerta se ha cerrado tras Zeenah me da la impresión de que tengo más frío.

Al contrario de Maisie y Laura, aún no me he duchado ni me he cambiado desde que salimos de la sala de urgencias. Aún sigo sentada con el uniforme cubierto de mugre y sangre. Ahora podría hacerlo, ducharme rápidamente y cambiarme de ropa, pues no tengo nada mejor que hacer. Sin embargo, no consigo animarme.

Suspirando en silencio, vuelvo a observar a Laura, me pongo en pie, voy a buscar una bata limpia a mi taquilla y me inclino sobre ella para colocársela por encima de los hombros y los brazos, para que por lo menos le dé un poco de calor. En casa de Nash se ha puesto unos pantalones cómodos y una camiseta, pero no sirven de mucho contra el frío producido por la falta de sueño y el miedo.

Incluso durmiendo está preocupada. Su rostro —los labios, los ojos, las cejas— presenta un aspecto tenso. Y está pálida como un fantasma.

Me dejo caer en mi sitio para de inmediato saltar de él con tal ímpetu cuando la puerta se abre de repente que mi silla trastabilla y Maisie se sobresalta.

Aunque solo se trata de Jane, que ha entrado y nos observa sorprendida. Maisie agacha la cabeza y la apoya en la mano; yo me siento decepcionada, aunque tengo el pulso acelerado.

«Inspira, espira», me ordeno en silencio.

Estará bien. Tiene que estar bien...

Por suerte, Laura no se ha enterado de nada, ni siquiera se ha movido, y eso demuestra claramente que ese descanso era más que necesario; me alegra que incluso bajo estas condiciones pueda dormir. Lo que eso demuestra en todo caso es que estaba al límite, por lo que solo la despertaré cuando haga falta y cuando haya novedades.

—Hola —nos saluda Jane con cierto escepticismo en la mirada mientras se dirige hasta su taquilla. Su voz clara y suave es lo único que en este momento llena la habitación con algo de vida—. ¿Estáis bien? Me refiero, tenéis un aspecto...

—... terrible —finaliza Maisie la frase, y yo me froto en repetidas ocasiones el rostro.

—No me digas —musito, y me vuelvo hacia ella porque sigue hablando.

—El ambiente es diferente hoy. También en el Whitestone. Abajo hay mucha actividad y todos están pensativos o nerviosos. Mucho más que normalmente. ¿No huele aquí a humo? —pregunta sorprendida, y se pasa el cabello por detrás de la oreja.

Su melena es tan corta que apenas puede hacerse una coleta y su flequillo acaba un poco por encima de sus cejas. Un peinado atrevido, un cabello brillante de color castaño claro, y en ocasiones incluso zapatillas de colores chillones. Algo que hasta hoy en día no puedo relacionar con la mujer callada e introvertida que durante las primeras semanas apenas intercambió tres frases con nosotros. No se trata de nada importante.

Simplemente me ha sorprendido. Sin embargo, poco a poco va emergiendo Jane. Sobre todo cuando está con Maisie.

—¿No te has enterado? —le pregunta Maisie conmocionada, con la voz más baja posible con el fin de no despertar a Laura—. Han enviado un comunicado por mail, y en el tablón también han puesto algo.

Jane se sienta frente a nosotras a la mesa y de repente en su rostro se dibujan algo así como sentimientos de culpa y cierta tristeza. No por mucho tiempo. En realidad, desaparecen tan rápidamente que creo habérmelo imaginado. Ella no estaba aquí, aunque se la ve tan agotada como nosotras.

—No, estaba... ocupada —responde antes de cruzarse de brazos y alzar las cejas—. ¿Qué quieres decir? ¿Qué es lo que ha pasado?

—Nash está en cuidados intensivos, Mitch debe de estar aún en el quirófano o quizá ya haya entrado en planta, aún no lo sabemos. Un paciente ha muerto; Ian también ha recibido lo suyo, está durmiendo, pero saldrá de esta; de Lisha no sabemos nada. Y George... —Trago saliva con dificultad antes de poder seguir hablando—. George no lo ha conseguido. Ha muerto camino del quirófano.

Intento no pensar en ello, pues cada vez se hace todo más real, pero sé que no es lo correcto. Pues no pensar en ello significa quitarle importancia, como si fuera insignificante. Y George no lo era. Ninguna vida es insignificante. Pero durante estas últimas horas he tenido que reprimir este pensamiento y debo seguir haciéndolo, porque si no me vendré abajo como un castillo de naipes con un golpe de viento.

Jane abre los ojos de par en par y su boca permanece

abierta. No me extraña, he empezado contándole lo peor.

—Se ha producido una explosión —le aclara Maisie, pues yo no puedo continuar. En lugar de ello junto las manos y las presiono contra mi muslo mirando de nuevo hacia la mesa—. Yo estaba en urgencias, había que llevar a un paciente al quirófano. Mitch, George y Nash subían con él, Lisha se les ha unido, Laura y Sierra ya habían terminado su turno. Yo no lo he visto, pero lo he oído. —Hace una pausa e inspira—. Se ha producido en el ascensor. Ian también estaba allí y... No sé lo que ha pasado. Pero ha sido terrible, Jane. Terrible.

—¿Cómo? —resopla, y ahora alzo de nuevo la vista, la miro y asiento. No se lo puede creer. No se lo puedo reprochar, yo misma no me lo creo. Y eso que yo estaba allí—. Dios mío...

Su voz suena tomada, las lágrimas se amontonan en sus ojos y, cuando la primera de ellas se desliza por su mejilla, sacude brevemente la cabeza y se la seca con fuerza.

Al parecer Jane es más sensible que Laura, por lo que mejor que no haya estado allí, mejor que por lo menos una de nosotras no haya tenido que verlo ni vivirlo.

—¿Puedo hacer algo? ¿Necesitáis algo? —pregunta, y negamos con la cabeza. Lo que necesitamos, lo que deseamos, no nos lo puede dar Jane.

Asiente, reacciona con rapidez y yo estoy agradecida de que no haya dicho una imbecilidad como: «Marchaos a casa, descansad, lleváis demasiado tiempo aquí, demasiado tiempo despiertas».

—Nash... —musita Laura en sueños, se mueve, vuelve la cabeza y coloca la otra mejilla sobre la mesa.

Mierda, desearía que todo esto solo fuera una pesadilla. Pero no lo es.

Se trata de algo real.

Duele.

Y aún no ha terminado.

3

Sierra

—Vale, informo de ello. Gracias, Jada. —Sofie cuelga el teléfono y se dirige a mí en cuanto me ve—. Sierra, qué suerte haberte encontrado. ¿Está Laura también contigo?

Me acerco al mostrador con el café que acabo de buscar para nosotras y noto como se me acelera el corazón. Tras todo lo que ha pasado me pregunto cómo mi corazón es capaz de aguantarlo todo. Sin cansarse. Especialmente tras lo que ha ocurrido durante las últimas horas.

—¿Ha pasado algo? ¿Hay novedades? —pregunto en un hilo de voz, aunque a la vez expectante.

—Nash —dice, y sonríe—. Se ha despertado. Hace un momento acaban de informar de que los resultados son mejores de lo que se pensaba y el examen neurológico es bueno. Ahora está en planta, ha salido ya de cuidados intensivos. ¿Se lo dices tú a Laura? Lo encontraréis en la habitación 709.

Inhalo y exhalo, temblando, y me apoyo en el mostrador. Qué alivio. Por lo menos uno de ellos ha sobrevivido.

—Ahora mismo se lo digo.

Sofie asiente.

—Gracias. Ian también está despierto y seguirá en observación en medicina interna, aunque por suerte no se ha visto muy afectado. Lisha —prosigue, y tuerce la boca— presenta algunas fracturas y un pequeño traumatismo craneoencefálico, pero se recuperará.

—Vale. No suena tan mal como se preveía en un principio.

Me alegro de veras, aunque no pueda demostrarlo. Ya es suficiente con que hayamos perdido a un paciente. Y a George. Lo echaremos de menos.

—¿Has tenido noticias de Mitch?

Su pregunta me atenaza la garganta tan inesperadamente que me da la impresión de que me voy a ahogar allí mismo. Por eso solo consigo negar con la cabeza.

—No puede ser. Voy a llamar. —Antes de que yo pueda decir algo, alza el auricular y presiona una tecla—. ¿Hola? Aquí Sofie Vega, cirugía cardíaca. Quería informarme sobre un paciente, el doctor Mitch Rivera. Exactamente. Correcto. De acuerdo, gracias.

Mientras Sofie habla me debato entre escucharla o no. No sé si podré soportar lo que quizá vaya a oír.

—¿Ha salido ya del quirófano?

Al oír las palabras de Sofie casi dejo caer las tazas de café que sostengo en las manos.

—¿Y cómo es que no habéis informado? Ethan, lo había pedido expresamente —grita furiosa al teléfono mientras se cruzan nuestras miradas.

Tengo que dejar las tazas sobre el mostrador, pues

me empiezan a temblar las manos. «La operación ha terminado. Eso es bueno, ¿no?»

Sofie añade algo más, aunque no alcanzo a oír sus palabras. La tormenta que se ha desatado en mi cabeza no me lo permite. Lo cual no deja de ser una locura, pues tengo la sensación de estar completamente vacía. Exprimida.

«Ha salido del quirófano», se repite una y otra vez en mi cabeza. «Lo ha conseguido.»

—Tú también —musita Sofie al colgar el teléfono. Estoy segura de que el tipo al otro lado de la línea también lo ha oído. A continuación, respira hondo y anota algo en un papel, que deja sobre el mostrador directamente frente a mí.

—Mitch se ha recuperado bien y está estable. Está en cuidados intensivos. Me alegro de que en el Whitestone contemos con varios de los mejores cirujanos plásticos; si no, deberíamos haber trasladado a Mitch a cualquier otro centro —dice, y yo asiento con la cabeza. Si hubieran tenido que trasladar a Mitch a otro hospital, yo estaría totalmente desquiciada—. Este es su número de habitación. También os he anotado la de Nash, para que no la olvidéis —añade Sofie, y me acerca el papel.

Como en un trance observo las cifras que tengo ante mí y que Sofie ha escrito con buena letra en el pequeño papel amarillo. Debería alegrarme, pero de alguna manera no soy capaz. No soy capaz porque...

—¿Cómo de graves son sus quemaduras? —susurro sin alzar la mirada.

—Sierra —me responde con un tono de voz que querría decir: «Estoy segura de que todo está bien. Y si no es así, seguro que todo irá bien». Sin embargo, se detiene, toma aire y en lugar de ello me dice con franqueza—: No lo sé. No me han informado al respecto. Solo sé que la operación ha ido bien y que Mitch necesita descansar. Aunque odie admitirlo, el médico que lo ha tratado es uno de los mejores en su campo.

La manera en que acentúa esta información esconde una historia. Otro día cualquiera le habría preguntado sobre ello o le habría tomado el pelo. Pero hoy no.

No, hoy no.

—Gracias —le respondo, guardo la nota en mi bolsillo antes de coger las tazas con ese caldo ardiendo de Edith y consigo mirar finalmente a Sofie a los ojos.

—Ve y díselo a Laura —dice sonriendo—. Me aseguraré de que estáis bien cuando termine el turno. Y, Sierra, concédete por fin un descanso.

Asiento y me pongo en camino. Los pies se me mueven solos, las piernas me conducen en dirección a Laura, que aún sigue durmiendo con la cabeza sobre la mesa cuando llego a su lado. Maisie hace ya mucho que se ha ido a casa. Tal como deberíamos haber hecho nosotras. En vez de eso nos hemos quedado aquí como dos tercas, como si en algún momento eso fuera a servir de ayuda. Aunque solo me hace falta echarle un vistazo a Laura para tener claro que no es verdad. A ella le ayuda. Porque no puede estar sola y no debe estarlo. Quizá de alguna manera extraña a mí también me hace bien. Estar aquí y no tener que ir a casa.

Debería concentrarme mejor en el trabajo, en esta profesión, en mis objetivos.

Menuda mierda. No quería hacer amigos, solo quería ocuparme de mis asuntos. ¿Y ahora? Pocos meses después de mi primer día en el Whitestone no solo he hecho una buena amiga, sino también un buen grupo de compañeros, lo cual en ocasiones ha provocado que pierda de vista mi objetivo real. Ha hecho que olvide que quiero ser la mejor. Que tengo que ser la mejor. Porque entonces seré algo. La doctora Sierra Harris, la mejor médica residente en cirugía cardíaca. No quiero ser una más del montón, estar en ese grupo mediocre de gente a los que al final nadie conoce. Tuve que luchar duro para estudiar en la universidad y para conseguir este trabajo, y no voy a cejar en mi empeño.

Mientras observo a Laura, dejo las tazas de café, le aparto un mechón de la cara y suspiro. No voy a cejar en mi empeño, aunque quizá hoy haga una pequeña excepción. Y todos aquellos días en los que surjan cosas más importantes.

—Laura —le susurro, y acaricio con suavidad sus hombros, porque no quiero asustarla. Emite algunos sonidos antes de gruñir por lo bajo y hacerme reír inesperadamente.

—¡Este calcetín no sabe bien! —dice alzando la cabeza.

—¿Qué? —le pregunto irritada.

—¿Qué? —me responde atolondrada, y bosteza.

Su piel blanca, que con el tiempo ha ganado un poco de color por el sol de Arizona, presenta un aspecto pálido, sus ojeras son oscuras y tiene los labios secos. Ahora mismo Laura es totalmente transparente, refleja con claridad cada uno de sus sentimientos y pensamientos y, sobre todo, las últimas veinticuatro horas por las que ha tenido que pasar.

—Olvídalo. Intento hacer lo mismo —le respondo, y arrugo la nariz. Quiero darle de una vez la buena nueva, pero ella sigue hablando.

—¿He dormido mucho tiempo? —dice frotándose el rostro antes de fijarse en mí—. ¿Por qué me despiertas?

Quiero decir... —Abre los ojos de par en par y a continuación da un respingo, de forma que la bata que le he colocado por encima sale disparada—. Él..., quiero decir, ¿está bien?

Me habría gustado gastarle una broma, burlarme de ella por comportarse así. Por no preguntar directamente: «¿Está vivo?». Pero no lo hago. Quizá porque no sé muy bien cómo te sientes cuando quieres tanto a alguien. Por eso, y porque Laura es una persona a la que he aprendido a apreciar y me cae bien, sonrío.

—Está en planta y ya ha despertado.

Las lágrimas empiezan a brotar de sus ojos, jadea y tiene que apoyarse en la mesa. Yo esperaba que saliera corriendo en ese mismo momento, que se abalanzara como un tornado en dirección al ascensor. Pero simplemente permanece aquí y llora. Llora desde lo más profundo de su alma. Es como si todo un océano de lágrimas brotara de ella.

La observo mientras su cuerpo se ve sacudido por los sollozos y no sé si debo hacer o decir algo. Laura está asimilándolo todo ahora. Se estremece, se rompe y sana. Deja salir sus emociones para no tener que hacerlo delante de Nash, de eso estoy segura. Y quizá también porque no le queda otra elección que dejarlas salir ahora. Resulta impresionante y la envidio por esta fortaleza.

No tengo ni idea de si alguna vez he sido una persona especialmente emocional, en todo caso ya no lo soy. No suelo llorar a la mínima, ni a menudo; nunca permito que los otros se den cuenta cuando lo hago y no dejo que nada me altere demasiado tiempo ni de forma duradera. Ni en el ámbito privado ni en el profesional. Necesito tener la cabeza despejada con el fin de conseguir mis objetivos y lograr llegar al final del día. Las emociones lo complican todo y a mí no me sirven; casi siempre duelen, eso es algo que me enseñó mi madre. Eso y que yo no me merezco que me quieran. Así que no es solo que no abrace esos sentimientos poco reflexivos, sino que además tampoco se me da muy bien permitir que me afecten. Por lo menos es lo que pensaba hasta ahora, y por eso me asusto cuando de repente me oigo sollozar mientras me encuentro frente a Laura.

—Maldita sea —suelto en voz tan baja que ella no lo oye, carraspeo y me esfuerzo al máximo por no derramar una sola lágrima.

Estas cosas pasan cuando permites que la gente se acerque demasiado a ti.

No me es de ninguna utilidad. Simplemente no me sirve para nada...

Sin advertencia alguna, Laura cubre la distancia que nos separa, interrumpe mis pensamientos y se abalanza sobre mí para abrazarme. Dios, sí que tiene fuerza esta mujer.

—Me estás ahogando —me quejo yo.

—Gracias, Sierra —me dice con tanta franqueza, tan abiertamente, que se me eriza la piel de todo el cuerpo.

—No he hecho nada.

Laura me suelta y me sonríe. Su rostro es una máscara emborronada, con las mejillas rojas de llorar y los ojos vidriosos, el cabello repleto de nudos y una sonrisa ancha en los labios.

—Sí que lo has hecho. Has estado aquí, a mi lado. No te has ido. Aunque sé que probablemente también haya sido por Mitch.

—¡Cierra el pico y ve a ver a Nash! —replico riendo con el fin de que ahora mismo no profundice en ese tema, y le digo en qué habitación lo puede encontrar.

A continuación, la empujo con firmeza en dirección a la puerta, lo cual hace que se ría con ganas. Sin embargo, tras unos pocos pasos se calla y se detiene.

—¿Y Mitch? —repite interrogativamente su nombre mientras me observa. Ahora solo quiere saber si se encuentra bien.

—Ha salido del quirófano, aunque no han podido decirme de qué grado son las quemaduras —le explico—. Ian también está consciente y seguramente pronto le darán el alta; a Lisha le siguen haciendo pruebas, pero según las últimas noticias su estado no es crítico.

Laura respira aliviada.

—Bien. Eso está bien.

—Ahora vete, no soporto ya más tanto sentimentalismo, me resulta horripilante.

—Ven conmigo. —Me coge de la mano y tira de mí.

—¿Qué? Ya está consciente, ha sobrevivido. ¿Por qué...? —Y dejo de hablar, porque conozco la respuesta de Laura antes de que me conteste.

Ella vuelve a sonreír, aunque en esta ocasión no de forma tan radiante como antes, me agarra la mano y se pega a mí, y cuando un minuto después nos detenemos frente al ascensor y lo llama, me confiesa lo que yo ya suponía.

—No puedo hacerlo sola —musita—. Por favor, quédate conmigo hasta que lleguemos.

Tiene miedo. No estoy segura de por qué, pero claramente tiene miedo.

—De acuerdo. Te acompañaré hasta allí —le digo presionando su mano.

Menudo desastre. Menuda noche. Menuda manera más demencial de empezar el fin de semana.

De nuevo los pensamientos me conducen hasta

Mitch. ¿Debería ir a verlo? ¿Debo dejarlo estar? ¿Podré verlo? Y con este «podré» no me refiero a si me dejarán, sino simplemente a si seré capaz de hacerlo. Una y otra vez lo veo frente a mí, allí inconsciente, y en cada ocasión vuelvo a oler la piel quemada, la mugre, aspiro ese aire asfixiante. Una y otra vez pienso: «Si hubiera sido más rápida... Si hubiera sido mejor...».

Aunque no se trata solo de eso. Cuando vea a Mitch, o a Nash, todo será real y ya no existirá la posibilidad de engañarme pensando que la realidad es diferente.

Y eso es algo que no quiero. Quiero seguir creyendo que todo esto es un sueño. Que no es real.

El *ping* del ascensor al abrirse las puertas hace que me sobresalte. Nos subimos en silencio y me doy cuenta de que Laura duda antes de apretar el botón redondo con el número siete.

«Planta siete, neurología y neurocirugía», informa el altavoz antes de que suene un nuevo *ping* y podamos bajarnos. Yo solo he estado dos veces en la planta de neuro. Sin duda un área apasionante, aunque el cerebro y el sistema nervioso no son para mí tan fascinantes como el corazón humano.

Durante una vida promedio, el corazón de una persona late unos tres mil millones de veces. El de una mujer suele hacerlo más rápido que el de un hombre. El corazón logra contraerse aproximadamente setenta veces por minuto con el fin de bombear la suficiente sangre a todo el cuerpo. Más o menos entre seis y ocho litros. Es tan versátil, tan fascinante y único... Incluso se dice que la música mejora su función durante una enfermedad coronaria, siempre que al paciente le guste. Los corazones en realidad no se rompen, aunque si el estrés emocional y la carga mental son demasiado grandes, pueden influir de forma negativa en ellos. El dolor y el duelo pueden provocar que el corazón no bombee correctamente. Como si él mismo tuviera sentimientos, o alma. Como si fuera lo que nos hace ser quienes somos. El corazón, no la razón.

Quizá los corazones no se puedan romper, pero sí pueden doler. Y el dolor que no se ve a menudo duele más que el que se ve.

Sé que son pensamientos muy peregrinos, y de alguna manera ingenuos, pero, en cualquier caso, me gustan. Aunque los guardo para mí.

No soy una soñadora, y no tengo pelos en la lengua a la hora de hablar, así que no quiero que los demás vean en mí algo que no existe. Si apenas me ocupo de mí misma, ¿cómo podría hacerlo de los demás? Ya tengo bastante con que Laura se haya convertido en una buena amiga. No es que me arrepienta de esta amistad, pero aún persiste el miedo de no estar a la altura de las circunstancias. Yo simplemente quiero ejercer mi profesión. Y hacerlo muy bien. Quiero demostrar que puedo. Sin la ayuda de los demás. Que por mí misma soy lo suficientemente buena.

—¿Qué habitación me has dicho que era? —pregunta Laura mientras estamos en uno de los pasillos y ella mira a su alrededor.

—La 709 —le contesto, y señalo con la cabeza hacia la izquierda—. Es por aquí, ven.

Tiro de nuevo de ella, que me sigue y no me suelta la mano ni por un segundo. La suya está sudorosa y fría, y ya empiezan a dolerme los dedos, porque los suyos me agarran como unas tenazas. Sin embargo, no me quejo. Aunque con cada paso que damos me pongo cada vez más nerviosa. Este maldito pasillo parece no tener fin.

703, 704, 705... Tenemos que doblar de nuevo el pasillo. Nash debe de estar en una de las habitaciones privadas al final del pasillo.

Laura quiere seguir andando, aunque yo me detengo, lo que provoca que ella se pare dando un respingo.

—¡Espera! Hemos llegado.

Observo a través de las lamas entreabiertas de la persiana que cubre la ventana de la habitación de Nash. Tal como me imaginaba, se trata de una habitación individual grande. Cualquier otra cosa me habría sorprendido, pues se trata de uno de los médicos de la plantilla del Whitestone. El número en la puerta y el nombre en el parte certifican que se encuentra aquí.

Laura empieza a temblar. Es como si el temblor le recorriera el brazo hasta las puntas de los dedos y me lo contagiara a mí. Hasta que, sin previo aviso, decide interrumpir el contacto y me suelta la mano, que ya está completamente entumecida. Paso a paso se dirige hacia la puerta y...

—No —digo en voz alta, me adelanto y la detengo antes de que haya llegado hasta su objetivo—. Deja el parte donde estaba. No lo leas, Laura —insisto, y trago con dificultad—. Por favor, no lo leas. —En ese parte hay demasiada información—. No vas a entrar ahí como médica, ¿de acuerdo? Ocúpate de Nash, pregúntaselo a él si quieres saber algo, o al médico que lo está tratando. Todo lo demás será demasiado. Al menos hoy.

Su mirada sigue puesta en el parte, se muerde el labio y sabe que tengo razón. Entiendo que la tentación de repasar el parte debe de ser enorme, pero emocionalmente está aún demasiado afectada. Es demasiado pronto.

Cuando Laura asiente finalmente con la cabeza y

afloja la resistencia mientras la sigo agarrando, respiro aliviada.

Había olvidado lo agotador que resulta ocuparse de los demás. No de los pacientes, sino de las personas cuyas equivocaciones y miedos conocemos y a las que, sin embargo, queremos.

—¿Vas a ver a Mitch? —me pregunta, y me mira a los ojos por encima de los hombros.

Me gustaría responder que sí. Cuando Sofie me ha dicho que ya ha salido del quirófano y todo ha ido bien, pensaba que querría ir a verlo, pero ahora..., ahora dudo. No solo con la decisión tomada, sino también con la respuesta. Lucho conmigo misma.

—Ve a verlo —me anima Laura, y luego abre la puerta y desaparece en la habitación.

La sigo con la mirada. Observo a través del cristal y las lamas entreabiertas de la persiana, y entrelazo las manos mientras Laura se acerca a la cama de Nash. Al principio él no reacciona, y pienso que es posible que se haya dormido, pero una vez que Laura se ha sentado en el borde y le acaricia con ternura la mejilla, ambos cruzan sus miradas.

Laura vuelve a llorar. Maldita sea, ¿por qué sigo aquí y me obligo a ver todo esto?

—¡Menudo capullo! —exclama alguien de repente junto a mí, y me asusto de tal manera que suelto un chillido, aunque por suerte no demasiado fuerte.

Ian me sonríe. Hace tiempo que hemos dejado a un lado las formalidades. No tengo ni idea de si esto cambiará cuando pronto se convierta oficialmente en nuestro supervisor.

—¿Qué demonios haces aquí? —pregunto mientras me lo quedo mirando—. Deberías estar en la cama.

—Las camas son para blandengues como Nash —murmura, y señala con la cabeza en dirección al aludido.

—Estabas preocupado.

—Nunca me preocupo —dice tras resoplar.

—Bien, entonces ahora puedes volver a tu cama y seguir descansando en lugar de pasearte con ese enorme gotero.

Su sonrisa es cada vez más ancha.

—Me han dado el más grande que tenían.

—Realmente resulta inquietante.

—Eres tú la que ha mencionado mi gotero, no yo. Yo ya me las arreglo.

Me cruzo de brazos.

—Déjate de tonterías, tienes una pinta horrible y deberías echarte. Vas por ahí en calzoncillos con una bata de hospital medio transparente y te aferras al gotero como si quisieras dormir con él.

—Vamos bien, Harris, vamos bien —me responde sarcásticamente—. ¿Te piensas que tú tienes mejor aspecto? ¿Cuántas horas llevas despierta?

Niego con la cabeza, porque no estoy dispuesta a responder a ninguna de estas malditas preguntas, y vuelvo la mirada de nuevo hacia Nash y Laura. Permanecen abrazados, la espalda de Laura se estremece y Nash la acaricia con delicadeza.

—¿Y qué se supone que haces tú aquí? —me sigue preguntando Ian mientras me mira de reojo—. Aparte de meterte conmigo y alterarte por mi aspecto, claro está.

Logro reprimir un resoplido.

—He acompañado a Laura hasta aquí. Nos acabamos de enterar de que Nash se ha despertado.

—Vamos, no me refiero a eso y lo sabes. ¿Qué haces aquí? ¿Por qué no estás en casa o con Rivera?

Observo a Ian con los ojos entrecerrados.

—¿A qué viene esa pregunta? ¿Me tomas por su niñera o qué? ¿Qué haces tú aquí a punto de desfallecer y medio desnudo, con la vía intravenosa administrándote suero y analgésicos? Lo realmente cuestionable es que tú estés aquí.

Ian se ríe y alza la mano derecha, la que no está conectada a la vía.

—No quieres hablar, no vas a soltar prenda, vale, pero piénsatelo. Necesitas mucho más que yo una ducha y dormir. Además, casi me he dado el alta yo mismo, puedo estar donde me plazca. Solo tengo que vestirme, deshacerme del gotero y pasar sin que me vea Tori.

Está claro que ha apreciado irritación en mi mirada, pues no para de hablar. Sin embargo, no le muestro que no le falta razón con lo de la ducha y el dormir.

—Es una enfermera de medicina interna. Da bastante miedo.

Le sonrío, pero Ian hace una mueca.

—¡Dios, lo dices en serio! Le tienes miedo.

—¡Pues claro que sí! Es un demonio furioso y vengativo disfrazado de enfermera. Como me vea fuera de la cama acabaré peor que tras este accidente.

Accidente.

Odio esta palabra. ¡La odio, la odio, la odio! Viene a sugerir que pasan cosas terribles porque no se ha podido hacer nada para evitarlas. Aunque para mí solo significa que se ha tomado una mala decisión. Quizá también que incluso no se tomado ninguna y simplemente no se ha reflexionado sobre ello. Ambas posibilidades implican negligencia. Un accidente no es más que una reacción. Algo que no se quería, pero que acaba sucediendo. Si eres tú mismo el desencadenante, podrías haberlo evitado, pero de esto solo te das cuenta cuando ya es demasiado tarde.

Un accidente.

Una equivocación.

Es ridículo. Suena tan inofensivo... Demasiado a menudo el resultado supone para los afectados la caída en un profundo y oscuro agujero.

Trago con dificultad, respiro hondo.

Me recuerda a... mí. Si le preguntan a mi madre, yo también soy un accidente y una equivocación, pero si me preguntan a mí, también hubo algo de decisión en eso.

—Aún no saben cómo ha pasado —me oigo decir en voz baja, y puedo notar como la ligereza que en cierta medida ha aportado Ian se desvanece en el aire.

—Llevará sin duda un tiempo. Es decir, hasta que estén seguros al cien por cien. Pero... —Ian hace una pequeña pausa y suspira antes de mesarse dos veces el cabello con rapidez y despeinárselo aún más. Cuando lo hace, veo los oscuros hematomas en su brazo. No quiero ni saber qué pinta debe de tener su torso por debajo de la bata—... yo creo que fue la bombona de oxígeno. Como ya he dicho, un accidente, ninguna manipulación, no fue una explosión premeditada.

—¿Qué? Eso es...

—... ¿imposible? —acaba mi frase, y me observa con un atisbo de sonrisa.

—No. Tengo claro que es algo que puede pasar, aunque las posibilidades sean muy reducidas. Las bombonas se almacenan y se comprueban, son profesionales los que las llenan y las cierran.

Ian se encoge de hombros.

—¿Qué podría haber habido si no dentro o junto al paciente que nos haya noqueado de golpe con una explosión como esa? Es poco probable, pero no imposible. Solo hacía falta que, justo antes de que se almacenaran o conectaran las bombonas, alguien tuviera una sustancia inflamable en los dedos. Solo hacía falta que quedara un rastro aceitoso o grasiento en la bombona y que por la fricción, o por un golpe fuerte contra el tubo de conexión, el oxígeno provocara una chispa. La chispa o lo que pasó al final. El encadenamiento de muchas pequeñas cosas que no deberían haber ocurrido. Son personas las que rellenan, almacenan y conectan las bombonas de oxígeno. Y las personas se equivocan.

«Las personas se equivocan.»

El pitido del busca me arranca de mis pensamientos y me aleja de esa extraña y opresora sensación que poco antes amenazaba con asolarme.

—Tengo que irme.

—Harris, ¡deberías cambiarte de una vez e irte a casa! —berrea Ian. Suena como el doctor Gardner y su maldita orden de antes. Poco después de que todos estuvieran atendidos y de que Laura y yo siguiéramos trabajando en urgencias, bajó el jefe de cirugía en persona, echó un vistazo alrededor y nos recomendó encarecidamente que nos sometiéramos a un chequeo. Incluso quería que nos fuésemos a casa, pero nosotras insistimos en seguir ayudando con todo ese caos.

Obviando el comentario de Ian, devuelvo el busca al bolsillo tras una mirada rápida y le sonrío.

—Que tengas mucha suerte con la enfermera demoníaca. Por cierto, llevas los calzoncillos del revés, sabelotodo —le digo de pasada, y señalo la etiqueta que asoma claramente entre sus nalgas, antes de pasar por su lado en dirección al ascensor y desaparecer mientras lo oigo maldecir por lo bajo.

4

Sierra

—Gracias por dedicarme su tiempo.

El doctor Gardner se reclina en su sillón y me observa con atención. Debería resultarme incómodo estar sentada frente a mi jefe en este estado, pero ahora mismo no hay muchas cosas que me importen tan poco como mi aspecto. Sobre todo, porque él mismo tiene pinta de estar agotado y con toda seguridad lleva de servicio el mismo tiempo que yo.

Las cortinas junto a mí están corridas, seguramente porque la ventana da al este y hace frío en su despacho, más frío que en los pasillos y las habitaciones del Whitestone. O quizá solo tenga esa impresión porque llevo muchas horas de pie y no he dormido.

Con veinticuatro horas sin dormir te concentras peor, la memoria a largo plazo se resiente y desciende claramente la capacidad de atención o, dicho de otra forma: las capacidades neurocognitivas empeoran con rapidez, los sonidos y ruidos se procesan peor y empiezan a estresarnos, como el tictac del reloj bañado en oro que hay sobre el escritorio del doctor Gardner y que con mucho gusto lanzaría por la ventana.

Y en algún momento también desciende la temperatura corporal.

Me estoy congelando.

—Antes de venir aquí ha hablado usted con la administración, así que ya sabe de qué se trata, ¿verdad?

Asiento.

—Muy bien. En primer lugar, quisiera disculparme por no haberla llamado hasta ahora, doctora Harris. O por haberla llamado, todo depende de cómo se mire. El detective Hendricks dirige las investigaciones de nuestro caso y enseguida se unirá a nosotros con el fin de hacerle unas cuantas preguntas.

Como no estoy segura de si debo contestar algo, y como además no tengo fuerzas en absoluto, me limito a esperar.

—Este trágico accidente nos ocupará y permanecerá en nuestras memorias por mucho tiempo, y... —Sus palabras se ven interrumpidas por alguien que llama a la puerta—. Adelante.

Me vuelvo y observo como pasa un policía entrado en años. Algo más alto que yo, los primeros mechones canosos destacan en su cabello castaño oscuro, un hoyuelo en la barbilla, una mirada amistosa pero escrutadora. Nos saluda a ambos antes de sentarse en la silla que permanece libre a mi lado y cruza las piernas.

—Detective Hendricks, le presento a la doctora Harris. Fue la primera que, junto con la doctora Collins, estuvo en el lugar de los hechos. —El jefe de cirugía me señala y yo me obligo a sonreír. Se trata de una sonrisa forzada y breve, aunque pueden estar contentos del solo hecho de que sonría.

—Doctora Harris. Gracias por atenderme. Ya he hablado con varias personas, aunque confío en que pueda usted ayudarme a cubrir algunas lagunas ahora que cuenta con un poco de distancia con respecto a lo sucedido.

—Naturalmente —le contesto con la voz tomada, mientras en mi interior todo grita que no quiero hacerlo. Solo quiero olvidarlo todo y no tener que pasar de nuevo por ello.

—Muy bien. El doctor Gardner ha declarado que usted y la doctora Collins fueron las primeras en llegar. ¿Es correcto? Ya que él en ese momento no se encontraba allí, debo cotejarlo con usted.

—Sí, nos dirigíamos a la planta superior de cirugía, donde están nuestras taquillas. Nosotras... —dudo. Llevo demasiado tiempo aquí, justo después de la explosión seguí trabajando con Laura, aunque deberíamos habernos ido a casa—. Ya habíamos acabado la jornada —le explico, y dirijo la mirada hacia el doctor Gardner, al que no parece sorprenderle.

—¿Qué fue exactamente lo que vieron? ¿Podría usted describirme con detalle lo que ocurrió?

Mi pulso se acelera, me acaloro, aunque hasta este instante me estaba congelando. Me trago el mal sabor de boca y empiezo a contárselo todo.

—Laura, quiero decir, la doctora Collins, y yo habíamos cumplido con nuestro turno en urgencias. Cuando llegó la ambulancia con el paciente ya nos disponíamos a irnos a casa. Pudimos ver como el doctor Brooks y el doctor Rivera atendían al paciente con los primeros auxilios y, con ayuda de los enfermeros Chibudem y Olsen, se dirigían hacia el ascensor para conducirlo hasta el quirófano. Entramos en el pasillo poco después que ellos y vimos cómo se abrían las puertas del ascensor.

Lo veo todo a cámara lenta frente a mí, como si me encontrara de nuevo allí, y noto cómo cada vez se me acumula más sudor en la frente y en la nuca. Cómo se me seca la boca.

—El doctor Ian Rice acababa de salir del ascensor, los demás entraban. Aún no habían terminado de hacerlo cuando..., cuando se produjo un estruendo ensordecedor.

Ese estrépito, esa presión, ese momento en que se pierde el sentido de la orientación y se produce un vacío en la cabeza, todo vuelve a estar frente a mí.

—Si lo prefiere, podemos proseguir con la conversación mañana. Han sido un día y una noche largos, doctora Harris —opina el policía, aunque no tenga ni idea: mañana no será mejor.

—Me encuentro bien —consigo decir, y respiro hondo. Me clavo las uñas en los pulpejos de las manos y apoyo con fuerza los puños contra los muslos. Estoy temblando.

Nadie dice nada, impera el silencio, y en este espacio que empieza a viciarse como si contuviera el aire, mi respiración es demasiado ruidosa. Hasta que el policía carraspea, me hace la siguiente pregunta y yo estoy agradecida por poder dejar todo esto atrás de una vez.

—¿Durante su turno vio a alguna persona que no debiera estar en urgencias o en los pasillos y espacios anexos? ¿Le llamó la atención alguna persona o situación? ¿Vio algo que le extrañara?

Me esfuerzo por recordar.

—No. No noté nada así —contesto, y me pregunto adónde pretende llegar exactamente.

—¿Conoce usted a alguien que quisiera perjudicar a alguna de las personas afectadas?

Arrugo la frente y paso desconcertada la mirada del doctor Gardner al policía.

—Entonces ¿fue intencionado?

Él duda y aprieta los labios, aunque finalmente contesta:

—Según los datos de los que disponemos ahora mismo, no podemos descartar nada. Tras inspeccionar la zona de los hechos se ha podido certificar que la explosión está relacionada con la bombona de oxígeno, no con un explosivo ni nada parecido. En todo caso, aún no tenemos claro cómo pudo ocurrir exactamente, cuál fue el origen. Seguimos investigando al respecto. Además, siempre se investigan todas las posibilidades.

—Las dos razones más plausibles para que se produjera la explosión son ahora mismo una válvula defectuosa y residuos de suciedad o restos de grasa que prendieron al abrir la botella. Ambas cosas suelen suceder con muy poca frecuencia —prosigue la explicación el doctor Gardner, y de repente se detiene. Aprieta los labios y noto que necesita una pausa para proseguir.

«Ian ya sospechaba algo así», se me pasa por la cabeza.

—Suele suceder con muy poca frecuencia —repite sus palabras el doctor Gardner antes de añadir—: Aunque no es algo imposible.

No, no lo es. Yo lo acabo de vivir. Y espero que con esta vez sea suficiente para toda mi vida.

Dios, realmente se trata de un accidente. Nadie quería que ocurriera, pero ha ocurrido, y no tengo ni idea de cómo debo comportarme.

—Había tanto humo, tanto caos... —susurro, y me doy cuenta demasiado tarde de que no solo he pensado estas palabras, sino que las he pronunciado en voz alta. Al percatarme, bajo la mirada y me muerdo los labios.

—Gracias, doctora Harris, doctor Gardner. Les contactaremos si necesitamos hacerles más preguntas. —El policía se pone en pie y abandona la habitación.

Vuelvo a tener frío. Demasiado frío.

—Doctora Harris, además de la conversación que acabamos de tener, la he llamado por el busca por otro motivo: se me ha comunicado que sigue de servicio. Con la ropa de trabajo.

Como al principio, me observa, aunque su rostro es inexpresivo. Me inquieto y me remuevo en la silla.

—Sin dejar de estarle muy agradecido por haber sido la primera, junto con la doctora Collins, en llegar al lugar del accidente y haber realizado un trabajo extraordinario, me pregunto: ¿por qué no ha abandonado usted aún el Whitestone? ¿No ha recibido la orden?

—Sí, señor, la he recibido. Pero he tomado la decisión de pasar aquí mi día libre.

—Puedo entender que se quede usted a la espera de novedades, al igual que la doctora Collins. Puedo entender que lo que ha pasado la haya conmocionado y que no sea fácil de asimilar, pero...

No puedo evitar reírme. De forma calmada y algo seca.

—Con el debido respeto, no creo que usted pueda entenderlo.

No tengo ni idea de qué es lo que me ha ocurrido, pero

lo que me acaba de decir ha sonado casi como si no hubiera pasado nada. O algo malo que en realidad no era tan malo. Y eso es una mierda.

—Usted no ha tenido que ver cómo alguien se estampa contra una pared, usted no ha tenido que oír la explosión, el estruendo y los pitidos, usted no ha tenido que respirar el humo ni tampoco el olor a carne quemada. Usted no ha tenido que certificar que el paciente ya no presentaba pulso y uno de sus compañeros sufría una fibrilación ventricular, tampoco ha temblado de miedo porque pensaba que no sería el único.

Solo al final me doy cuenta de la ira con la que he hablado. Mientras tanto, me he inclinado hacia delante y me encuentro sentada en el borde de la silla, los dedos hundiéndose en mis pantalones sucios y sudados, y lo que acabo de decir resuena tan alto en mis oídos como si hubiera utilizado un megáfono.

Estoy muy irritable, y con toda seguridad debería disculparme. Solo que ahora mismo no se me ocurre ni una sola buena razón para hacerlo. Estoy convencida de lo que acabo de decir, estoy convencida de cada una de las palabras que he dicho, y me importa una mierda que quien está sentado frente a mí sea mi jefe. Pues no tiene ni idea de por lo que hemos tenido que pasar durante las últimas horas, y yo ya no soy ninguna niña a la que se tenga que explicar cuándo se debe cambiar, irse a casa y meterse en la cama. Sobre todo porque no quiero volver a casa. No puedo volver a casa. Un lugar en el que siempre se me dice qué es lo mejor para mí.

Sigo sentada aquí, como petrificada, e intento respirar con tranquilidad, aunque no lo consigo del todo. Especialmente en el momento en el que el jefe de cirugía se inclina hacia delante, coloca los antebrazos sobre la mesa y entrecierra los ojos. Solo un poco, pero de forma apreciable.

—Doctora Harris, me está usted malinterpretando. Tan solo quería expresar que soy del todo consciente de la dificultad de la situación y de las circunstancias, y a pesar de ello, o justamente debido a ello, considero que los médicos que se han visto involucrados, así como todos los enfermeros que han ayudado, ahora también deben ocuparse de sí mismos. En especial usted, la doctora Collins, la doctora Jones y la doctora Awan, no solo porque aparecieron justo después de los hechos o ya estaban presentes cuando se produjo la explosión, sino también porque hace pocos meses que están prestando sus servicios aquí y aún deben desarrollar sus rutinas. En un sentido tanto técnico como físico y emocional. —Su expresión se suaviza, aunque de todos modos me siento como en una mesa de tortura. Tengo todo el cuerpo en tensión. Habría preferido que me hubiera gritado y reprendido—. Me preocupo por usted y por los demás. Por supuesto, no puedo decirle cuándo debe irse a casa. —Remarca sus palabras como si pudiera leer mis pensamientos, y eso provoca que baje la mirada.

«Mierda.»

—Pero sí que puedo decirle cuándo debe abandonar usted el servicio, doctora Harris; estoy autorizado para, si fuera necesario, impedirle la entrada en el hospital, aunque sabe que es algo que haría de mala gana. Si quiere ir a ver a alguien o informarse sobre su estado, hágalo. Todo lo demás debe esperar. Además, puedo adaptar sus turnos según mi criterio. Ya que usted y la doctora Collins, que hasta ahora no ha respondido a mis mensajes y seguramente se encuentra junto al doctor Brooks, se han quedado aquí y han hecho horas extra y el día libre que les he asignado ya ha comenzado, mañana también librarán. El domingo también lo tenía libre. Así que su siguiente turno empieza el lunes por la mañana.

Todo en mí quiere oponerse. O gritar. Al mismo tiempo, me resulta difícil pensar con claridad. Es como si todo se hubiera desmoronado sobre mí y en este mismo instante entendiera qué es lo que ha ocurrido.

—No podíamos irnos sin más —lo contradigo en voz baja. De repente me tiembla el labio inferior, por lo que lo muerdo para detener el temblor.

—Como ya le he dicho, le estoy muy agradecido por su compromiso, especialmente porque sufrimos falta de personal. Pero eso es problema mío, no suyo. Recibiremos apoyo de los hospitales cercanos hasta que la situación se haya estabilizado. Usted debe descansar.

Esta vez no consigo llevarle la contraria, ni responder siquiera. Por un momento solo alcanzo a cerrar los ojos.

—Otra cosa, doctora Harris. Contamos con excelentes profesionales en salud mental en el edificio C. Parto de la base de que usted ya lo sabe, pero es mi deber recordárselo. Si tiene la necesidad de hablar con alguien sobre lo sucedido o requiere de ayuda, por favor, acuda a ellos. Como médica que es, no hará falta que le explique cuán importante es la salud mental, y que este tipo de apoyo en ocasiones es necesario y en ningún caso supone un signo de debilidad.

Alzo la vista, me encuentro de nuevo con su mirada, alcanzo a ver la insinuación de una sonrisa y no puedo hacer otra cosa que devolvérsela. Él es totalmente consciente de que con este comentario no ha dejado de explicarme la importancia de la atención psicológica, y que es normal y bueno hacer uso de ella.

No tendría ningún sentido decirle que me las arreglo yo sola y que no necesito a nadie. Así que asiento con la cabeza. «Y solo quizá», me susurra una voz baja en el rincón más apartado de mi entendimiento, «algún día me lo plantee».

—Si por su parte lo tiene usted todo claro, doy por finalizada esta conversación. Por favor, haga el favor de cambiarse, está fuera de servicio.

«Debería irme.» Es lo primero que se me pasa por la cabeza desde que he llegado. Seguramente porque aún no estoy segura de cómo he terminado aquí. Ni de por qué. Hace un momento estaba con el doctor Gardner y ahora me encuentro en el edificio anexo, con un traje de protección en un pasillo de los cuidados intensivos de la unidad de quemados.

Una y otra vez abro y cierro las manos enguantadas, froto los dedos los unos contra los otros porque los tengo rígidos y me hormiguean, mientras miro impertérrita hacia delante a través del vidrio.

La habitación de Mitch tiene un aspecto similar a la de Nash, aunque es algo más pequeña y cuenta con algo más de luz. Y eso a pesar de que las finas cortinas de la ventana que mira a la calle están corridas y los rayos de sol no pueden entrar directamente. Detrás de mí pasan personas sin detenerse, y oigo como hablan, murmuran o se pelean. Oigo como piden cosas, como dan instrucciones o cuentan chistes. Como se preocupan. Oigo todo eso y cada una de sus palabras me recuerda a Mitch. A la forma en que me provoca, a su estúpido buen humor, del que siempre hace gala, a su risa, a su sonrisa pícara, a su manera de mover las cejas exageradamente. Al modo en que me mira a veces, que me supera. Comete fallos, me pone nerviosa, demasiado a menudo está demasiado cerca de mí. Y de repente está ahí tumbado, tras ese vidrio, tras esa pared, en la cama, y duerme como si nada hubiera ocurrido. Está ahí tumbado —tan lejos—, y sé que bajo esa sábana y esa bata hay vendas, heridas, cicatrices. Hay dolor.

Las imágenes del momento en el que nos lo encontramos se agolpan en mi mente. Lo veo en el ascensor, ha vuelto el olor a carne quemada y humo y polvo, y me falta el aire...

Un jadeo me aleja de esos pensamientos, instintivamente me llevo la mano a la garganta y desearía poder mirar hacia otra parte, pero mis ojos no se apartan de él y no puedo remediarlo.

¿Por qué ha tenido que ocurrir? ¿Por qué justamente tenían que subirse a ese ascensor Nash, Mitch y los otros? ¿Por qué diablos me afecta tanto?

—Mierda —suelto con voz áspera, y vuelvo a tragar con dificultad con el fin de deshacer el nudo que se me ha hecho en la garganta.

Con una mano me apoyo en el vidrio y finalmente bajo la mirada, me puedo desprender de Mitch, de esos pensamientos e imágenes en mi cabeza. Hasta que observo los protectores de calzado azul claro cubriendo mis zapatillas sucias, que hace tiempo que dejaron de ser blancas. Llevan pegado todo aquello que he visto y experimentado durante las últimas horas y me recuerdan de nuevo que no estoy soñando. Y eso no puedo cambiarlo.

No quiero llorar. Desde la explosión me las he arreglado para no hacerlo. Incluso antes junto a Laura. Ni una sola lágrima ha encontrado su camino hacia el exterior, ¿y ahora la visión de mi asqueroso calzado va a ser el motivo? ¡Y una mierda!

—Tiene que ser una puta broma —murmuro mientras me froto los ojos con el dorso de la mano y empiezo a temblar; mi cuerpo se estremece como un árbol en medio de una tormenta.

Estoy sollozando, y lo odio. Estoy llorando, y lo odio. Mi llanto no se detiene y yo permanezco inmóvil. No me voy, y supongo que eso es lo que más odio.

5

Mitch

Mientras abro los ojos, parpadeando, por un momento estoy convencido de que me encuentro bajo el agua. Mi visión es borrosa y siento el cuerpo engañosamente ligero. Prácticamente insensible. Aunque, cuando respiro hondo, reconozco la sábana blanca que me cubre y los miembros se vuelven de repente pesados como el plomo, soy consciente de que algo no concuerda.

Respiro, introduzco aire en mis pulmones, noto la delgada tela en partes de mi piel, reconozco diferentes tubos y oigo el pitido monótono junto a mí.

El fuerte olor y esta vista me son más que familiares, aunque no quiero admitirlo. Es imposible que yo me encuentre en una cama del hospital.

¿Qué es lo que ha ocurrido? ¿Estoy en el Whitestone o en otro sitio?

Vuelvo la cabeza ligeramente a un lado y de nuevo debo parpadear, incluso entrecerrar los ojos con el fin de ver con más claridad. Hay alguien apostado en mi ventana. Está un poco inclinado y le tiembla el cuerpo. Diría que se trata de una mujer. Tiene un aspecto triste. ¿O no? ¿Está llorando? Si es así, ¿por qué está aquí? Entonces me doy cuenta de que viste un traje de protección azul, que no son comunes en las habitaciones normales. Mierda. ¿Dónde estoy?

La mujer se mueve, se le desplaza el gorro y destaca su cabello negro. Un largo mechón cae sobre su rostro.

Me quedo perplejo y parpadeo unas cuantas veces. Conozco a esta mujer. ¿Es Sierra?

Confundido y sorprendido al mismo tiempo, la observo, la contemplo, y me da la impresión de que todo esto no es real. ¿Por qué iba a estar yo en esta cama? No existe absolutamente ninguna razón para que yo esté aquí. ¿Y por qué iba a estar Sierra ahí llorando por mí? No tiene ningún sentido.

De nuevo me quedo medio dormido y, cuando vuelvo a abrir los ojos, Sierra ha desaparecido. El espacio más allá de la ventana está vacío. ¿Acaso me lo he imaginado todo? ¿Ha sido un sueño? Seguro. Sierra nunca estaría ahí llorando. Y menos aún por mí.

Suspirando, vuelvo la cabeza hacia el otro lado y hago una mueca y tuerzo un poco la boca del dolor. En un acto reflejo levanto el brazo y me sobresalto de inmediato.

—¡Mierda! —maldigo con ganas, y grito, porque de repente todo me quema y me tira y me duele.

Mi visión se aclara ahora, reconozco los valores del monitor junto a mí, el gotero —suero y analgésicos—, la cama y las sencillas sábanas blancas. Respirando con dificultad, me miro el brazo izquierdo y el vendaje que lo cubre prácticamente por completo.

«Pero si solo ha sido un sueño —se me pasa por la cabeza—, ¿por qué sigo aquí tumbado?»

Noto la boca seca, quizá antes también estaba así. No lo sé. Tengo calor y frío al mismo tiempo y el pulso acelerado. La cama, el dolor, el vendaje... Esto resulta demasiado para mí.

Cuento hasta tres, después alzo la sábana y descubro otro vendaje en el muslo, y estoy seguro de que debe de haber más. La frente se me cubre de sudor, tengo que respirar por la boca, porque me da la sensación de que me falta el aire. Mi mirada se queda clavada en el vendaje, no puedo deshacerme de él, mientras pienso enfebrecido qué habrá pasado.

Un turno normal en urgencias, sin ningún caso remarcable, un poco de cháchara con los demás y de repente... Entrecierro los ojos. Lo recuerdo. El paciente, el ascensor, la explosión... Pero ¿luego qué? ¿Qué demonios ocurrió después?

Las preguntas y los recuerdos me inundan y me ahogan como si de una ola se tratara.

Esto no es un sueño.

No estoy buceando ni tampoco nadando.

Me estoy ahogando.

6

Sierra

—¡Pero qué son estas pintas! ¿Trabajas en un hospital o en la obra? —atruena la sardónica voz de mi madre.

De haber tenido fuerzas para hacerlo, me habría dado media vuelta allí mismo y me habría largado. Sin embargo, ya no me quedan, así que me apoyo contra la pared junto al armario y por unos segundos cierro los ojos, mientras siento la mirada inquisitiva de mi madre sobre mí.

Debería darme lo mismo. Sin embargo, sus palabras actúan como sal en una herida abierta. ¿Cómo es posible que no vea por lo que estoy pasando? ¿Por qué demonios es siempre así? ¿Y por qué no puedo ignorarlo después de todo este tiempo?

¿Cómo es que siempre me queda ese rayo de esperanza de que todo irá a mejor?

Estoy cansada. Agotada. Apesto. El uniforme se me pega al cuerpo junto con el sudor, la mugre y la sangre.

Todo lo que ha pasado, todas estas imágenes, olores, emociones, ruidos, pensamientos, se han quedado pegados a mí, pesados como el plomo, y por primera vez en mucho tiempo debo reprimir una arcada. ¿Conseguiré que desaparezca este olor a humo de mi cabello? O de mi nariz...

Me habría gustado ducharme y cambiarme de ropa antes de volver a casa. En cambio, he acabado no sé ni cómo en la unidad de quemados, en el pasillo donde se encuentra Mitch, donde, tras verlo ahí, en su habitación, he estado al borde de un colapso nervioso. Después me abandonaron las fuerzas. Estaba del todo fuera de mí y solo quería irme del hospital. Alejarme de Mitch, de ese lugar y, de alguna manera, de todo lo que había sucedido. Así que saqué mis cosas de la taquilla y, ya fuera, me subí rápidamente a un taxi. Ignoré por completo la expresión de confusión y espanto en el rostro del conductor. Soy consciente del aspecto que tenía.

En ocasiones vuelvo andando a casa, pero hoy no lo habría conseguido. Haber venido hasta aquí ya demuestra lo mucho que me está costando todo esto y lo agotada que estoy...

—Me he enterado de lo que ha ocurrido. Ha salido en las noticias. Siempre los mismos dramas —resopla mi madre, y no me puedo creer que tenga que escuchar algo así. Que ella sepa lo que ha sucedido, que yo estaba allí y que podría haberme pasado algo, y que le dé exactamente igual—. Ve a lavarte, estás hecha un desastre. Deberías haber estudiado para abogada o haberte casado con un hombre decente que esté a tu lado y te apoye, tal como te he aconsejado siempre. Ahora trabajas todo el día, estás estresada y te salen arrugas. ¿Y para qué? ¡Tendrías menos preocupaciones y estarías mejor posicionada socialmente si me hubieras hecho caso!

«Como si ser abogada no conllevara nada de estrés. O vivir con un hombre.»

Lo fuerte es que la voz de mi madre suena cálida y preocupada. Si no fuera por sus palabras, podría pensar que me está animando, que me está asegurando que todo irá bien. Sin embargo, no es así. Es la misma mierda de siempre. Me está diciendo que a ella le iría mejor y ella tendría menos preocupaciones si yo hiciera lo que a ella le apetece. Y piensa que es mi obligación después de todo lo que ha hecho por mí, de todo lo que dice haber sacrificado por mí. En esta ocasión no lo ha llegado a verbalizar, ni falta que le hace. En los últimos años ya lo ha hecho con demasiada frecuencia.

Mi madre me culpa. Como siempre. Solo falta que hoy me explique por centésima vez que su vida fue de mal en peor tras conocer a mi padre y quedarse embarazada de mí sin haberlo planeado. Si entonces hubiera sabido lo que hoy sabe, no habría iniciado una relación con él. Por supuesto, eso fue culpa de mi padre y en ningún caso suya. Ella nunca es la culpable. Por él y por mí tuvo que abandonar sus estudios de Derecho y, en lugar de ser abogada, es una simple secretaria —como si lo uno fuera necesariamente mejor que lo otro—, y yo soy médica, así que tampoco abogada. Ninguna de las dos está viviendo su sueño...

Vaya decepción.

—Esta noche volveré tarde, así que no me esperes.

Probablemente trate de pescar en cualquier bar a un ricachón, aunque no le pregunto por ello. Me da igual la razón o el lugar adonde vaya. Estoy agradecida por cada minuto de tranquilidad.

No he heredado nada de ella, cada vez lo tengo más claro. Ni su cabello rubio dorado, ni su nariz puntiaguda, ni su altura, ni su figura nervuda. Y me alegro. Quizá porque en secreto sé que entre nosotras dos ya no hay mucho que salvar.

Sigue observándome, chasquea la lengua con el fin de expresar por última vez su decepción antes de calzarse sus tacones de aguja, agarrar su bolso y señalar con el dedo en dirección al comedor.

—Y recoge un poco, la casa está patas arriba.

Con estas palabras pasa por mi lado, y yo murmuro sin que llegue a oírme:

—Sí, porque no haces nada para tenerla ordenada.

Y aunque oyera mis palabras no cambiaría nada.

La puerta se cierra. Estoy sola.

Cinco minutos. Si hubiera llegado cinco minutos más tarde me habría ahorrado este monólogo inútil. En cambio, ahora me siento aún peor que antes, si es que eso es posible.

No tengo ni idea de si mi madre es consciente de que con sus comentarios no me ayuda y no me hace ningún bien. Aunque siempre recalque que solo se preocupa, ya no lo soporto más. Me voy a mudar. Tengo que mudarme, porque el deseo de entenderme con mi madre y sentirme querida por ella no es más fuerte que el de que no me siga hiriendo y el de dejar de intentarlo. Necesito un descanso; de ella, de sus palabras, de sus miradas y de esta casa. Aunque eso suponga tener que alargar el enorme crédito que pedí para cursar mis estudios y escatimar aún más en mis gastos diarios. Lo conseguiré. Vale la pena. Porque estoy convencida de que no se cuida de una hija así. No basta con las palabras. Hay que creer realmente en lo que dices. Y mi madre no lo hace.

Por lo menos desde hace ya mucho tiempo no lo percibo así. En realidad, nunca ha sido así. Me quedé porque pensaba que iba a cambiar, porque tenía la esperanza de que mejoraría o también porque creía que en algún momento me daría igual. Pero comprobar justo hoy que no es así y que seguramente nunca lo será duele. Que nuestra relación no es ni cariñosa ni estrecha y que yo no soy lo bastante insensible como desearía. Odio tener que preguntarme demasiado a menudo: «Si tu propia madre no te puede querer, entonces ¿quién te querrá?».

Hasta ahora me servía dormir en el hospital en lugar de en casa por lo menos una vez a la semana. Más allá de que fuese necesario, solo por no tener que ir a casa y encontrarme con mi madre. Es un milagro que nadie me haya descubierto. Ni siquiera Laura lo sabe. Hace tres semanas incluso me pagué una habitación de hotel, y no fue la primera vez.

Me froto los ojos, porque me escuecen.

Sí, voy a buscarme un sitio donde vivir. Pero no ahora. No hoy. Mañana, quizá pasado mañana. Tan pronto como me haya deshecho de las imágenes de mi cabeza y de la porquería que llevo encima y haya dormido algo.

Estamos a lunes. He sobrevivido al fin de semana y apenas he llegado a ver a mi madre. Por suerte. Se podría pensar que tantas horas de sueño deberían haber sido reparadoras, pero estoy tan cansada como si nunca me hubiera metido en la cama. He tenido pesadillas. La última vez que las tuve fue poco antes de finalizar los estudios de Medicina, porque me entró el pánico de no aprobar los exámenes. Durante mucho tiempo no fui todo lo buena que quería ser, y eso me superaba. Se podría pensar que llega un momento en que ya no tenemos que lidiar con ese tipo de cosas. Sin embargo, las pesadillas no son solo propias de los niños. Si bien son pequeños monstruos voraces, son fáciles de contentar. Clavan sus afiladas garras en cualquier jirón de miedo, inseguridad y duda, por pequeño que sea, y dejan que aumente, se refuerce, se oscurezca, y cuanto peor se vuelve, más lo disfrutan. Les da igual qué edad tengas, de dónde vengas y a qué te dediques. Las pesadillas te encuentran y te devoran.

Dios... Todo va mal.

Me encuentro de nuevo frente a la habitación de Mitch y me maldigo por ello. La persiana está bajada y las lamas cerradas, no alcanzo a ver nada, pero tampoco me decido a entrar. Es ridículo. Ridículo y vergonzoso.

Me quito la gorra, la guardo junto con la mascarilla en el bolsillo y suspiro.

Si Mitch supiera lo que ha pasado y que ahora me encuentro aquí y no me atrevo a entrar, ¿qué es lo que pensaría de mí?

—¿Puedo ayudarla en algo?

Doy un pequeño respingo antes de volverme y observar el rostro de un compañero. Me saca una cabeza, tiene el cabello corto castaño oscuro y los ojos de color marrón claro, labios estrechos, una mirada escéptica y al mismo tiempo pretendidamente encantadora, denota seguridad en sí mismo. En su placa se lee «Doctor Thomas».

—¿Es usted el médico que trata a Mitch?

Endereza los hombros un poco más.

—El doctor Rivera es mi paciente, correcto.

Algo resuena en mi cabeza. Así que fue con él con quien Sofie habló por teléfono. Si no recuerdo mal, ella lo había llamado Ethan.

—Sofie tenía razón, debería haber informado tan pronto como salió del quirófano.

Las palabras brotan de mi boca sin que me dé tiempo a reflexionar sobre ellas. Aunque no debe de haber sido tan terrible, porque un momento después él me sonríe.

—No estoy para informar, ni soy un mensajero, tampoco un asistente o un simple enfermero, sino el cirujano jefe de la unidad de quemados —me dice a continuación con seriedad, y su sonrisa se desvanece.

—De acuerdo.

Perplejo, alza las cejas.

—¿De acuerdo?

—Así se lo haré saber a Sofie, la «simple enfermera» —le contesto secamente, porque tengo la sensación de que mis palabras le afectarán más de lo que es capaz de admitir. Y su expresión muda me da la razón.

Entrecierra los ojos.

—¿De qué conoce a Sofie? ¿Y quién me ha dicho usted que es?

—Yo no he dicho nada.

Aún no llevo puesta mi ropa de trabajo, solo unos viejos vaqueros agujereados, mis zapatillas favoritas y una desgastada camiseta amarilla bajo el traje de protección. No puede saber quién soy.

—Tengo que irme. Cuide bien de él. —Por un segundo dudo, pero me voy de allí y no vuelvo la vista.

—¿No quiere saber cómo le va?

De repente me detengo, pero no me vuelvo. Tengo la mirada clavada en un punto lejano y cierro los puños.

—Es por eso por lo que ha venido, ¿no es así?

Mis pies no se mueven. No ando. No me detengo. Es como si me hubiera quedado atrapada. Constantemente veo el rostro de Mitch, cubierto de escombros y sangre, constantemente oigo la voz desesperada de Laura y el estruendo que sale de la megafonía de urgencias, constantemente recuerdo el cuerpo sin vida de George, las heridas de Nash, las de Lisha e Ian.

Me he convertido en una bomba de relojería.

Suspirando en silencio miro hacia el techo antes de respirar hondo y volver a bajar la cabeza. Me gustaría preguntarle: «¿Cómo está? ¿Podrá recuperarse? ¿Ya ha pasado lo peor? ¿Qué tal fue la operación y qué cantidad de tejido tiene dañada? ¿Cuánta piel han tenido que injertarle? ¿Lo atendieron lo suficientemente rápido y bien?». Sin embargo, no puedo pronunciar ni una sola de estas palabras. Porque intento convencerme a mí misma con tozudez de que todo está en orden. De que todo ha sido una pesadilla que no consigue abandonarme.

—Presenta extensas quemaduras de segundo grado, aunque por ahora el tejido se recupera muy bien.

«Si quiere saber más, tiene que decirme quién es.» Esta declaración está claramente implícita, pues no está autorizado a facilitarme esta información. No tengo ni idea de por qué, a pesar de todo, lo ha hecho.

Quemaduras de segundo grado. Así que mis sospechas no eran equivocadas. Noto un retortijón en el estómago, empiezo a sudar.

—¿Quiere que le deje un recado? —me pregunta, y entrecierro por un momento los ojos.

Lo que me faltaba. Ese tono de voz compasivo, esa pregunta.

—No es necesario —le respondo medio ahogada, mientras intento mantener parte de mi compostura. Sin embargo, tras unos pasos empiezo a ir más deprisa, corro por el pasillo en dirección al ascensor. Solo quiero salir de aquí.

Salir, salir, salir.

El botón se ilumina y solo cuando entro en el ascensor y las puertas se cierran tras de mí vuelvo a respirar como Dios manda. Me agarro a la barra lateral del ascensor con tal fuerza que mis nudillos se ponen blancos, mientras desciendo desde el segundo piso con el fin de llegar al edificio principal.

Él está bien. Está fuera del quirófano. Toda esta mierda ha quedado atrás. Ya no tengo que ir del edificio principal al secundario para pasearme ociosa junto a la habitación de Mitch en la unidad de quemados.

Las quemaduras de este grado normalmente suelen sanar en de tres a cinco semanas. Quedan cicatrices, pero habría sido peor si...

—Haz un esfuerzo, Sierra —siseo en voz baja la frase con menos sentido y más inútil de todos los tiempos y estoy contenta de estar sola en el ascensor—. Eres médica. Ha pasado algo malo y tú has ayudado, eso es todo. Ese es tu trabajo. Y en urgencias ya has visto de todo. Así que: HAZ. UN. ESFUERZO.

Ping.

Cuando salgo del ascensor, salgo del edificio adyacente y entro en el mío para iniciar el turno, me sudan las manos y el corazón me late a toda velocidad, como si hubiera corrido una maratón.

Una vez que llego, me dirijo sin más hacia los vestuarios. Algunos de los que empiezan ahora su turno permanecen en la sala de médicos, se cambian o charlan entre sí.

Respiro de nuevo profundamente frente a mi taquilla, reprimo las malas sensaciones de hace un instante e intento con todas mis fuerzas no pensar más en Mitch, la explosión y toda la demás mierda.

Ya ha pasado.

—Ya ha pasado —repito, verbalizando sin querer mis pensamientos, y doy un respingo cuando alguien junto a mí me pregunta de repente:

—¿Qué es lo que ya ha pasado? ¿Tu turno? Pensaba que hoy lo empezabas conmigo.

—Maldita sea, Maisie, me has asustado.

Me la quedo observando y me doy cuenta de que, a diferencia de mí, tiene un aspecto bastante bueno, y eso que no está maquillada, lo que delatan las innumerables y claramente visibles pecas que cubren su rostro. Unas gafas de color rojo chillón, las mejillas algo sonrosadas y el cabello recogido en un moño desordenado. El color de su piel me recuerda siempre a un café en el que por descuido se hubiera vertido un pequeño chorro de leche.

—Perdona. No era mi intención.

Alza la mano con la que agarra un libro hecho polvo. No alcanzo a ver el título, pero tiene pinta de ser una novela negra o un *thriller*.

—He estado leyendo un poco y ahora me estaba preparando para mi turno. Solo quería saludarte y ver cómo estás. Me daba la impresión de que estabas un poco ausente y... —se encoge de hombros— han sido simplemente unos días difíciles.

—Sí, lo sé.

Mientras charlamos me pongo el uniforme y una vez más renuncio a la bata. No tengo ni idea de cómo le gusta tanto a Laura. A mí me molesta, y solo me la pongo cuando hay alguna visita, para que los superiores tengan una buena impresión de mí.

—¿Trabaja hoy Laura? —le pregunto, porque no me ha dado tiempo de mirar los horarios.

—Creo que no, se ha cogido un día libre adicional y no empezará su turno hasta mañana. He oído que el doctor Brooks está mucho mejor y que el doctor Rice ya no está ingresado.

—¿Ya le han dado el alta a Ian? —le pregunto sorprendida mientras enciendo el busca y cierro la taquilla.

Maisie asiente.

—Sí. Una verdadera locura: su nombre ya sale en los horarios.

Suelto una carcajada seca. Ahora ya se ha vuelto completamente loco. Parece ser que no solo ha conseguido librarse de Tori, la enfermera demoníaca, y se ha dado el alta él mismo, sino que de veras iba en serio al decirme todas esas tonterías. No pensaba que fuera capaz.

—¿Qué es lo que tenía? ¿Un ligero traumatismo craneoencefálico, contusiones y magulladuras? No han pasado ni cuatro días, debería descansar. ¿No tenía libre?

Granuja. Quizá lo que me altera es que se haya dado el alta él mismo y ya pueda trabajar, mientras que a mí prácticamente me echaron del Whitestone para que descansara el fin de semana.

—¿De quién estamos hablando? —Zeenah acaba de entrar y se une a nosotras.

—De Ian —le contesto, y le refiero lo que me ha contado Maisie.

—No me sorprende —opina, y sonríe satisfecha—. Me alegro de que se estén recuperando.

La miro de reojo. Parece volver a ser la misma de siempre, y me esfuerzo por no preguntarle a Zeenah si está bien. Y si no fuera así, ¿lo admitiría?

—Y otra cosa —prosigue Maisie emocionada, e interrumpe mis pensamientos—, Mitch ya está completamente consciente. En unas cuantas semanas las heridas deberían haber sanado hasta tal punto que no necesiten vendaje y le puedan dar el alta.

Al oír su nombre mi respiración se ha detenido por un momento. No quiero pensar en eso. En él y en sus heridas, que se convertirán en cicatrices.

—Bien —le replico cortante, y desvío el tema—. Termina de cambiarte, Maisie, ya llegas tarde. Yo me voy. Nos vemos ahora. —Sin esperar una respuesta, dejo a ambas allí y paso junto a dos o tres compañeros hacia la planta.

Isabella Danes, a la que llamamos Bella, está de servicio. La veo tras una de las pantallas en la entrada de Cardio.

—Hola, Sierra. ¿Necesitas un café?

Con una expresión preocupada, estudia mi aspecto.

—No, gracias. ¿Puedes mirar, por favor, si hay nuevas instrucciones? He tenido libre y desconozco el estado actual.

—Sí, claro, espera un momento.

—¡Hola, *bambina*! —se oye de repente una voz con demasiado buen humor, cuando Grant aparece y se para junto a mí. Me observa con aún más insistencia que Bella, y eso me pone nerviosa.

—¿Quieres hacerme una radiografía con la mirada o qué?

—Es posible. No sé si debería preguntarte cómo estás.

—Ahórratelo —le suelto, y me inclino sobre el mostrador.

Mientras tanto, Bella se ha ido a la parte de atrás, no tengo ni idea de qué es lo que busca exactamente. Debería poder verlo todo en el ordenador.

—Bien, entonces a otro tema. ¿Has oído que seguramente pronto llegará carne fresca?

—Cielos, Grant. No soy Laura, no entiendo todas las cosas extrañas que salen de tu boca.

Ahora se ríe. Y eso que no se trata de una broma.

—Van a contratar a unos cuantos médicos nuevos. Y concretamente para cirugía cardíaca, torácica y traumatológica. Quién sabe, quizá incluso para otros departamentos.

—Maisie y tú sois como una radio que da las noticias y es imposible de apagar.

—Me lo tomaré como un cumplido. —Se acaricia de forma descuidada el cabello antes de pasar junto a mí e ignorarme por completo.

Sigo su mirada y descubro a Maisie y Zeenah, que están iniciando su turno en planta y hablan a unos cuantos metros de nosotros.

—El rojo le sienta bien —murmura, y me vuelvo hacia él sonriendo.

—Conque Maisie, ¿eh? —le digo, y él no reacciona.

—No tengo ni idea de qué estás hablando.

—¿Ya habéis quedado? ¿Habláis siquiera entre vosotros? ¿O simplemente te limitas a acecharla? —le pregunto de pasada, porque en realidad no me interesa. Sin embargo, ver como de repente Grant se sonroja le aporta interés a todo el asunto—. Sí que estás pillado. Pronto el Whitestone pasará a ser un sitio de citas en lugar de un hospital.

—Eso mismo se aplica a ti —contraataca Grant, y se inclina junto a mí sobre el mostrador—. ¿Qué hay entre tú y míster Encantador?

Me río.

—¿Y ese quién es? ¿Lo conozco? ¿Es uno de los supuestos nuevos médicos?

—Hablo de Rivera.

—¿Míster Encantador? ¿Lo dices en serio? ¿Así es como llamas a nuestro yogurín?

Grant sonríe descarado.

—Ay, *bambina*. Ambos sabemos que el tipo sabe lo que se hace.

—Lo que sabe hacer es abrir la boca y ponerme de los nervios —le contesto airada—. ¿Adónde ha ido Bella? ¿No tienes nada de lo que ocuparte?

—¿Ya has ido a verlo?

—No —le miento. Y de alguna manera no. ¿Verdad?—. ¿Ya has hablado con Maisie? —desvío la conversación y respiro aliviada cuando Bella regresa con un montón de historiales.

—No, la verdad es que no. ¿Algún consejo? —pregunta Grant, y para mi gran sorpresa lo dice en serio. No hay ningún rastro de burla en su voz, no oigo atisbo de broma ni de prepotencia.

—Sé tú mismo. Aunque te resulte difícil. Cualquier otra cosa lo estropeará antes incluso de empezar.

—Yo... —comienza a contestar Grant, y por suerte Bella, que en ese mismo momento deja con estruendo los historiales frente a mí, lo interrumpe.

¿Por qué he tenido que contestarle? ¿Qué me importa a mí todo este asunto de amoríos? Mi experiencia con eso se limita al sexo sin ataduras, no a relaciones asentadas. Yo no necesito eso. Yo no he nacido para eso. No soy lo suficientemente buena. No sé de dónde puede haber venido esa frase tan relamida. Paso demasiado tiempo con Laura...

—Lo siento, ahora mismo hay bastante caos —dice Bella mientras, con un soplo, se aparta un mechón del rostro antes de mirar preocupada los papeles—. Espero que también contraten a unos cuantos enfermeros.

—Primero entrarán los médicos —le contesta Grant—. ¿Quién necesita suficientes buenos enfermeros? —se mofa, y Bella suspira—. Además, el Whitestone es en primer lugar una empresa comercial, y los dos últimos años no han sido buenos. El doctor Gardner hace todo lo que puede por nuestro departamento, pero... ¿qué se le va a hacer? No es el jefe de los jefes.

—Todo esto se viene preparando desde hace tiempo. No disponemos de recursos suficientes cuando se producen muchas bajas. Si ocurre algo como... —Se interrumpe y yo evito su mirada—. Quiero decir, hablaré con Nash en cuanto pueda. Tan pronto como esté de nuevo en activo. Quizá él tenga una solución o pueda hacer algo —opina Bella confiada, y Grant asiente. Luego me sonríe—. Aquí encontrarás todo lo que necesitas. Los turnos están por ahora algo complicados, tendrás que hacer horas de más.

—Está bien. Gracias. —Agarro los historiales, me voy a la otra esquina y les echo un vistazo. Después me pongo en marcha.

Puedo hacerlo. Lo daré todo y no dejaré que nada me distraiga.

Nada... ni nadie.

7

Mitch

—¿Qué? ¿Cómo nos encontramos hoy?

—No tengo ni idea de cómo se encuentra usted, pero yo estoy algo mejor —le respondo, y entiendo por primera vez por qué las personas que tienen que estar en una cama como en la que estoy yo odian estas palabras.

—Si la respuesta es esa, tengo que preocuparme menos de lo que pensaba. Muy bien. También que hoy haya estado más tiempo despierto es una buena señal.

El doctor Thomas anota algo antes de cerrar con ímpetu el historial y colocárselo debajo del brazo. Me observa desde el pie de la cama y yo odio todo esto.

—Como tras esta operación seguramente nadie aparte de su madre lo conoce mejor que yo, ¿qué le parece si nos dejamos de tonterías y nos tuteamos?

Sonrío.

—Simpáticas palabras. ¿Cuántas veces las has utilizado?

Balancea la cabeza suavemente de izquierda a derecha.

—Un par —dice antes de devolverme una sonrisa que, a pesar de la mascarilla, puedo atisbar.

—Soy Ethan.

—Mitch.

—Lo sé. —Guiña un ojo y alza el historial que hasta hace un momento estaba estudiando.

Alguien llama a la puerta, solo un segundo después se abre y entran una enfermera y un enfermero, me saludan y se unen a nosotros.

—Bueno, Mitch. Estos son Kaya y Sam, que ahora mismo te van a desvestir para cambiarte los vendajes.

Mientras lo dice, la enfermera pone los ojos en blanco sonriendo y se prepara junto a su compañero. Ambos llevan ya el traje de protección con el fin de no contaminar mis heridas. Mientras tanto, Ethan deja el historial, se desinfecta las manos y se pone los guantes antes de colocarse junto a mí e inclinarse.

—Yo también voy a echar un vistazo. Ayer ya tenía todo mejor pinta. Tanto las zonas menos afectadas como aquellas donde la piel fue dañada en profundidad.

Me enderezo un poco y él me ayuda a quitarme la bata. Después miro en otra dirección, mientras Kaya se acerca a él y ambos manipulan mis vendajes. Sam se coloca mientras tanto al otro lado de la cama.

No puedo mirar. Y eso que se trata de mi cuerpo. Mis heridas. Y yo mismo soy médico.

—Tu madre ha vuelto a llamar. Le he dicho que estás agotado, que necesitas calma y que la llamarás en cuanto puedas. En todo caso he podido tranquilizarla un poco —oigo las palabras de Ethan y aprieto los labios—. Te hemos dejado aquí el teléfono y le hemos facilitado tu número. Espero que te parezca bien. Te llamará de nuevo, a no ser que la llames tú antes.

—Gracias.

Me siento miserable al no haber podido atender hasta ahora ninguna de sus llamadas.

«Mierda.»

Se preocupa por mí. Se preocupa por mi culpa...

—La llamaré en cuanto hayáis acabado con esto.

—Bien, porque es realmente insistente —murmura, y noto un soplo fresco en la zona en la que me quitan el primero de los vendajes.

Van con cuidado, son precavidos y lleva su tiempo hasta que el vendaje se ha desprendido por completo.

—La recuperación de la herida del brazo es excepcional. De todos modos debo remarcar que nos encontramos al principio del proceso de sanación.

Me doy cuenta de que Ethan avanza hacia el gran vendaje que cubre mi torso y empieza a ocuparse de él. Yo lo ayudo inclinándome hacia delante en la medida de lo posible.

Entonces cierro los ojos. Quizá porque tengo miedo. Miedo de verme y no poder soportarlo. Miedo de no reconocerme. Y porque duele.

—Vigila esto y échale otro vistazo mañana —dice con voz tranquila, seguramente dirigiéndose a Kaya, que junto con Sam me sostiene, pues no tengo la fuerza suficiente para permanecer sentado por mí mismo. Resulta bastante patético—. No solo tu brazo, sino sobre todo gran parte de tu torso izquierdo, de tus hombros y también de tu cadera están quemados, Mitch. La operación fue sobre ruedas, sin complicaciones, sin sorpresas, y estamos haciendo todo lo posible para que no se produzcan cicatrices hipertróficas y el resto de la piel sane sin problemas. Más allá de eso somos precavidos. El riego sanguíneo de la piel quemada está dañado o destruido y tu cuerpo es propenso a las infecciones debido a tu sistema inmunitario debilitado. Especialmente las costras de las heridas forman el caldo de cultivo ideal para las infecciones. Ese es el motivo de que los resultados hasta la fecha me alegren. Algunas zonas habrán sanado del todo seguramente en entre seis y diez días, ahí no quedarán cicatrices. Otras...

Abro los ojos, lo miro directamente y espero, aunque ya sé lo que me va a decir.

—Otras necesitarán hasta cinco semanas para curarse y con toda seguridad se formará tejido cicatricial. Por fortuna, tus quemaduras no superaron el grado IIB, fue la suerte en la desgracia. —Me señala directamente—. Tus contusiones no son demasiado graves y no nos preocupan. ¿Tienes mucho dolor? ¿Quieres que ajustemos tu dosis de medicamentos? ¿Quieres hablar con alguien? ¿Quieres que avise a alguien?

Niego con la cabeza y al mismo tiempo siseo, pues casi se ha desprendido el vendaje del torso y la sensación en el lado izquierdo es muy extraña. Cruda y fría y caliente. Y al mismo tiempo... un vacío. Como si algunas partes estuvieran entumecidas. Como si no estuvieran allí. Como si me faltaran.

—No, está bien. Puedo soportarlo. Solo estoy cansado. —Mientras digo esto observo fijamente a través de las cabezas de Ethan y Kaya la pared blanca de enfrente y trago saliva con dificultad.

—Bien. Ellos dos terminarán con esto, después te

harán las pruebas habituales para comprobar que tus valores son correctos. Cualquier cosa, llámame.

Consigo asentir y despedirme, pero Ethan se vuelve de nuevo.

—Por cierto, Mitch —dice, y yo lo miro—. ¿Conoces a una mujer de esta altura... —alza la mano y la coloca a la altura de sus hombros—..., cabello negro, mirada de fuego y sin pelos en la lengua?

La primera que se me viene a la cabeza por la descripción es Sierra, y eso hace que me ría.

—¿Por qué me lo preguntas?

—Hace un rato estaba aquí, frente a tu habitación, no me ha querido decir quién era y tampoco quería entrar. Ha despertado mi curiosidad, por...

—... ¿ser tan temperamental?

—... ser tan indiscreta —termina su frase, y ahora sé que se trataba de Sierra. Ha estado aquí. De nuevo. Así que la primera vez no me lo había imaginado...

—Gracias por la información. Es... una compañera.

Ethan alza las cejas.

—Parece que se preocupa por ti. A su manera.

Apenas alcanzo a oír sus últimas palabras, pues más bien me llegan mascculladas desde sus labios a través de la mascarilla.

—Sí —murmuro sonriendo, y añado en voz más alta—, mejor que no te oiga.

—Como quieras... Descansa.

Abandona la habitación y yo estoy demasiado agotado para contestarle algo.

Sierra ha estado aquí.

Sigo sonriendo, aunque un segundo después tuerzo el gesto, pues están manipulando mis heridas y cualquier movimiento me duele más de lo que pensaba.

Y porque me pregunto por qué ha estado aquí. Por qué no ha llegado a entrar. Cómo está. Ella no estaba dentro ni cerca del ascensor cuando sucedió todo, de eso estoy seguro. ¿Quizá estuvo después?

Ella... ¿llegó a verme?

8

Sierra

Fin del servicio. Ni yo misma me lo puedo creer, pero ya he terminado con mi trabajo. Las extremidades me pesan como el plomo, tengo los ojos hinchados y me escuecen. Estoy vacía y agotada, y aun así me siento estupendamente bien. Sí, he vaciado mis pensamientos...

—Si necesita usted algo más, llame al timbre, señor Wolff. Y le ruego que deje de andar desnudo por ahí. Estamos en un hospital.

Además, nadie quiere ver su pene oscilando y chocando como un badajo contra esas dos campanas que le cuelgan un buen trecho. Ojalá nos hubiera ahorrado ese espectáculo. Sin embargo, de mi boca no sale ni una palabra.

—Así es como Dios me ha hecho —contesta ofendido, y cruza los brazos sobre el vientre.

Yo no creo en ningún dios. Aunque eso también me lo guardo para mí, y en su lugar le respondo:

—Lo quiera Dios o el doctor Pine, mañana le daremos el alta tras el último examen. Ya le hemos colocado el *stent*, la operación ha ido sobre ruedas y la herida tiene un aspecto estupendo. Así que no hay nada que lo impida. Hasta entonces, quédese con la bata puesta o, por lo menos, con los pantalones.

Sofie me dijo que le costaría olvidar la visión del paciente de setenta años que decidió hacer yoga desnudo. Mientras le mostraba el trasero, le deseaba los buenos días por entre las piernas con una gran sonrisa.

El señor Wolff contrae el rostro gruñón y yo lo interpreto como un asentimiento. Así que me despido y abandono la habitación.

Durante las últimas horas no he podido reflexionar sobre todas las cosas que me agobian, sino que me he tenido que concentrar y poner todos los sentidos en mi trabajo. Incluso la operación de antes me ha servido de reto e inspiración, y eso que no se trataba de una operación cardíaca.

Todos los que están bajo mi cargo están atendidos y los enfermeros han recibido sus instrucciones. Bella no exageraba, he notado con claridad el trabajo adicional, a pesar de que en nuestra planta solo faltaban tres personas. Aunque no solo aquí ha sido así; en interna y torácica no ha sido diferente. Más pacientes y menos personal; horrible.

Mi taquilla está abierta; la bata, el estetoscopio y todo lo demás, guardado. He acabado. A pesar de todo, no me muevo.

¿Me ducho primero y después me voy al hotel? ¿Me quedo aquí? ¿O me voy a casa? Nada me convence, así que cierro la taquilla, voy hacia la mesa semicircular que hay frente a la pared junto a la puerta y me siento. Saco mi móvil y busco pisos por la zona. No, rectifico: busco pisos asequibles por la zona. Y solo diez minutos después quiero al mismo tiempo gritar y llorar de desesperación.

Cuando se abre la puerta y entra Maisie a trompicones y bostezando, estoy a punto de lanzar mi móvil contra la pared.

—Hola —murmura, y se sienta junto a mí. Apenas puede permanecer con los ojos abiertos.

—Eres un reflejo exacto de mis sentimientos —le digo, y me reclino.

—Gracias. Lo mismo digo.

—Deja ya de bostezar, si no ya no haremos nada durante el resto de la tarde.

—No puedo —responde, y vuelve a bostezar—. Estoy hecha polvo. Muerta. He tenido que acudir a urgencias porque una médica estaba de baja y otra no ha llegado a tiempo de sus vacaciones. Se ha quedado varada en un aeropuerto de Alaska.

—¿De vacaciones en Alaska?

—Claro. Sol y calor aquí ya tenemos suficiente.

—No te falta razón —le contesto, y me froto los ojos.

—¿Qué haces aún aquí?

—Si te digo la verdad, estaba buscando pisos.

Maisie aguza los oídos y de repente está completamente despierta.

—¿De verdad?

—¿Qué pasa? —me enfrento irritada a su mirada amistosa.

—Yo también estoy buscando piso.

—¿Y por qué te alegra? ¿Ya has visto los precios en el centro? Teniendo en cuenta que en casa solo dormimos y comemos, y eso cuando lo hacemos, intentarlo me parece utópico.

Enseguida tuerce el gesto.

—Lo sé. Pero mi camino diario al trabajo resulta ahora mismo igual de utópico.

Se muerde el labio inferior y entrecierra los ojos. No me gusta esto. Tiene un plan.

—¿Por qué me miras así?

—¿Te gusta vivir sola?

—Sí. No me gusta tener gente alrededor —le contesto secamente, y cruzo los brazos sobre el pecho, lo cual provoca la risa de Maisie.

—Pues te has buscado el trabajo perfecto.

—Esto es otra cosa.

—Yo creo que a ti te caen bien las personas. Y a mí también. ¿Por qué no compartimos piso? —me pregunta eufórica y de forma directa, mientras yo empiezo a digerir sus palabras.

La señalo a ella y después a mí.

—¿Quieres que nos vayamos a vivir juntas? ¿Que compartamos piso?

Asiente con un movimiento de la cabeza.

—Exactamente. Las dos pagaríamos menos alquiler, y si nos coinciden los turnos podemos ir juntas al trabajo.

Pienso en los precios que acabo de ver, en mi crédito, en el saldo de mi cuenta bancaria y en mi madre, que me pone de los nervios. Después observo fijamente a Maisie.

—¿Cuál es tu color favorito?

—¡Todos! Me gustan las cosas coloridas. De ahí que lleve siempre gafas tan diferentes. Ya lo sabes.

—La respuesta correcta era el negro —le contesto suspirando.

—¡Pff! Eso no es ni siquiera un color, ¿estás loca? ¿Música con o sin cascos?

—Con. Siempre.

—Muy bien, yo también. ¿Ves lo compatibles que somos?

—No, no necesariamente. —Aun así, se dibuja una sonrisa en mis labios.

—En serio, soy una persona de trato fácil. No me paso mucho tiempo en el cuarto de baño, a no ser que me esté bañando, y me gusta cocinar.

—Aquí hay gato encerrado. —Me inclino hacia delante y apoyo los brazos en la mesa.

—¿Que me gusta cantar en la ducha? ¿Y en la bañera? Pues sí, en general me gusta cantar. Em..., y además... No sé.

—Y te gusta hablar.

—¿A ti no?

—Vale, esto no va a funcionar.

Quiero ponerme en pie, pero Maisie da un salto y alza las manos.

—¡Espera! También puedo estar callada. Mantendré la boca cerrada. La mayor parte del tiempo. Algunas veces.

—Madre mía...

¿Tengo alternativa? Y si soy sincera, Maisie me cae muy bien. Es simpática, quizá para mi gusto algo demasiado pasada de revoluciones, pero simpática.

—De acuerdo.

—¿Qué? —exclama con voz demasiado estridente, y yo me la quedo mirando.

—Hace nada estabas muerta de sueño.

—¿Así que vamos a buscar piso juntas?

—Sí. Aunque, si no me equivoco, va a resultar igualmente bastante caro. —Lanzo un suspiro, entrecierro los ojos y murmuro—: No me puedo creer que vaya a decir esto, pero..., si fuera posible, necesitaríamos encontrar a otra persona para compartir el piso.

—¡Ningún problema! Yo me ocupo de ello. Podría preguntárselo a Jane, ¿no? Y estos días me dedicaré a buscar unos cuantos pisos. Déjamelo a mí.

Está tan emocionada que pienso que en cualquier momento podría explotar.

—¿Estás segura?

—Claro que sí. Lo haré. Gracias, Sierra. Será estupendo. Lo intuyo.

Bueno, por lo menos una de nosotras es optimista.

En esta ocasión no hay ningún porqué ni ninguna excusa. Esta vez estoy aquí porque lo he decidido. Y de alguna manera también porque no sabía adónde ir.

—La hora de las visitas ha terminado —me dice una enfermera cuando nos encontramos, y me observa malhumorada.

Las puntas del cabello aún húmedas tras la ducha que me he dado me asoman bajo el gorro y me transmiten una sensación extraña, las manos enguantadas me sudan y tengo la respiración alterada. Acabo de entrar por la puerta de la unidad de cuidados intensivos.

—Lo sé. Disculpe que la moleste, pero acabo de terminar el turno y... —Mi mirada se dirige en dirección a la habitación de Mitch, que observo durante un momento sin motivo alguno antes de carraspear—. Quería visitar a un compañero y preguntarle cómo se encuentra. El doctor Mitch Rivera —le digo, y la mirada de la enfermera se suaviza—. Soy médica residente. De cirugía cardíaca. Soy la doctora Sierra Harris.

—Entiendo —me dice sin añadir más.

—Si lo prefiere me voy, aunque... me gustaría... —Mierda, ¿por qué mi voz se quiebra justamente ahora? ¿Qué es lo que me pasa?

«Inspira, espira.»

Es como un mantra y me lo repito una y otra vez para mi interior. «Inspira, espira.»

—El doctor Rivera está durmiendo, son casi las once.

—¿Está bien?

Duda por un momento.

—¿Estuvo usted allí? —me pregunta finalmente compasiva, y tengo claro en qué está pensando.

Asiento con un movimiento de la cabeza.

—Fui yo quien lo encontró —le explico en un hilo de voz, bajo la mirada y a continuación me dice en voz baja:

—Pase. Si alguien me pregunta, no sabré quién es usted ni qué hace en esa habitación. Por lo demás, ya lleva el equipo de protección.

Me sonríe y con la cabeza indica la puerta.

—Gracias —le contesto, y pocas veces mi agradecimiento ha sido tan sincero.

No tengo ni idea de qué es lo que me pasa ni de lo que me ha llevado hasta aquí, pero no pienso en ello mientras mis pasos me conducen hasta Mitch. Por un momento, los pensamientos me llevan hasta Laura. Sé que está bien, y, por lo que sé, también Nash. Antes me ha escrito y me ha puesto al día. He leído sus mensajes después de haber hablado con Maisie y le he contestado rápidamente. Con Ian no me he vuelto a encontrar, aunque no me preocupo por ese cabeza de chorlito. Seguro que estará bien.

Y de repente estoy aquí. Frente a la puerta de la habitación de Mitch.

Coloco la mano en la manija de la puerta y, cuando entro, mi corazón late de forma tan fuerte y escandalosa en mi pecho que pienso que, de seguir así, en cualquier momento podría despertar a Mitch.

La pequeña lamparita de noche sobre su cama está encendida, aunque no ilumina mucho la habitación. Igual que el monitor junto a la cama. Mitch recibe suero y analgésicos y yace sobre un colchón diseñado para pacientes con quemaduras, entre sábanas especiales. Oigo su respiración, me llegan sus leves ronquidos mientras me deslizo de puntillas por la habitación y alzo la silla que hay junto a la pared para colocarla con cuidado ante la cama de Mitch. Dejo mi bolso justo al lado en el suelo antes de sentarme y observar a Mitch.

La mitad de su rostro está en sombra. Al principio se lo ve tranquilo, ahí durmiendo, pero un momento después distingo gotas de sudor sobre su frente. Se le separan los labios, de repente respira con dificultad y sus extremidades empiezan a moverse, como si tuviera una pesadilla. Está en tensión. Así que me deslizo hacia el baño con el fin de buscar una toalla humedecida y secarle el sudor y refrescarle un poco la piel. Con cuidado le enjugo la frente, las sienes y las mejillas, y confío en no despertarlo.

Una vez que he terminado y he dejado la toalla a un lado, me siento de nuevo y apoyo los codos en el borde de la cama. La parte sana de Mitch.

No me voy a quedar mucho tiempo. Aunque sí un rato. Seguramente esta será la primera y la última vez que entre en esta habitación. Aunque pienso que le debo esta visita. Y de alguna manera también a mí.

Tampoco sabría decir si hoy mi día ha sido realmente más estresante que los anteriores a aquel que tanto me gustaría olvidar o si solo me lo parece. Al fin y al cabo, da lo mismo, pues el agotamiento es evidente, lo noto sobre mí como una manta caliente que me presiona hacia abajo.

Estoy cansada, estoy agotada. De nuevo. Sigo estándolo.

Estoy triste, aunque no quiera.

Y cuando las lágrimas asoman de repente a mis ojos, me pregunto por qué esto se repite una y otra vez. ¿Acaso a partir de hoy romperé a llorar a la mínima solo porque en una ocasión he permitido que ocurra?

Tras inhalar aire, un sollozo quiere abrirse camino y enseguida me pongo la mano frente a la boca con el fin de sofocarlo, mientras maldigo en silencio. Maldigo las lágrimas, los sollozos y esta sensación que tengo instalada en el pecho y en el estómago.

No debería decir ni pío. No puedo despertar a Mitch.

Incluso aunque ahora mismo sea tan complicado, porque su mera visión resulta dolorosa.

Yo debería haber estado en ese ascensor. ¿Por qué se había terminado mi turno? ¿Por qué no estaba yo allí y no recibí yo al paciente? ¿Por qué tuvo que tocarles justamente a Mitch y a Nash e Ian? ¿Por qué a George y a Lisha?

¿Por qué demonios no a mí?

No puedo deshacerme de estos pensamientos absolutamente irracionales, no puedo quitármelos de la cabeza y, desesperada, me sigo preguntando por qué mientras me seco con las manos las lágrimas del rostro.

He tenido que luchar duramente por mis estudios de Medicina, por mi titulación y también por una plaza en este hospital. He tenido que arreglármelas yo sola, aguantar a mi madre y al mismo tiempo lidiar con ella para que nos llevemos bien, algo que siempre he deseado por encima de todo. Al principio mis calificaciones no fueron las mejores, tuve que hincar los codos porque necesitaba más tiempo que otros para empollarme toda la teoría, y eso me perjudicó. Y lo sigue haciendo, porque siempre quiero ser la mejor. Quiero ser lo suficientemente buena por mí misma. Quiero verme reflejada en el espejo de vez en cuando y poder decir: «Soy la doctora Sierra Harris. Lo he dado todo, me basto conmigo misma y me gusto tal y como soy».

Antes de entrar en el Whitestone me juré que no me dejaría distraer por nada. No quería dejarme embargar por las emociones y hacer amigos, solo quería desempeñar tranquila mi trabajo y hacerlo jodidamente bien. Todo lo demás me distraería, sería una pérdida de tiempo o me haría daño, y me alejaría de mi objetivo.

Estos pensamientos me hacen reír con ganas en voz baja, demasiado baja como para que Mitch pueda oírlo. Pues pocos meses después estoy aquí sentada, llorando junto a la cama de un compañero que quizá se ha convertido un poco en un amigo, y no entiendo cómo ha podido descontrolarse todo. Mis planes han salido a la perfección, ¿eh?

Nada más lejos de la realidad.

Este despertador me está volviendo loca. ¿Desde cuándo suena con tanta fuerza?

Lanzo un suspiro y con los ojos cerrados intento apagarlo llevando mi mano hacia la izquierda. Entonces noto lo entumecida que tengo la nuca y cómo me duele la espalda. Simplemente me duele todo.

—Está bien, está bien, deja ya de sonar, por el amor de Dios —murmuro.

¿Dónde está el maldito despertador? No alcanzo a tocar nada y estoy empezando a cabrearme. Mis párpados se abren poco a poco, alzo la cabeza y tanto la silla en la que estoy sentada como mi ropa crujen.

Un momento. De repente aguanto la respiración. ¿Qué silla? ¿Dónde está mi cama? ¿Y qué despertador? No tengo despertador. Solo mi móvil. ¿Qué es lo que llevo puesto? Es...

Me despierto de golpe.

—Mierda.

Aún sigo sentada junto a Mitch, me debo de haber dormido y el supuesto despertador es el teléfono que hay sobre la mesita de noche, cuyo timbre resuena en toda la habitación. Si Mitch se despierta ahora me hará muchas preguntas, y seguramente yo no podré responder ni la mitad de ellas.

De forma automática y por puro pánico alzo el auricular del teléfono solo para que finalice este horrible sonido.

Mitch sigue durmiendo, no se ha movido, aunque cuando me quedo mirando fijamente el auricular en la mano tengo claro que solo he sustituido un problema por otro. Debería haber intentado salir de allí lo más rápido posible.

Maldiciendo en silencio, respiro hondo antes de colocarme el auricular en la oreja y susurrar un «¿Hola?», mientras alzo la otra mano para ponérmela delante de la boca con la ilusión de que eso pueda servir de algo.

—¡Dios mío! Mira que has tardado. Estaba muy preocupada. ¿Me oyes? —La mujer del teléfono empieza a sollozar y no sé qué es lo que debo decir tras oír su voz triste y tomada.

No he entendido ni una sola palabra de lo que me acaba de decir porque habla en español. Miro a Mitch, que esta mañana, en comparación con ayer por la noche, está mucho más tranquilo, y tuerzo el gesto con desesperación.

—Mitch, ¿eres tú? —sigue preguntando con voz áspera y en español, por lo que debo tomar una decisión: o colgar o responder algo.

—Mitch está durmiendo. Soy una compañera suya. ¿Podría usted llamar más tarde?

—Vaya, hola. Disculpe —contesta en inglés con un fuerte acento español. Oigo cómo se suena la nariz—. Sé que es aún muy pronto, pero estoy preocupada. Soy su madre.

Su madre. Pues qué bien.

Miro la hora en el monitor junto a la cama; no son ni las cinco y media. Por lo menos aquí en Phoenix.

—Está bastante bien, aquí lo atienden de maravilla —murmuro lo suficientemente alto para que me pueda oír.

Mitch no se mueve ni un milímetro, pero con los nervios empiezo a sudar. Si ahora abriera los ojos, yo estaría sentada medio dormida en su cama y hablando con su madre por teléfono.

—Gracias —me contesta, y noto claramente lo agradecida que está.

Aunque mi padre era originario de México, no hablo español. Apenas conozco alguna palabra y, si soy sincera, nunca tuve la necesidad de aprender más. En primer lugar, porque no tengo ninguna relación con mi padre, él no nos quiere en su vida; y después porque mi madre ha prohibido que volvamos a hablar de él, y rompió y tiró a la basura el diccionario de español que me compré cuando iba al instituto. Aunque en este momento, de alguna forma, todo esto me entristece. Es como si de repente me diera cuenta de que siempre he intentado ignorar una parte de mí o mantenerla apartada. Ahora me gustaría hacerla sentir bien y contestarle en español.

—¿Así que usted es una compañera suya? —me sigue preguntando con voz más clara.

—Sí.

—¿Cómo se llama? ¿Conoce bien a mi hijo?

¿Qué es lo que debo responder a eso? Si le doy mi nombre, entonces Mitch sabrá que he estado aquí.

Me paso rápidamente la mano por la frente, me aparto un pequeño mechón del rostro, lo coloco de nuevo bajo el gorro y me maldigo por haber venido y haberme quedado dormida.

—Soy cirujana cardíaca en formación, por eso nos conocemos —le respondo con una verdad y paso por alto la pregunta de mi nombre. Aunque no parece que le haya molestado, pues sigue hablando.

—Me han contado lo que ha ocurrido —dice respirando con dificultad, y noto el esfuerzo que le lleva—. ¿Estaba usted allí?

Me gustaría colgar el teléfono. Agarro el auricular con tal fuerza que los dedos me duelen. No quiero pensar en ello. ¿Por qué no puede decir que ya llamará más tarde? ¿Por qué me tiene que preguntar esto ahora? No quiero resultar maleducada, no quiero mentir, pero ¿cómo puedo estar aquí sentada y hablar con ella de eso cuando todo está patas arriba? ¿Cuando Mitch está aquí a mi lado, herido, y todo me duele tanto?

—Sí, yo estaba allí —respondo de forma entrecortada, y ya no puedo retener las palabras que se amontonan en la boca. Los ojos me escuecen como ayer por la noche y se me forma un nudo en la garganta—. Estaba allí —repito, y trago con dificultad—. Yo fui quien lo encontró. —Enseguida me tapo la boca con la mano. Eso es algo que no quería decir. ¿Qué me está pasando? Aunque mi voz apenas se haya podido oír, mis palabras sonaban tranquilas.

—Gracias por cuidar de él. —Empieza de nuevo a sollozar, y yo debo cerrar los ojos y pensar en otra cosa para no hacer lo mismo.

Durante lo que parece una eternidad permanezco muda, ahí sentada, mientras la tengo al teléfono. Hasta que ella se sobrepone, escucho su llanto y el temblor de su voz.

—Gracias. No quiero entretenerla más. Llamaré de nuevo más tarde. Cuídese.

—Usted también —contesto, y cuelgo.

Recojo mi bolsa y desaparezco de la habitación lo más rápido posible y prácticamente sin hacer ruido, y mantengo la cabeza gacha esperando que nadie me vea ni me reconozca. Mis pasos me alejan de Mitch, de esta planta, con el deseo de sentirme mejor con cada paso. Pero no es así. Sigo estando mal. Sigue doliendo. Y no puedo olvidar el llanto de su madre ni la imagen de él tendido en la cama.

Pocos momentos después me encuentro en la salida. El sol luce y a cada minuto que pase hará más calor. Ahora en septiembre no hace tanto calor como en julio, pero continúa haciendo bastante, incluso a primera hora de la mañana. A mí no me importa, me encanta este calor. El calor que aprieta y el sol. El polvo del desierto y los pocos días de lluvia. Me encanta esta ciudad.

La vibración del móvil me arranca de mis pensamientos.

Nuestro turno empieza a las
doce, aunque a las once
hay que hacer la ronda de visitas.
¿Te apetece desayunar antes?

Laura seguramente no lo sabe, pero su noticia me salva, pues no tengo ni idea de cómo habría pasado el tiempo hasta el inicio de mi turno. Le respondo:

Encantada. Así me podrás contar
en persona qué haces despierta
a estas horas. ¿Dónde
nos encontramos?

Sonrío al recibir la dirección. Una de las mejores cafeterías de Phoenix, que ofrece unas tortitas increíblemente ricas. Y además no muy lejos de aquí. No pensaba, tal como había empezado, que aún podía ser un buen día.

9

Mitch

Cuando esta noche me he despertado y por un momento he visto a alguien junto a mi cama, pensé que estaba soñando o que me lo estaba imaginando todo y enseguida me he vuelto a dormir. Pero ahora tengo claro que no era ningún sueño.

Sierra ha estado aquí. Hace un minuto que ha abandonado a toda prisa la habitación, como si alguien la persiguiera con un montón de historiales. No es que haya sido especialmente ruidosa, todo lo contrario, apenas se la ha oído. Pero después de oír que la puerta se abría he abierto los ojos con cuidado y he visto cómo se escabullía. Solo una rendija.

No puedo dejar de sonreír al pensar en que, por lo visto, Sierra ha pasado la noche aquí. Y más aún por el hecho de que no quería que me enterase de ninguna de las maneras. Si el teléfono no hubiera sonado de forma tan estruendosa, el plan le habría salido bien con toda seguridad, pues desde que salí del quirófano estoy todo el rato cansado. No, me siento como si me hubieran atado desnudo a un *quad* y me hubieran arrastrado por todo el desierto de Arizona.

Con la mano derecha me froto varias veces el rostro y me encojo del dolor por el movimiento. Cojo el mando a distancia de la cama con algo más de cuidado y elevo la cabecera para poder sentarme recto sin esfuerzo. Después me inclino hacia el teléfono y marco el número de mi madre, que acaba de hablar con Sierra. Vaya cosa más loca. ¿Por qué motivo ha contestado? Aunque yo también podría preguntarme por qué he fingido que seguía dormido a pesar de que hacía rato que me estaba enterando de todo. Bueno, de casi todo. En un momento dado Sierra ha hablado en voz tan baja que no podía pillar ni una sola palabra.

«Sierra es increíblemente mona cuando está adormilada», me digo mientras la señal del teléfono resuena en mi oreja.

—¿Sí?

—Hola, mamá.

—¿Mitch? —oigo como respira aliviada—. ¡Corazón mío! —solloza, y siento un gran peso en el corazón, pues odio poner triste a mi madre.

—Lo siento, mamá. Perdóname —le contesto, y no puedo hacer otra cosa que llorar con ella. Porque la situación me supera, porque al otro lado de la línea no hay una persona cualquiera, sino mi madre, y está demasiado lejos para que yo pueda consolarla. Y porque ella me ha enseñado que llorar está bien. «Llorar limpia el alma», ha dicho siempre, y eso no significa que seas menos hombre. No importa lo que digan los demás.

—¡No manches!

—No digo tonterías, ¿vale? Lo siento. —Mi voz suena demasiado áspera, demasiado profunda, demasiado alterada.

—Te entiendo. Pero es que no hay nada que perdonar, ¿vale? Fue un accidente.

—Estoy bien.

—¡Mitch Emiliano José Rivera! No me lo creo. Te han operado y dicen que tienes... quemaduras, ¿no? Puedo estar contenta de que estés con vida, ¿cómo puedes estar bien? —dice enfadada al teléfono, y durante unos cuantos segundos tengo que alejar el auricular porque su voz atruena.

Por lo menos ya no llora, sino que de la preocupación se ha puesto furiosa. Ha sacado a relucir su temperamento.

—Bien, tienes razón, ¿vale? No me encuentro especialmente bien. Pero... —Me paso la mano por el cabello deprisa y cierro un momento los ojos—. Todo irá bien. Las heridas no son tan graves.

No lo son, ¿no? Me quedarán cicatrices, pero el tejido no se ha visto afectado hasta la última capa. Eso es bueno. Me aferro a eso.

Oigo como inspira y espira profundamente.

—No sé si puedo creerte, pero tengo que hacerlo. Tus hermanos también se preocupan mucho por ti. Siento tanto no poder estar a tu lado... Camila está enferma y Juan se ha contagiado. No puedo dejar a María sola con los dos. Tu padre trabaja mucho y...

—Mamá —la interrumpo—. Lo sé. No supone ningún problema. Espero que no sea nada grave lo suyo.

—No, no... —Puedo ver como hace un ademán de rechazo con la mano—. Un resfriado, pero la fiebre no baja.

—Entiendo. Abrázalos de mi parte y que se mejoren.

—Lo haré. Ellos también te mandan abrazos y me preguntan cuándo te pasarás por casa.

La pregunta me hace sonreír.

—Necesitaré aún unas cuantas semanas para que me den el alta y las heridas sanen. ¿Te parece bien si después de Año Nuevo me paso unos cuantos días por casa?

—¡Ah! Eso sería estupendo. Tu padre y tus hermanos se pondrán muy contentos. Claro que primero debes recuperarte. No olvides que tienes que comer bien.

—Intentaré conseguir unos cuantos días libres. Y, mamá, no te preocupes más. Todo irá bien.

Murmura algo ininteligible antes de continuar hablando con claridad.

—He llamado hace unos minutos, pero estabas durmiendo. ¿Te ha despertado tu compañera? ¿O ha sido mi llamada?

—No, ya estaba despierto.

—¿De verdad? Entonces ¿por qué me ha dicho que dormías?

—Bueno..., es que... yo...

¿Y ahora cómo le explico todo esto?

—Mitch, ¡espero que no estés haciendo ninguna tontería y te comportes! —me advierte, porque me conoce muy bien.

—Estoy haciéndolo lo mejor que puedo —sonrío.

—Me ha dicho que era una compañera tuya. Es así, ¿no? Sonaba simpática y... ¿Ella está bien?

Mi sonrisa desaparece, noto malestar en el estómago.

—No he tenido ocasión de preguntárselo, pero supongo que sí.

«Una y otra vez me pregunto: ¿estaba allí después de lo que ocurrió? ¿Llegó hasta el ascensor? ¿Nos vio? Dios mío, ¿llegó a verme a mí?» Se me hace un nudo en la garganta. Espero que no. Espero que tuviera que quedarse en urgencias para ayudar allí o que ya estuviera con Laura marchándose. Si no es así, si estaba allí mientras yo estaba con los demás en ese ascensor... Espero que se lo ahorrara.

Me persigue ese accidente, ese momento; a pesar de que no me enteré de nada, ¿cómo debió de ser estar ahí y ser consciente de todo? Sacudo la cabeza. No, Sierra no puede haber pasado por eso. Además, no quiero que me haya visto así, porque con toda seguridad debía de dar una imagen deplorable con lo herido que estaba. Sobre todo porque esa imagen podría hacer que Sierra se distancie aún más de mí. Porque sería demasiado. Porque ya no soportaría verme.

No, no puede haberme visto ahí tirado en el ascensor...

—¿Es guapa?

—¡Mamá!

—¿Qué pasa? Es médica, así que es inteligente. Sonaba simpática, y parecía que se preocupaba por ti. Solo te pregunto si crees que es guapa. ¿Qué hay de malo en ello?

—Dios mío, sí, Sierra es guapa. Y malhumorada, sarcástica, desvergonzada, divertida —le voy enumerando todas sus características mientras pienso en ella. Y sigo hasta que mi madre empieza a reírse con fuerza.

—Me da a mí que te está manteniendo a raya. No te rindas.

—No tengo ni la menor idea de qué estás hablando —le miento.

—No haces más que traerme preocupaciones —suelta de repente, aunque puedo oír la sonrisa en su voz—. Ya sabes que te quiero.

—Yo también te quiero.

—Cuídate. Y no dejes de llamar si necesitas algo o no estás bien, ¿de acuerdo? Estoy tan contenta de que no haya ocurrido nada peor...

—Yo también —le contesto.

Y no sé si lo que me ha pasado es lo suficientemente grave para mí. No tengo ni el valor de mirarme. Maldita sea, tengo pesadillas y demasiado a menudo me despierto bañado en sudor, aunque no puedo recordar nada. Nada a excepción de ese estallido, esa presión, algo que me arrancó el suelo bajo los pies. Luego no hay nada más que oscuridad.

Cuando colgamos, reflexiono sobre todo lo que acaba de decirme mi madre. Desearía tenerla entre mis brazos, pero eso no es posible. Tengo que vivir con ello. Hace tiempo que decidí conscientemente quedarme aquí, en Estados Unidos, con el fin de terminar mis estudios de Medicina y realizar la residencia, en lugar de volver junto a mi familia. Fue mi decisión, y el hecho de que apenas vea a mis padres y a mis hermanos es una de las consecuencias. Eso no lo hace más fácil, pero tengo un objetivo: convertirme en uno de los mejores cirujanos cardíacos. Quizá después vuelva a México. Quién sabe.

Agotado, cierro los ojos, y de repente soy muy consciente del vendaje sobre mi piel, sobre todo en el pecho y en el vientre. Noto la piel sensible debajo, y estoy contento de haber podido aguantar el dolor hasta ahora. Es como si tiraran de mí y me empujaran a la vez, por muy contradictorio que pueda sonar; un dolor sordo, no punzante.

Aunque ni mi madre, ni mis objetivos, ni tan siquiera mis heridas me desvían de aquello que continuamente me ronda la cabeza y no me deja en paz.

«Sierra.»

Mentiría si dijera que no me fijé en ella el primer día en el Whitestone y que no me fascinaba e impresionaba más a medida que pasaba cada minuto a su lado observándola. Laura es la única a la que permite que se le acerque, y después de lo que hice unas semanas atrás, que involucró a Laura, seguro que he perdido muchos puntos en su escala de aprecio.

¡Mierda! Ahí sí que la cagué realmente, aunque hubiera sido con buena intención.

Por eso me sorprende aún más que esta noche haya estado aquí. Una cosa es que me visitara, otra muy distinta es que haya apoyado la cabeza en mi cama y se haya quedado.

E incluso ha hablado con mi madre sin querer, lo cual es sumamente cómico. Me habría encantado ver la expresión de su cara. Me habría gustado abrir los ojos y mirarla. ¿Qué habría pasado entonces? ¿Se habría marchado igual de rápido? ¿Se habría quedado?

Dios, ¿por qué me he hecho el dormido?

—Idiota —me digo a mí mismo en voz baja, y suspiro. Porque solo hago tonterías, las digo y las pienso tan pronto como Sierra se encuentra cerca de mí o se habla sobre ella. Y porque esta profesión es terriblemente estresante y apenas me queda tiempo libre.

Porque me gustaría pasar con ella el tiempo que me queda libre..., y por eso me quedaré aquí. No volveré a casa. No sin ella.

Quiero descubrir qué es lo que hay entre nosotros. Qué es lo que puede salir de ahí.

10

Sierra

—Perdona que no te haya dicho nada hasta ahora —se disculpa Laura una vez que nos hemos sentado y hemos pedido.

Mientras habla, apoyo la cabeza en la mano derecha e intento no ceder al agotamiento que vuelve a invadirme. Maldita sea, los últimos días han terminado conmigo. Siendo sincera, más que todo el tiempo que llevo como residente en el hospital.

—No pasa nada. Todos íbamos de cabeza y tú seguro que estabas con Nash.

—Sí. Solo he ido unas cuantas veces a su casa para dar de comer a Jax o he salido del Whitestone para comer algo y respirar un poco de aire fresco. La de neuro fue tan simpática que preparó una cama para mí, así que pude quedarme a su lado. —Sonríe al recordarlo.

—Me alegro por ti. ¿Cómo está él?

Reprimo un bostezo y parpadeo más de una vez. Dios, esta noche junto a la cama de Mitch no ha sido precisamente reparadora. Incluso tengo la sensación de no haber dormido nada, noto cada uno de los músculos de la nuca, que de alguna manera se me han contraído, y también de la zona superior de la espalda. Debería ir a que me den un masaje. Con ese pensamiento casi suelto una carcajada, pues debido a mi trabajo y los horarios estoy más cerca de desmayarme del agotamiento que de una camilla de masaje. Le podría preguntar a la fisioterapeuta del hospital, seguro que ofrecen algo así.

«Por favor, un masaje en la pausa entre dos operaciones...»

—Quizá deberíamos hablar mejor de cómo estás tú. O de qué te pasa ahora... —opina, por el contrario, Laura mientras alza la ceja izquierda y me observa recelosa.

—No, créeme, no deberíamos hacerlo. No hay mucho que contar. ¿Cómo está Nash?

Laura no parece convencida por la manera en que tuerce los labios. ¿Y cómo iba a estarlo? Yo no sueno para nada convincente, y tampoco lo parezco, aunque a pesar de todo se coloca un mechón rubio tras la oreja y empieza a hablar.

—Está mucho mejor. Y la recuperación ha sido más rápida de lo que se pensaba. La doctora Folkes, que se ocupa de él en neuro, es muy buena en lo suyo y está segura de que no se han producido daños permanentes. Han podido descartar un traumatismo craneoencefálico severo. Durante las próximas semanas todos los síntomas, como los dolores de cabeza, la amnesia retrógrada y las alteraciones circulatorias y respiratorias, que en estos casos se presentan cada tanto tiempo, deberían ir desapareciendo. A excepción de los dolores de cabeza, no muestra alteraciones vegetativas y ya se encuentra tan bien que ayer se planteó durante tres segundos enteros darse el alta a sí mismo.

Se limita a reír sobre lo que acaba de decir, y un instante después suspira desesperada.

—Claro que él nunca haría algo así, al contrario que Ian. A Nash le encanta el hospital, pero solo si no tiene que ocupar una de las camas. Entonces es como un niño refunfuñón. Por eso tuvo que prometerme que permanecerá hasta el fin de semana en observación antes de que lo lleve a casa. Tendrá que volver para hacerse más pruebas y controles antes de poder volver, así que el mes que viene podría empezar a trabajar. Cuando se haya recuperado. Y aunque le cueste tener que esperar.

—Conque un niño refunfuñón... —le digo complacida.

—Ni se te ocurra chivarte —me interrumpe Laura.

—Aunque todo lo demás suena bien. Qué alivio, ¿eh?

—Sí, no sabes cuánto. Yo... —tartamudea, evita mi mirada y aprieta los labios—. Tenía mucho miedo, Sierra. Hacía tiempo que no sentía un miedo así —me dice en voz baja, y por un momento cierra los ojos.

Sé exactamente de qué está hablando. A qué se refiere. Conozco ese miedo. Lo sentí cuando pudimos echar el primer vistazo a los otros justo después de la explosión. Cuando vi a Mitch...

Alzo la cabeza y me enderezo.

—Lo sé. Me ha pasado lo mismo —admito, aunque me cueste hacerlo—. Pero Nash está bien. Lo ha conseguido y pronto se pondrá bien. En un mes estará de vuelta en la planta y nos pondrá de los nervios hasta que Ian lo releve de su cargo la próxima primavera.

—Lisha sigue en medicina interna, aunque se recuperará enseguida. Ian también está mucho mejor; ya se ha dado el alta, el muy cabezota. —Laura pone los ojos en blanco antes de mostrar una amplia sonrisa.

—En todo caso tendrá que tomarse una semana de vacaciones, aunque no quiera. Lo han quitado de los turnos después de que él mismo se los asignara. Creo que ha sido el doctor Gardner quien lo ha ordenado y le ha pedido que pare de hacer tonterías. ¡Por suerte!

—Menudo incordio de tío —murmuro de forma ininteligible, porque recuerdo de nuevo la conversación con nuestro jefe cuando me pidió que me tomara un día libre.

—¿Qué?

—Nada. —Hago un gesto de rechazo.

—Fue la botella de oxígeno. —De manera inesperada, Laura expresa la misma sospecha que Ian. Asiento con la cabeza—. Nunca pensé que tendríamos que ver o experimentar algo así.

«Yo tampoco.»

—No puedo dejar de pensar en George —añade Laura, y en ese momento nos sirven el café y el desayuno y estoy contenta de no tener que reaccionar a eso. Me gustaría que no tuviéramos que hablar del tema. Me gustaría que nada de esto hubiera pasado.

Laura le da las gracias amablemente a la camarera, y yo la imito con mucha menos motivación, aunque no menos agradecida. Ella ha pedido tortitas y un *bagel* con queso, además de muesli y fruta; yo solo tortitas, pues sigo sin tener hambre. El café está buenísimo. No tiene ni punto de comparación con el agua sucia de Edith que nos tomamos en el hospital. Me gustaría decirle algo, pero a la mujer la hace feliz hacer ese brebaje y ofrecérnoslo, así que todos hemos decidido que es mejor tener una úlcera que hacerla llorar.

—¿Has visto a Mitch?

Por un momento me atraganto y empiezo a toser. Como un acto reflejo quiero contestarle que no, pero ¿de qué me sirve mentirle a mi única buena amiga? Además de que no me creería. Desgraciadamente, ya me conoce demasiado bien.

Toso y carraspeo.

—Sí.

—¿Eso es todo? ¿No vas a contarme nada más?

Me pongo a comer y mastico más tiempo del necesario el pedazo de tortita que me he metido en la boca para no tener que contestar al momento.

—¿Qué es lo que quieres oír? —farfullo entre dos bocados.

—¿Cuándo fuiste a verlo? ¿Cómo le va a él y cómo estás tú? Esas cosas.

Voy pinchando con el tenedor mis tortitas y noto que me voy poniendo irascible.

—Está bastante bien.

—¿No has hablado con él? —me pregunta Laura sorprendida, y yo evito su mirada.

—No. Estaba durmiendo.

—De acuerdo —me contesta de mala gana, y sé que le rondan muchas más preguntas por la cabeza, que por el momento no puedo contestar porque entonces tendría que volver a enfrentarme al tema.

—Por eso es más fácil no tener una buena amiga a la que tengas que contárselo todo —le digo, y la señalo acusadoramente con el tenedor, a lo que responde con una gran sonrisa que hace que casi se le caiga un trozo de *bagel* de la boca—. Así no tienes que explicar tantas cosas y te hacen menos preguntas enervantes.

—Pero si en realidad te gusta —me replica muy convencida.

Resoplo con fuerza para soltar a continuación:

—He estado con él, estaba durmiendo, ha sonado el teléfono, he contestado, después me he ido.

—¿Qué?

Suspirando, coloco el tenedor en el plato y me doy cuenta de que debo desembuchar, pues si no Laura no me dejará en paz.

—Ya había ido a verlo la primera vez que pudiste visitar a Nash, aunque no llegué a entrar en la habitación. Me quedé allí de pie como una idiota. ¿Contenta? Ayer a primera hora también, pero el médico que lo trata me pilló y me hizo preguntas extrañas cuando yo ya estaba a punto de irme.

Inspiro aire profundamente y cito al doctor Thomas:

—«¿No quiere saber cómo le va? Es por eso por lo que ha venido, ¿no es así?» ¡Un pretencioso, te lo digo yo! ¿Qué sabrá él?

—Sierra. —Conozco este tono, sé lo que viene ahora.

—Ah, no, no me mires así y no digas mi nombre de esa manera... tan compasiva e indulgente y triste. Está todo bien, ¿de acuerdo?

—Ambas sabemos que no es verdad.

Guardo silencio, pues me siento igual que poco después de visitar por primera vez a Mitch. Porque todo me sobrepasa sin remedio. Porque me duele más y me confunde más de lo que debería o querría. Y porque simplemente no lo entiendo.

—¿Por qué no pudiste entrar en su habitación? —me

sigue interrogando, y me gustaría meterle el resto del *bagel* en la boca para que se callara de una vez.

—Si lo supiera, te lo diría —contesto, a pesar de todo, con sinceridad. Ser sincera con Laura me resulta tan fácil que siempre me asusta—. Al principio no quería ir a verlo, pero eso me hizo sentir tan mal como hacerlo. —Mientras desplazo la comida de un lado a otro del plato me encojo de hombros—. Tengo pesadillas y aún no puedo asimilar que todo esto haya sucedido.

—Lo sé. —No sonríe. No lo dice de forma amable. Y me alegro.

—Me dormí —le sigo contando, y maldigo porque creo que voy a soltarlo todo—. Me quedé dormida junto a Mitch porque había trabajado demasiadas horas y tenía el cuerpo maltrecho con todo este asunto, y por la mañana me ha despertado el teléfono. Adivina quién llamaba. ¡Su madre!

A estas alturas, mientras Laura abre los ojos de par en par, ya lo he soltado todo.

—Me ha hablado en español hasta que se ha dado cuenta de que no había cogido el teléfono su hijo, sino una compañera cualquiera. Por suerte, Mitch seguía durmiendo y ella no sabe mi nombre, así que no se enterará.

Una vez que he terminado, Laura se echa a reír tan alto que el tipo que hay en la mesa de al lado y que solo quiere leer tranquilo su periódico se vuelve molesto para fulminarnos con la mirada.

—¿Y qué es lo que te parece tan gracioso? —le pregunto irritada.

—Te las has arreglado para hablar con tu suegra antes de liarte con el tío en cuestión.

Estoy tan alucinada que abro la boca sin querer.

—¿Te has dado un golpe en la cabeza? ¿Sigues con secuelas de la fibrilación? ¿O qué problema tienes?

—Sí, sí, si ni siquiera te gusta Mitch —me responde Laura—. En realidad pienso que lo que te molesta es que ese no es precisamente el caso. Te gusta nuestro yogurín y te preocupas por él. Mucho más que eso.

—Me pone de los nervios —le suelto, y bebo de morros un sorbo de café. ¿Y qué es eso de yogurín? Mitch y yo tenemos la misma edad.

—Está loco por ti, querida —me dice alzando repetidas veces las cejas.

—Para ya, estás poniendo una cara espantosa. Y Mitch es solo... —suspiro y busco una descripción adecuada—..., solo Mitch. Hace lo que quiere y no se para a pensar en los demás.

—Aunque siempre tiene buenas intenciones —le defiende Laura, y sabe enseguida que me refiero a lo que pasó con Nash y ella y los reproches que se le hicieron.

—Lo sé. Es un buen tipo —le contesto mientras la señalo con el dedo—. Pero cuidado con chivarte.

Laura alza las manos a la defensiva.

—Que no cunda el pánico. Mejor cuéntame cómo ha ido la conversación con su madre.

—Nada especial. Estaba preocupada y yo la he tranquilizado. Nada más. Después me he largado de allí.

—Vale. ¿Y realmente habría sido tan grave que Mitch se enterara de que estabas allí de visita? Sois compañeros. Si quieres ven después del turno, quería ir a verlo con Grant.

—No, está bien. Así es mejor.

«Esto es demasiado para mí», pienso, pero no lo expreso en voz alta.

—¿De qué tienes miedo? —pregunta Laura, y el hecho de que consiga meter siempre el dedo en la llaga debe de ser un don suyo. No hay otra explicación.

Me quedo callada, reflexiono sobre qué y cómo puedo responder, pero Laura se me adelanta.

—¿Sabe que tú lo encontraste y le diste los primeros auxilios?

¡Y bum! Ahí está. La razón. La llaga. El dolor. El miedo.

—No —susurro, y trago con dificultad—. Y no quiero... No puedo...

—Ya veo —se limita a decir.

No quiero que me haga preguntas. No quiero responderle y tener que decirle que fui yo. Porque entonces seguirán sin remedio más preguntas que no quiero tener que escuchar: «¿Cómo de grave fue? ¿Qué ocurrió? ¿Qué pasó con los otros? ¿Quién estaba allí? ¿Cómo de mal se me veía? ¿Qué pinta tenían las heridas? ¿Cómo lo llevas tú?». Y lo que viene después de las preguntas muchas veces no es mejor. Sentimientos de culpa, compasión, agradecimiento, recuerdos y dolor. Una y otra vez el dolor. Ya tengo suficiente de eso.

Me hace falta esta pequeña distancia, porque si no perderé el autocontrol.

Porque si no me derrumbaré.

—Venga, vamos a terminar de comer. Pronto tendremos que irnos para la ronda de visitas. Me intriga lo que nos tiene preparado hoy la doctora Pine.

—A mí también. —Mis pensamientos, sin embargo, están en otro sitio. No solo pienso en Mitch, sino también en el futuro—. La última prueba del USMLE está al caer, el paso 3. Hasta ahora no he aprendido mucho, y antes de finalizar el primer año de residencia deberíamos haberla superado. No tengo ni idea de cómo puedo concentrarme ni un solo momento en eso.

—No me lo recuerdes —dice Laura, y tuerce el gesto—. Yo quiero hacerla en primavera. Para entonces tendré algo más de tiempo para estudiar.

—Buena idea. —«Yo haré lo mismo», me decido. Ahora mismo no podría de ninguna manera concentrarme en ello.

Me como mis tortitas a pesar de que hace un rato que no tengo hambre. Necesito energía para el día. En este trabajo, si al menos no cuidas un poco de ti estás perdido. Nadie puede ocuparse de los demás si no se ocupa de sí mismo.

—Por lo que puedo ver, están todos aquí. Excelente. Empecemos entonces con la ronda. —La doctora Pine anota algo en el documento que sostiene en la mano antes de pasar la vista por cada uno de nosotros.

Hoy haremos la ronda de visitas en la planta de medicina interna.

—Esta es la señora Huggins. Fue ingresada tras caerse de una escalera; llegó con dolores en el tórax al respirar. Los parámetros vitales son discretos.

Saludamos a la paciente y seguimos escuchando atentamente.

—El dolor se proyecta sobre todo en el lado izquierdo y ella se queja de una supuesta disnea. Ahí pueden ver la radiografía que encargué. —Nos la señala—. ¿Qué opinan ustedes?

Me dirijo hacia allí y observo con detenimiento la radiografía como hacen los demás. Todos están concentrados.

—El tórax izquierdo, ¿verdad? —murmura Maisie, y se endereza las gafas.

—Correcto —responde Zeenah pensativa.

—¿Veis eso? —pregunta Laura—. Eso es el estómago, ¿no?

—Órgano que contiene aire en la mitad torácica izquierda —constata Zeenah.

Jane añade:

—Con claro desplazamiento hacia el mediastino.

Lo cual quiere decir que el órgano se ha deslizado en la caja torácica.

—Señora Huggins, ¿se cayó usted sobre el pecho? —le pregunto, y la paciente asiente.

—Sí. Me dolió muchísimo.

—Traumatismo torácico —dice Laura enseguida.

—Muy bien —suena la voz de la doctora Pine, que ha seguido cada una de nuestras palabras.

Nos volvemos hacia ella mientras continúa preguntando.

—¿Qué pasos hay que seguir ahora para confirmar su diagnóstico?

—Para comprobar qué órganos abdominales se han desplazado hacia el tórax habría que solicitar un TAC —empiezo a decir yo—. Así se podría valorar exactamente de qué tipo de traumatismo se trata.

Los órganos abdominales incluyen también el hígado, el páncreas y el intestino.

—Las posibles lesiones podrían ser fractura de costilla, un hemotórax, un neumotórax o una contusión pulmonar —enumera Zeenah con una rapidez impresionante.

—Así se podría comprobar si existe una rotura del diafragma —añade Laura, y yo asiento mirándola.

—Bien. ¿Cuál es el tratamiento inicial de un traumatismo torácico? —La doctora Pine parece satisfecha y sigue tomando notas cuando Maisie ya empieza a responder.

—La prioridad es asegurar las funciones vitales.

—Y no habría que olvidar los analgésicos —añado. Un traumatismo torácico puede doler mucho.

—El resto de medidas dependerá de los daños colaterales y de los órganos afectados. En el peor de los casos debería programarse una operación para reposicionar los órganos y, si es necesario, proceder a un drenaje torácico. —De esta manera, Laura ha sabido concluir perfectamente el diagnóstico.

La doctora Pine le sonríe a la paciente.

—Señora Huggins, ya ha podido ver por sí misma que se encuentra usted en las mejores manos. Ahora mismo vendrá alguien a buscarla para realizarle un TAC con el fin de que podamos evaluar qué órganos se han visto dañados a raíz de la caída. Además, procederemos a administrarle la medicación correspondiente. ¿Tiene usted alguna pregunta?

La paciente responde con una sonrisa y respira con dificultad. Tiene unos cuantos mechones de su cabello castaño pegados a la pálida mejilla y la frente perlada de sudor.

—No. Gracias.

La doctora Pine nos invita a abandonar la habitación y nos despedimos de la paciente. Ya en el pasillo da la visita por concluida.

—Como ya se habrán dado cuenta estos días, andamos con menos efectivos de lo normal y al mismo tiempo ha aumentado el número de pacientes. Así que durante las próximas semanas las rondas de visitas en grupo se verán reducidas, esperamos su comprensión. Se han actualizado los horarios de turnos y por el momento se han suspendido sus turnos de ambulancia, ya que los necesitamos aquí. Puesto que el doctor Brooks estará de baja durante un mes, yo seré su contacto directo. Tan pronto como el doctor Brooks regrese al servicio, todo esto cambiará, aunque naturalmente se les informará al respecto. Además, tengo el placer de comunicarles que tanto el doctor Brooks como el doctor Rice, la enfermera Chibudem y el doctor Rivera se encuentran en proceso de recuperación.

—Gracias a Dios —le oigo decir a Maisie en voz baja, y Zeenah suspira con evidente alivio.

Por el contrario, yo contengo por un momento el aire y no sé por qué lo hago. Quizá porque presiento lo que viene ahora.

—El próximo domingo celebraremos la ceremonia de despedida de George en la capilla del edificio C. Si disponen ustedes de tiempo, no se les presenta ninguna urgencia o no tienen programadas operaciones importantes, les ruego que asistan —añade la doctora Pine con la voz tomada, y ninguno de nosotros se atreve a decir nada. Carraspea y presiona el historial contra su pecho—. No se trata de una situación sencilla. Por favor, no se sientan avergonzados por tener que pedir ayuda si sienten que no pueden lidiar con ello por sí solos. No son invencibles. Este trabajo es duro. Y resulta aún más duro si llegan al límite y no quieren admitirlo; si no aceptan una ayuda, sobre todo en lo que se refiere al plano psicológico. Y créanme, volverán a alcanzar ese límite en más de una ocasión —subraya, y asiente con la cabeza mirándonos uno a uno antes de girarse e irse, dejándonos con una sensación de malestar.

Nuestro grupo se va disolviendo poco a poco, algunos empiezan a trabajar ahora, otros tienen libre y terminan su turno. Laura baja conmigo a urgencias.

—¿Vas a ir? —me pregunta de pasada cuando entramos en el ascensor.

—¿Y tú? —le respondo de forma directa.

Ninguna de las dos responde a la pregunta. En su lugar nos quedamos calladas hasta que el *ping* resuena atronador en nuestros oídos.

Casi se me sale el corazón del pecho cuando se abren las puertas y salimos del ascensor. No quiero mirar a la derecha, no quiero darme la vuelta y mirar, pero lo hago. Me coloco frente al otro ascensor y me quedo mirando el metal, la cinta de precaución y el cartel de «Fuera de servicio», y puedo notar cómo algo se rompe en mi interior. Es el único ascensor que aún está fuera de servicio, ya han revisado los otros y han dado el permiso para su funcionamiento normal.

Temblando ligeramente, respiro hondo y miro a mi alrededor. Ya no se ve nada. Las puertas están cerradas, han retirado los escombros y el pasillo está más limpio que nunca. Es como si no hubiera pasado nada. Como si este ascensor tan solo estuviera estropeado.

Noto el contacto de Laura y cómo me coge de la mano y yo doy un respingo, porque no me lo esperaba.

—Vamos. No es necesario que pasemos por esto —murmura, y tira de mí con suavidad—. A nadie le va a servir de nada que nos destrocemos a nosotras mismas.

—No —susurro, y la sigo—. Aunque tampoco es que lo hagamos a propósito.

—Podemos con esto. —Vuelve a apretarme la mano hasta que se abren las puertas de urgencias.

Me reciben los olores de costumbre, el desinfectante y el perfume de la enfermera que pasa junto a nosotras. Miro a mi alrededor, veo a las personas que en ese mismo instante están siendo tratadas o que ya lo han sido y que están esperando a que les den el alta o las ingresen, y respiro hondo.

Me gustaría tanto creer a Laura.

Me gustaría conseguirlo.

Pero ahora mismo no sé si seré capaz.

11

Sierra

—¡Ha habido un accidente en una obra con maquinaria pesada, hay más de una ambulancia en camino! —nos informan.

—Vamos, querida, a trabajar —dice Laura, y consigue milagrosamente sacarme una sonrisa, aunque al mismo tiempo pongo los ojos en blanco.

Nos encontramos con Grant, que de nuevo está de demasiado buen humor.

—*Bambini!* —exclama radiante—. Qué alegría veros por aquí. En una obra se ha venido abajo un andamio. Hay varios operarios heridos. Bien por la caída misma, bien a causa del andamio o bien por daños causados por otras herramientas. Tenemos un paciente con una fractura abierta de fémur, presumiblemente también uno con fractura de cadera y contusiones, y de otro sospechamos que se haya dañado la columna y tenga algún nervio pinzado. Han notificado otra persona con traumatismo craneoencefálico y además... —sigue contando y respira hondo—... uno de los operarios tiene clavadas dos barras de acero enormes.

—¿Qué? —le pregunto perpleja, y Grant tuerce preocupado el gesto.

—No sabemos si conseguirá salir de esta. Según la información que nos consta, se ha precipitado y él mismo se ha clavado las barras en la caída. Ya han tenido que acortarlas porque, si no, no habrían podido transportarlo. Aún no hemos recibido más información sobre el resto de los heridos.

—¡Mierda! —suelto.

—¿Quién está de servicio? —pregunta Laura en el mismo momento.

Grant señala con la cabeza hacia la derecha.

—La doctora Colbie. Ahora mismo está en la cabina doce.

—¿La conoces, Sierra?

—Sí, ya he compartido dos o tres turnos con ella, aunque no puedo valorarla como es debido. Cirujana de traumatología, bastante joven, seguramente se licenció muy pronto, me pareció muy ambiciosa, aunque no deja de ser simpática y es competente en su campo.

—Pienso lo mismo —opina Grant—. También lleva ya un año en el Whitestone y es más bien solitaria.

—Todo claro.

Laura asiente. Siempre le gusta saber un poco más sobre las personas con las que trabaja, observarlas, valorarlas. A mí me da igual, lo importante es que hagamos el trabajo para el que estamos aquí.

—Están preparando la sala de reanimación —nos informa Grant cuando en el otro extremo de la sala de urgencias empieza a oírse más barullo.

Alguien exclama:

—¡Ya están aquí!

Sin perder el tiempo nos dirigimos hacia allí, y en ese momento mi vida, que ahora mismo se ahoga en el caos y en emociones indeseadas, se hace a un lado.

—Yo me ocupo del primero —le digo a Laura, y me coloco los guantes.

—Te ayudo —se ofrece Susie, una de las enfermeras, a la que he conocido hace poco, y se viene conmigo.

—¡Grant y yo nos ocupamos del siguiente paciente! —grita Laura, pues el ruido ambiental va en aumento.

El aire se carga como poco antes de una tormenta. Hay adrenalina, miedo, nervios y una sensación de inquietud.

—Hombre, cuarenta y tantos, se ha caído del andamio y ha chocado contra el asfalto. Está inconsciente y no reacciona, sistema circulatorio estable, sin problemas respiratorios. —La sanitaria de urgencias nos ayuda a empujar la camilla y nos informa de lo esencial, mientras yo voy acumulando otras impresiones—: Tiene una herida abierta en la región occipital, no muy grande, pero sangra bastante.

—¿Algo más que nos pueda ayudar? —le pregunto mientras Susie comprueba los valores.

—Presenta nistagmo, y cuando lo hemos encontrado estaba tirado con la espalda contra el bordillo.

Maldigo en voz baja. Puede ser que se haya dañado severamente la columna vertebral. Intento activar el reflejo rotuliano golpeando con el martillo en el tendón justo por debajo de la rodilla. No reacciona. En condiciones normales, la rodilla dispararía la pierna o por lo menos se contraería, pero ¿aquí?, nada. Prosigo con el reflejo del tendón de Aquiles que, al contrario de lo que me esperaba, tampoco reacciona. Maldita sea. Le muevo el pie y la articulación, después la pierna, la rodilla, la cadera, pero el tono muscular es muy bajo. Y cuando dirijo la mirada hacia arriba me doy cuenta de otra cosa muy diferente. Tiene los pantalones mojados. Con cuidado, pero de manera eficaz, intento abrir la cremallera para corroborar mi sospecha. Me gustaría dejar de maldecir. Se trata claramente de un priapismo, y además el paciente ha vaciado la vejiga, lo cual significa que en algún lugar de la columna se han visto afectados los nervios y con toda seguridad están dañados. Eso podría tener como consecuencia una paraplejía.

—Susie, necesitamos etilefrina. Enseguida.

Le indico la cantidad que hay que suministrar y le pido que no pierda de vista la presión sanguínea. Además, aviso a otro enfermero porque necesitamos ayuda. Creo que se llama Hendrik.

Una erección prolongada del pene debería tratarse con urgencia, así que la etilefrina es el mejor remedio de momento, pues me dará la oportunidad de ocuparme de las lesiones más graves. Aquí se aplica realmente eso de «*treat first what kills first*», trata antes lo que mata antes, pues junto con la lesión de la columna podrían presentarse también hemorragias internas y un traumatismo craneoencefálico.

—Necesitamos una ecografía FAST, tenemos que saber si presenta hemorragias internas, después hay que realizarle enseguida un TAC, necesitamos una imagen del traumatismo craneoencefálico y de la columna, además de un análisis de sangre completo y una gasometría arterial. Mientras tanto, hay que estabilizarle la columna.

En primer lugar, debemos remediar lo que le puede

costar la vida, lo que para mí viene a significar: mejor que se quede parapléjico que no que se desangre.

—Todo claro —responde Susie, y junto con Hendrik se pone manos a la obra.

Quiero darme la vuelta para ayudar a Laura y Grant, pero de repente el paciente empieza a tener espasmos.

—¡Hay que estabilizarlo! —exclama Hendrik, y enseguida se aplican medidas para que el paciente no se lesione a sí mismo ni a otros y para evitar que acabe mordiéndose la lengua.

Al principio no entiendo lo que puede haber pasado. Hasta que algo me hace clic en la cabeza. El traumatismo craneoencefálico puede producir este tipo de convulsiones.

Compruebo la reacción de las pupilas y la respiración, espero, pues a veces estos ataques se detienen por sí solos, pero tras cinco minutos interminables tengo suficiente.

—Hay que administrarle lorazepam.

Por suerte, una vez que se inyecta el ataque va disminuyendo poco a poco. Me siento aliviada...

—Bien —digo respirando con dificultad—. ¡Hay que hacerle un TAC de inmediato! Debemos descartar cualquier tipo de hematoma subdural y epidural, así como intracerebral.

Confío en que no haya nada de eso, ya bastante tengo con que lo más probable es que se quede parapléjico. Aunque eso también debe confirmarse mediante el TAC y otras pruebas. Si en lo que se refiere a la parálisis y la lesión medular no hay mejoría en las próximas entre veinticuatro y cuarenta y ocho horas, entonces no podremos contar con una sanación completa.

Trago con dificultad, me humedezco los labios secos

y por un momento echo de menos a Mitch. Cuando trabajábamos juntos siempre me ponía de los nervios, me soltaba tonterías, me distraía, pero al mismo tiempo se aseguraba de que no acababa agotada. De esta forma yo podía concentrarme mejor, por muy contradictorio que pueda sonar. Conseguía despertar mi ambición, y ahora lo echo en falta. Mucho.

—¡Sierra! —oigo gritar a Laura, y corro hacia ella—. Necesito tu ayuda.

Cuando la alcanzo entiendo a qué se refiere.

«¡Mierda!»

—Acaba de entrar, estaba estable, apenas sangraba, pero ahora... —Su voz tiembla mientras presiona la enorme herida del paciente con ambas manos, que apenas se ve por la cantidad de sangre que brota. Por la forma en que la sangre sale a borbotones entre las manos de Laura, lo más probable es que la aorta abdominal se haya visto afectada.

Grant ayuda presionando junto a Laura la herida del paciente, que requiere de respiración asistida y ahora escupe sangre. El monitor del ECG empieza a pitar, así que empiezo con el masaje cardíaco arrodillada sobre la camilla, por lo que me duelen las rodillas. Porque solo nos rendimos cuando realmente ya no hay remedio. Aunque mi razonamiento lógico me diga hace ya un rato que no hay remedio. Se ha acabado. Hay tanta sangre en su abdomen que no resulta tan fácil tapar la herida. Antes de llegar a un quirófano se habrá desangrado. Me deslizo de la camilla, agarro el desfibrilador y quiero gritarles que se aparten todos, pues tenemos que iniciar la maldita fibrilación, cuando vuelve a oírse un pitido alarmante. El ECG muestra una línea plana.

Mierda, mierda, mierda.

Si no lo mata la parada cardíaca, entonces será la pérdida de sangre y la profunda herida en el vientre.

—Debía de tener la aorta seccionada y durante el transporte ha cedido del todo —opina Grant apretando los dientes.

—Vamos —repite una y otra vez Laura, sin ceder y con voluntad. Sin embargo, la línea plana permanece. La sangre continúa brotando a oleadas desde su vientre y comienza a deslizarse por su cuerpo.

Ha llegado la doctora Colbie, echa un vistazo y no le queda más por hacer que certificar la muerte del paciente. Anuncio la hora exacta de la defunción, mientras se me contrae el estómago y doy un paso atrás. Grant también ha soltado las manos y se ha apartado de la camilla, pero Laura no se aleja del paciente. Presiona con las palmas de las manos sobre la herida, no deja de usar toallas para ayudarse, que apenas sirven para absorber parte de la sangre.

Grant se dirige a ella, pero ella no para de sacudir la cabeza, así que la aparto a un lado, le agarro el rostro, en el que reconozco algunas gotas de sangre, entre las manos y la obligo a mirarme.

—Laura —le digo severa pero con cariño—. Ya está.

Mi voz se tranquiliza, ella me mira..., y verla así realmente duele. Tras la muerte de Ria se ha vuelto más sensible a las pérdidas. Antes ya era así, pero ese caso la marcó tanto que ahora le cuesta mucho afrontarlo. Unas cuantas lágrimas se deslizan por sus mejillas y la voz me tiembla cuando sigo hablando:

—No ha sobrevivido. No es culpa tuya, ¿de acuerdo? No has podido hacer más por él.

—Doctora Harris, ahora que la situación está más

calmada, acompañe a la doctora Collins al baño y regresen después.

—Gracias, doctora Colbie —le respondo, y asiento con la cabeza hacia Laura—. Vamos.

Laura está cubierta de sangre, no solo sus manos, sino también sus brazos. Toda su bata está empapada y apenas se puede ver tela blanca. Incluso el uniforme está empapado.

Le paso el brazo por la cintura y la conduzco con suavidad desde la zona de urgencias hasta los baños, donde enseguida empieza a limpiarse la piel febrilmente para después apoyarse en el borde del lavabo. Laura deja la cabeza colgando y yo no digo nada, pues creo que primero necesita recomponerse. Por eso voy a buscarle un uniforme nuevo y pocos minutos después se lo entrego sin decir ni una palabra.

—Gracias —musita, y se cambia. Luego se mira en el espejo y respira hondo—. Ya me encuentro mejor. Simplemente estaba... Solo era...

—No tienes que explicarme nada —contesto, y lo digo en serio—. No hace falta. Necesitabas un momento para ti, ya está. No pasa nada. —Me encojo de hombros.

Cuando empezamos con nuestras prácticas hace unos pocos meses, seguramente habría pensado que estaba bien que los otros tuvieran puntos débiles por donde poder atacarlos. Así me brindaban más oportunidades para ser la mejor. Mejor que los demás. Pero eso no es así. Ya no.

No he perdido la ambición, pero ya no es tan importante como antes. Sí, quiero ser buena en mi trabajo. Mejor de lo que soy. Perfecta. Pero no en momentos como el de ahora. Aquí cuentan otras cosas.

No te convertirás en la mejor médica porque seas

profesionalmente competente. Si no tienes corazón, si no puedes ponerte en el lugar de los otros, entonces no te servirá de nada.

De repente no puedo evitar pensar en mi madre, y reprimo un insulto cuando me doy cuenta de que, aunque no haya elegido la profesión que ella quería para mí, sí que he sido demasiado parecida a ella. Ambiciosa, ciega, egoísta e ignorante. No quiero ser así.

No quiero convertirme en una persona así.

Ambiciosa, sí, pero no a cualquier precio, porque no aporta nada. Y egoísta solo cuando no haga daño a aquellos que significan algo para mí.

Esta es una de las cosas que he aprendido. Que me ha enseñado Laura, aunque ella no lo sepa. Laura, este accidente, este trabajo. Resulta amargo, duele, pero pienso que el dolor es mejor que la insensibilidad. El dolor puede curar.

Necesito reflexionar sobre mis prioridades, mis objetivos y mis deseos, pero eso lleva tiempo.

—Vale. Venga, sigamos —dice finalmente, y sonríe por encima de sus preocupaciones.

—Sí, sigamos.

12

Mitch

¿Cómo te va todo? ¿Eh? ¿Tengo
que viajar a Phoenix y molerte
a palos para tener noticias tuyas?

No puedo evitar reírme bien alto al leer el mensaje de mi hermana. María es la segunda de entre los hermanos, aunque acaba de cumplir los dieciocho, y es tan menuda que si me peleara con ella apenas tendría que esforzarme. Aparte de que no sería capaz de hacerle daño ni a una mosca.

Puedes intentarlo, pequeña.
Estoy deseando que vengas
de visita.

No pasa mucho tiempo antes de que me llegue su respuesta.

¡Idiota! Ya sabes que no puedo
salir de aquí. Te daré una paliza
en cuanto vuelvas a casa. Mamá
y papá estaban muy nerviosos,
han llorado mucho. Yo también.
Por favor, cuídate, ¿vale?
Te quiero, tonto.

Yo también la quiero. Suspirando, dejo el móvil a un lado y veo el final del telediario antes de apagar el televisor, que hace horas que tengo encendido como ruido de fondo. Apenas puedo concentrarme para leer, aunque en la televisión no hay nada potable. Ya no puedo seguir tumbado, me pongo nervioso, aunque aún no debería empezar a caminar para que la piel no se desgarre. Mis excursiones se limitan, por lo tanto, a visitas al baño. Y, si soy sincero, con eso me basta, porque a pesar de los analgésicos me duele todo un montón.

Dormir tampoco es mucho mejor. O bien sueño que me caigo en un agujero negro y me despierto bañado en sudor, o bien revivo el momento en que colocamos al paciente en la camilla y lo estabilizamos, conecto la bombona de oxígeno y entramos en el ascensor. Y entonces estalla todo, antes de que ya no quede nada. Ningún recuerdo. Ningún dolor. Simplemente nada.

Alguien llama a la puerta y miro atontado hacia arriba, pues no estoy esperando a nadie.

—¡Adelante! —digo a pesar de todo, y cuando aparece la cabeza de Laura con una enorme sonrisa no puedo hacer otra cosa que sonreír también.

Grant casi la empuja dentro de la habitación y abre los brazos.

—¡Yo también he venido! —exclama él, como si fuera una deidad que se ha mezclado entre el pueblo llano y merece reconocimiento, mientras que Laura se pone con los brazos en jarras y se lo queda mirando furiosa. Debido a los trajes protectores que llevan, toda la situación resulta aún más cómica.

—Pero bueno, ¿qué haces?

—¿Perdona? —responde Grant todo contrariado.

—¿Es una pregunta?

—¿No?

Sí, está claro que sí, y yo me río porque es evidente que Grant no tiene ni idea de lo que ha hecho mal. Maldita sea, ahora me doy cuenta de lo mucho que echo de menos al equipo.

—¿Qué hacéis aquí?

Laura entrecierra los ojos y le lanza una mirada de enfado a Grant antes de acercarse a mí radiante y revolverme el cabello.

—Bueno, ¿a ti qué te parece? Te hacemos una visita.

—Sí, ya hemos salido de trabajar y no tenemos nada mejor que hacer —bromea Grant, y me guiña el ojo.

—Los demás te envían saludos —dice Laura, y arrima la silla en la que esta mañana estaba sentada Sierra. Sonrío al recordarlo. Qué pena que no haya venido. Pero claro, entonces alguien podría pensar que se preocupa por mí. Aún peor, que siente algo por mí.

—¿A qué viene esa sonrisita? ¿Quieres que llamemos al médico?

—¡Grant! —lo reprende divertida Laura, y yo le muestro el dedo medio sin disimular.

—*Bambini*, entre nosotros soy el más veterano, así que os pido un poco de respeto.

Laura y yo nos miramos y poco después rompemos a reír como locos, pues Grant lo dice en serio. Mi risa me sacude el cuerpo de tal manera que bajo los vendajes noto como todo me tira y me duele. Mi piel está muy sensible, lo cual me hace torcer el gesto.

—Sois unos descarados. Ya veréis cuando un día necesitéis de nuevo mi ayuda.

—Vamos, no seas así —dice Laura—. Sabes que te tengo mucho aprecio, pero como sigas haciendo el tonto de esa manera, te vas a quedar sin café.

Le guiña el ojo y él hace un puchero en señal de derrota, pues sabe que ella tiene razón. ¿Qué sería de Grant sin los cafés de Laura?

Después se dirige de nuevo a mí.

—¿Cómo te encuentras? ¿Estás mejor? ¿Te sigue doliendo?

—Voy tirando. Ya me han adaptado la medicación, y me atienden de maravilla. La operación fue bien, no hubo complicaciones, y con un poco de suerte no tendré que volver al quirófano para operar o corregir el tejido cicatricial. Al final será seguramente una cuestión más estética que otra cosa. Así que cruzad los dedos por mí.

—No suena mal —opina Grant—. ¿Qué doctor te está tratando?

—El doctor Thomas —le contesto, y Grant asiente pensativo.

—En su materia dicen que es bastante bueno, aunque Sofie siempre despotrica cuando oye su nombre.

—¿Y eso? —pregunta Laura sorprendida.

—No estoy seguro. Quizá haya habido algo entre ellos.

—¿No estás seguro? —le pregunta Laura, y se echa a reír—. Bueno, si no lo sabes tú, entonces seguramente no lo sabe nadie. Ni siquiera ellos mismos.

—¿Qué insinúas con eso?

—No dice ninguna mentira —convengo yo, y articulo en silencio un «lo siento».

—Es posible —contesta Grant de mala gana y se sienta al pie de la cama—. Simplemente me gusta estar bien informado.

—Eres un cotilla. ¡Pero un cotilla maravilloso! —Laura le dedica un guiño y Grant entrecierra los ojos.

Niego con la cabeza entre risas, pues Grant le saca la lengua como si tuviera diez años y se da cuenta de que lo único que consigue con eso es lamer su mascarilla. En cambio, Laura tira de la suya a un lado, muy rápido, y mientras se separa de mí le replica con el mismo gesto.

—¿Este es el juego de «tú me enseñas la tuya, yo te enseño la mía»? Ya podríais haberme avisado, me habría preparado.

—Si en tu estado aún eres capaz de soltar chistes como este, entonces no tengo de qué preocuparme. Anda, Laura, vámonos, este ya está recuperado.

—No digas tonterías. Así que te encuentras mejor, la medicación te ayuda y dentro de lo que cabe te encuentras bien. Es..., es un alivio, la verdad.

—¿En serio os habéis preocupado tanto por mí? —me burlo, y de inmediato Grant contesta «¡No!» al tiempo que Laura dice «¡Sí!»—. Está bien. En todo caso me ha alegrado mucho vuestra visita.

—Hablando de visitas —empieza a decir Grant, y le echa un vistazo al reloj. Al verlo encoge la nariz—. Por desgracia, tengo que irme. Lo siento de veras. He quedado para comer.

—¿Una cita? —inquiero, y alzo las cejas.

—Ya me gustaría. Una comida familiar. Es el cumpleaños de mi hermana.

—Anda, es verdad. Nos lo habías comentado. Que lo

paséis muy bien. —Laura le muestra ambos pulgares alzados.

—Normalmente uno no se lo suele pasar bien en estas comidas —dice compungido Grant, y levanta la mano para despedirse—. Disfruta del tiempo libre, Laura, y tú sigue así, *bambino*.

Una vez que se ha cerrado la puerta tras Grant, algo cambia en la habitación. Es como si se hubiera llevado consigo la atmósfera relajada y divertida, y en cierta manera también parte de la alegría, y en su lugar hubiera dejado una sensación opresiva y oscura.

—Pareces cansada.

Ahora que estamos solos puedo observar mejor a Laura y percibo sus facciones serias, que hasta ahora simplemente había sabido disimular. Veo sus ojos algo enrojecidos y las oscuras sombras debajo de ellos. Ha llorado.

—Sí, la verdad es que lo estoy. Hoy he estado con Sierra en urgencias. Una cosa es el trabajo en planta y las operaciones en quirófano, pero lo de urgencias es siempre algo muy distinto. Cada vez que pienso que ya no puede haber nada que me sorprenda, descubro que me equivocaba. —Resopla y se frota la frente con nerviosismo—. Pero qué te voy a decir a ti.

Dejo caer la cabeza hacia atrás, me apoyo y reflexiono sobre sus palabras.

—¿No te parece extraño que lo eche de menos? ¿Y que al mismo tiempo le tenga miedo? —admito, y arrugo la frente.

—No. No lo es. Fue difícil para todos los que estuvimos allí. Y lo sigue siendo. Si Nash no estuviera ingresado, hoy le pediría ir al bar de Faye para poder tomarme una copa.

—Lo entiendo, hoy es uno de esos días —musito.

—Sí. Uno de esos días —me contesta, hace una pausa y da la impresión de estar debatiendo consigo misma—. Sierra te envía saludos.

Sus palabras me pillan tan de sorpresa que casi me atraganto con mi propia saliva.

—¿Qué?

—Sí, no ha podido venir, por eso te envía saludos. —Alza la barbilla y eso me convence de que está mintiendo.

—Laura Collins, mientes fatal. Antes de pedirte que me transmitas sus saludos, Sierra preferiría encender ella misma una pira para inmolarse —le contesto completamente convencido, y la reacción de Laura, sacudiendo la cabeza de un lado a otro con la boca cerrada, me indica que he acertado de pleno con mi diagnóstico.

—Demasiado dramático, incluso para Sierra. Pero sí, tienes razón. —Y se cruza de brazos.

—No pasa nada. Ya me ha hecho una visita.

Laura abre los ojos como platos, se queda con la boca abierta y se inclina hacia mí.

—¿Cómo sabes que...? —De repente se recompone, carraspea y cambia el tono de voz—. No sé de qué me estás hablando.

Me echo a reír y niego con la cabeza.

—No es una trampa. Estaba despierto cuando ella estuvo aquí. Se quedó dormida junto a mi cama y el teléfono me despertó. Parece ser que sin querer acabó hablando con mi madre.

—¡Mitch! ¿Cómo has podido dejar que crea que estabas durmiendo? Incluso siendo tú resulta..., ni yo misma lo sé.

—¿Qué querías que hiciera? ¿Abrir los ojos y darle

un susto? Decirle: «Hola, buenos días, querida. ¿Estás durmiendo junto mi la cama? ¿Por qué no te has acostado conmigo?».

—Vamos, hombre —dice Laura, y sonríe satisfecha.

—Estaba claro que no quería que supiese que me había visitado. Así que pensé que sería una buena idea respetarlo. En todo caso, fue gracioso que tuviera que hablar por teléfono con mi madre.

—Por lo menos ya no tengo que temer irme de la lengua. No está muy bien, ¿sabes?, tiene pesadillas, y el accidente... Mierda. Ahora sí que me he ido de la lengua. —Se cubre el rostro con las manos y suelta un bufido nervioso.

—¿Pesadillas? ¿Por qué? ¿Estabais allí?

«Por favor, dime que no», suplico en mi mente. No quiero que Sierra piense en ese día cuando me ve.

Laura se muerde el labio inferior y se remueve en la silla antes de mantenerme finalmente la mirada y respirar hondo.

—Fuimos las primeras en llegar.

—Sierra ha... —«No...»

—Sí. Tras asistir a Ian y a Lisha, yo fui a atender a Nash, y Sierra... a ti. Estuvo contigo —musita Laura, y el corazón me late con tanta fuerza que creo que en cualquier momento podría estallarme en el pecho. Golpea y golpea y me falta el aire mientras intento asimilar lo que me acaba de decir Laura.

—¿Esa es la razón de sus pesadillas? —Apenas le puedo hacer esa pregunta. «¿Tiene pesadillas por mi culpa?»

—Mitch...

—Dímelo —le pido con más dureza de la que pretendía.

—Bueno..., creo que sí.

Laura quiere agarrarme la mano, aunque se detiene y vuelve a colocar la suya sobre el muslo.

—Deberías hablar con ella al respecto.

Me pitan los oídos. Sierra estuvo aquí. Sierra estuvo allí. Esperaba que no hubiera sido así. Confiaba en que ellas estarían en urgencias o incluso arriba en el quirófano. Sin embargo, Sierra estaba conmigo. Justo a mi lado tras lo que pasó. «Mierda.»

13

Sierra

El humo se arremolina entre mis tobillos, asciende cada vez más alto, me llega hasta la nariz y empiezo a toser. Apenas veo nada, me falta el aire. Me encuentro frente al ascensor, dentro están Lisha y George y Mitch, a los que no puedo alcanzar, y por todas partes hay fuego, calor y sangre. Tanta sangre... El olor metálico se me cuela incesantemente por la nariz. «¿Por qué no me has ayudado primero a mí?», resuena en mis oídos. Lisha. «¿Por qué me has dejado aquí tirado? Ahora estoy muerto.» George. «¿Por qué no has ido más rápida?» Mitch. Sus voces son cada vez más fuertes, me tapo las orejas gimoteando, pero no se detienen...

Me incorporo en la cama gritando, bañada en sudor y respirando con dificultad. Una nueva pesadilla. Como casi cada noche en las últimas cuatro semanas. Ha pasado tanto tiempo desde el accidente... Pero para mí es como si hubiera ocurrido ayer mismo.

Igual que la ceremonia que celebramos en el hospital

en memoria de George. Estuve allí con Laura, conseguí llegar hasta la puerta y entonces retrocedí. Me encontraba tan mal que estaba convencida de que me iba a desmayar, tenía los pulmones completamente oprimidos y al final no pude entrar. A pesar de que Laura no sabía lo que me pasaba, no preguntó nada. Se limitó a sonreír y dijo: «Está bien, Sierra».

La puerta de mi habitación se abre de par en par y mi madre entra medio dormida en un camisón que alguna vez fue bonito.

—¿Por qué gritas de esta manera? Pensaba que había entrado alguien en casa. —Se coloca un mechón rubio y liso por encima del hombro, completamente distinto de mi cabello grueso, ondulado y oscuro—. ¿No tienes que ir a trabajar? ¿Y por qué no has recogido la cocina? Ya sabes que no me gusta este desorden.

—Fuera —le digo, porque ya es suficiente. Porque hasta aquí hemos llegado. Ya no lo aguanto más.

—¿Perdona?

—¡Fuera! —repito gritando—. ¡Sal de esta habitación!

Lo que me habría gustado gritarle es «¡Fuera de mi vida!».

Mi madre se queda paralizada hasta tal punto que no puede articular palabra. Solo es capaz de emitir unas cuantas palabras de indignación:

—Bueno, esto es..., esto es... ¡Qué hija más desagradecida! —Entonces desaparece y cierra la puerta.

Tengo frío, aunque el termómetro encima de la mesilla de noche me dice que no hay motivo para tenerlo.

Temblando, alcanzo el móvil que hay al lado. Son las cinco y media. Me debería preparar para mi turno, aunque me duelen las articulaciones y las tengo rígidas.

A pesar de todo, me obligo a salir de la cama, pues no quiero llegar tarde. Además, como casi cada día antes de mi turno, me gustaría pasarme a ver un momento a Mitch. Ya no está en cuidados intensivos, lo cual es bueno. Su habitación está ahora en otro pasillo, aunque sigue estando solo, pues aún necesita un espacio con la temperatura adecuada, una ventilación especial y un colchón apropiado. Los enfermeros de la unidad de quemados ya me conocen y me mantienen informada de lo rápido y bien que están sanando sus heridas. Y cada vez que coincide que él duerme, me atrevo a deslizarme en su habitación para saludarlo en voz baja.

No tengo ni idea de cuándo comenzó esta rutina. Pero desde que fui a visitarlo y vi que estaba vivo y que respiraba y que se recuperará, me encuentro mejor.

Así que se trata de una decisión completamente egoísta y no tiene nada que ver con él.

«Nada en absoluto», musito, y me arrastro hasta el baño para arreglarme. Una vez lista, agarro una manzana, dejo el caos de la cocina tal como está y me marcho en dirección al Whitestone. Maisie y yo no hemos hablado más sobre el asunto de compartir piso, aunque ya me ha enviado algunos anuncios que podrían encajar. Simplemente no me he preocupado por ello, y eso que se está esforzando. Sin embargo, después del numerito de esta mañana, una cosa está clara: tengo que irme de casa, si no me voy a volver loca. Y tengo que dedicarle tiempo, quiera o no, porque, de lo contrario, nada cambiará.

Estamos a jueves y ya ha llegado el mes de octubre. Hoy es un día bonito, la temperatura está bien para lo que suele ser normal aquí y ya no hace ese calor tan asfixiante con el que lo único que te apetece es quedarte tumbada en el suelo sin moverte. Aunque por otra parte a mí me encanta, al contrario que a Laura. Quizá debería empezar a montar en un *quad* o hacer algo durante mi tiempo libre.

Me río.

«¿Qué tiempo libre?»

Aunque llegarán días diferentes. Seguro...

Suspirando, contemplo la fachada clara del hospital con las enormes letras que han colocado al frente, que literalmente me saltan a la cara.

En letras de un bonito color cobrizo, que según los rayos del sol brillan en tonos dorados o rojizos, se puede leer «Whitestone Hospital». Debajo consta el año en el que fue fundado y construido el hospital por Alistair Whitestone. Aún pertenece a la familia y lo dirige Graham Whitestone. El jefe de todos los jefes. No tengo ni idea de cómo es ni de qué hace por su herencia, solo se lo ve en los periódicos, nunca en persona.

Entro y me preparo para un nuevo turno en urgencias, antes de regresar mañana a planta. Aunque primero voy al otro lado a ver a Mitch. Dios, si se enterara de cuántas veces he ido a visitarlo pensaría que estoy loca por él.

En los pasillos, dependiendo de la zona y la planta, ya hay bastante movimiento, las familias y conocidos buscan a sus seres queridos, los enfermeros procuran que todo funcione sin problemas e intentan no desesperarnos a los médicos cuando vamos a toda prisa de habitación en habitación.

Cuando llego a la unidad de quemados me encuentro con Kaya. A ella y a otros enfermeros los llevo viendo durante las últimas semanas tanto como a Grant.

—Buenos días, Sierra —me saluda con su voz de

pito—. ¿Un bombón? —Me tiende sonriente una caja—. Ayer estuve en una chocolatería deliciosa y te juro que nunca había comido unos tan buenos.

—¿Y a pesar de ello los compartes conmigo?

—Ahora que lo dices... —entrecierra los ojos y retira poco a poco la caja.

—Disfrútalos, ya los probaré en otra ocasión.

Me despido con la mano mientras paso a su lado, pues conozco el camino y ya no tengo que dejar mi nombre. Cuando le rogué a Kaya y a los otros que no inscribieran mis visitas y que no hablaran de ellas con los demás, no me hicieron preguntas, aunque pude ver reflejado en sus rostros cuánto les gustaría hacerlo.

Cada vez que las persianas de la ventana que daba a la habitación de Mitch estaban bajadas, me iba. Eso solo me ha pasado en cinco de mis visitas. Por lo demás, la mayoría de las veces siempre he podido mirar dentro para comprobar si estaba durmiendo o si estaba despierto. Echar un vistazo rápido para ver si estaba bien. Si no podía entrar, a menudo también preguntaba al equipo de enfermeros. No he vuelto a ver a su médico, nunca coincidimos, y lo agradezco.

Me pego a la pared como una ladrona antes de inclinarme hacia un lado para poder espiar por la ventana. ¿Está durmiendo? O...

¿Qué? Me coloco justo delante, miro ahora sin vergüenza y presiono la frente contra el cristal, pues no hay nadie que me pueda ver. La cama de Mitch está vacía. Vacía y hecha. La mesa está despejada.

¿Ya le han dado el alta?

Entro de inmediato y me encuentro en la habitación recogida, que sin Mitch tiene un aspecto completamente diferente. Extraña y fría.

«¿Se ha ido a casa? ¿Cuánto tiempo estará de baja? ¿No me habría dicho entonces algo Kaya?» Las preguntas se amontonan en mi cabeza.

Cierro los puños y resoplo. ¿Qué me interesa a mí? No hay ninguna diferencia. En algún momento volverá al trabajo y me pondrá de los nervios, al igual que antes. Ya sea mañana o en un par de semanas, no tiene ninguna importancia. Si ya no está aquí es una buena señal. Debería tranquilizarme.

Exhalo con fuerza y echo una última mirada a mi alrededor antes de salir de la habitación, cuando de repente oigo un suave clic que me deja paralizada. Escucho con atención. Después una especie de estrépito. ¿O es alguien que llama a la puerta?

Abro los ojos como platos. ¿Viene del cuarto de baño?

Un abrir y cerrar de ojos y el universo responde a mi pregunta, pues la puerta que da al pequeño cuarto de baño se abre y de repente me encuentro frente al hombre al que durante semanas y a pesar de todas mis visitas he conseguido esquivar con éxito.

Mitch.

Se apoya en el marco de la puerta, viste la ropa que el día del accidente había dejado apelotonada en la taquilla, la camisa rojo oscuro, bajo cuya manga destaca una tela del color de la piel, y los vaqueros ajustados y desteñidos. Su piel aún no ha terminado de curarse, pero no puedo ver nada, pues el tejido seguramente es el de una camiseta de compresión, aunque si pienso en el aspecto que tenía el día del accidente...

Miro a Mitch a la cara: está pálido, algo cansado, pero ya no parece enfermo. El pelo le llega hasta la frente, justo por encima de las pestañas negras extremadamente largas y sus ojos marrón oscuro.

Y en lugar de decir algo o, por lo menos, desaparecer, me quedo ahí quieta y lo miro fijamente, pues no me puedo creer que lo tenga delante de mí. Que no esté tumbado en la cama, sino que, por lo que parece, ya le hayan dado el alta.

Porque no me puedo creer de ninguna de las maneras que yo esté aquí y que ahora tenga que explicarle el motivo. Porque no me puedo creer lo aliviada que en realidad me siento.

—Mitch —susurro, y mantengo su mirada, que no revela lo que pasa por su cabeza ni lo que siente.

Se acerca, primero da un paso precavido, después otro y otro más hasta que se planta justo frente a mí y yo debo inclinar la cabeza hacia atrás.

Sus labios esbozan una suave sonrisa y por un momento me dejan sin respiración, pues había olvidado lo terriblemente guapo que está cuando hace eso.

—Sierra —se limita a decir. Mi nombre. No «querida». Al pronunciarlo arrastra tanto la erre, que suena como un gato que ronronea satisfecho.

«Pronuncia mi nombre demasiadas pocas veces», se me pasa por la cabeza.

—Creo que me he equivocado de habitación —murmuro apocada, lo que provoca que rompa a reír.

—¿De habitación? Y justo en un edificio como este. Increíble, ¿no te parece?

—Eres...

—... ¿idiota? —finaliza mi frase, y trago con dificultad—. Lo sé. —Su voz suena algo más ronca, su expresión se ha vuelto seria, su mirada me recorre el rostro como una pregunta. Como una respuesta.

Como no me marche enseguida de aquí, se hará una idea de lo que esto me está haciendo. Entonces ya no solo tendré que mentirle e insultarlo, y no solo deberé ser terca y obstinada, sino algo peor: seré sincera.

—Bueno. Tengo que irme. —Disimulo las dudas, aunque ya es suficiente con que las tenga. ¿Qué está pasando? ¿Qué problema tengo?

Empiezo a darme la vuelta y consigo exactamente dar medio giro y un paso hacia delante antes de notar la mano de Mitch sobre el antebrazo y cómo tira de mí. Un poco más y pierdo el equilibrio, pero de alguna manera logro estabilizarme para no caer de bruces sobre el pecho de Mitch. Con la mano izquierda me agarro a su camisa, su brazo aún retiene el mío y de repente tengo la nariz a un movimiento descuidado de su barbilla. Si levanto la cabeza un poco más y lo miro a la cara...

—¿Qué estás haciendo? —Mis palabras no suenan ni la mitad de enfadadas de lo que deberían. Y que Mitch no responda no ayuda en absoluto.

Suelto los dedos de la tela, dejo caer el brazo y recoloco mi peso, de modo que por lo menos puedo mantener la distancia con él. Con la esperanza de que de esta forma ni su calor ni su aroma fresco y penetrante me envuelvan.

Dios mío, sí que soy ingenua.

Mitch deja de agarrarme con tanta fuerza y yo espero que termine de soltarme del todo para poder desaparecer, pero incluso cuando las puntas de sus dedos bailan sobre mi piel en dirección al hombro y después hacia los omóplatos, no me muevo. Y de repente esa exhalación se convierte en una caricia, esa indecisión en una decisión consciente. Mitch me abraza con fuerza con su brazo derecho y yo exhalo por la sorpresa cuando con la mejilla rozo su clavícula y noto su barbilla sobre la cabeza. Me aferro a él, aunque hace solo un momento que lo había soltado.

Cuando siento el deseo de cerrar los ojos y disfrutar de la situación me invade un miedo terrible.

Me está abrazando. A pesar de sus heridas y...

—¡Oh, no! —exclamo con dificultad, y quiero separarme de él, porque no quiero causarle dolor, aunque no me puedo liberar de su abrazo—. Mitch, en serio, suéltame. ¡No quiero hacerte daño! Te han operado, tenías quemaduras por todo el cuerpo y las cicatrices aún son recientes.

Sin embargo, él me estrecha aún más en sus brazos y sonríe en silencio.

—Y yo que pensaba que te ibas porque no querías abrazarme. Se ve que no es ese el problema.

—¿Qué tonterías estás diciendo? —suelto, y me separo un poco de él.

—No te preocupes, estás apoyada en mi lado derecho, no en el izquierdo.

—Mitch.

—Solo un momento —murmura. Con la mano recorre la tela de la parte superior de mi casaca, por encima de las costillas, la clavícula, el brazo. Aquí y allá acaricia mi piel y me produce pequeños escalofríos en el cuerpo—. Gracias —me dice de repente, y yo dejo de resistirme.

—¿Gracias por no haberte soltado aún una buena bofetada?

—Por eso también.

Oigo la sonrisa en su voz. Se me hace un nudo en la garganta, el corazón me late cada vez más rápido, como si quisiera salir huyendo. ¿De qué?

—Pero sobre todo por haberme encontrado.

14

Mitch

Tener a Sierra entre los brazos es como un sueño. Un sueño maravilloso. Algo con lo que desde luego no contaba hoy.

Es oficialmente mi último día como paciente del Whitestone. A primera hora me han hecho las últimas pruebas y todo tiene buena pinta. He ido al baño para espabilarme refrescándome de nuevo la cara y no esperaba encontrarme con Sierra al salir. Sin embargo, ahí estaba ella. En medio de la habitación. Me miraba tan conmocionada que al principio he pensado que había pasado algo o que yo tenía algo en la cara. Hasta que me he dado cuenta de que, al igual que yo, ella tampoco se esperaba para nada encontrarme aquí.

Lo que ha ocurrido a continuación simplemente ha ocurrido. He sentido la necesidad de abrazarla y agradecerle todo lo que ha hecho por mí. A algunos les parecerá que no ha sido para tanto, pero quien conoce un poco a Sierra sabe que con ella las cosas pequeñas suponen a menudo algo enorme.

—Gracias —repito, porque ella no reacciona ni responde. Quiero añadirle algo positivo a esta experiencia. Ya no puedo remediar que ella estuviera allí, que me encontrara y me atendiera, ni que conserve esa imagen de mí en la cabeza. Solo puedo intentar que todo resulte más fácil para ambos.

«Mierda.»

Quizá todo esto es demasiado para ella. Al principio pensaba que me evitaba porque no le hacía gracia que alguien pudiera pensar que yo le gusto. Y como Sierra es Sierra, seguramente siga negando que estuviera preocupada cuando me sacaba del ascensor. Sin embargo, tras la breve pero bastante seria conversación con Laura pienso que Sierra me evita y no quiere enfrentarse a ello porque todo lo que ha pasado la supera. Ignoro si sigue teniendo pesadillas, pero estoy convencido de que, con independencia de eso, desde que me ingresaron ha venido aquí casi cada día. Algunas veces se ha quedado delante de la puerta, algunas veces ha entrado en la habitación. Casi siempre me he enterado, salvo cuando estaba muy dormido o tenía las persianas bajadas. Pero eso son excepciones.

—No me acuerdo de qué ocurrió tras la explosión de la maldita botella, pero... recuerdo exactamente cómo me sentí en ese preciso instante. Sueño con ello. Con el hecho de morir o directamente con estar muerto —admito—. Gracias a ti y a los demás eso no ha ocurrido.

Tuve mucha suerte. Aunque habría hecho todo lo posible por ahorrarle a Sierra esa experiencia, le estoy agradecido por su ayuda.

Con cuidado, suelto el brazo con el que abrazo a Sierra y hago que alce la cabeza y me mire. La observo con inquietud, ya que tengo miedo de haber hablado demasiado o de haber dicho algo equivocado. Se esfuerza lo indecible por esconder sus sentimientos.

—Y lo siento. —Coloco la mano en su mejilla izquierda y apenas puedo respirar, porque ella lo permite. Porque me mira expectante con sus preciosos ojos marrones y en este momento no me está evitando. No escapa. No pone una barrera—. Siento que tuvieras que ver eso. Confío en que hayas podido sacarte de encima toda esa mierda.

Resopla por lo bajo y hace el amago de poner los ojos en blanco, seguramente porque la situación la supera. No pasa nada.

—Estoy bien, Mitch. Dio la casualidad de que estaba por allí y soy médica, estaba claro que debía ocuparme de ti si estabas herido.

—Claro que sí —le respondo sonriendo—. Por cierto, mi madre te manda saludos. Gracias por coger el teléfono para que no me despertara.

Se queda con la boca abierta, abre los ojos como platos, y confirmo que conmocionada sigue teniendo un aspecto igual de dulce que cuando se enfada.

—¿Qué? —pregunta, y se separa de mí con el fin de ganar distancia. Ahora me arrepiento de haberlo mencionado—. ¿Cómo es que...? —se da cuenta de su fallo demasiado tarde y cierra los ojos y aprieta los labios antes de respirar hondo—. No hace falta hacer un mundo de eso, Rivera. ¿Entendido?

Ah, ahora soy de nuevo Rivera, bien.

Salvo la distancia que acaba de crear entre nosotros con un solo paso y coloco la mano tan rápidamente en su cintura que no puede rehuirme. Dios mío, qué bien huele, su perfume no es demasiado floral o dulce, ni tampoco abrumador. Eso no le pegaría. Más bien huele a... una lluvia de verano.

—¿Qué hay de malo en que me enterara de que has venido a visitarme?

En su frente se refleja que ni ella misma es capaz de explicarlo de forma lógica y se ve como su cabeza maquina para responderme de una manera más o menos plausible.

Me acerco un poco más y ahora soy consciente de que debería detenerme. Porque Sierra dice las cosas claras, es inteligente y divertida, pero también orgullosa e insegura demasiadas veces. Es ambiciosa y da lo mismo las veces que yo haya tonteado con ella, siempre ha conseguido dar la impresión de no enterarse de cuáles eran mis intenciones.

—Para que te quede claro —me suelta, y noto su respiración en el rostro—, yo no he venido a visitarte. Cuando se visita a alguien se le lleva algo, y nunca te he traído nada. Si no hay regalos no hay visita. ¿Y quieres saber algo más? Ha sido un alivio que no hayas estado. Así nadie me ha llamado «querida», ha arqueado continuamente las cejas o se ha acercado demasiado a mí. Nadie me ha puesto de los nervios, ha estado diciéndome tonterías de no sé qué vibraciones que te aseguro que no existen, me ha soltado burradas o se ha pasado de listo. Ha sido fantástico. —Sus ojos destellan, realmente está cabreada.

—Así que me has echado de menos.

—Ay, Rivera...

—Yo a ti también —la interrumpo, y disfruto de su expresión algo sorprendida y al mismo tiempo desesperadamente furiosa.

—Tengo que irme a urgencias, aunque estoy más de humor para herir a personas que para salvarlas. Si hoy le hago daño a alguien será por tu culpa. —Y este es el momento en el que se suelta de mí, se da la vuelta y se va, y yo me quedo allí sonriendo como un idiota.

La piel me hormiguea por el contacto con la suya y me propongo repetirlo. Sin falta.

Sin embargo, la euforia no dura mucho tiempo. Poco después de desaparecer Sierra me invade una sensación diferente. Una no tan bonita.

Echo un vistazo al baño en el que me encontraba antes de que entrara Sierra en la habitación y aprieto los dientes.

No he sido del todo sincero, pues no solo quería refrescarme, sino que por primera vez he intentado reunir las agallas para verme. Y con eso me refiero a todo el cuerpo. Las cicatrices, que nunca desaparecerán y que siempre me recordarán ese maldito día.

Las cicatrices son una de las cosas, pero lo que realmente me supera es el pensamiento de que me salvé por los pelos. Si tan solo hubiera estado un palmo más cerca de la botella, en otro ángulo o la camilla hubiera caído sobre mí de otra manera, si el fuego se hubiera cebado mucho más conmigo, ahora no estaría aquí.

De forma rápida y nerviosa me paso la mano por el cabello antes de inclinar la cabeza hacia atrás y cerrar los ojos unos segundos.

«Todo está bien. Estoy vivo. Estoy sano.»

A veces repetírmelo me ayuda.

Otras, no sirve de nada.

Sea como sea, no puedo estar huyendo eternamente de mí mismo. En alguna ocasión, para bien o para mal, me tendré que mirar en el espejo. Ahora mismo quería hacerlo. Lo quería intentar, de verdad. Pues no deja de ser mi cuerpo. Mi hogar. Da igual cómo, pero debería aprender a superarlo.

—Qué desastre —musito, y abro los ojos antes de enderezar la cabeza, pues me empieza a doler la piel de la nuca.

Mañana será otro día. Mañana les echaré un vistazo...

La puerta se cierra a mis espaldas con un sonoro clic y por un momento me quedo parado en mi piso demasiado silencioso, en el que no pongo el pie desde hace más o menos un mes. Inspiro el aire viciado y miro hacia la oscuridad antes de encender la luz y parpadear unas cuantas veces para poder percibir correctamente lo que me rodea. Este lugar que tan bien conozco y que ahora mismo me parece tan extraño. Tan opresivo y difícil.

Dejo la bolsa en la esquina y doy unos cuantos pasos inseguros. Todo está tal como lo dejé. Los zapatos están dispersos de forma caótica frente a la puerta de entrada, en el comedor y en mi habitación hay tiradas unas cuantas prendas. En la pequeña cocina hay vasos y platos sucios, un paquete abierto de tostadas que ya han desarrollado moho. Las persianas están bajadas y no tengo intención de cambiarlo y dejar que el sol o el mundo entren en casa. Permanezco allí, entre ambos espacios, y a pesar de que todo sigue igual que antes en realidad ha cambiado.

Suspiro y me paso la mano por la frente. No, no es eso, me doy cuenta. El que ha cambiado he sido yo. No soy el mismo que salió de este apartamento.

Con dolor de cabeza me arrastro hasta mi cuarto de baño demasiado pequeño y dentro lanzo una mirada al espejo que hay sobre el lavabo. Igual que en el Whitestone. La piel que estuvo en contacto con el fuego sigue igual de sensible y me tira. No es dolor constante; tal vez se trate de un dolor fantasma que va y viene, es lo más probable, pues los medicamentos hacen su función, de eso estoy seguro.

Mañana me las miraré en el espejo. Las cicatrices. Todas y cada una de ellas. Mañana me miraré concienzudamente en el espejo y me repasaré todo el cuerpo.

Salgo del cuarto de baño y tengo claro que la atmósfera en mi casa es casi igual de terrible que en esa habitación del hospital en una planta desconocida.

Sierra no está aquí. No viene a visitarme aquí en secreto. Estoy solo. Por la noche no podré dormirme y esperar a que el día siguiente ella esté aquí. Qué frustrante.

Igual de frustrante es no tener nada que hacer. Aún estoy de baja, no puedo ir a trabajar y no me apetece leer, ver la televisión ni estar tirado en la cama. De esto último ya he tenido suficiente durante las últimas semanas. Sin embargo, no soporto este silencio.

—Mierda.

Agarro la cartera y las llaves y salgo de nuevo de casa para ir a comprar. A unos cuantos metros de aquí hay una buena verdulería, y a dos calles incluso un supermercado. Puedo recoger más tarde, así que me tomo mi tiempo; no es como si alguien me estuviera esperando, y tampoco estoy deseando echarme a dormir después. Lo haría si no tuviera todas esas pesadillas recurrentes. Algunas veces no las recuerdo, pero me despierto bañado en sudor, con una sensación atosigante que no me abandona. Da lo mismo si es la cabeza o el cuerpo el que lo recuerda, en ambos casos se trata de una pesadilla.

El sol luce implacable, aunque ahora en octubre ya no hace un calor tan asfixiante, simplemente hace calor. Algo es algo.

Aprovecho el tiempo para llamar a mi madre. He hablado con ella unas cuantas veces, aunque ya han pasado unos días desde la última vez.

—¿Mitch? —pregunta esperanzada, y yo sonrío.

—Sí.

—Qué bien oír tu voz. —Y añade desconcertada—: ¿Por qué hay tanto ruido? ¿Todo bien?

—Hoy me han dado el alta.

Su grito resuena en mi oído. Se alegra, se ríe. Aunque no por mucho tiempo.

—¿Por qué lloras? Todo va bien.

Sus sollozos apenas me dejan tragar saliva y reprimir las lágrimas.

—Estoy tan agradecida de que haya salido todo bien...

Yo también. Aunque soy consciente de que hace tiempo que no todo está bien...

—Tu padre está trabajando. Lo siento, cariño —me dice, y sé que a él también le sabe mal.

—Mándale abrazos de mi parte, ¿vale?

—¡Claro! Tus hermanos están sanos y recuperados, y esperan poder verte pronto.

—No falta mucho para que vuelva a casa para visitaros.

—¿Seguro que estás bien? —insiste.

—Sí, sí. —Aunque esta respuesta es una verdad a medias, y me duele no poder darle otra distinta, pues primero tengo que asimilarlo todo—. Hasta pronto, ¿de acuerdo?

—Hasta pronto, cariño. Escribe si necesitas algo. ¡Te quiero!

—Yo también a ti.

Colgamos y requiero de un momento para librarme de esa sensación pesada que apenas puedo nombrar, pero que se ha instalado en mi pecho. Se hace extraño no seguir tumbado en la cama del hospital. Se hace extraño no seguir siendo el mismo...

Poco después, mientras regreso a casa con mis compras y cruzo las calles, intento no pensar en alguien en concreto: Sierra. Y no lo consigo de ninguna manera, pues de repente por todas partes hay caras de enamorados, y tengo que ver cómo se besan, se sonríen o flirtean. Es terrible. ¿Siempre ha habido tantos?

Mierda, esto es agotador.

Con la cabeza gacha consigo llegar a casa, y una vez que he entrado me apoyo contra la puerta unos segundos, exhausto. Entonces respiro hondo unas cuantas veces, me deshago del calzado y me dirijo directamente a la cocina para ponerme manos a la obra. Cocinar me irá bien. Siempre me ha ido bien. Cocinar y comer, sobre todo los platos de mi país; es una especie de ancla, una forma de enraizarme. Y si cocinar comida mexicana no logra distraerme, entonces sí que estoy perdido.

Tengo todo lo que necesito para cocinar enchiladas y tacos caseros, así que me pongo en marcha enseguida.

Primero limpio las verduras, después preparo la salsa roja para las enchiladas. Una vez lista la salsa, corto la cebolla, y como mi cuchillo ha perdido un poco el filo me pongo a lagrimear como si me hubiera cercenado un dedo. Luego añado el ajo y la pechuga de pollo, que sofrío bien con la cebolla y aderezo con sal, pimienta, pimentón dulce y algo de chile. Unto las tortillas con la salsa, coloco los jalapeños, los frijoles escurridos, el maíz y el pollo, y finalmente lo cubro todo con un puñado de queso rallado. Mientras observo el resultado, pienso que un poco más de queso no le haría daño, así que esparzo más por encima. Enrollo la tortilla con cuidado, la dejo en un recipiente y repito el proceso con las demás. Al final añado el resto de la salsa y el queso por encima y lo horneo durante media hora. Como me han sobrado muchas cosas, repito la operación y esta vez también añado un poco de guacamole casero. Listo, ahora es el turno de los tacos.

Me lo he pasado bien comprando y cocinando, aunque haya sido agotador. No me lo esperaba, pero apenas puedo mantenerme en pie. Cada vez me pesan más las extremidades y bostezo con más frecuencia. Han sido unas pocas horas, pero quizá me he excedido para ser la primera mañana fuera de la cama del hospital. Aunque me cueste admitirlo.

«Ahora a descansar un poco», pienso una vez que lo he recogido todo y he guardado la comida, y apoyo la cabeza sobre los antebrazos.

Me siento fatigado, pero bien. Por un momento los pensamientos han desaparecido, ahora solo queda el olor de la comida mexicana que he preparado en grandes cantidades y de la que me puedo alimentar durante los próximos días. Aunque de repente ese aroma cambia. Ahora resulta más penetrante, fuerte, se me mete por la nariz. Me encuentro mal. Por todas partes hay humo y fuego. Nada más. Solo eso y el calor asfixiante. Soy incapaz de moverme, no me puedo ir de aquí y tampoco puedo gritar. Estoy atrapado viendo cómo las llamas se acercan cada vez más. Las llamas bailan junto a mí, a lo largo de mi pantalón, como si solo quisieran saludarme amistosamente. Hasta que se abalanzan sobre mí y yo me ahogo en ellas gritando en silencio. Y entonces me despierto.

Bañado en sudor y tosiendo, abro los ojos y me alejo a trompicones de la barra de la cocina americana. Necesito un minuto para entender que me encuentro en mi cocina y que no estoy ardiendo entre llamas. Que no me estoy muriendo.

Me froto el rostro con nerviosismo, trago el sabor amargo que me ha dejado esta pesadilla diurna y hago todo lo posible por tranquilizarme. Tengo el pulso acelerado y me tiemblan ligeramente las piernas.

Era solo una pesadilla. Una de muchas. Aunque esta es la que menos entiendo, pues no estaba consciente cuando pasó todo. No puedo recordar ni el humo ni el fuego, y aun así sueño con ellos. Aun así vienen a buscarme a casa.

Tengo que salir a tomar el aire, salir de aquí. Me gustaría hablar con Sierra sobre todo esto, pero estoy convencido de que aún no está preparada.

Sierra... estuvo ahí para mí, aunque seguramente ella lo pasara igual de mal. Voy a animarla, intentar que vuelva a reír o ponerla nerviosa el tiempo que haga falta hasta que se olvide de todo lo demás. Estaré a su disposición a mi manera. Por poco que sea.

15

Sierra

—De acuerdo, señor Shaw, míreme usted, por favor. Todo irá bien, pero tiene que tumbarse; si no, no podré inspeccionarle el vientre.

El paciente está en la mitad de la treintena y se acaba de presentar en urgencias quejándose de fuertes retortijones en el estómago, sensación de saciedad y náuseas constantes.

Se trata de mi último paciente, hace una hora que se ha terminado mi turno.

—¡No puedo, me duele mucho! —Se retuerce en su asiento más aún y gime cuando el siguiente retortijón lo alcanza. Una reacción natural, aunque en todo caso no siempre la mejor.

—Sí, claro que puede. Estamos aquí para ayudarlo.

Tan pronto como empieza a respirar algo mejor, Freya y yo lo agarramos y lo ayudamos a recostarse de espaldas.

—¿Dónde está Harry? —pregunta con dificultad.

Solo hablar le cuesta un mundo. El sudor le cubre la frente y tiene la piel pálida.

—Su compañero está de camino —lo tranquiliza Freya mientras le sostiene la mano y yo le levanto la camisa para echarle un vistazo a su vientre.

—Así está bien. Respire con tranquilidad. Voy a auscultarlo y palparlo. —No oigo nada, lo que es mala señal. Y tiene el vientre hinchado y duro al tacto. Demasiado duro—. ¿Cuándo fue la última vez que evacuó? —le pregunto, mientras mi paciente tuerce el gesto. Realmente en los últimos dos minutos se ha puesto muy pálido.

—Hace ya mucho tiempo —murmura, y sus palabras suenan tensas.

Doy un paso hacia delante, me inclino sobre él para que me pueda entender mejor y le explico:

—Parto de la base de que sufre usted de estreñimiento. Ahora vamos a... —Ya no tengo que pensar en terminar la frase. Jadeo y en un acto reflejo alzo las manos.

Mi paciente acaba de vomitarme encima. Estupendo. Odio este olor, así que trato de no respirar hondo.

Mientras intenta limpiarse la barbilla y Freya le alcanza unos cuantos pañuelos, me miro de arriba abajo. ¿No será esto...? Mierda. Tengo que reprimir una arcada.

—Freya, avisa arriba de que tenemos un paciente con obstrucción intestinal y cólicos.

—¿Estás segura? —pregunta, y no se lo tomo a mal.

Una obstrucción es frecuente, pero resulta imposible ignorar sus características. Me vuelvo hacia ella y le muestro mi casaca.

—Una obstrucción intestinal —le digo, y hago una mueca.

—Vaya...

—Sí, vaya.

El señor Shaw ha vomitado mierda. Directamente sobre mí. A eso se lo denomina «vómito fecaloide». No hay muchas cosas que me resulten asquerosas, pero esto me supera.

—Lo siento de veras —musita repetidamente, y es imposible no ver lo avergonzado que está, aunque no debería estarlo. Cuando estás enfermo, estás enfermo. Y yo estoy aquí para ponerle remedio. Aun así, me cuesta encontrar las palabras adecuadas debido al olor pestilente.

—No se preocupe por eso, ahora concéntrese en usted mismo. Vamos a proceder a hacerle varias pruebas y después lo trataremos como convenga. Lo más probable es que haya sufrido usted una obstrucción intestinal, de ahí el dolor y los cólicos. Lo arreglaremos —le aseguro para tranquilizarlo.

—Su compañero llegará en cualquier momento y lo llevaremos adonde esté —añade Freya, y nuestro paciente asiente agradecido.

En cuanto la radiografía determina que, en efecto, se trata de una obstrucción intestinal, solicitamos un TAC y llevamos al señor Shaw a cirugía para que lo operen. He conseguido no vomitar frente al paciente y por fin acabo mi jornada. Me adecento un poco para no tener que ir a planta con todo este pringue encima, aunque al final da lo mismo. Las manchas se van a quedar y sigo oliendo muy claramente a casi cualquier cosa que pueda salir de una persona. Aún pasará un tiempo hasta que desaparezca de mi nariz el olor a mierda y vómito. Nunca como hoy había deseado tanto una ducha caliente...

—Hoy no es mi día —suelto mientras me apoyo un

momento en la pared con el fin de tranquilizarme. Por lo menos hasta que llegue el ascensor—. Un día de mierda. Literalmente.

Desde la visita que le he hecho a Mitch esta mañana a primera hora, todo ha salido mal.

Soy tan ingenua... ¿Cómo podía pensar que no se daría cuenta o que no descubriría que estaba yendo a verlo? Y, sobre todo, ¿cómo pude no darme cuenta de que ese día no estaba durmiendo y de que se había enterado de todo? Aún no sé si debo estar avergonzada o simplemente furiosa con Mitch. O conmigo misma.

Exhausta, estoy a punto de subirme al ascensor cuando, en el preciso instante en que las puertas se abren, aparece justo detrás de mí el doctor Ortiz, que también se sube: al entrar no tuerce el gesto.

—¿Un día de mierda? —me pregunta de todos modos, y evita mi mirada.

—Qué gracioso —musito, y cuesta ver cómo él hace todo lo posible por no estallar en carcajadas.

Cirugía cardíaca, me doy cuenta por suerte pocos segundos después. Aquí me bajo yo. Alzo la mano como despedida y aún oigo como dice:

—No se preocupe, doctora Harris. *Shit happens*.

Dios, es tan divertido como ver un cactus en el desierto.

Nerviosa y pestilente, me dirijo hacia las taquillas. Cuando paso junto a Grant y Bella y él abre la boca, me adelanto:

—Ni se te ocurra decir nada ni hacer un maldito chiste.

—¡Mierda, nunca se me ocurriría algo así! —me contesta, y no puedo evitar sonreír. Si Mitch estuviera aquí seguramente diría una estupidez como: «Vaya manera de enmerdarlo todo». O: «Es para cagarse en todos». Ni siquiera tendría por qué tener sentido.

Maldita sea, ¿por qué estoy pensando otra vez en él?

Entro en los vestuarios, quiero coger mis cosas de la taquilla para ducharme y de paso mi ropa cuando veo una caja encima del banco. Lleva mi nombre escrito de forma sencilla, pero muy bonita.

Qué raro.

«¿Será de Laura?», me pregunto. «¿O de Maisie o Zeenah?» No creo que Jane me dejara nada, no nos conocemos lo suficiente. Y Grant se lo habría comido él mismo.

Levanto la caja con curiosidad y la abro. El aroma que me llega no solo es delicioso, sino que hace que mi estómago resuene por todo lo alto. Y lo conozco. Lo conozco muy bien.

—Enchiladas —digo en voz alta para mí misma, y a continuación maldigo.

La caja es de Mitch. ¿Es que ha ido a casa, las ha preparado y después ha vuelto a propósito para dejármelas? ¿Quién se ha pensado que es? En lugar de esto debería descansar y no hacer tantas tonterías. ¿Por qué es tan pesado?

Antes de irme a la ducha agarro la caja, salgo a la planta y se la pongo a Grant frente a las narices.

—Aquí tienes. Cógelo y cómetelo.

Olisquea y entrecierra los ojos.

—Aquí hay gato encerrado.

—No hay ninguno. Simplemente cómetelo.

Grant se acerca la caja, olfatea otra vez y sonríe.

—¿Son de Mitch? Son enchiladas, ¿verdad?

Me presiono las mejillas con las manos con nerviosismo, de forma que seguramente mi boca debe de tener el aspecto de un globo que amenaza con explotar; después cojo de nuevo la comida.

—¿No las quieres? De acuerdo. ¡Bella! —la llamo, pero él se interpone y vuelve a agarrar la caja.

—Olvídalo. Me las quedo.

Sin decir palabra, me vuelvo, pero por supuesto Grant no puede reprimir un nuevo comentario:

—Le diré a Mitch que la comida que ha cocinado expresamente para ti en el día de su alta está buenísima, ¿vale?

—¡Haz lo que te dé la gana! —le contesto.

¿Qué le puedo decir? Yo misma me he metido en este embolado sin pensarlo lo más mínimo. Ahora seguro que no voy a correr detrás de Grant para arrebatarle la comida de las manos, aunque me encantaría hacerlo, poco después de habérsela puesto bajo las narices hecha un manojo de nervios y de forma completamente precipitada.

¿Por qué lo complico todo de esta manera? ¿Por qué de repente todo resulta tan caótico?

Es como si mi vida estuviera hecha por todas partes de cabos sueltos. Y ya es hora de que empiece a atar algunos de ellos.

Así que cojo el móvil y le escribo a Maisie.

Hola, perdona, estos días
he estado bastante estresada.
¿Quieres que vayamos a ver
un par de pisos? ¿Has
encontrado algo interesante?

Enviado. Solo es un mensaje, y no hay nada hecho, pero por lo menos he tomado las riendas, y eso me sienta bien. Paso a paso iré arreglándolo todo con el fin de volver a centrarme. La relación con mi madre resulta cada vez más tóxica. Durante mucho tiempo pensé que también era una forma de amor, una forma de preocuparse por su hija. Pero esto es una estupidez, mi madre tiene un problema y debería buscar ayuda. Se preocupa por ella, no por mí. Y no sé si me quiere o me odia, pero tengo claro que odia que su vida sea la que es por mi culpa. Aunque en realidad no sea culpa mía. Y es algo que yo no he querido ver a pesar de saberlo desde hace muchos años.

Ahora ha llegado un punto en el cual no soporto más esta situación y en el que me pregunto por qué hasta ahora he sentido que debía tragar. Esta es mi vida. Durante demasiado tiempo he formado parte de esto y lo he aguantado.

Me mudo. Por fin tendré tranquilidad. No necesito a mi madre, ni su amor ni su apoyo. De todos modos, esas dos cosas tampoco las recibo cuando estoy con ella.

Y ya que esta decisión que he tomado, de alguna manera un borrón y cuenta nueva, me sienta mejor de lo que me esperaba, agarro otro de los cabos sueltos de mi vida y escribo un segundo mensaje.

¿Estás loco o qué? ¿Te acaban
de dar el alta y no tienes
nada mejor que hacer que
ponerte a cocinar y traerme
la comida al hospital? Métete
en la cama. Y deja de una vez
de molestarme.

Mi móvil vibra un instante después. Un nuevo mensaje de Mitch. Estaba claro.

De nada, querida.

—¡Aaah! —suelto toda frustrada, lanzo el móvil de forma descuidada en la taquilla y por fin me voy a la ducha. Dios, quizá este cabo suelto no habría que atarlo, sino simplemente cortarlo. Un corte limpio, una operación de lo más sencilla.

Zas. A la mierda.

Apoyo la frente en la taquilla y maldigo.

¿Cómo puedo explicarle a Mitch que solo verlo me duele?

16

Mitch

Ya casi es de noche. La primera que paso en mi casa desde hace semanas. Y son las mismas cuatro paredes, solo que yo soy otro.

He ido a comprar, he cocinado, le he llevado comida a Sierra sin que ella lo supiera, he hablado por teléfono con mi madre y he recogido la casa. Nada de eso me ha permitido distraerme o animarme del todo.

Tengo los ojos más apagados que de costumbre, el rostro más chupado, la boca más tensa. He estado de pie en el cuarto de baño lo que parece una eternidad mirándome en el espejo, y recuerdo que en realidad quería hacerlo al día siguiente. Aun así, aquí estoy, observándome, deseando con todas mis fuerzas reunir el valor de quitarme la camisa, los vaqueros y las prendas de compresión para poder examinarme. Conscientemente. Todo. Cada cicatriz, cada enrojecimiento, cada pedacito de piel que haya quedado.

De hecho, estoy de vuelta en casa y no en el hospital,

parcialmente atado a una cama con un colchón especial, en una habitación con una ventilación y una temperatura especiales. Ya no debo sufrir el cambio regular cada hora o dos horas de mis vendajes. Con el paso del tiempo el procedimiento iba más rápido, las curas se fueron espaciando y las heridas han sanado bien. No es que yo me haya convencido de ello.

—Vamos, empieza ya —me digo a mí mismo en voz alta antes de apretar la mandíbula y soltar el borde del lavabo que agarro con las manos.

Me quito la camisa más despacio y con menos pericia de lo habitual, porque a pesar de lo bien y bastante rápido que han cicatrizado las heridas, mi piel necesita tiempo y cuidados. El problema es que cuanto más se alargue todo, más dudas me irán surgiendo. «Solo procura no pensar... y sigue adelante.»

La camisa cae al suelo, y un tipo con una prenda de compresión de color beis me mira desde el espejo, mientras su caja torácica se eleva y desciende como si acabara de correr una maratón.

Sudo. Mi estómago ruge. Los dedos me tiemblan, también cuando entran en contacto con la tela y empiezan a abrir la prenda de compresión. El primer trozo de piel reluce, rojizo, pero me las arreglo. En primer lugar, observo mis movimientos en el espejo, quizá porque así puedo engañarme mejor y pensar que estoy viendo a otra persona y no a mí mismo. Sin embargo, en un determinado momento bajo la vista. Concretamente cuando el hombro izquierdo queda del todo al descubierto y he retirado la prenda hasta el codo.

Los temblores aumentan, puedo notar como se me acelera el pulso, como mi corazón retumba contra las costillas.

Gran parte del enrojecimiento ha desaparecido, tal como me dijeron cuando me dieron el alta, y las zonas donde tenía quemaduras de primer grado han sanado. Por último, las zonas que sufrieron las quemaduras más graves son aquellas que aún deben curarse y que en muchas partes han dejado cicatriz. En el brazo, en la parte izquierda del pecho y especialmente en la cadera y a un lado del muslo.

Pero hasta ahí soy incapaz de llegar. Cuando veo la primera cicatriz reciente con la ligera protuberancia que conforma, cierro los ojos y no consigo continuar.

Preferiría volver a ponerme la prenda de compresión y olvidarlo todo, pero no es posible. Como muy tarde mañana me ducharé y tendré que enjabonarme la piel. Como muy tarde mañana tendré que cambiarme de prenda.

Así que me trago las náuseas y termino de desvestirme. No miro, estoy como en trance. Y allí desnudo en el cuarto de baño me siento más vulnerable que nunca.

Me lavo las manos, doy un paso atrás y sin apartar la vista de los azulejos claros coloco la mano derecha sobre el hombro izquierdo. Lentamente la deslizo por el brazo. Sin presionar.

No tengo que mirar para saber que están ahí. Que nunca desaparecerán.

Las noto.

Cada una de las cicatrices.

Cada irregularidad.

Decenas de pesadillas inmortalizadas sobre mi piel...

17

Sierra

Al día siguiente frente a mi taquilla me esperaba una caja con tacos, quesadillas, luego tortillas con queso y salsa, y en los días posteriores, entre otras cosas, chiles, fajitas y burritos. Mitch lleva haciendo esto casi una semana. Y yo me he dedicado a regalar cada uno de sus platos. Bueno, de uno sí que probé un poco, pero eso no cuenta. Aunque estuviera increíblemente delicioso.

Sea como sea, hoy es miércoles y aún no he visto ninguna caja de comida frente a mi taquilla. Esto me inquieta más de lo que debería. Simplemente me resulta extraño. Quiero decir, ¿habrá pasado algo? ¿Ya ha terminado? Mi cabeza está llena de preguntas.

—¿Se encuentra usted mal, doctora Harris? —La señora Decker me observa preocupada desde su cama. Aunque ya ha cumplido los sesenta, no parece haber sobrepasado ni por un año los cuarenta. ¿Cómo lo hace?

—¿Está intranquila? —me pregunta curiosa también la señora Bottom mientras se endereza en su cama, y yo dejo caer suspirando su historial y aprieto los labios.

—Señora Bottom, mañana a primera hora procederemos a operarla para colocarle el *stent*. El doctor Pine estará al cargo y antes pasará a verla —le explico, y no contesto a sus preguntas—. Señora Decker, su operación ha ido de maravilla, la herida tiene buen aspecto y el marcapasos está cumpliendo con su función. —Sonrío de forma exagerada, aunque eso no parece convencer a mis dos pacientes, así que añado: «¡Estoy estupendamente!», a lo cual la señora Decker reacciona con un suspiro compasivo, mientras que la señora Bottom se limita a poner los ojos en blanco.

Son incorregibles.

—Corazón, soy mayor, pero aún no estoy muerta.

—¿Qué quiere decir? —pregunta la señora Decker irritada mientras me paso la mano por la frente.

—Quiere decir que reconozco cuando alguien miente.

—Ah, claro, claro.

—Si no se encuentran ustedes bien no duden en llamar al personal de enfermería. Lo siento, pero tengo que seguir.

—¿Así que es tan grave?

—No, señora Bottom —le suelto intentando controlarme.

—Está usted irritada, algo despistada, pensativa, y además tenemos lo de esa arruga en su frente. —Señala vagamente mi rostro y chasquea la lengua—. Es por amor, ¿verdad? Solo el amor hace que aparezca una arruga como esa.

Me gustaría gritar y llorar al mismo tiempo, pero en su lugar se me escapa un suspiro. Qué bien.

—De acuerdo, tiene usted razón. Hay un hombre que me pone de los nervios. Y ahora tengo que irme.

—¿Es que no le gusta? —pregunta la señora Decker algo tímida cuando estoy dispuesta a irme.

—No lo sé —le respondo de forma sincera, y a continuación me llevo la mano a la boca. Maldita sea, todo esto es tan retorcido que apenas se puede aguantar.

—Tenga valor, doctora Harris —me dice—. El amor no necesita ni del orgullo ni del entendimiento, ni tampoco de un plan. Ante todo, requiere valor. Piense usted en mis palabras si no sabe cómo proceder.

Como no quiero ser maleducada y estoy segura de que ambas tienen buena intención, les doy las gracias antes de abandonar la habitación en lugar de decirles que yo lo veo de otra manera. Si tienes que ser valiente para amar, entonces ¿se trata realmente de amor?

Maldiciendo por lo bajo coloco con violencia el historial en su sitio, pues no quiero seguir pensando en ello. Antes de ver a Mitch de esta forma, prefiero dejar el trabajo y ponerme a estudiar Derecho. En otras palabras, nunca ocurrirá.

—¿Sierra? —aprovecha Sofie, y me endilga al pasar un historial—. Un paciente nuevo, en trauma y ortopedia.

—¿Estás haciendo relevos?

—Así es. Hoy hay bastante movimiento. Me alegraré cuando vuelvan Lisha y los demás. Y apuesto a que el doctor Gardner pronto contratará a más gente. Ducky ha sido el único durante las últimas semanas, y apenas puede compensar él solo todas nuestras horas extra.

Asiento con la cabeza, intercambio una triste sonrisa con Sofie y sé que está pensando lo mismo. Echamos en falta a George.

Un momento después ya estoy hojeando el historial, y luego me lo coloco bajo el brazo.

—Voy a verlo ahora mismo. ¿O aún le están haciendo pruebas?

—No, tiene dolores muy fuertes, pero quería que primero lo viera un doctor de verdad, no una simple enfermera. —Tuerce el gesto.

No sabía que había sanitarios de verdad y sanitarios falsos, y odio cuando la gente no respeta a nuestro personal de enfermería. Así es como pierdes un poco las ganas de preocuparte por su salud...

—De acuerdo, gracias.

—No te preocupes. Por cierto, ¿ya has visto a Ian?

—No, aunque últimamente he estado más tiempo en urgencias que en planta. En medicina interna de momento solo tengo un paciente, y además Ian se mueve por donde quiere.

Sofie ríe.

—Es cierto. En todo caso parece que ya está completamente recuperado. Tengo que seguir, nos vemos luego. —Se despide con la mano, pero ya se ha ido antes de que yo pueda contestarle.

El siguiente paciente es el señor Watt, de sesenta y nueve años. Lo ha enviado su médico de cabecera, pues hace un tiempo que se queja de fuertes dolores en la cadera derecha.

Leo «Habitación 502» y me pongo en camino.

Cuando llego, llamo brevemente a la puerta antes de entrar y desinfectarme las manos. El paciente está solo y la cama junto a él, vacía. El otro paciente habrá ido a pasear o le estarán haciendo alguna prueba.

—¿Señor Watt? Soy la doctora Sierra Harris y soy la médica encargada de su caso.

—Hola —me contesta mientras apoya una mano en la cadera—. Por fin ha venido alguien.

—¿Por qué no ha venido antes a hacerse pruebas? ¿O por qué no le ha pedido directamente a su médico de cabecera un diagnóstico previo o una explicación por esos dolores? —le pregunto con calma mientras me coloco junto a su cama y me pongo a leer el historial.

—Mi médico de cabecera... —empieza a decir, y se ríe—. Me sorprendería que supiera contar hasta diez. Piensa que me he roto algo. Pero no me he caído, no he sufrido ningún accidente y no he chocado contra nada. ¿Cómo me podría haber roto entonces la cadera? —se queja con una mueca, y al hacerlo se profundizan las arrugas alrededor de sus ojos y de su frente—. Tuve que cambiar de médico, pues el doctor Barnes se ha jubilado y desde entonces todo va a peor.

—De acuerdo. —Si soy sincera, no sé exactamente cómo debo responder a eso—. Así que no se ha caído. ¿Se le ocurren otros motivos para el dolor? En el historial no aparece nada.

—No, ¿cree usted que en caso contrario estaría aquí?

Está disgustado. Yo también. No puedo hacer nada por su médico de cabecera, por sus dolores ni tampoco por su maldito mal humor. Y además las caderas no son ni mucho menos mi fuerte. A pesar de todo, mantengo la profesionalidad.

—Entiendo. Entonces empezaremos con una radiografía para tener una primera impresión. Ahora mismo vendrá alguien y lo acompañará.

Se limita a asentir y me voy de allí con su historial. En la recepción de la planta no me encuentro con Sofie, sino con otra enfermera. En la identificación de la solapa leo «Butler».

—Hola —la saludo, y me presento.

—Ah, una de las médicas residentes. Me alegro. Soy Lilia Butler.

—Encantada de conocerte. —Sonrío en la medida en que lo permite mi humor y al mismo tiempo anoto las conclusiones de la conversación con el paciente y las siguientes pruebas que hay que realizar—. Necesito a alguien que acompañe al señor Watt a hacerse una radiografía bidimensional. Adjunto la petición.

—Yo me ocupo. —Alarga la mano y le entrego el historial.

—Gracias. Por favor, llámame al busca en cuanto tengas los resultados. En mi opinión, también se le podría hacer una analítica completa de sangre, así adelantamos.

—Ningún problema.

Asiento dándole las gracias y me pongo en camino hacia cirugía cardíaca cuando me suena el busca.

«Operación cardíaca de urgencia.»

¿Cómo? Estoy muerta de cansancio, pero esta noticia me inyecta adrenalina. Hace ya un tiempo de la última operación de corazón, pero es justamente lo que quiero hacer aquí. Por eso estoy aquí y ejerzo esta profesión. Este es el motivo por el cual quería ser cirujana.

Así que me guardo el busca y salgo corriendo.

18

Sierra

—Doctora Harris, muy bien. Ya podemos empezar —me recibe la doctora Pine, mientras me visten y esterilizan.

Saludo al equipo mientras me acerco al paciente ya tapado y preparado en la mesa de operaciones. Le han rasurado el torso, así como la zona inguinal.

—Nos enfrentamos aquí a una embolia pulmonar fulminante. Debido a la contraindicación de practicar la fibrinólisis y una oclusión vascular de grandes dimensiones, voy a llevar a cabo una trombectomía pulmonar. Usted me ayudará.

Se trata, por tanto, de un trombo en la arteria pulmonar, la que transporta la sangre del corazón hasta los pulmones, y ya no es posible una intervención poco invasiva debido a enfermedades anteriores, hemorragias internas u otras contraindicaciones.

—Todo claro.

—¿Los valores? —pregunta la doctora Pine, y alza el escalpelo.

—Estables —responde el anestesista, que durante las operaciones tiene una tarea completamente infravalorada. Sin la anestesia no podríamos trabajar en condiciones.

La doctora Pine asiente y mira una última vez a su alrededor.

—¿Preparados? —pregunta en un tono tranquilo.

—Preparados —responde el equipo en una sola voz.

—Corte —dice, y empieza.

El primer corte resulta siempre fascinante. A poca distancia de este bisturí late el corazón de una persona, los pulmones recogen aire y la sangre corre por las venas. El primer corte es tan emocionante y especial como aterrador.

—Gasa.

Un enfermero reacciona, después ella entrega el escalpelo y a mí me alcanzan la sierra. Miro confundida a mi médica a cargo. No dice nada, no hace nada. Así que agarro el aparato y noto como por unos segundos el corazón me late más rápido de lo habitual. Exaltado. Hasta la fecha, en estas operaciones solo podía mirar o ayudar mínimamente, pero nunca realizar yo misma una esternotomía.

Mi titubeo no se alarga mucho tiempo, recibo instrucciones de la doctora Pine y coloco la sierra sobre el esternón. Concentrada, empiezo a separarlo a lo largo. Cortar un poco, aspirar, coser y unir son acciones que no se pueden comparar ni de lejos con la sensación de seccionar huesos o incluso abrir una caja torácica. De repente tengo entre las manos un mundo entero, un pequeño universo propio que puede derrumbarse si me equivoco.

Un error y este mundo extraño se desmorona.

«No pienses en esas cosas», me ordeno, pues podría distraerme, y me concentro en el último tramo.

«Conseguido. Uf.»

Ahora que todo ha pasado me empieza a temblar la mano y confío en que nadie se dé cuenta cuando le entrego la sierra al instrumentalista.

Con ayuda de un separador sostenemos ambas partes del esternón con el fin de acceder fácilmente al corazón y a las venas.

A partir de ahora la doctora Pine se hace cargo por completo de la operación y yo observo con atención e interés y retengo todos sus movimientos. Estoy agradecida de poder estar aquí, y eso que al principio en un par de operaciones con ella hice alguna que otra chapuza. Fui demasiado ambiciosa y pensaba que las intervenciones eran muy sencillas. Así que no estaba concentrada, lo que provocó que cometiera errores. Esas operaciones me enseñaron que no debes infravalorar ni una sola intervención por simple que parezca. Da lo mismo lo buena que seas, da lo mismo lo que creas que sabes, siempre puede irse todo al traste.

La doctora Pine pasa a abrir el pericardio. Tras los preparativos pertinentes y haberlo acordado con el anestesista, se procede a habilitar la circulación extracorpórea mediante la máquina corazón-pulmón. Todo va bien, el paciente permanece estable.

Respiro hondo varias veces antes de que empecemos a abrir a lo largo las arterias pulmonares derecha e izquierda y retiremos poco a poco el material que conforma la trombosis.

Me resisto al impulso de frotarme los ojos, algo que me encantaría hacer, pues estoy muy cansada. Sin embargo, consigo permanecer concentrada y mantener la atención, a pesar de que el día antes de la operación ha sido largo y los descansos demasiado cortos.

Un poco más y ya hemos terminado. Puedo hacerlo. La decanulación, los electrodos de marcapasos, los drenajes y ya podemos cerrar el tórax.

—Bien hecho, ha mantenido la concentración hasta el final y no se ha precipitado en nada —me alaba la doctora Pine, y después hace lo mismo con el resto del equipo.

Además del orgullo que me invade, siento cada uno de los músculos de mi cuerpo. Los dolores de cabeza hacen aparición cuando disminuyen la concentración y la adrenalina. Necesito lo antes posible un analgésico, algo para beber y una cama, pues en esta ocasión he sentido cada minuto de esta hora.

El paciente ha sobrevivido a la operación, y al final del día eso es lo mejor que puede ocurrir. No haber perdido a nadie. No haber hecho falsos diagnósticos ni haber ordenado tratamientos equivocados. Y cada día se parte de nuevo desde cero. Es una locura hacer esto por voluntad propia. Que incluso haya alguien que lo haga. Implica tanta responsabilidad..., y todo lo que se dice o se hace puede conducir a herir a una persona o no poder salvarla. Y después el estrés que conlleva, los horarios absurdos, el café malo. Y lo peor de todo es que cada éxito es exactamente eso, un éxito, y eso se da por supuesto, mientras que el más pequeño de los errores puede destruir todo aquello que se ha hecho bien. Este trabajo no permite los errores.

Salgo del quirófano, me quito el gorro y me dirijo con las piernas temblando hacia el vestuario. Quiero ducharme y cambiarme y me pregunto, como tan a menudo en días como este, por qué quiero algo así. Porque con esto puedo marcar la diferencia, ayudar y aprender. En este trabajo no se trata de mí ni de mi vida, de mi madre inaguantable ni de mis deudas. Aunque quiera ser la mejor, aquí no se trata de mi ego. Sí, elegí la medicina para ser alguien. Aunque también para olvidarme de mí. No tengo ni idea de si esto tiene algún sentido. Por suerte no he tenido que explicárselo a nadie. A la mayoría de la gente le sirven las respuestas más comunes: «Siempre he querido ayudar a las personas». O: «Es que la medicina me parece muy emocionante».

A pesar de la ducha, el dolor de cabeza persiste. Son las nueve y media. Ya es de noche. Así que ya hace unas cuantas horas que ha comenzado mi descanso y estoy más que feliz de poder irme a casa. En parte porque Maisie y yo hemos quedado mañana para ver el primer piso, a menos de cinco minutos del Whitestone. Acabo de comprobar mis mensajes y Maisie me ha enviado toda la información necesaria. El alquiler está dentro de lo habitual, los metros cuadrados y las habitaciones son aceptables. Jane incluso contempla la posibilidad de unirse a nosotras y dejar su propio piso. Sería fantástico. Si Maisie tiene a Jane, yo podré estar tranquila.

Salgo bostezando del ascensor y me dirijo a mi taquilla. La planta está bastante tranquila, ya no es hora de visitas y ahora es cuando el caos disminuye. O, como siempre dice Laura, está cogiendo carrerilla para el día siguiente.

—Hola, querida.

«¿Qué demonios...?» Completamente pillada por sorpresa y con un fuerte latido detrás de la frente, me paro en seco en cuanto entro en el vestuario. Mitch está aquí, sentado en el banco frente a mi taquilla y, si no lo conociera, diría que está nervioso.

Me masajeo las sienes y lo observo. Unos chinos oscuros, unas zapatillas claras y una camisa blanca, bajo la cual ya no destaca ningún vendaje. Sigue resultando extraño verlo sin el uniforme puesto.

—Mitch —musito, y voy hacia él—. Ha sido un día muy muy duro, ¿vale? —Lo primero que hago es sacar un analgésico de mi bolso y tragármelo con un buen sorbo de limonada.

—Pues se te ve estupenda.

—No digas tonterías. ¿O es que has venido a estas horas únicamente para decirme esto?

No sé por qué, pero me siento a su lado. Quizá porque simplemente me quería sentar un momento, aunque tan pronto como lo hago me doy cuenta de que ha sido una idea malísima por mi parte.

—No voy a volver a ponerme de pie —murmuro, y levanto las rodillas para poder apoyar la cabeza mientras Mitch observa cada uno de mis movimientos. Tiene buen aspecto. Parece recuperado y ya no está pálido.

—¿Has estado en quirófano?

—Sí, hasta ahora mismo. Una embolia pulmonar fulminante. La doctora Pine me ha permitido hacer muchas cosas, más que otras veces. —Sonrío orgullosa al pensarlo y reconozco que en esta ocasión lo he hecho realmente bien.

—Nada mal. Así que deberé esforzarme para alcanzarte mañana cuando vuelva a trabajar.

Alzo la cabeza de golpe y me quedo mirando a Mitch como si se tratara de un marciano.

—¿Qué acabas de decir?

—Mañana empiezo a trabajar —me responde con la mirada fija en la taquilla de enfrente—. Nash también.

—Lo sé, Laura me lo ha dicho —le contesto. «Pero nadie me ha dicho que tú también vuelves», pienso—. ¿Adónde te envían?

—Este mes solo estaré en planta. Ni en urgencias ni en quirófano. —Resopla por lo bajo—. Por suerte ya estamos a mediados de octubre, el resto del año pasará de alguna manera. Supongo que no quieren que fuerce la máquina.

—Después de cinco semanas de vacaciones —bromeo farfullando, y al momento me siento mal porque no me puedo desprender de la sensación de que Mitch no ha venido hasta aquí únicamente por capricho—. ¿Qué haces aquí? —repito de nuevo mi pregunta, aunque en esta ocasión de forma menos irascible y afectada.

—Supongo que no he podido esperarme hasta mañana. —Debería sonar como una broma, distendida y encantadora, y, por tanto, justo como el despreocupado Mitch Rivera que todos conocemos. O que creemos conocer. Y es la primera vez que no suena creíble.

Dejo caer las piernas, apoyo las manos en el regazo y me vuelvo hacia él.

—¿Me has traído comida otra vez?

Con esa pregunta logro que se ría y también que me mire de nuevo.

—¿Te has vuelto loca? Si no te has comido nada de lo que te dejé. Vaya desperdicio.

Tuerzo los labios.

—¿Por qué lo has hecho? Deberías habértelo tomado con calma.

—Porque me aburría.

—Entonces no es tan terrible que me haya dedicado a regalar tu comida.

—¡Mierda! ¿En serio no te comiste nada? —Abre los ojos como platos.

—¿Cómo te puede sorprender? Tú mismo lo acabas de decir.

No le digo que me comí parte de los burritos.

—Sabía lo de las enchiladas y el chili, pero ¿el resto también? ¡Sierra!

—Deja de decir mi nombre de esta manera —le suelto, y de repente Mitch está muy cerca de mí y ambos nos quedamos en silencio. ¿En qué momento se ha acercado tanto? Tan cerca que inspiro y espiro y mi dolor de cabeza por un instante ya no tiene importancia, ni mi cansancio, ni este maldito día tan largo.

Mitch está aquí. Junto a mí.

Y a partir de mañana estará de vuelta, trabajando de nuevo, y todo será como antes. ¿O no?

—También estoy aquí porque me preguntaba cómo estabas —me dice de pronto, y me sorprende.

¿Se preocupa por mí?

—Estoy bien.

—Mientes mucho mejor que Laura. Pero, aun así, demasiado mal para que no me dé cuenta. —Sonríe ligeramente mientras me sigue observando. Mitch me pone nerviosa y lo odio. Odio que lo consiga.

—¿Y cómo estás tú? —contraataco para protegerme a mí misma, porque había contado con todo menos con esa respuesta.

—Hecho una mierda —responde sonriendo, aunque ahora en su mirada hay también una especie de pesar—. Lo siento, Sierra.

—¿Qué es lo que sientes? —No entiendo nada. El dolor de cabeza regresa, la pastilla aún no ha hecho su efecto y el galimatías críptico de Mitch no ayuda para nada—. ¿Haber cocinado comida mexicana para mí sin que yo te lo pidiera o haberme abrazado? ¿De qué te disculpas exactamente?

Mitch baja la cabeza un poco más y yo trago saliva sin que se note.

—No sabía que estuvieras tan preocupada por eso, querida —me contesta, y antes de que me pueda reír de él porque claramente lo ha entendido mal, sigue hablando—. Claro que no, no me arrepiento ni de lo uno ni de lo otro. Siento que... hayan sido por mi culpa. O que aún lo sean. Me refiero a las pesadillas.

Me quedo con la boca abierta, me vuelvo y miro hacia todos lados para no ver a Mitch, y de repente noto ese nudo en la garganta y el traicionero escozor en los ojos. No pienso llorar ahora.

De ninguna de las maneras.

—No tengo ni idea de a qué te estás refiriendo. —Si me hubiera limitado a cerrar el pico y hubiera esperado un poco... En cambio, mi voz tomada revela mi intranquilidad, y el movimiento brusco y la postura de mi cuerpo le cuentan a Mitch el resto de la historia. ¿Cómo lo sabe? Resoplo casi en silencio.

«Laura. ¡Voy a matarla!»

De repente pierdo el equilibrio, noto que tiran de mí y aterrizo en el pecho de Mitch. De nuevo me estrecha con el brazo y me aprieta con fuerza. Y eso que en la explosión fue él el herido y no yo.

—Preferiría que no tuvieras que haberlo visto —susurra, y puedo oír claramente que lo angustia. Quizá tanto como a mí. Tal vez de otra manera.

—Preferiría poder estar furiosa contigo —murmuro

como respuesta, lo bastante alto como para que me oiga, y permito que me abrace. Me dejo caer sobre él y disfruto de su calor, su olor y su presencia.

—¿De verdad? ¿Tan terrible es?

—Y preferiría que aparcaras el tema. Ya ha pasado, Mitch.

Su abrazo es una especie de burbuja protectora, y de pronto siento tal cansancio que estoy a punto de dormirme apoyada en él mientras sus dedos calientes me acarician suavemente el brazo y el hombro.

Alrededor de nosotros reina el silencio. Me parece todo irreal, como si el resto del mundo estuviera durmiendo. Y es este silencio engañoso el que me hace esperar que Mitch abandone de una vez el tema. Sin embargo, no lo hace.

—Yo también tengo pesadillas —admite, y yo me pongo tensa y me agarro con fuerza a él, pues mi respiración se acelera—. Nos pasa a los dos. ¿Qué tiene eso de malo? —Estoy tan cerca de él que noto su respiración, cómo tiembla y lucha—. Me han quedado cicatrices.

Estas palabras son como una ducha fría, como una buena bofetada o como uno de esos momentos en los que te frotas los ojos después de haber cortado y picado una guindilla. Me separo de él, me pongo en pie y cojo mis cosas sin mirarlo ni una sola vez.

—Tengo que irme, necesito dormir. —Mi voz suena distante y áspera. Aunque tiene que ser así, pues es la única forma en la que puedo soportar esta situación.

«Me han quedado cicatrices.» Las palabras resuenan en mi cabeza y de nuevo huelo lo que olí ese día, mientras la frente se me perla de un sudor frío. Saboreo el malestar y oigo la circulación de mi sangre en los oídos. Si hubiera sido más rápida..., mejor... Entonces las cicatrices no serían un problema. Y no es que lo sean para mí. Mitch sigue siendo Mitch. Pero ¿para él? Quiero decir, ¿cómo voy a poder perdonarme el hecho de no haber sido lo suficientemente buena? ¿Cómo voy a poder hacerlo?

—Hasta mañana, Mitch —consigo decirle no sé ni cómo con la esperanza de que no volvamos a vernos durante un tiempo.

Él estará en planta, yo sobre todo en urgencias debido a la falta de personal. No nos veremos...

A eso me aferro cuando salgo por la puerta.

19

Sierra

Coincidimos de nuevo. No me lo puedo creer. Y justo en su primer día de vuelta al trabajo.

A la una se había convocado una reunión en la sala de médicos en lugar de la ronda de visitas semanal, que esta semana se eliminaba y de la que de todos modos yo me había olvidado por completo.

Ahora mismo estoy en un descanso, el único motivo por el que he podido escaparme de urgencias.

Mitch está al lado de Laura, que con alegría me hace un gesto para que me acerque, y yo me coloco al otro lado, entre Maisie y ella.

—¿Le has contado tú lo de las pesadillas? —le suelto en el tono de voz más bajo posible, y puedo ver como Laura se pone pálida.

—No lo hice intencionadamente —admite consternada, y la creo. No es el tipo de persona que se dedica a contar por ahí sin más secretos o conversaciones privadas. A pesar de todo, es una mierda que ahora él lo sepa.

—No pasa nada.

Mi queja no le impide acariciarme suave y cariñosamente, sonreírme y disculparse de nuevo. Que Laura se enfade es casi imposible. ¡Ese sí que es un don!

—¿Te acuerdas de nuestra cita? —pregunta Maisie desde la izquierda, y veo que Laura y Mitch aguzan el oído.

—Claro que sí. A las cinco y media, ¿no?

Maisie asiente con la cabeza.

—Llegaremos bien, el cambio de turno es a las cuatro, incluso podremos ir a comer algo antes.

—¿Vais a ver hoy el piso? —pregunta Laura inclinándose hacia nosotras.

—¡Sí! —contesta Maisie toda radiante, y con sus gafas amarillas se parece bastante a un girasol. Sobre todo gracias a sus pecas—. Conseguir este piso sería un golpe de suerte, así que cruza los dedos.

—Cuenta con ello —le contesta Laura guiñándole el ojo.

Junto a nosotros, los *bambini*, también se encuentran otros compañeros de cirugía cardíaca y torácica. A la mayoría de ellos no se los ve fuera de estas reuniones, pues la mayor parte del tiempo la pasan operando.

Noto la mirada de Mitch, y eso que Laura está entre nosotros y actúa como una barrera de contención. Por desgracia no es tan alta como para tener un efecto notable. Maldita sea.

Justo cuando me quiero volver hacia Mitch y lanzarle una mirada furiosa, se abre la puerta y entra Nash. Laura suspira lo bastante fuerte para que se oiga y se la ve tan enamorada que pienso que voy a quedarme ciega si la sigo mirando. A pesar de todo, sonrío, porque me alegro por ella. Por ella y por Nash. Él está del todo recuperado, ha superado el traumatismo craneoencefálico y ya se han descartado secuelas. Ha tenido más que suerte.

Detrás de él entra Ian, que hace tiempo que está trabajando y que alza por un momento los brazos como si esperara un estruendoso aplauso simplemente por aparecer. Que nadie lo haga tampoco le importa un pimiento. Me sorprende que no tenga que cargar su ego con un remolque para meterlo en la sala. Por lo menos ya no lleva aquella bata medio abierta, y al parecer ha superado bastante bien las torturas de la enfermera demoníaca. Irradia vida por todos sus poros.

Todo me da una impresión tan familiar que resulta bonito, pero al mismo tiempo también un poco doloroso.

Hasta que vuelve a entrar alguien, y luego alguien más. Detrás de Nash e Ian pasan otras cinco personas en la sala de médicos, y mientras tanto todos nosotros callamos y observamos con atención a los recién llegados.

Dos médicas, tres médicos.

—Hola —nos saluda Nash, y por primera vez desde que lo conozco parece un poco inseguro. Aunque no tengo claro que este adjetivo describa exactamente su comportamiento. Pienso que necesita un tiempo para acostumbrarse a estar de vuelta en el Whitestone. Como médico de planta. Como el motor de un automóvil que requiere un calentamiento previo—. Aquí estoy de nuevo, como podéis ver. —Quizá sí que está algo inseguro. Aunque sus palabras y su amplia sonrisa, que llevan a Laura al borde de una parada cardíaca, destensan la atmósfera.

Los ojos de Laura están clavados en él, en sus labios, en cada uno de sus movimientos, y echando la vista atrás me doy cuenta de que fui una idiota al no haberme dado cuenta antes de que los dos se atraían irremediablemente como dos imanes.

—En primer lugar, os quiero dar las gracias. Las últimas semanas han sido complicadas, habéis tenido que hacer innumerables horas extra y no ha habido ni tiempo para asimilar lo ocurrido. Así que gracias por vuestra incansable implicación. Además, quería presentaros a las nuevas médicas y médicos, que hoy empiezan a trabajar en el Whitestone para prestarnos su apoyo. —Los señala y comienza a presentarlos por orden—. El doctor Christian Wright ha realizado su residencia en Miami y a partir de hoy prestará su apoyo en cirugía traumatológica.

Nash le saca una cabeza, para ser de Miami tiene la piel más clara de lo normal y a primera vista parece modesto, aunque no se le pasa nada por alto, está atento.

—La doctora Brynn Davis es cirujana cardíaca, ha trabajado muchos años en Washington y por motivos personales ha tenido que volver a Phoenix, donde creció.

Pequeña pero nada delicada, y parece muy ambiciosa. Su sonrisa es agradable, la bata blanca contrasta con su piel de un sepia cálido (no sabría expresarlo mejor) y su barra de labios es de un rojo explosivo.

—El doctor Beckett Hall también reforzará el departamento de cirugía cardíaca; al igual que la doctora Davis, ha finalizado hace poco sus prácticas.

Cabello negro y peinado a la perfección, como una versión pobre de Cristiano Ronaldo.

¿Por qué me sonríe así? Pongo los ojos en blanco mentalmente.

—El doctor Owen Walker está asignado a medicina interna, durante años ha trabajado en Los Ángeles en una de las mejores clínicas del país —prosigue Nash, y yo también observo a este recién llegado.

Gafas, alto y en forma, las manos en los bolsillos y una piel rosada que destaca por su cabello oscuro y la bata.

—Y finalmente me gustaría presentaros a la doctora Zara Ellis. Es una de las mejores cirujanas plásticas de la costa oeste, especializada en quemaduras.

—A Ethan le va a dar algo —comenta Ian en voz demasiado alta, aunque tengo que sonreír, pues no me desagrada la idea. Por su parte, Nash lo fulmina con la mirada.

«Dios, qué bien tenerlos a todos de vuelta.»

—Bienvenidos al Hospital Whitestone. Espero que tengamos una buena colaboración —finaliza Nash la presentación, y todos aplaudimos. Aunque en lugar de aplaudir yo preferiría utilizar una de las palmas de mis manos para arrearles una buena bofetada a Mitch y al médico nuevo, que no deja de sonreírme tontamente...

Ya que muchos deben volver al trabajo, todo ha ido bastante rápido. Me giro hacia Maisie.

—¿Nos vemos luego en las taquillas?

—Sí, claro —me contesta, y me muestra el pulgar hacia arriba. ¿Hay alguna vez que no esté de buen humor esta mujer?—. Tengo que irme al quirófano. Chao, chicos. —Se despide con la mano y pone pies en polvorosa.

Yo también me quiero despedir, pues mi descanso está a punto de finalizar. Zeenah y Jane se van detrás de Maisie.

Laura me sonríe. Oh, no, odio esa mirada.

—Tengo que ir a ver a Nash, mucha suerte luego. Escríbeme para decirme cómo ha ido la visita, ¿de acuerdo?

Antes de que pueda detenerla o contestarle algo,

prácticamente se ha abalanzado a los brazos de Nash. Ahora ya no hay nadie entre Mitch y yo, lo cual por algún motivo me pone tan nerviosa que no puedo dejar de jugar con el dobladillo de la casaca. Quizá es por la manera en que me mira, me observa, me cala, me abraza y se disculpa. O porque en nuestro último encuentro yo me fui sin más.

—¿Todo bien? —me pregunta, y se acerca a mí—. Anoche...

—Estaba cansada, nada más —lo interrumpo antes de carraspear—. Casi ha terminado mi descanso, tengo que irme a urgencias. Me alegro de que hayas vuelto.

Me voy, abandono la estancia y casi puedo sentirlo siguiéndome. No he dado ni cinco pasos al salir de la sala de médicos por el pasillo blanco y luminoso, del que cuelgan unos cuantos cuadros coloridos que al parecer constituyen obras de arte estupendas que simplemente no entiendo, cuando al llegar hasta el primero de ellos una voz me detiene.

—¡Sierra!

Me vuelvo y me quedo mirándolo a la espera. ¿Por qué? ¿Por qué narices me he girado?

—Yo... —empieza a decir apretando los labios y acercándose a mí, y me siento culpable porque seguramente piensa que ha hecho algo mal. O, peor aún, piensa que sus cicatrices me van a parecer horrorosas.

—Sí, tengo pesadillas —admito, y al instante desearía castigarme por ello. No me puedo creer que haya dicho eso. Que haya salido de mi boca, frente a Mitch. ¿Qué es lo que me pasa? Suspirando, coloco los brazos en jarras y prosigo—: Las tengo, pero no es culpa tuya. Simplemente fue demasiado, sin más. Así que no te rompas la cabeza.

—Aun así lo siento.

—Dios mío, Mitch. Déjalo estar. Si no, los demás pensarán que nos preocupamos el uno por el otro. —Y lo quiero decir seria, pero no puedo evitar que en mi rostro aflore una sonrisa.

—Querida, yo...

Nos giramos cuando la puerta detrás de Mitch se abre, se oyen conversaciones en voz alta y uno de los nuevos doctores se acerca a nosotros e interrumpe nuestra conversación o lo que sea que estuviéramos intentando hacer. En condiciones normales estaría agradecida, si no fuera porque el médico en cuestión es el extraño tipo que a partir de hoy trabaja en nuestra planta. Fantástico.

—Espero no molestar.

—¿Si le digo que sí cambiará algo? —le pregunto, y podría darme una bofetada. Al fin y al cabo, él está por encima de mí, me guste o no.

Sin embargo, se limita a sonreír, como si se hubiera tratado de una broma.

—Ya que he tenido la suerte de encontrarla aquí, me gustaría presentarme personalmente. —Se detiene frente a nosotros, con las manos en los bolsillos y una expresión del rostro demasiado curiosa.

—Hágalo si quiere, pero tengo que irme a urgencias.

Ahora suelta una carcajada.

—Es usted muy graciosa.

Yo me río con él y Mitch sonríe.

—¿Me acompañaría una vez terminada la jornada a tomar algo? Quiero decir, para poder presentarme como es debido.

Mitch lo fulmina con la mirada, mientras mi cerebro

está intentando procesar y entender lo que este tipo acaba de decir. No hace ni diez minutos que está aquí y ya quiere salir con una de las residentes. Madre mía, Ian ha encontrado a su alma gemela.

—No me interesa, gracias.

Mientras le respondo me doy cuenta de lo tenso que está Mitch.

—Doctora... —echa un vistazo a mis credenciales y luego se encuentra con mi mirada—... Harris. Solo una copa. Al fin y al cabo, acabaremos trabajando todos muy estrechamente.

Repaso la situación. Ian es sin duda directo y a menudo no tiene remedio, pero nunca cruza determinadas fronteras.

Respiro hondo con el fin de dar con mi interior más espiritual, aunque no creo que alguien como yo tenga de eso.

—No.

—Venga, cielo...

Mitch aprieta las mandíbulas, pero yo soy más rápida que él. Mi rabia ha pasado de cero a cien en un instante, así que le suelto gritando:

—¿Cielo? ¿Quién se cree que es? Compórtese como un adulto.

Con estas palabras doy por zanjada la conversación y los dejo a ambos plantados. Podría haberme ahorrado la pausa, pero desearía aún más no haber oído lo que ese gilipollas me ha soltado.

—Es puro fuego. —Silba por lo bajo y casi me da un sofoco.

Espero que Mitch también se marche antes de que tenga que escuchar una de sus gilipolleces.

—No está libre —oigo que dice Mitch, y casi doy un

traspié cuando estoy a punto de desaparecer por la esquina del pasillo.

Me detengo, me apoyo en la pared y escucho atentamente. No tengo ni idea de por qué. Ni de por qué me quedo paralizada otra maldita vez.

—¿De verdad? ¿No será tu chica?

Mitch duda. Por lo visto él tampoco puede mentir.

—No.

—Pero ¿tiene novio?

De nuevo duda.

—No, creo que no.

—Entonces sí está libre —opina el calco de Cristiano Ronaldo, y yo aprieto los puños. Podría perfectamente tener una novia, pero en su cerebro reducido esa posibilidad ni se le presenta.

—La verdad es que me habría sorprendido que estuviera contigo. No te lo tomes a mal, pero no das la impresión de poder arreglártelas con una mujer como ella. Créeme, conozco bien a las personas, y esta juega en una liga completamente diferente. Así que mejor concéntrate en tu trabajo y en tu período como médico residente.

Este es el momento en el que mi rabia se desata y sin pensármelo ni un segundo me pongo en movimiento. No hacia delante, sino de vuelta atrás. Quiero decir, ¿qué se supone que está diciendo? ¿Él en mi liga? ¿Conoce bien a las personas? No me hagas reír. Menudo payaso.

A grandes zancadas me dirijo hacia Mitch, y cuando ambos se dan cuenta de mi presencia y el doctor Gilipollas toma aire para decir con seguridad algo poco ingenioso, llego hasta Mitch. Pero no me detengo. Me pego a él, coloco las manos en sus mejillas y lo beso.

Beso.

A.

Mitch.

Se ha tratado de una reacción instintiva, porque el tipo se ha comportado como un cerdo y... yo qué sé. Ahora permanezco pegada al cuerpo de Mitch Rivera, mis labios sobre los suyos y maldigo para mis adentros porque me gusta. Los ojos se me cierran solos cuando Mitch me estrecha entre sus brazos y con su mano derecha me agarra la nuca. Con los dedos recorro su mandíbula, su cuello y sus hombros. Hacen lo que quieren, exploran el cuerpo de Mitch y memorizan todo. Tengo calor y frío y ha desaparecido la rabia de hace un momento. En el mismo instante en el que he empezado a besarlo y he sido consciente de ello, la rabia se ha evaporado y ha dejado sitio a cosas mucho peores.

Anhelo. Calidez. Sorpresa. Seguridad. Y deseo.

Una combinación vertiginosa. Siento como si hubiera despertado a un monstruo dormido y hambriento.

Y más terrible todavía resulta el pensamiento de que Mitch podría ser la causa. Porque el sexo no me falta, lo tengo cuando lo quiero o lo necesito. Ya sea con otras personas o con algún juguete. Pero últimamente no he sentido nada como este beso.

Una voz en la cabeza me grita que esta es una idea terrible y que debo parar. La oigo, alto y claro, pero no soy capaz de hacerlo.

Ahí están las manos y los brazos de Mitch, sosteniéndome y, aun así, dejando que yo tome la iniciativa. Acaricio sus labios con los míos, deslizo las manos por su cabello y, cuando las puntas de nuestras lenguas se tocan, mis dedos se aferran a su pelo. Se me eriza la piel, el vientre me hormiguea y noto como Mitch me da la vuelta y me empuja hacia atrás hasta que chocamos contra la pared. Me aprieta contra ella, su beso se vuelve cada vez más apasionado y yo me pongo de puntillas para recibir más.

Más de Mitch.

Más de sus besos.

Más de todo.

Estoy besando a Mitch.

Él me está besando a mí.

Y me gusta.

20

Mitch

Estoy completamente convencido de que esto no es un sueño, aunque bajo ninguna circunstancia me voy a arriesgar a pellizcarme para descubrirlo.

Este nuevo médico es un pendejo. No es que Sierra no pueda cuidar de sí misma, pero a pesar de todo he sentido la necesidad de protegerla. Aunque debo admitir que también he querido protegerme a mí. Me gusta Sierra. No hay muchas cosas que sean más evidentes, incluso para él, siendo nuevo aquí. Mis reacciones a sus palabras han sido más que patentes. Y aunque Sierra ha hablado bien claro y a mí se me han notado bastante la rabia y los celos, él no ha parado de hablar. Incluso cuando ella se ha ido.

Ha salido tanta basura de su boca que por poco me pongo malo. Aunque en una cosa sí tiene razón: Sierra no es mi chica.

Lo cual resulta una locura, porque ahora mismo la estoy abrazando y besando; en este mismo instante la saboreo e inspiro su aroma.

Se había marchado y ha vuelto. Y sin previo aviso sus labios están pegados a los míos y sus manos, como salidas de la nada, me agarran el rostro. Lo admito, ha tenido que pasar un momento para que me diera cuenta de lo que estaba ocurriendo.

Que se trata de Sierra. Que se ha pegado a mí y me está besando.

Cuando por fin me he percatado, todo lo demás ha pasado a un segundo plano. No tengo ni idea de qué está haciendo ahora el gilipollas de hace un momento, si se ha largado o no. No me preocupa.

Me concentro en el aquí y el ahora, en Sierra, la beso con suavidad en la mandíbula, en la barbilla y en el cuello, mientras ella se agarra a mí como si se fuera a ahogar. Vuelvo a conquistar sus labios, tiro de su cintura para acercarla aún más a mí, para acortar la distancia entre nosotros, y me da completamente igual que estemos en el lugar de trabajo y que me esté excitando. No quiero parar. No puedo parar. Y menos ahora que oigo sus ligeros jadeos, su respiración fuerte, que sus besos y movimientos son tan febriles como los míos. Este beso es mejor que cualquiera de los que hubiera podido imaginar con ella, y últimamente han sido muchos.

Me apoyo con el antebrazo derecho en la pared, justo junto a su rostro, y succiono su labio inferior, lo mordisqueo, y su suave gemido me recorre el interior.

Hasta que ella se detiene.

Hasta que, con un rápido movimiento y más fuerza de la que me habría esperado, me aparta y se pasa los dedos por los labios enrojecidos.

Hasta que se termina.

Sus ojos se topan con los míos y estamos uno frente al otro respirando con dificultad, como si hubiéramos corrido juntos una maratón. El corazón me late desbocado en el pecho, me palpita y golpea en las entrañas, y cada punto que Sierra acaba de tocar me hormiguea.

Entonces ella mira a lo lejos, se vuelve hacia la derecha y cuando la imito entiendo por qué lo ha hecho y por qué todo ha acabado de forma tan abrupta.

Laura está frente a la sala de médicos y nos observa completamente consternada. Sierra debe de haber oído algo, a ella o cualquier otra cosa. Aunque demasiado tarde. Por el aspecto que tiene Laura, se ha enterado de lo suficiente para hacerse una idea.

Mi mirada se dirige de nuevo a Sierra y espero a que reaccione. A que diga algo o se mueva, pero no lo hace.

Maldigo en voz baja, tiro de la bata para taparme la entrepierna y me voy. No es que no quiera quedarme y hablar con ella, pero mi instinto y la reacción de Sierra me dicen que no es el momento apropiado. Que ahora mismo ella no puede. Así que irme es seguramente la mejor opción, aunque odio pensar que podría avergonzarse de nuestro beso o incluso arrepentirse.

Y es que con cada paso que avanzo me doy cuenta de que quiero más de lo que acabo de tener. Quiero estar con Sierra.

21

Sierra

—¡Joder! —exclama Laura, y se lleva enseguida la mano a la boca.

—No digas una sola palabra. —Me froto la frente y cierro por un momento los ojos. ¿Qué narices acabo de hacer? ¿Qué ha pasado? ¿Me he vuelto loca?

Laura se acerca a mí, deja caer la mano y me observa como si fuera una especie de aparición.

—¿Qué...? Quiero decir..., ¿qué...? —tartamudea cuando se planta delante de mí.

—Ya te he dicho que ni una palabra. Me da igual lo que sea, no quiero oírlo —musito.

Creo que debería desaparecer, pues con toda seguridad Laura querrá comentar conmigo lo que acaba de presenciar en cuanto se le haya pasado el cortocircuito mental.

—Vale —me contesta, y yo alzo sorprendida las cejas.

—¿Vale?

—¿Sí?

Dios, resulta más que evidente que está luchando consigo misma. En cualquier momento explotará.

Tres...

Dos...

Uno...

—¡Madre mía, Sierra, acabas de besar a Mitch! ¡Y de qué manera! —exclama finalmente—. Perdona, de verdad que quería respetar tus deseos, pero tenía que soltarlo.

Me doy la vuelta nerviosa, pero nadie nos ha oído. «Mitch se ha ido», me atraviesa el pensamiento, y esta constatación provoca que el estómago se contraiga en un espasmo y que en un abrir y cerrar de ojos me falte el aire. No debido al beso, ese beso increíblemente fantástico, sino al hecho de que se haya ido. ¿Quién demonios besa a alguien y se marcha sin más sin mediar palabra? Por lo menos el nuevo médico también ha desaparecido y ha dejado de incordiar.

Carraspeo y miro de nuevo a mi alrededor. Más vale prevenir que curar. Mientras tanto, el pasillo se ha vaciado y solo alcanzo a ver a Nash, que sale ahora de la sala y seguramente busca a Laura. O tiene que ir a operar.

—No ha sido nada importante. Tengo que ir a neuro.

—¿Tienes a alguien en neuro? —Alza las cejas sorprendida.

—No —replico—. Quiero que me examinen. Se debe de haber estropeado algo dentro de mi cabeza. De otra forma no me explico la estupidez de hace un momento.

Tras dos segundos de absoluto silencio, Laura rompe a reír y apenas puede ya parar.

—¡Auch! —Se agarra las costillas, que hace tiempo que ya han sanado, y yo estoy tan cabreada que me dan ganas de rompérselas de nuevo. Y sí, tengo claro que no sería justo, porque con quien estoy cabreada es conmigo misma. Y molesta, también conmigo misma.

Nash se acerca a nosotras, se coloca junto a Laura y nos mira a ambas.

—No preguntes —le digo con un gesto de rechazo.

Por suerte Nash es un tipo bastante tranquilo, por lo menos desde que por fin está con Laura y ya está claro que no seguiremos a su cargo una vez que Ian haya superado el examen. Así que se encoge de hombros, le da un beso en la mejilla a su novia, que está llorando de la risa, y dice:

—Nos vemos luego, tengo una operación ahora mismo.

Cuando ya ha desaparecido de nuestra vista sacudo a Laura en el brazo.

—¡Para ya! En serio. ¿Qué es lo que te parece tan gracioso?

Se seca las lágrimas y traga saliva unas cuantas veces.

—Todo. Simplemente todo. Te juro que tengo que reprimirme para no hacer bromas.

—¿Sabes qué? No te aguanto.

—¡Somos amigas! —me dice sonriendo, y yo me doy la vuelta y me voy. Por supuesto, sigue mis pasos y se mantiene ágil junto a mí—. En una ocasión me dijiste que si no éramos amigas en este trabajo, estábamos perdidas.

—¿Ah, sí? Entonces mi problema en el cerebro viene de largo.

—¡Vamos, Sierra! No seas así. Lo siento.

—No lo sientas. ¿Y quieres que te confiese algo? Era mentira. No quería hacer amigos aquí.

—Hasta que llegué yo. —Se interpone en mi camino y pestañea con mucha rapidez. Es verdad, pero ahora mismo no lo admitiré de ninguna de las maneras.

Sí, quiero ser amiga de Laura. Aunque no lo tuviera previsto.

—¿Quieres que hablemos ahora de eso? —me pregunta, y por fin se pone seria.

—¿De qué?

—Pues vale. —Suspira y niega con la cabeza, puedo verlo con el rabillo del ojo. Me acompaña un trecho. No pregunta nada, no dice nada, y por algún motivo no lo aguanto más.

—He besado a Mitch —musito a regañadientes, y ella me obliga a pararme para colocarse frente a mí.

—Lo he visto. Pero, para serte sincera, solo me lo termino de creer ahora que tú lo has dicho. Oírlo de tu propia boca hace que sea real.

Sonríe satisfecha, y Laura es la única que consigue contagiarme su estado de ánimo, por lo que debo esforzarme para no sonreír yo también. Porque es auténtico. Ni exagerado ni reprimido. Laura encaja a la perfección en mi vida, y, aunque sé que también me las habría arreglado bien sola, porque en realidad no conozco otra forma de hacerlo, estoy agradecida por haberla dejado entrar en mi caótico mundo.

—Maldita sea, ¿cómo ha podido ocurrir?

—Pues esperaba que fueses tú misma quien me lo aclarara. Y, sobre todo, ¿por qué Mitch ha desaparecido sin mediar palabra? Al principio pensaba que teníais algo en secreto, pero... ahora estás aquí al borde de un ataque de nervios.

—Supongo que se ha ido porque estaba igual de sorprendido que yo. ¿O porque le ha dado igual? Qué sé yo. ¿Dónde estabas tú? ¡Deberías haberlo evitado!

—No me cargues el muerto, Sierra —me dice severa—. Vamos hacia el ascensor para que puedas volver a urgencias. Tu descanso... —echa un vistazo al reloj— acaba de terminar. Mierda. Vamos, debemos darnos prisa.

Tiene razón.

«Mierda.»

Nos ponemos en marcha y mientras tanto sigue hablando.

—Empecemos desde el principio. ¿Por qué estabais Mitch y tú ahí fuera?

—Yo ya quería bajar y él ha venido detrás.

—¿Te ha dicho algo?

—¡Es todo culpa tuya!

Sorprendida, abre los ojos como platos.

—¿Eso es lo que ha dicho?

—No, claro que no. Ha vuelto a desvariar sobre las pesadillas y a decirme que lo siente. —Suspirando, me agarro el pelo, cojo la goma y me rehago la coleta. Seguramente ha quedado igual de mal que la anterior, pero necesito tener algo que hacer.

Llegamos al ascensor y Laura aprieta el botón. Entonces hace una mueca.

—De verdad que se me escapó. No me imaginaba que sería tan importante para él.

—Por lo visto lo es. Le preocupa porque piensa que es su culpa.

—Y lo es.

—Laura —le suelto, y la atravieso con la mirada.

—Ya sabes a qué me refiero. Claro que no es culpable, pero él es la razón, aunque no pueda hacer nada. —Se encoge de hombros—. Es una mierda, ya lo sé, pero por desgracia es así.

Una vez que llega el ascensor y se abren las puertas, yo me subo y Laura se me queda mirando con la cabeza inclinada hacia un lado.

—¿Qué ha pasado entonces para que acabaras besándolo?

—Uno de los nuevos me estaba tirando los tejos y después le ha dicho a Mitch que no era lo suficientemente bueno para mí.

Dios, aún me sigue sulfurando. Y me sulfura que me siga sulfurando. No tengo remedio...

Laura sacude la cabeza sonriendo y yo finalmente aprieto el botón para irme.

—Vosotros dos...

Las puertas empiezan a cerrarse.

—¡Ey! No hay ningún «vosotros dos», ¿está claro?

Las puertas se han cerrado y el ascensor se pone en movimiento. Cierro los ojos unos segundos para recomponerme.

Ping.

Urgencias.

En esta ocasión no me quedo parada, no echo un vistazo al ascensor en el que se inició toda esta desgracia y que vuelve a estar en funcionamiento, y me obligo a no pensar en ese día.

Me obligo a no pensar en Mitch, aunque me cuesta mucho. Y es que el beso ha sido increíble. ¿Quién podría haber imaginado que nuestro yogurín besaba tan bien? ¿Que sus labios serían tan suaves y al mismo tiempo tan firmes al tacto? ¿O que conseguiría erizarme la piel en cuanto la suya tocara la mía?

Mierda. Mierda. Mierda.

Esto pinta mal.

Aún noto el suave eco de la excitación en el vientre, y estoy bastante segura de que si ahora cerrara los ojos vería a Mitch, sus ojos oscuros rodeados de esas largas pestañas negras.

Me acaricio el labio inferior con la punta de los dedos hasta que me doy cuenta de lo que estoy haciendo y retiro la mano.

—Deja ya de hacer tonterías, Sierra —me regaño, y sacudo la cabeza, como si así pudiera sacudirme sin más el recuerdo de ese maldito beso.

Por supuesto, no sirve de nada, aunque cuando cruzo la entrada de urgencias otra cosa distrae mi atención. De repente, Lisha está frente a mí y yo abro los ojos como platos, porque aún no contaba con ello. Tiene buen aspecto, como si no hubiera pasado nada, y me sonríe.

—¿Qué haces aquí? —le pregunto, aunque es evidente.

—Trabajar. ¿Qué te pensabas? —me contesta guiñándome el ojo.

—¿Desde cuándo estás aquí?

—Desde hace unos cuantos días, aunque de momento solo estoy haciendo la mitad del turno y este es el primero aquí abajo. Antes he estado en ginecología para ayudar. Pero sobre todo porque se supone que tengo que empezar poco a poco y no querían enviarme directamente aquí.

«Aquí, donde ocurrió todo», se me pasa por la cabeza, y asiento, porque puedo entenderlo.

No puedo hacer otra cosa que cubrir el espacio que nos separa y abrazarla. No sé de dónde ha surgido esta necesidad, pero realmente me alegra verla. El equipo ya está recuperado y todos han vuelto al Whitestone. Intento no pensar en George y no sentirme culpable por alegrarme de que a los demás les vaya bien. Pero no puedo evitarlo, y creo que al fin y al cabo los que nos han dejado preferirían que no estuviéramos tristes.

—Uf —dice Lisha—. No me esperaba esto.

La suelto enseguida y doy un paso hacia atrás.

—Yo tampoco —contesto, y ambas sonreímos. Maisie y Laura me están contagiando cada vez más.

—¡Ahora mismo llegarán dos ambulancias, pero no contamos con más información! —se oye a nuestra derecha, y en el preciso instante en que ambas nos hacemos a un lado llega hasta nosotras un enfermero. Cierro los ojos.

¿Cómo se llama? Maldita sea, tengo que mirarle la acreditación. Donald Schwab. Es cierto, Grant siempre le llama Ducky.

—Hola —dice poco después, y parece un poco apocado.

—¿Qué quieres decir con que no contamos con más información? —quiero saber, y Lisha señala los monitores.

—Nuestro sistema se ha vuelto loco. Hace media hora que ha dejado de funcionar correctamente. Por el momento no podemos recibir información detallada sobre los pacientes que están en camino, así que debemos prepararnos para todo.

—Exactamente —confirma Donald—. Ya lo están arreglando, aunque por ahora no han dado con el fallo.

—Así que si hablamos con propiedad, aún no lo están arreglando —repongo, y ambos asienten. Estupendo.

—¡Ya están aquí! —exclama alguien, y por detrás de Lisha cada vez hay más movimiento.

Nos preparamos, nos armamos de paciencia y cuando entra la primera paciente a primera vista no parece que su vida corra peligro.

—Mujer, unos veinticinco años, ha sufrido un accidente de tráfico. Se queja de dolor de cabeza, mareos y fallos en la visión. No tiene heridas externas ni otras dolencias. De todos modos, le hemos colocado un collarín con el fin de protegerle las cervicales.

—Todo claro, gracias. Nos hacemos cargo. —Asiento con la cabeza al sanitario de urgencias y exploro a la paciente, mientras Lisha comprueba los signos vitales y la conducimos a una de las cabinas.

—Soy la doctora Harris —me presento al tiempo que compruebo la reacción de sus pupilas—. ¿Cómo se llama usted?

—Diana —murmura—. Diana Summers.

—Señorita Summers, ¿nota también dolor en el cuello?

—Un poco —admite, y doy gracias que ya lleva puesto el collarín. Se lo dejaremos puesto hasta que la radiografía nos indique lo contrario.

—De acuerdo, alguien va a conducirla ahora mismo a hacerle una radiografía con el fin de que podamos explorar bien su cuello. Además, le haremos unas cuantas pruebas neurológicas. Puras medidas de rutina —añado una vez que veo su mirada insegura—. Además, le suministraremos un analgésico para el dolor.

Anoto los síntomas, el tratamiento y el primer diagnóstico: «Sospecha de latigazo cervical».

—¡Ya entran los siguientes! —oigo gritar a Ducky, y me vuelvo hacia mi paciente.

—Descanse, enseguida vendrá alguien a por usted.

Ella asiente y yo me dirijo hacia la entrada para poder ayudar en cuanto llegue la ambulancia.

—Aquí tienes —le digo de camino a Ducky, y le pongo en la mano el historial de la señorita Summers—. Radiografía y después a neuro. He anotado los analgésicos que se le deben suministrar.

—Todo claro —contesta, agarra el historial y se pone en marcha.

Mientras tanto me coloco junto a Lisha, que observa a los dos sanitarios que en ese instante conducen a un paciente a urgencias. Van corriendo. No es buena señal. Nunca lo es.

«Mierda.»

Corremos a su encuentro, yo estoy despierta, motivada y concentrada. Pero cuando llegamos junto al paciente de repente me quedo como paralizada.

—Hombre, cuarenta largos, cocinero en un restaurante. Algo ha ido mal. Parece ser que se ha incendiado el aceite y alguien ha intentado apagar la llama con agua —balbucea una de las sanitarias de urgencias, pero apenas puedo respirar. Porque este olor lo cubre todo. Huele a... carne quemada.

Se me aparecen imágenes de Nash, de Laura y de los otros, del ascensor, pero sobre todo de Mitch. Ha vuelto todo otra vez.

Me encuentro mal. Tiemblo, aprieto con fuerza los puños y me muerdo el interior de la mejilla izquierda con el fin de mantenerme concentrada. Pero no me sirve de nada. Siento que me mareo, el recuerdo es demasiado intenso.

—Sierra, ¿estás bien? —me llega la voz de Lisha, pero no puedo hacer otra cosa que largarme de allí. Quiero llorar y gritar, porque soy médica y debería atender a este paciente, pero...

—Llévalo enseguida a la sección de cirugía de quemados —consigo decirle, mientras el sudor me perla la frente y la nuca, noto como se me acelera el corazón y siento las náuseas prácticamente en la boca—. Que lleven su ropa y el resto de las cosas a quirófano.

Por suerte las sanitarias le han brindado unos buenos primeros auxilios.

—Entendido. —Asiente, llama a otro sanitario y lleva al paciente a toda prisa hacia el ascensor.

Mientras tanto, yo corro hacia los baños, me lanzo literalmente a la primera cabina y vomito en la taza. Ya no recuerdo la última vez que lo hice. Creo que fue hace cinco años, cuando sufrí una enfermedad gastrointestinal grave.

Vomito y me agarro a la taza del váter como si me fuera a ahogar, y en un momento dado se me saltan las lágrimas de los ojos. Cuando por fin dejo de vomitar, escupo con fuerza y tuerzo el gesto, asqueada. Después me limpio bien la boca, me la enjuago y, agotada, me dejo caer contra los azulejos, apoyando la espalda en la pared.

Sollozo y no puedo parar de hacerlo.

Este olor y todo lo que desata en mí me da miedo. ¿Qué pasará si esta sensación, la impotencia y los recuerdos no desaparecen nunca? ¿Las pesadillas formarán siempre parte de mí y de mi realidad?

¿Qué pasará entonces?

Debo regresar. Debo volver a urgencias, lo sé. Aunque haya otro médico y decenas de enfermeros que saben lo que hay que hacer, tengo que ir.

Porque este es mi trabajo.

Así que me pongo en pie, ignoro la sensación de malestar y el temblor de las manos y me pongo manos a la obra. Pues para eso estoy aquí. Ayudo a los demás, aunque no pueda ayudarme a mí misma. Aún no...

22

Sierra

—Son tres habitaciones bien distribuidas y una gran cocina americana, los electrodomésticos están como nuevos, hay un lavavajillas y la nevera está por estrenar —nos vende el hombre de la inmobiliaria la excelencia del piso mientras nos lo muestra todo.

Maisie está, tal como se podía esperar, cien por cien convencida y entusiasmada, y para mi sorpresa Jane también ha venido a verlo y parece interesada. Por lo demás, es más bien tranquila y reservada, pero siempre parece alerta y da la impresión de que no se le escapa nada. Lo cual está bien, pues tras este día de absoluta mierda ya no puedo concentrarme bien en nada. Una y otra vez aparecen en mi mente las escenas que me gustaría haber olvidado. Como mi crisis antes en urgencias, cuando ha llegado el paciente con las quemaduras. Los recuerdos, esa sensación..., estaba como paralizada. Mierda. No pude atender como es debido a uno de los pacientes, y eso no puede repetirse nunca más. No de esta manera. No por esta razón. Después estuve poco centrada, por lo que pude haberme olvidado de cosas o haberlas hecho mal. Si no hubiera estado Lisha junto a mí, nada habría ido bien. No tengo ni idea de cuánto sabe ella, si habrá pensado que solo tenía un mal día o si se imaginaba lo que me estaba ocurriendo; en todo caso, no ha hecho comentario alguno. Estar ahora aquí y visitar este piso con la esperanza de poder mudarme pronto han sido mi faro y mi ancla durante este turno horroroso.

—Solo hay un cuarto de baño, pero dos servicios —sigue contando el de la inmobiliaria, y de esta manera me catapulta al aquí y el ahora mientras nos enseña ese cuartito del tamaño de una caja de zapatos, donde realmente no cabe más que un váter y un lavabo minúsculo.

Aunque está bien. Es suficiente. En cambio, el cuarto de baño real es bastante grande, tiene un plato de ducha y una bañera y me encanta que tenga azulejos blancos, sin extraños patrones de flores y plantas ni moho visible entre las juntas. Aire acondicionado, primer piso, ascensor, y está a cinco o diez minutos andando del Whitestone, siempre dependiendo de la ruta que elijas. Hasta ahora no hay nada que hable en contra de este piso.

Mientras el de la inmobiliaria no para de elogiar los espacios y el estado del piso como si el mismísimo Einstein hubiera vivido aquí, mi móvil vibra y le lanzo una mirada. Un mensaje de Laura.

Hola, ¿qué tal ha ido la visita?
¿O aún estáis en ello? ¿Cómo estás?
Por Mitch y... Lisha me ha dicho
antes que te encontrabas mal.
¿Va todo bien? ¿Ha pasado algo?

La quiero, pero se preocupa demasiado. Y da la impresión de que Lisha también.

Aún estamos en la visita. El piso
no está nada mal. ¿Aún tienes
a Nash pegado a ti?
Seguramente no quiero saberlo,
no sé por qué pregunto...

En el mismo instante en que quiero devolver el móvil al bolso, Laura ya me ha contestado. Maldita sea, sí que es rápida.

No cambies de tema. ¿Mitch?
¿Has estado hoy en urgencias?
Ha sido por las quemaduras,
¿verdad? ¿Puedo hacer algo?
¿Me necesitas?

Así que Lisha ha entendido exactamente cuál era el problema. Madre mía. Suspiro y pienso si debo responder o no. Pero los dedos empiezan a moverse por la pantalla. Se lo debo.

Solo fue un beso. Y en lo que
se refiere a lo otro: durante
unos cuantos minutos mi
actitud fue improcedente.
No se repetirá.

Ella no debe saber que durante todo el día estuve poco centrada. No volverá a pasar. Tengo el control sobre mí. Puedo enfrentarme a todo sola.

Así que apago el móvil y lo guardo. Confío en que Laura no insista. Por lo menos ahora.

—¿Se colocarán detectores de humo y de monóxido de carbono? —pregunta Jane, y desvía mi atención de nuevo hacia el piso y nuestra visita.

—Si así lo desean, no es ningún problema.

—¿No os parece genial el piso? —El rostro de Maisie resplandece mientras da una vuelta sobre sí misma.

—Está bien —digo yo, comentario que al de la inmobiliaria parece no gustarle mucho. Lo reconozco por cómo me observa y alza sorprendido las cejas.

—Siendo ella, eso es todo un cumplido —traduce Maisie, y yo sonrío, porque no se equivoca. Cuando quiere seguir hablando, tuerce de repente el gesto, se coloca la mano sobre el pecho, tose, respira con más rapidez y... algo va mal—. Ahora mismo vuelvo —consigue decir en un hilo de voz, y desaparece rápidamente tras la esquina.

Jane y yo queremos ir a ver qué le pasa. Reina el silencio, incluso el de la inmobiliaria contiene la respiración y pregunta si está todo bien.

Cuando estamos a punto de buscarla, Maisie regresa con una sonrisa en los labios y hace un gesto de rechazo, como si no hubiera pasado nada.

—No me miréis así, por un momento me he sentido indispuesta.

—¿Estás segura? —pregunta Jane mientras yo observo a Maisie. Tiene el mismo aspecto de siempre, pero igualmente no la creo.

—Por supuesto.

Después se dedica a pasear por el piso y Jane pide que le confirmen de nuevo el precio del alquiler.

—¿Se queda en lo pactado? —pregunta.

—Así es.

—¿Cuándo podríamos mudarnos? —Eso es lo único que realmente me interesa y la primera pregunta que hago.

—Podrían instalarse a principios de noviembre. Para entonces deberíamos tener todo el papeleo arreglado.

—Nos lo quedamos —dice Maisie antes de mirarnos con las cejas levantadas—. Nos lo quedamos, ¿verdad?

Parece que se encuentra bien. Hmm...

Jane sonríe y asiente. ¿En serio acaba de asentir?

—Oye, Jane, ¿eso significa que te vienes a vivir con nosotras?

—Me vengo a vivir con vosotras. Exacto.

«Sabelotodo.»

Lo que me faltaba. Sin embargo, le devuelvo la sonrisa, porque el pensamiento de irme finalmente de casa me salva el día. O por lo menos le confiere un aire mejor. Y porque pienso que con ellas dos no puede ir mal.

—De acuerdo.

—¿De acuerdo? —pregunta Maisie—. ¿No hay problema entonces con que nos quedemos el piso?

—Aún debo hablarlo con la dueña, pero con sus nóminas y referencias personales no debería suponer ningún problema —opina el de la inmobiliaria, y nos muestra su mejor sonrisa de vendedor.

—Yo me quedo con la primera habitación a la derecha, la que está más alejada de la cocina y del baño —digo, y reclamo ya mi territorio.

—¿Y eso? —pregunta Maisie realmente interesada, y se recoloca las gafas.

—Porque dijiste que te gustaba cantar y no quiero tener que oírlo.

—Ja, ja. —Hace una mueca y creo que le habría gustado sacarme la lengua. La presencia del hombre de la inmobiliaria la frena. Mejor así.

—Yo me quedo con la de al lado —dice Jane, y Maisie suspira.

—Muy bien, yo me quedo con la otra. Todas me parecen estupendas.

—¿Tienen alguna pregunta más? —nos interrumpe el hombre de la inmobiliaria, y nosotras le contestamos que no. Ya lo hemos visto todo—. Perfecto, entonces en unos días, señorita Jones, en cuanto la arrendataria haya tomado una decisión, les digo algo.

—Se lo agradecemos —contesta Maisie cortésmente, y nos ponemos en movimiento para irnos del piso.

Le echo un último vistazo y me invade un gran deseo de que esto funcione.

La semana siguiente ya es la última de octubre y aún no hemos tenido noticias del hombre de la inmobiliaria. Jane está tranquila y opina que ya encontraremos otra cosa, pero Maisie y yo estamos cada día más nerviosas. Por diversos motivos queremos sin falta ese piso: ella, porque simplemente se ha enamorado de él y la distancia desde la casa de sus padres hasta el hospital es demasiado grande con los horarios que tenemos; y yo porque ya no aguanto más en casa. Esta mañana, el piso de mi madre estaba de nuevo como una pocilga, y yo no acabo de entender cómo lo consigue una y otra vez.

«Sierra, a ver si recoges de una vez. Sierra, ¿qué se supone que estás haciendo con tu vida? Sierra, ¿por qué me pones tan nerviosa y no me haces ni caso? Sierra, ¿por qué no puedes ser más agradecida? Sierra, no se te ocurra enamorarte nunca y no cometas los mismos errores que yo», resuena en mi cabeza. Siempre la misma cantinela.

Abreviando: «Sierra, eres la culpable de todo y odio mi vida».

—Aquí tienes, *bambina* —dice Grant, y me coloca un montón de historiales en la mano.

—¿De dónde han salido? ¿No hemos recibido refuerzos?

Grant muestra una sonrisa exagerada.

—Sí, claro, pero a tres de tus pacientes les dan hoy el alta, así que disfruta de los nuevos.

—¿Cómo? ¿Qué tres?

—La señora Decker, la señora Elliott y el señor Martin.

—La señora Decker me toca el martes.

—Sierra, no te lo digo de buena gana, pero hoy es martes. ¿Estás bien?

—Sí, no podría estar mejor. Gracias por los historiales —contesto enfadada conmigo misma, y hojeo uno detrás del otro. Tres pacientes aquí en planta, dos en torácica.

Aunque antes de ponerme con ello me dirijo hacia la habitación del señor Joon, la 311. Ha ingresado hoy y ya han llegado los resultados de las pruebas. Hasta ahora no he podido hacer un diagnóstico exacto, y espero que la analítica me dé alguna pista. Además, acaban de llegar los resultados del TAC, que deben de estar en su historial. El señor Joon tiene síntomas variados como arritmias, disnea, debilidad, pérdida de peso inexplicable y dolores irregulares en la parte superior del abdomen. Quizá algo falla en las válvulas del corazón, o en el pulmón o el hígado, aunque lo que sé hasta ahora solo me sirve para especular. Espero que pronto salgamos de dudas.

—Hola, señor Joon —lo saludo, y el anciano me sonríe amistosamente, mientras me observa con los párpados medio cerrados. Tiene el cabello blanco bien corto, y su postura es orgullosa, aunque también refleja agotamiento.

—Hola, me alegro de volver a verla.

—Ah, veo que aún le queda humor. Eso es bueno. Aun así, me entristece que se haya decidido usted tan tarde a buscar atención médica por estos dolores —murmuro mientras me coloco a su lado, y leo con detenimiento los resultados. La sangre muestra parámetros muy altos de infección. No creía que fuera a ser tan grave.

Y los resultados del TAC casi provocan que maldiga en voz alta.

Hemos detectado un tumor.

—Es muy grave, ¿verdad? —Pronuncia las palabras en voz baja, aunque mantiene la sonrisa, y de repente se me hace un nudo en la garganta.

—Me gustaría que le hicieran algunas pruebas más.

—Dígame de una vez qué es lo que pasa, doctora Harris.

Con los labios apretados y el corazón latiendo con fuerza me lo quedo mirando. Hasta ahora he tenido suerte. Aquí en planta nunca me había encontrado con ningún paciente que me diera miedo que no fuera capaz de superar la enfermedad. Hasta hoy. Dependiendo de qué tipo de tumor sea y si ya se ha extendido o no, cambia bastante...

—Su analítica no es buena, los parámetros de infección son más altos de lo normal. Ya que sus dolores estaban relacionados con el corazón, pedí que le hicieran un TAC. Los resultados muestran... —Tengo que carraspear y pasarme la lengua por los labios antes de poder seguir hablando—. Muestran un tumor en el corazón.

—Así que un tumor... —contesta, y alisa la sábana sobre su barriga, entonces cruza las manos, inspira profundamente y me devuelve la mirada—. ¿Cómo de grave es?

—Aún no lo sabemos. A menudo los tumores en el corazón son benignos. Ahora debemos comprobar si el suyo lo es y si podemos operarlo.

—¿Y qué pasa si es maligno o no podemos operarlo?

—Señor Joon, yo...

—Por favor, doctora Harris. Soy demasiado viejo para que me escondan la verdad.

Ahora soy yo la que respira hondo, cierro el historial y lo mantengo con fuerza contra el pecho.

—En cualquier caso debemos asegurarnos de que no se ha producido una metástasis.

—O que este sea producto de otro tumor —añade, y yo asiento.

—Así es. Aunque, créame, la probabilidad de que se trate de un tumor benigno que se puede operar es alta.

Sigue sonriendo mientras mira por la ventana. Casi como si quisiera creerse mis palabras, aunque sepa que no va a ser así. Casi como si me contara en silencio que ya ha visto demasiado del mundo para creer en ese tipo de suerte. Aun así, su voz cálida me dice:

—Bien, empecemos de una vez.

Y yo lo admiro por ello.

Pienso que pocas cosas exigen más valentía que aventurarse en algo en lo que no se cree.

Unas horas después queda claro que odio equivocarme. Le he conferido esperanzas a mi paciente solo para tener que explicarle poco más tarde que tiene un tumor maligno en el corazón.

—Es producto de otro —musito mientras estudio los resultados.

—Correcto. El foco está en otra parte y es responsable de la metástasis —comenta la doctora Pine, que se coloca junto a mí para asesorarme.

Debido a los síntomas, la doctora Pine y yo hemos solicitado ampliar el TAC con una IRM en todo el tronco, por lo que hemos localizado metástasis en el hígado, el pulmón y el peritoneo. Sin embargo, el tumor primario se encuentra en el páncreas.

—Cáncer de páncreas. —Mis labios apenas pueden pronunciar estas palabras.

Así que también deberé explicarle al señor Joon que con eso casi se ha ganado el premio gordo de la lotería del cáncer. Y como si todo esto no fuera ya una mierda por sí mismo, la doctora Pine añade algo que yo no quería oír.

—No aconsejo operar. El riesgo, contando con la avanzada edad del paciente, de que no supere la intervención o que fallezca a consecuencia de esta es demasiado alto.

Aun así, si no hacemos nada, el señor Joon morirá en un plazo no muy lejano por todas estas células cancerígenas que atacan su cuerpo.

—¿No lo operamos, seguro? —pregunto, y la mirada que me lanza la médica a cargo no deja lugar a dudas.

—De acuerdo. Se lo diré.

—No se olvide usted de recordarle que puede dejar sus últimas voluntades —añade, y yo asiento.

Con un nudo enorme en la garganta y las manos sudadas me despido de la doctora Pine, me encamino imbuida en mis pensamientos hacia mi paciente y cuando me detengo frente a la puerta de su habitación me encuentro tan mal que necesito tomarme un respiro.

Entonces alzo la barbilla y entro...

—¿Está usted segura? —pregunta el señor Joon una vez que se lo he explicado todo, y la esperanza que oigo en su voz de que podríamos estar equivocados me rompe por dentro. Una esperanza que a pesar de todo estaba ahí, aunque seguramente desde el principio él no se esperara un final feliz.

—Sí. La metástasis en los pulmones y en el corazón no se puede operar, el riesgo es demasiado grande.

—Solo le queda decirme que no habría diferencia alguna. —Escucho su suspiro de agotamiento, veo como cierra por un momento los ojos, antes de hacerme la única pregunta que importa en este momento—: ¿Cuánto tiempo me queda?

Abrazo su historial con tal fuerza que me hace daño.

—Dos meses, tal vez. Yo diría que algo menos, aunque nunca se sabe lo que puede llegar a hacer el cuerpo. —Incluso a mí me suena fatal.

—¿Y la quimioterapia cambiaría algo?

—En el mejor de los casos, ganaría tiempo —le contesto con sinceridad—. Unas cuantas semanas, meses, incluso un año. Aunque la quimio a su edad y con tumores tan avanzados... Si pensamos en los efectos secundarios...

No hace falta que acabe la frase para que entienda a lo que me refiero. Su cuerpo no lo aguantaría, el cáncer sí. Solo podemos intentar que sufra lo menos posible.

Asiente pensativo.

—¿Quiere que llame a alguien?

—Mi mujer hace tiempo que falleció, no tuvimos hijos, y mi hermana también murió hace mucho.

Así que no tiene a nadie.

—Entiendo. Aunque quizá deberíamos intentarlo —me oigo decir de repente, porque no me quiero rendir a pesar de que las posibilidades de éxito son nulas. Y porque el tiempo ganado es muy valioso. Siempre.

—No —responde, y niega con la cabeza—. He vivido setenta y cinco años maravillosos con sus momentos altos y bajos. Si ha llegado la hora, ha llegado. Solo que... ¿podría usted administrarme hasta entonces algo para el dolor? Ya me duele bastante, y he oído que, especialmente el cáncer de páncreas y también la metástasis en los pulmones, no son nada agradables.

«¿Y qué tumor maligno es agradable?» Aunque ese pensamiento me lo guardo para mí.

Su expresión se suaviza, muestra un inicio de sonrisa y yo reconozco en su rostro algo así como resignación y satisfacción. No luchará. Lo ha aceptado.

—Claro que sí. Me pondré en contacto con su compañía de seguros. Pronto pasará un enfermero para administrarle los medicamentos.

No debería dar por sentado que tiene seguro, por lo que estoy muy agradecida de que así sea. Todo lo demás hubiera complicado claramente la situación. Era lo último que necesitaba en este momento.

—Bien, gracias. —Otra sonrisa. ¿Cómo puede sonreír en una situación como esta?

Dudo, aunque finalmente le alcanzo las últimas voluntades del paciente.

—Si lo desea, rellene usted el cuestionario y pregunte si se le presenta alguna duda.

De nuevo una sonrisa.

—Hasta luego, señor Joon —me despido sin saber cuándo será eso.

Abandono la habitación, la puerta se cierra tras de mí como por sí sola y dejo el historial en la casilla antes de ir en dirección a la sala de médicos mientras me masajeo la nuca. Estoy hecha polvo y necesito cuanto antes un café y una pausa...

23

Mitch

Como un loco voy picoteando de la comida que tengo delante y que he preparado expresamente para hoy, mientras pienso en Sierra, a la que desde el día del beso solo he visto de paso en el ascensor o en el pasillo.

No tengo ni idea de si es casualidad o si me está evitando. Quizá yo también la esté evitando.

—¡Qué sé yo! —suelto, y casi dejo caer el tenedor.

—¡Una fibrilación ventricular! —exclama de repente Laura junto a mí, y se despierta asustada del sueño. Confundida y con un mechón de pelo fuera de lugar, mira a su alrededor hasta que se da cuenta de que no está en urgencias ni en planta.

—Oh. —Se quita con la mano las babas de la mejilla.

—Estas siestas energizantes no son para ti. Cuando duermes se te nota bastante intranquila, ¿lo sabías? —le pregunto, aunque ella sonríe contenta antes de empezar a bostezar con ganas.

—Simplemente te da envidia que yo pueda sacarle tanto provecho a veinte minutos de sueño. He perfeccionado mis siestas regeneradoras.

—Ahí aún tienes babas —le informo, y señalo su barbilla—. ¿Y por qué no vas a la sala de descanso?

Laura se echa a reír y se rehace la coleta.

—¿Estás loco? Allí hay una cama.

—Sí, exacto. Aquí tienes que hacer de contorsionista para dormir. Dudo que tu cuello pueda aguantarlo mucho tiempo más.

—Mi cuello está estupendamente, gracias por interesarte. Y la cama es justo el problema principal. ¿Tienes una idea de lo que pasa cuando me tumbo allí?

—¿Que duermes cómoda durante media hora? —replico, y ella pone los ojos en blanco.

—¡Respuesta incorrecta! ¡Me duermo profundamente! Y entonces ya no me levanto, porque estoy demasiado cómoda. Me encantaría —se queja—, pero entonces me quedaré sin trabajo y de patitas en la calle.

—No exageres, esa cama no es tan cómoda.

—Bueno, pues túmbate ahí tras un turno bien largo, con tres operaciones, multitud de casos y solo dos pausas para hacer pis y me lo vuelves a decir —contesta completamente en serio y alza las cejas, como si yo no tuviera ni idea.

—¡Bien! Sigue llenando toda la mesa de babas si quieres.

—Oye, no te pases de listo. Todo el mundo babea de vez en cuando.

Alguien entra y en un instante el rostro de Laura resplandece.

—¡Sierra! Madre mía..., ¿mucho follón hoy?

Necesito un momento para poder mirarla y que mi respiración se calme, pues con solo oír su nombre ya pierdo el control.

Y entonces nuestros ojos se encuentran. Sierra se ha quedado de pie, con la taza de café en la mano, y me observa como si yo fuera un fantasma. Se le ha soltado un mechón de la coleta, que le cae sobre la mejilla hasta alcanzar la clavícula. Tiene un aspecto algo descompuesto, pero, como siempre, está guapísima. Le gusta parecer inaccesible y especialmente indescifrable, pero cuando sabes a qué atenerte, resulta bastante sencillo leerle el rostro. Laura y Sierra no son tan distintas en ese sentido, solo las diferencian sus temperamentos.

—Sí, ha habido bastante movimiento —contesta vagamente sin darse la vuelta.

—De acuerdo —dice Laura bostezando, y se retira más rápido de lo necesario—. Pues me vuelvo a trabajar. Avísame en cuanto tengas noticias del de la inmobiliaria.

Después se pone en pie y se despide con la mano antes de dejarme solo con Sierra.

—¿Todo bien? —le pregunto esperando que no se dé la vuelta y se largue. Tal como..., tal como hice yo tras el beso.

Pero no, en lugar de eso se coloca justo enfrente de mí. No había contado con eso.

—Sí. ¿Y tú? —Deja el café encima de la mesa y con los dedos sigue acariciando una y otra vez el borde de la taza. Está dándole vueltas a algo.

—¿En qué piensas?

Alza la vista.

—Odio cuando alguien responde a las preguntas con otra pregunta.

—Estoy bien. ¿Entonces? ¿En qué piensas?

Se deja caer encima de la silla suspirando.

—No quería besarte, ¿vale?

—¿Y por qué lo hiciste, querida? —le pregunto reprimiendo una sonrisa, porque estoy convencido de que sus palabras no son sinceras y porque no le gusta cuando la llamo así.

—¿Un ataque de locura? ¿Un ictus? —responde, y yo aparto la comida y me inclino sobre ella.

—Si tú lo dices.

—Lo digo.

—No te creo —replico en español.

Y no la creo; da igual lo que diga, recuerdo ese beso. La expresión en sus ojos cuando se encontraron con los míos. Esa decisión, ese brillo en su mirada y luego el sabor de sus labios. Recuerdo cómo apretó su cuerpo contra el mío y cómo pasaba las manos por mi pelo.

No, no la creo...

—Mitch —gruñe—. Deja de hablarme en español. Aunque mi padre sea mexicano, no te entiendo, y no tengo ganas de comprarme un diccionario.

«Interesante.»

—No sabía que tu padre era de México.

Por un momento parece que lo ha dicho por descuido, como si se le hubiera escapado. Sierra nunca cuenta nada sobre su familia, es la primera vez que me habla de su padre.

—Eso a ti ni te va ni te viene.

Ofrece resistencia, claro.

—Quizá. Aunque eso solo hace que me pregunte con más razón aún por qué no hablas ni entiendes el español.

—No tenemos contacto —dice secamente, y debería darme vergüenza no haber pensado antes en ello.

«Mierda.»

—Lo siento.

—Joder, como vuelvas a disculparte otra vez, me voy a volver loca. —Con un movimiento rápido se pone en pie y retira la silla.

Se quiere ir.

Sin pensármelo ni un segundo, yo también me pongo en pie y me interpongo en su camino.

—¿Qué significa esto? —Me mira sorprendida.

—¿Lo hiciste por pena? —le pregunto, porque tengo que saberlo. Porque las palabras del nuevo, ese desgraciado, aún me rondan en la cabeza y no puedo quitármelas de encima. Y porque realmente necesito saber por qué lo hizo. Por qué no hemos hablado desde entonces.

—¿Te fuiste porque para ti no significó una mierda?

—¡Claro que no!

—Ahí tienes tu respuesta —me contesta, y quiere zafarse de mí, pero yo tiro de ella y la acerco a mí.

—Bien. Puedo soportarlo todo, menos dar pena.

—¿Y por qué tendrías que darme pena?

Sonrío.

—Debido a mis cicatrices. —Por todo lo que ha pasado. Sonrío—. Y porque me he enamorado de ti.

Porque he caído rendido ante ella y no puedo evitarlo. No quiero evitarlo. Y mientras su expresión se oscurece porque vuelvo a hablarle en español, porque le digo cosas que aún no le puedo decir, sigo hablando.

—Y ahora voy a besarte.

—¿Qué demonio estás diciendo, Mitch?

—Ahora te lo enseño. —Coloco la mano sobre su nuca, la atraigo hacia mí, inclino la cabeza y presiono mis labios sobre los suyos.

Y la beso.

24

Sierra

Mitch me besa. Esta vez es él el que toma la iniciativa y no al revés. Esta vez soy yo la que simplemente se queda ahí parada, porque esta situación me supera.

Me mordisquea los labios, me mantiene pegada a él, y una voz en mi cabeza me dice que esto no es una buena idea. Porque yo soy su compañera de trabajo. Porque no necesito ni quiero una distracción. Porque no quiero tener remordimientos de conciencia si soy mejor que él. Que la relación de Laura y Nash funcione no significa que para nosotros vaya a ser igual. Ellos dos son la excepción. ¿Y cómo demonios puedo seguir permitiendo esto, aunque me guste, si el miedo al fracaso es tan grande? No quiero terminar como mi madre, que no puede valerse por sí sola y está convencida de que los demás son los responsables de su infelicidad. Mi corazón quiere llorar, porque ya no sabe qué hacer. Porque disfruta de esto, pero al mismo tiempo se ahoga en sentimientos de culpa.

Las pesadillas no son culpa de Mitch, sino mía. Estas cicatrices también lo son, da igual lo profundas que sean y cuántas sean. Cada una de las cicatrices en el cuerpo de Mitch va a mi cuenta.

Fui demasiado lenta, demasiado miedosa, no fui lo suficientemente buena.

Aunque todo esto solo viene a ser un ruido de fondo cuando Mitch coloca la mano en mi mejilla y me acaricia la piel. Su pulgar se pasea por mi mentón y mi barbilla hacia abajo por el cuello y yo debo reprimir un gemido cuando su lengua toca la mía. Lenta, suave, tortuosamente.

Cuando quiera puedo pararlo. En cualquier momento y sin problemas. También podría soltarle una bofetada. Y sin embargo permanezco impasible y lucho conmigo misma.

Hasta que Mitch se detiene sin previo aviso y se aleja de mí. Nuestras respiraciones aceleradas se separan, mi corazón late con tal violencia y estruendo que me da la impresión de que puedo oírlo, y mi presión arterial es imposible que muestre unos valores normales. ¿Los besos pueden provocar un ataque al corazón? Debería saberlo. Maldita sea, ¿por qué no lo sé?

Abro los ojos y veo a Mitch, y lo que más desearía en el mundo es gritar, porque nunca quise esto. Porque ahora lo quiero y me siento miserablemente egoísta.

—Una palabra y...

—¡Cierra el pico, Rivera! —lo regaño, y a continuación me pongo de puntillas y vuelvo a besarlo. Salvo la distancia que nos separa y lo rodeo con los brazos. Avanzamos juntos trastabillando unos cuantos pasos hasta que Mitch da con la espalda en la pared y deja escapar un gemido inesperado.

Nunca habría imaginado que algo tan incorrecto podría gustarme tanto.

Sus manos se pasean por mi espalda, por mi casaca y por debajo de ella, me erizan la piel con cada uno de sus movimientos, mientras su boca conquista la mía y sus labios me enloquecen. Mitch huele de maravilla, por lo que puedo juzgar nunca se pone perfumes fuertes ni demasiado desodorante y, al contrario que otros, que se pasan con los aromas de ese tipo, me encanta. Este olor bastante sutil propio de su cuerpo mezclado con el olor a jabón, que solo percibes cuando estás cerca de él. Fresco y áspero, natural. Simplemente a Mitch.

Tiene un sabor parecido a la comida mexicana y debo sonreír, porque le pega demasiado.

Oigo un gemido silencioso y me aprieto contra él, inclinando la cabeza un poco con el fin de intensificar el beso.

Hasta que casi nos mordemos la lengua mutuamente, pues nos sorprende un fuerte golpe.

—¿Hola? ¿La puerta se ha quedado atrancada? ¿Está todo en orden? Sierra, ¿estás ahí? —Maisie quiere entrar y se pelea con la puerta que nosotros estamos bloqueando.

Mitch y yo nos separamos rápidamente uno del otro con la respiración alterada, él tiene los labios algo enrojecidos de mis besos y en sus ojos se refleja la sorpresa y la excitación al mismo tiempo.

—Mierda —maldice en voz baja cuando Maisie lo golpea con la puerta de nuevo en la espalda. Aunque en esta ocasión él amortigua el golpe, así que yo ni lo noto.

—Deberíamos hacernos a un lado —le digo, y lo aparto de ahí antes de que Maisie rompa algo. Es bastante menuda, pero cuando quiere algo es capaz de todo. Y ahora mismo quiere entrar.

Ni dos segundos después, la puerta se abre con tal fuerza que Maisie se abalanza dentro de la habitación. Suelta un grito agudo de sorpresa, pues apenas se lo puede creer.

—Uy, ¿qué ha pasado? —Asombrada, se aparta el cabello del rostro—. Ay, mierda —se queja al darse cuenta de que tiene que rehacerse el moño, ya que siempre se lo deja demasiado flojo. Aunque lo hace rápidamente y enseguida se me queda mirando y su sonrisa es más grande que el sol de Phoenix—. ¡Ya tenemos piso! —exclama, y a causa de la alegría se pone a bailar de forma extraña allí mismo.

—¡¿Qué?! —grito yo, y no me lo puedo creer—. Repite eso.

—Acabo de recibir un mail. El piso es nuestro. ¿No es fantástico? Y podemos entrar a vivir cuando queramos.

Me zumba la cabeza, el corazón me late con rapidez, pues en los últimos cinco minutos han ocurrido muchas cosas que aún no he podido comenzar a asimilar. Y noto como empiezo a sonreír. Igual que Maisie. Con la misma intensidad.

Me puedo mudar.

Puedo dejar a mi madre atrás. Con unas cuantas deudas más, pero por lo menos algo más feliz. Quizá la distancia nos venga bien, aunque en realidad no creo que nuestra relación mejore. Ya no.

—Madre mía... —susurro, y estoy a punto de ponerme a bailar como una loca.

—¿Os vais a vivir juntas? —pregunta Mitch a mi lado, y yo me vuelvo hacia él.

—Creo que sí. —Y lo miro con incredulidad. Por el piso y por lo que acaba de ocurrir entre nosotros.

Tragando saliva con dificultad me vuelvo de nuevo y noto como Maisie nos observa a ambos. Aprieta los labios y frunce el ceño de tal manera que sus ojos desaparecen tras la montura de sus gafas.

—¿Por qué se ha quedado atrancada la puerta? —Nos mira a ambos inquisitiva.

No quiero mentir, aunque aún menos contarle la verdad.

—A veces las puertas se atrancan —contesta Mitch críptica y relajadamente, mientras yo me quedo ahí quieta, muda, con la esperanza de que Maisie no siga haciendo preguntas—. Tengo que irme. —Mitch pasa por nuestro lado, agarra sus cosas y desaparece.

Y yo no puedo evitar observarlo mientras lo hace. Quizá debería admitir que existe otro motivo por el cual rehúyo a Mitch. Quizá no se deba únicamente a los sentimientos de culpa, al trabajo y a mi orgullo o a mi madre, sino de alguna manera también a que él representa un vínculo con unas raíces que yo nunca he tenido. Que nunca he querido. Su familia mexicana parece cariñosa, el propio Mitch lo es, y a diferencia de ellos yo soy como un árbol talado y tirado en el suelo, sin raíces ni hojas, sin historia, y tengo que encontrar la forma de ser alguien de todos modos. Un ser completo, no a medias. No es que eche de menos tener una familia. No tengo ningún problema con estar sola. Sin embargo, ha sido un proceso largo, y si permito que Mitch se me acerque demasiado, que mire tras los muros que he alzado, no sé lo que puede pasar. Si empezaré a echar de menos cosas que nunca he echado de menos...

Una vez que Maisie y yo nos quedamos solas, ella se ríe.

—¿Hay algo entre vosotros dos? Pensaba que te ponía de los nervios.

—Y lo hace —gruño yo, y no miento. Pero sí, parece ser que hay algo entre nosotros dos, y eso me vuelve loca. Motivo por el cual cambio de tema—. No me puedo creer que haya salido bien lo del piso.

—Yo tampoco. Mañana me veré con el de la inmobiliaria y lo arreglaremos, firmaré el contrato y todo eso. Me ha dicho que a principios de la semana que viene podríamos mudarnos. Por desgracia antes no es posible. ¿Quieres que alquile una furgoneta para todas nosotras? Yo iré con mi coche, pero apenas cabe nada.

—Bueno, no tengo muchas cosas, yo...

Maisie hace un gesto de rechazo.

—Da igual, podrás aprovecharla igualmente, ¿te parece?

—Suena bien. Gracias. El lunes tengo toda la tarde y la noche libres.

—Jane y yo empezamos el turno a mediodía, lo que quiere decir que podríamos llegar tarde. Pero de todos modos por la mañana podríamos llevar ya algunas cosas. El resto imagino que el martes, aunque no supone ningún problema. ¿Podrás sola o quieres que cambie mi turno?

—Ya me las arreglaré. De verdad que no tengo muchas cosas y acabaré rápido —le contesto sin mentir ni un poquito. Mis libros de medicina, dos o tres cajas con otros libros y revistas, algo de ropa, mi gran espejo de pie; eso es todo. He decidido comprarme una cama nueva y dos cómodas. No me costarán un ojo de la cara y necesito algo que esté libre de cargas para este nuevo inicio. Además, sola no podré cargar y transportar más cosas. Aunque está bien así. El resto ya lo iré juntando con el tiempo—. Cuando haya llevado lo mío os ayudaré con lo vuestro.

—Muy amable por tu parte.

Impulsivamente agarro mi taza de café, que aún está sobre la mesa y, tras el primer trago, me dan arcadas. Frío sabe aún peor, si es que eso es posible.

—Bueno, tengo que seguir trabajando. Laura me ha dicho que estabas aquí y solo quería darte la noticia. —Maisie se muerde el labio inferior y de repente parece tímida.

—¿Todo bien? —le pregunto, y trago saliva para deshacerme de ese horrible sabor en la boca.

—Simplemente voy a hacerlo, y te tendrás que aguantar. —Más deprisa de lo que yo puedo reaccionar, Maisie se ha colocado junto a mí y me abraza. Durante este año he sentido el abrazo de más personas que durante toda mi vida... y espero que esto pare de una vez. Igual que todo ese rollo de llorar.

No transcurren ni tres segundos cuando ella se aparta de mí y respira hondo.

—Tenía que hacerlo. Creo que no eres muy de abrazos, pero ahora mismo lo necesitaba —me dice, y se encoge de hombros—. Ya que en unos cuantos días empezaremos a compartir piso y estoy convencida de que pronto seremos buenas amigas, quizá a partir de ahora podríamos repetirlo de vez en cuando.

—Por favor, no vuelvas a decir nunca cosas tan terribles —le suplico, pero ella se limita a reír y se despide con un gesto.

—Hasta luego, Sierra. Te escribiré si hay novedades.

En todo caso, nos vemos más tarde durante la ronda de visitas.

De repente me encuentro sola en la habitación y necesito un momento para asimilar todo lo que ha pasado en los últimos quince minutos.

Me froto la frente, inquieta. Vaya caos.

—Esto pasa cuando permites que la gente se te acerque tanto. Cuando empiezas a hablar con otras personas además de con tus pacientes. Mierda —musito, y me alegro de que nadie pueda oírme.

Con la taza en la mano abandono también la sala y vuelvo a la planta. En la entrada, Laura y Grant están hablando, y ella me saluda en cuanto me ve.

—Hola, Maisie ya me ha contado la estupenda noticia. Felicidades —me dice, y alza la mano para chocarla con la mía.

Yo me quedo mirando su mano, su cara, de nuevo su mano...

—Vamos, Sierra. No me dejes así.

A regañadientes le choco la mano y me sorprende cómo se puede uno alegrar tanto por una noticia como esa.

—¿Tanto te ha costado?

—Ya conoces la respuesta. Grant, ¿te has comprado un triciclo? —Señalo el casco que tiene delante. Está vestido de calle, parece ser que ya sale de trabajar.

—Qué graciosa —me contesta justo en el momento en el que Laura rompe a reír a causa de mi chiste malo—. Me he comprado una moto, y me encanta. Y si fuera un triciclo también me encantaría.

—Tendrías una pinta muy graciosa encima de un triciclo —dice Laura, y continúa riendo.

—Por eso encajas tan bien con Nash. Sus chistes nunca son graciosos, pero aun así te ríes.

—Nash puede ser muy divertido, ¿verdad, Sierra?

—Sí, claro. —A espaldas de Laura niego con la cabeza, lo que le provoca una sonrisa a Grant. Aprovecho la coyuntura para mostrar mi taza de café—. ¿Puedes vaciar esto ahí detrás? —le pregunto a Grant, y le paso la taza—. ¿Y meter quizá la taza en el lavavajillas?

—¿Café frío de Edith?

—Así es.

Tuerce el gesto y me hace el favor.

—Claro. Ahora vuelvo.

—Gracias —musito aliviada, y me apoyo junto a Laura sobre el mostrador.

—Parece que el hecho de que te puedas mudar a tu propia vivienda no te hace muy feliz —concluye, y me observa con esa mirada tan suya—. Maisie ha venido de allí hace un rato, aunque antes... —sigue diciendo y entrecierra los ojos—... ha venido Mitch. ¿Os habéis vuelto a pelear?

Le devuelvo la mirada y enseguida me doy cuenta de que he cometido un error.

—¿Ha pasado algo? —me pregunta agarrándome por los hombros—. Sierra, ¿hay algo entre vosotros? ¿Estáis saliendo juntos? ¿Lo habéis hecho ahí detrás?

—Maldita sea, Laura. Que tú te lo montes con Nash en cada esquina no quiere decir que eso se aplique a todos los demás.

—Tienes cara de culpable.

—Esta vez no he sido yo —me defiendo, y me doy cuenta demasiado tarde de lo que he dicho.

Me suelta y yo suspiro frustrada.

—¡Ajá! Así que ha pasado algo.

—¿Todo bien con Nash? ¿Cómo está Jess? Salúdala de mi parte.

—No cambies el tema de la conversación. ¿Qué es lo que pasa entre vosotros dos?

—Es algo que estoy intentando descubrir, ¿vale? —admito.

—¿Y qué hay de malo en que te guste Mitch?

—Probablemente nada. Sus burritos son una maravilla.

Laura se queda perpleja.

—¿Me estás hablando en código? ¿O ahora estamos hablando de comida?

—Nash te ha echado a perder —le digo, y ella sonríe durante unos segundos antes de ponerse seria de nuevo.

—¿Se trata de las pesadillas? ¿El accidente?

Indecisa me miro las manos antes de responder.

—Es posible.

—Sierra, si te supone una carga tan grande, tienes que hablarlo con él.

Una risa seca me destensa.

—¿Y qué quieres que le diga? «Mira, Rivera, me siento mal porque estaba en shock y llegué tarde hasta donde estabas y fui demasiado lenta. Porque el fuego lo vi y apagué demasiado tarde. Porque por mi culpa tienes ahora estas cicatrices que ni siquiera he visto y que no sé cómo de graves son realmente. Pero sí, salgamos juntos. —Se me quiebra la voz hacia el final y carraspeo.

No le confieso que no solo es eso, sino que además trabajamos juntos y no quiero que lo nuestro interfiera con mis objetivos. Independencia, libertad, ser la mejor en mi trabajo. Que me guste Mitch, empezar una relación con él, lo complicaría todo sobremanera.

—No me mires así, Laura.

—Tú sabes que eso no es verdad. Nada de lo que me acabas de decir es verdad.

Gracias a Dios, en ese mismo instante regresa Grant y se une a nosotras. No habría sabido qué contestarle a Laura.

—Bueno, listo. Yo... —Grant interrumpe de repente sus palabras y se queda mirando fijamente algo a nuestras espaldas.

Nos damos la vuelta y lo único que vemos es a... ¿Maisie? Debe de haber salido de una habitación, pues está anotando algo en un historial.

—Ay, Grant —dice Laura, y le acaricia el hombro.

—Maisie —resoplo yo de forma exagerada.

—¿De qué estabais hablando? —pregunta él para desviar la atención, pero su intento resulta tan fallido como el mío anterior.

—Antes ha intercambiado con ella dos frases enteras —me dice Laura orgullosa.

—¿Me he perdido algo? —pregunta Grant sonrojado, y yo sonrío satisfecha.

—¿No serás algo tímido?

—No. Lo que pasa es que me estoy tomando mi tiempo.

—En todo caso no te dejes aconsejar por Nash, aunque él sea el inventor del tomarse uno su tiempo.

—¡Oye! —exclama Laura poniendo las manos en jarras.

—¿Y si me dejo aconsejar por Mitch? —pregunta él, y parece realmente desesperado.

—Mejor que no, tampoco él sabe lo que hace —musito yo, y me gano una mirada comprensiva de Laura.

—Hablando de otra cosa —dice Grant dando una palmada—. ¿Qué tal vuestros pacientes?

Laura se encoge de hombros.

—No me puedo quejar. Ahora mismo tengo casos

más bien sencillos en planta, aunque he tenido unos días de operaciones complicadas. A un hombre no pudimos salvarlo. —Vacila—. Ha sido la primera vez que he tenido que comunicárselo sola a la familia. A su mujer y a su hija de diez años.

—Joder —digo yo, pues es el único comentario decente que puedo hacer.

—Ya. Aunque ha habido más días buenos que malos. Eso es lo que al final cuenta.

—¿Y tú? —me pregunta Grant, y se cruza de brazos.

—Algo parecido, he estado más en urgencias que en quirófano. Y hoy he tenido que comunicarle a un paciente que tiene cáncer. Con metástasis en los pulmones y el corazón.

—No debería haber preguntado —dice Grant, y maldice—. Fallo mío.

—Así es este trabajo. Sabemos cómo es y aun así aquí seguimos.

En efecto.

—¿Cómo te fue en el cumpleaños de tu hermana?

—No me preguntes. —Tuerce el gesto.

—¿Qué pasó? —insisto, y Laura me lo explica.

—Grant tuvo que ir a una cena familiar. Y el solo hecho de ir ya fue... desagradable.

—Eres demasiado suave. Habría preferido tirarme a un volcán que tener que ir allí. Solo lo hice por mi hermana.

—¿Una familia complicada?

—No te haces una idea.

Me río.

—Créeme que sí.

—En todo caso fue terrible. Mi padre salió con lo mucho que yo lo había decepcionado, mi madre se emborrachó y mis hermanos siguen haciéndolo todo como siempre a la perfección.

—No debería haber preguntado —murmura Laura, y arruga la nariz.

Grant asiente con la cabeza.

—Exacto. ¿Y cómo les va a Jess y Logan? ¿Se pasarán algún día por aquí?

—Logan es probable que venga en Navidades de visita. Jess volverá a Estados Unidos como máximo a principios de diciembre, tal vez a finales de noviembre, y seguramente dispondrá de algo de tiempo antes de aceptar otros trabajos internacionales. A los dos les va bien, aunque me da la impresión de que Jess está saturada de trabajo. Le preocupa algo, pero no quiere decirme de qué se trata.

—Ya te enterarás. En algún momento Jess se irá de la lengua. —«De eso estoy segura», añado para mis adentros.

—Sí, es probable. Mierda —suelta de repente, pues algo vibra en su bolso—. Me había olvidado de poner el móvil en silencio. —Lanza una mirada a su móvil—. Hablando del rey de Roma... Pero ¿qué cojones...? —Puedo contar con los dedos de las manos las veces que he visto a Laura tan furiosa.

—¿Qué ocurre? —preguntamos Grant y yo al unísono, mientras nos inclinamos sobre ella.

—Jess me acaba de enviar un mensaje.

—¿Y? ¿Tan grave es? —Grant intenta ver la pantalla, pero no llega a hacerlo y se queda con cara de tonto.

—Cito textualmente: «Espero que ya no sigas respirando, pues ese sería el único motivo aceptable para que no me hayas dicho nada desde hace más de cuatro semanas cuando antes no parabas de darme la lata».

—No lo entiendo —digo yo secamente, y alrededor de la cabeza de Grant se pasean decenas de signos de interrogación.

Cuando Laura alza la vista y levanta la barbilla, apenas me atrevo a respirar. Parpadea, se le hinchan los orificios nasales y frunce los labios.

Dios mío, sí que está cabrada.

—¿Sabéis cuál es la primera frase?

—No —contesta Grant escéptico, mientras yo digo:

—Suéltalo de una vez, tengo que seguir trabajando.

—«Hola, Ian».

Silencio. Reina un completo silencio.

—Aquí pone: «Hola, Ian» —dice en voz bastante alta y trastornada.

El hecho de que el susodicho aparezca en ese instante por la esquina y exclame «¡Vaya un recibimiento! ¿Me habéis echado de menos?» no mejora mucho la situación.

Laura lo mira de arriba abajo. Al principio Ian reacciona irritado, aunque después deja caer indeciso la mano con la que nos saludaba tan alegremente hace un momento y sus pasos se van ralentizando poco a poco. Se le ve reflejado en el rostro como intenta descifrar qué está sucediendo.

El móvil de Laura vuelve a vibrar y ella se echa a reír malhumorada.

Le he enviado el mensaje por
equivocación a mi hermana.
Corre por tu vida.

El móvil vibra de nuevo.

Mierda, me he vuelto
a equivocar. Te lo puedo
explicar, Laura. De verdad.

Tuerce el gesto, pone el móvil en silencio y lo guarda.

—Lo dudo mucho —suelta en el mismo instante en el que Ian mira su móvil y abre los ojos como platos.

Entonces se da la vuelta y se va. Seguramente del susto se le han encogido los huevos.

—¡Oye, espera, Ian! —lo llama Laura, y sale corriendo tras él.

—Madre mía. Para que digan que en este hospital nunca ocurre nada —comenta Grant toda la escena, y yo asiento divertida.

—Dile a Maisie que quieres salir con ella.

—Dile a Mitch que en realidad no te cae tan mal.

Grant y yo nos miramos enfurruñados antes de que yo agarre el primer historial sin decir palabra y él se vaya a casa.

Odio no poder odiar a mis compañeros.

Poco después de haber vuelto al trabajo, Nash se me echa encima.

—Sierra, qué suerte haberte encontrado. Ya que hemos recibido refuerzos y ya todos han retomado sus puestos, se han optimizado los horarios. A pesar de todo, a Mitch le faltan algunos pacientes, así que me pregunto si le podrías pasar dos o tres de los tuyos.

—¿Quieres que deje a Mitch hacer mi trabajo?

—Si lo quieres plantear de esta forma, sí. Tienes demasiados historiales y a él le sobra tiempo. ¿Te importa?

—No, creo que no.

—De acuerdo. Gracias. Ahora mismo lo organizo.

—Claro.

Me quiero ir, pero Nash me detiene.

—Sierra, quiero darte las gracias.

—¿Por? —le pregunto, y arrugo la frente.

—Por ayudar a Laura. Y según me han contado hicisteis un muy buen trabajo aquel día.

Apenas puedo respirar, solo consigo asentir con la cabeza. Un muy buen trabajo... Así no es como lo percibo yo.

25

Mitch

«Pronóstico del tiempo: soleado, nubosidad variable, se anuncian pequeñas tormentas de arena que el desierto traerá por la mañana hasta la puerta de casa», leo antes de seguir con el siguiente artículo del *Whitestone Hospital News*, que hoy acaba de salir de imprenta.

> ¿Su caso es de urgencias? ¿Se ha roto la pierna? Entonces, por supuesto. ¿Se ha cortado con una hoja de papel? Por favor, simplemente utilice una tirita. ¿Se ha precipitado desde un segundo piso? Por favor, llame a urgencias. Mejor aún: haga que llamen en su nombre. ¿Se ha golpeado el dedo pequeño del pie con la cama? Créame: eso no lo matará. En resumen, por lo general más vale prevenir que curar, pero, por favor, no acuda a urgencias porque le duele el grano que tiene en la espalda y no puede reventárselo usted mismo. Aunque puedo empatizar con su sufrimiento...

Seguro que Grant fundó este periódico con el fin de soltar toda su frustración, pasárselo bien y divulgar todos los chismorreos de los que se entera.

Tengo que sonreír. Por lo menos hasta que empiezo a leer el siguiente artículo.

> Besar nos hace felices y es sano. En un beso intervienen hasta sesenta músculos diferentes, y cada minuto que se prolonga se queman cerca de siete calorías. Se desprende dopamina y, mediante el intercambio de unos ochenta millones de bacterias a lo largo de diez segundos, se refuerza además el sistema inmune. Así que, amigos, poneos a trabajar con la boca y haced que los labios bailen.

Cierro el periódico enervado y lo tiro al cubo de basura más cercano que puedo encontrar.

Ese estúpido cotilla de Grant.

Y ahora no puedo evitar pensar de nuevo en Sierra. En Sierra, en ese beso, en sus palabras y en la expresión de su rostro. Realmente me gustaría conocerla de verdad. Me gustaría salir con ella. Quiero volver a besarla. Cada día.

—Anda, ¿qué tal? —Una voz me arranca de mis cavilaciones. Es Nash, que acaba de aparecer por la esquina y que ahora está frente a mí—. Me alegro de haberte encontrado.

—¿Todo bien?

—Sí, solo quería pasarte unos cuantos historiales.

Alzo las cejas como en un acto reflejo.

—¿Quiere eso decir que ya puedo trabajar a tope? ¿Que se acabó mi período de gracia?

Nash sonríe.

—Se acabó tu período de gracia, doctor Rivera.

—Ya era hora.

—Todos hemos tenido que bajar un poco el ritmo para reincorporarnos. Unos más y otros menos. Poco a poco —dice, y yo asiento.

Tiene razón, para ninguno de nosotros ha resultado fácil.

—¿Quieres que le deje los historiales a Grant y te escribo una nota o tienes un momento? —me pregunta, y mira el reloj—. En diez minutos debo estar en quirófano.

—No, ahora tengo un rato.

—Bien, entonces acompáñame. —Con la cabeza indica en dirección hacia la entrada de cirugía cardíaca y yo lo sigo.

—¿Cómo estás?

—Bien —le contesto en español, y con el rabillo del ojo puedo ver como Nash me observa confundido—. Estoy bien —aclaro.

—De acuerdo. Si hay algo que...

—... ¿puedo hablar contigo?

—Exacto.

—Lo sé.

—Fue una mierda todo —se queja mientras se toca el cabello.

—¿Qué me vas a contar? —le contesto suspirando. Luego dudo y respiro hondo—. Sin ti seguramente yo no estaría aquí —admito, y Nash abre los ojos como platos.

—Si no fuera por mí, tú no habrías estado en ese maldito ascensor.

Niego con la cabeza.

—Es nuestro trabajo, lo sabes mejor que nadie. No te culpes.

—Te pareces a Laura —murmura malhumorado, y yo insisto.

—Lo digo en serio. Si no fuera por ti, probablemente no seguiría con vida. Antes de subirnos al ascensor me pediste que me pusiera a tu lado. Querías hacer algo y necesitabas ayuda. En ese momento yo estaba justo delante de la botella de oxígeno. Me habría dado de lleno.

—Eso fue casualidad. Un poco de suerte entre tanta mierda.

—Es posible, sí. Pero aun así te estoy agradecido. Y..., ¿Nash? Yo... lo siento.

—¿A qué te refieres?

—A lo de Laura y tú y la queja... No debería haberlo hecho. Yo...

—¡Mitch! —me interrumpe secamente, y se me queda mirando—. Déjalo estar. Hace tiempo que eso está aclarado. Tú cometiste un error con el convencimiento de que estabas actuando bien. Para ya de atormentarte por ello.

Nash no dice nada más. No sé si le habrá dado vergüenza o se habrá puesto nervioso, pero para mí era importante decírselo. A veces me pregunto cuál sería la relación entre Nash y Laura si yo no hubiera tomado esa maldita decisión. Y ahora pienso demasiado a menudo en que podría haber muerto. Que todo podría haber acabado en un instante. Siendo sincero, me da mucho miedo.

—Bueno, aquí están. —Nash va pescando un historial tras otro del archivador y me los entrega—. Unos cuantos son de Laura y Sierra, las dos han estado muy sobrecargadas de trabajo, aunque nunca lo admitirán. Los otros pacientes acaban de entrar en planta, uno es mío. ¿Te las arreglarás?

—Claro que sí. ¿Cuándo podré volver a urgencias? ¿O al quirófano?

Nash niega con la cabeza sonriendo.

—Pronto.

—No necesito que se me trate de manera especial. Las operaciones son importantes, y debido a mi baja llevo retraso.

Su sonrisa se ensancha.

—De acuerdo, tienes razón. Te asignaré una o dos pequeñas intervenciones y a partir de la semana que viene podrás volver a urgencias.

—Te lo agradezco. Eres un buen tipo, Laura tiene razón.

—Lárgate ya de aquí —gruñe, y al decirlo es el único de nosotros dos que se da la vuelta y desaparece.

Dejo los historiales sobre el mostrador de recepción y saludo a Bella, que está trabajando en el ordenador.

—¿Era Nash? —Laura se acerca a mí y se inclina un poco para poder mirar a mis espaldas. Con que simplemente hubiera dado un paso o dos hacia delante podría haber visto el pasillo sin problemas.

—Así es. Tenía que irse al quirófano. ¿Lo echas de menos?

Pestañeo exageradamente y ella hace un puchero.

—No.

—No conozco a nadie que mienta tan mal como tú. De verdad. Eres increíblemente mala haciéndolo.

—Pensándolo bien, es todo un cumplido, ¿no?

—Sí, lo es —le respondo y me río.

—Pues entonces genial. —Me guiña el ojo antes de saludar a Bella, que sigue observando toda concentrada la pantalla del ordenador. Después dirige su atención a los historiales que estoy hojeando—. ¿Qué es todo esto?

—Nuevos casos. Me los acaba de entregar Nash.

—Anda, el señor Lewis. Era paciente mío. ¿Y cuándo se suponía que me lo iba a decir a mí?

El señor Lewis. Cincuenta y tantos. Sospecha de una enfermedad coronaria, así como de insuficiencia cardíaca. Se adjuntan los últimos resultados. No tiene buena pinta.

—¿Quieres que te lo devuelva? —le pregunto en plan burlón, aunque no me resulta fácil. Las probabilidades de que el paciente no sobreviva a una operación o incluso a la enfermedad son demasiado altas.

No puedo hacerlo.

Mierda.

—Es simpático. El propio doctor Gardner se encargará de la operación seguramente, dependiendo de su disponibilidad. De momento falta la analítica más reciente y hoy le van a hacer un TAC cardíaco. Pero, si lo prefieres, continúo ocupándome yo del paciente. Tampoco me ha dicho nadie que no pueda seguir haciéndolo. —Agarra el historial y no podría estar más agradecido por ese gesto.

Tengo la boca seca y el corazón me late con fuerza. No me siento mejor cuando abro el siguiente historial. Un paciente con cáncer. Las probabilidades de sanar, por debajo del diez por ciento. Metástasis en los pulmones y el corazón.

Me entran ganas de gritar.

Necesito pacientes a los que pueda salvar, y no pacientes a los que tenga que ver morir.

—¿Este es el paciente de Sierra? Sí, podría ser. Antes me ha hablado de él. ¿Ya sabe que ahora te ocupas tú de él?

—No tengo ni idea —murmuro, y trago saliva con dificultad—. ¿Has visto a Sierra?

—Desde entonces no, aunque ya debe de estar a punto de terminar el turno.

—Vale. Gracias. —Reúno los historiales y me quedo con un humor de perros como hacía tiempo que no lo tenía.

Porque esta sensación de impotencia y vulnerabilidad me asusta. Porque tengo que ir a ver a Sierra para pedirle que se intercambie los pacientes conmigo. Y eso sin desvelarle el motivo por el que me es imposible llevarlos yo mismo. Quizá este accidente me ha dejado más cicatrices de las que tengo en el torso y la cadera...

«¡Joder!» Maldigo en silencio, me despido de Laura y Bella y me pongo de nuevo a trabajar.

Primero debo ir a ver al señor Joon. El paciente al que espero no tener que volver a ver. Menudo desastre. Sudo, el estómago se me revuelve y tengo la lengua pastosa.

A pesar de todo, debo entrar allí, presentarme y actuar profesionalmente. Antes que nada, he de comprobar cómo está y revisar su medicación. Es mi trabajo.

—Lo conseguiré. No ha cambiado nada —musito en voz tan baja que nadie puede escuchar mis palabras excepto yo. Después río secamente. Si estuviera mejor y esta última noche no hubiera vuelto a tener pesadillas, quizá me lo podría creer. Pero tal como estoy, no soy capaz.

Me duelen los dedos por agarrar con tanta fuerza el historial, aunque necesito este tipo de dolor; es algo a lo que me puedo aferrar mientras llamo a la puerta y la abro. Mientras entro y echo un primer vistazo al hombre que tengo delante, al que la muerte lleva mucho tiempo esperando.

La tranquilidad que me invade hace que casi retroceda un paso. Y no me refiero a la tranquilidad en esta habitación, mientras el señor Joon está tumbado en la cama con las manos cruzadas y mira por la ventana, sino a la que emana de su persona. Esa que también supone aceptación y serenidad. Esa tranquilidad inunda toda la habitación y me conmueve. Quizá porque no la entiendo. El señor Joon va a morir. Lo sabe. Es inevitable. Y a pesar de todo no parece triste. No está furioso. Tampoco va a luchar. Por lo menos es lo que dice su historial. Sinceramente, de poco le serviría.

Aunque da igual, ¿no? Quiero decir...

Trago saliva con dificultad, pues las emociones me sobrepasan y apenas puedo pensar con claridad. Entiendo que hay muchos motivos para aceptar la muerte o incluso darle la bienvenida. Pero el accidente en el ascensor, ese momento que en un instante y sin previo aviso podría haberme arrancado la vida, me ha metido el miedo en el cuerpo. Porque no estaba preparado para ello. Y mientras observo al señor Joon me pregunto si algún día lo estaré. Si alcanzaré ese punto en el que en mi interior se instalará esa tranquilidad de espíritu. Quizá entonces todo esto daría menos miedo. Tal vez... tampoco quede aquí nada que nos retenga.

—Señor Joon —lo saludo y a continuación debo carraspear, pues me falla la voz—. Soy el doctor Rivera.

Con una mirada sincera y amable me observa y me saluda cuando me detengo a los pies de su cama.

—¿Qué ha pasado con la doctora Harris?

Tiene el cabello blanco corto, un aspecto cuidado, una voz cálida.

—Debido a cambios estructurales de personal, me han asignado su caso. Pero no se preocupe, solo temporalmente. Pronto se volverá a ocupar de usted la doctora Harris, y ella ya se alegra por ello.

Mi comentario lo hace reír.

—Voy a hacer como si me creyera la última parte de lo que me ha contado.

Sonriendo asiento con la cabeza.

—¿Hay novedades? ¿Se han equivocado en el diagnóstico?

Tengo claro que se trata de una broma, pero no lo puedo remediar. Sus palabras caen en mi estómago como piedras. Empiezo a sudar.

—No, lo siento... Solo me quería presentar, ver cómo le va y controlar la dosis de los analgésicos.

—Entiendo. —Se me queda mirando—. No se encuentra usted bien.

—No sé a qué se refiere.

—¿Quiere usted ofrecerme, como la doctora Harris, que luche y haga algo por sobrevivir? ¿O piensa que con un paciente como yo solo está perdiendo el tiempo? —Pronuncia las palabras sin ponerse nervioso, muy relajado. Es como si me hubiera dado una bofetada.

Con los labios apretados, me quedo allí plantado y respiro hondo un par de veces.

—Ni mucho menos. Usted ya ha tomado una decisión hace tiempo. Tal como le he dicho, solo quiero procurar que hoy se sienta lo mejor posible y que la dosis de analgésicos que le suministramos sea la correcta. Y como su médico, estoy aquí por si quiere usted hablar hasta que la doctora Harris se haga cargo de nuevo de su caso.

—Voy a morir pronto. Este mismo año. Tengo casi tantas metástasis como órganos vitales. No creo que haya mucho de lo que hablar.

Mi respiración se acelera, el pulso me va a cien. Con el historial en la mano compruebo el gotero con el fin de desaparecer de aquí lo antes posible. Me avergüenzo por ello. Y nunca habría pensado que la muerte me asustaría tanto. Nunca habría pensado que yo mismo la conocería tan pronto.

—De acuerdo, señor Joon, parece que está todo correcto. ¿Puedo hacer algo más por usted?

Niega con la cabeza, así que me despido de él amistosamente y me dirijo tenso y con las piernas temblorosas hacia la puerta.

—¿Doctor Rivera? Yo no tengo mucho de lo que hablar, pero aquí estoy si usted lo necesita.

Las palabras del señor Joon casi me hacen dar un traspié y tropezar con la puerta, hasta tal punto me afectan. Mi respiración está demasiado acelerada y desearía poder decir que lo de ahora mismo ha sido pan comido. Que me encuentro bien. Pero no es así, joder. Tengo que contenerme para no tumbarme en medio del pasillo a coger aire. Mi circulación amenaza con colapsarse y tengo que apoyarme con todo el cuerpo en la pared para no perder el equilibrio. Mi visión se vuelve borrosa, estoy a punto de vomitar. Consigo avanzar unos cuantos metros hasta la esquina y entrar en uno de los cuartos de almacenaje, donde enseguida caigo sobre las rodillas. Las palmas de mis manos chocan contra el suelo de linóleo y mis jadeos resuenan entre las paredes. Tengo el uniforme empapado en sudor, al igual que el cabello, y mi tos desbocada se convierte en una risa desesperada antes de que apoye la frente sobre el suelo frío y cierre los ojos.

Joder. ¿Qué ha sido de mí?

Aunque aún no ha oscurecido del todo, ya es de noche. Me encuentro mejor. No es que pueda estar peor que hace un rato. Tras este terrible desmoronamiento, me he arrastrado hasta la máquina expendedora de ropa, me he agenciado un uniforme nuevo y me he cambiado. Un poco de agua fría en el rostro y ya estaba mejor.

Ahora me encuentro en el gran vestíbulo del Whitestone, justo delante de la entrada principal, y miro a través del gran ventanal de vidrio hacia fuera. Estoy esperando a Sierra. Según los horarios, ya debería haber librado, pero aún no ha bajado. ¿Es que no la he visto? Es posible. Quizá debería irme simplemente a casa. Necesito algo de tranquilidad y mañana ya podremos...

—Ya he dicho que no.

Sierra. Podría reconocer su voz en cualquier parte, por lo que rápidamente me vuelvo en esa dirección. Gracias a Dios que sigue aquí. Mueve los ojos nerviosa, se pasa la mano por el rostro y junto a ella...

¿Es ese el pendejo que hace poco le tiró los tejos a Sierra de forma tan descarada? El nuevo cirujano. Ya he olvidado su nombre. Maldita sea, ¿cómo se llama? ¿Puede ser doctor Hall? Qué iluso yo, que pensaba que el día no podía ir a peor.

Observo cómo se van aproximando a mí sin darse cuenta de mi presencia. El tipo está, para mi gusto, demasiado cerca de ella y me pregunto por qué demonios está con ella.

—Puedo ser un auténtico caballero —lo oigo decir, y aprieto los dientes.

—Escuche, acabo de terminar una larguísima jornada de trabajo, he tenido que soportarlo durante horas en el quirófano y ahora sencillamente quiero estar tranquila.

—¿Se va usted a casa? —prosigue él, y yo me dirijo hacia ambos. Hoy sí que no aguanto una mierda como esa, ya no me quedan energías para ello.

—Hola, querida —la saludo, y de esta manera le marco el territorio al idiota que la acompaña. No me preocupa que esté por encima de mí y que sea más o menos mi jefe.

Es y seguirá siendo un gilipollas.

—Mitch —me saluda sorprendida Sierra y se detiene frente a mí, mientras el nuevo médico me sonríe con aires de superioridad—. ¿No terminaste tu turno hace ya un rato?

—Esto es la definición gráfica de la desesperación —me susurra él mientras me observa, aunque estoy convencido de que Sierra lo ha oído perfectamente.

—Tengo que comentarte una cosa —le digo a ella.

—Ahora mismo estamos ocupados —contesta él, aunque yo lo ignoro. Además, le ha quitado la palabra de la boca a Sierra. Hay pocas cosas que la enfaden más que eso, así que sonrío esperando a lo que ya va a ser inevitable.

—Nosotros —le suelta ni un segundo después— no estamos ocupados con nada. Vamos, Mitch, *nosotros* nos vamos. —Me agarra del brazo y me conduce hacia fuera. Solo lo hace para desafiarlo, pero a mí no me importa. Lo importante es que no se deje embaucar por el nuevo.

—¿Adónde quieres ir?

—Vamos a tomar algo. Lo necesito imperiosamente —me contesta, y a decir verdad me esperaba muchas cosas, pero no esa.

—Vale. Yo también necesito un trago.

Uno o diez. Que me vaya a sentar bien el alcohol ya es otro cantar.

—No te atrevas a dormirte de nuevo y dejarme las babas en el hombro —me advierte, y rompo a reír.

Sierra no lo sabe, pero con pocas frases, no, simplemente con su presencia, ha salvado algo de mi día.

—Laura es la única que hace eso.

Sierra resopla.

—Si es así, ¿por qué nuestra primera noche en el bar acabé con el hombro mojado de tus babas?

—La pregunta más importante es —le digo y me inclino sobre ella—: ¿por qué permitiste que me acercara tanto a ti?

26

Sierra

—Una botella de agua, por favor.

—¿Me has arrastrado hasta este bar solo para beber agua? Hace pocos minutos tus palabras no sonaban tan inocentes. —Él sonríe.

—Ya sé cómo sonaban —le contesto enfurruñada—. El día ha sido largo y agotador y estoy muerta. Y que conste en acta que yo no he dejado que te acerques a mí.

«Aún no. No demasiado.»

Mientras digo una cosa y pienso la otra, no miro a Mitch, sino que observo la madera oscura y arañada de la barra y me balanceo ligeramente sobre el viejo taburete. La presencia de Mitch hace que se me erice la piel y que me sienta nerviosa.

—Yo también tomaré agua —añade Mitch a lo que he pedido yo, y le da las gracias a Faye.

Si él mismo también va a beber agua, la verdad es que podría haberse ahorrado el comentario... En general, Rivera podría ahorrarse bastantes comentarios.

—Ahora mismo vienen —contesta ella alegre.

—Te burlas del agua que he pedido yo y luego pides lo mismo —le digo malhumorada.

—Sí, quizá es mejor así.

A medida que pasan los días en este trabajo puedo entender por qué todos suelen venir aquí, aunque solo sea para tomarse un agua y no tener que irse directamente a casa.

—Bueno, ¿qué pasa? —pregunta Mitch, y yo aún no consigo mirarlo a los ojos. En lugar de eso me echo a reír. Da la impresión de que haya perdido la cabeza.

—Eso debería preguntártelo yo a ti. Eres tú el que me esperaba en el vestíbulo y el que me ha secuestrado al salir de trabajar.

—Es verdad, aunque en realidad eres tú la que me ha traído hasta aquí, querida, diciéndome que necesitabas un trago. Así que ahora mismo la razón de esto último resulta más interesante que la razón por la que yo te he esperado. Además, tú ya sabes que todos los días son largos y duros cuando trabajas en esto, así que no sirve como excusa.

Dios, odio cuando tiene razón. Lo maldigo en silencio, y también a mí y a toda esta situación. ¿Por qué no lo he dejado plantado en el vestíbulo con el gilipollas del nuevo cirujano? No tengo ni idea de por qué he tenido el impulso de venir aquí al bar con Mitch. Solo quería estar tranquila. Quizá quería vengarme del nuevo, porque se lo merece. Supongo que no lo he pensado del todo bien...

Y ahora estoy aquí sentada con Mitch. Justamente con él. Suspiro en silencio. ¿Cómo se lo puedo explicar? Aún peor: ¿por qué me interesa lo que Mitch piense, sienta o diga sobre mí? ¿Por qué demonios lo he besado? ¿Por qué he dejado que me bese? Esto me vuelve loca. Sobre todo, el hecho de que me importe y de que no me lo pueda quitar de la cabeza. ¿Sexo sin compromiso? ¡Ningún problema! Claro que no. Antes de la residencia he besado a tanta gente desconocida que apenas puedo contarlos, ¿y ahora viene Mitch Rivera y de repente me importa?

Con los labios apretados respiro hondo y me esfuerzo para no tirarme de los pelos o empujarlo a él con fuerza para que se caiga del maldito taburete.

—¿Por qué ese idiota estaba contigo? ¿Quieres salir con él?

¿Perdón? Ahora sí que no me queda otra que volverme hacia Mitch y mirarlo perpleja. No se cree lo que acaba de decir, ¿no?

—¿Me lo dices en serio? Tú ya has oído que hemos estado operando juntos. Ha entrado un paciente de urgencias y al doctor Gilipollas no se le ha ocurrido nada mejor que elegirme a mí. La operación se ha alargado una eternidad. Si quisiera pasar tiempo con él, te habría dejado allí plantado y me habría ido con él.

—¿Así que querías pasar el tiempo conmigo?

Uf, realmente me saca de quicio.

—No, y que conste: me he pedido un agua porque mañana tengo guardia de nuevo, no porque no pueda aguantar el tequila. ¿Contento?

Le he dicho solo media verdad. Lo cierto es que no tolero bien la mayoría de las bebidas alcohólicas, aunque la razón principal es que odio perder el control. Pues lo último que necesito además del hospital es perder el control estando cerca de Mitch Rivera. El control de mis impulsos ha dejado mucho que desear durante las últimas semanas, y ya hemos visto adónde lleva eso.

—Entonces está bien —dice él completamente en serio sin dejar de mantenerme la mirada. Incluso cuando Faye nos sirve las aguas. Lo veo con el rabillo del ojo, pero soy tan incapaz de apartar la vista como él. ¡Maldito Mitch!

Me mira a los ojos y me descubro preguntándome qué debe de estar pensando. Parece en parte agotado, en parte reflexivo, como siempre pero diferente. Esa aura de alegría mezclada con ese humor suyo casi infantil ha disminuido. Confío en que no sean más que suposiciones mías y que este maldito accidente no le haya quitado demasiado de su ligereza.

Carraspeo.

—Además, eso no es de tu incumbencia —le contesto medio atragantándome con las palabras desde dentro de mí. Como si mi cuerpo estuviera bregando contra cada una de las letras de esta frase.

—Yo solo quiero que estés bien. Al fin y al cabo, somos amigos.

—Mitch, yo... ¿Qué?

Le da un buen trago a su agua, deja satisfecho el vaso y entrecruza los dedos sobre la barra.

—Decía... —empieza de nuevo, pero lo interrumpo enseguida.

—No somos amigos, Mitch. No sabemos nada el uno del otro. —Ignoro el pinchazo de dolor en el pecho que me provocan mis propias palabras.

—Pues eso deberíamos solucionarlo pronto.

—Yo...

—¿Os mudáis la semana que viene? Vas a compartir piso con Maisie y Jane, ¿verdad? —En esta ocasión es él quien me interrumpe. Como si supiera que quiero decirle que esa idea me parece una locura.

Cuando trabajas, estás rodeado de compañeros de profesión. Pero ¿qué pasa con los amigos? Vienen a ser como un espejo. Si las personas te conocen bien, llega un momento en que ya no puedes esconder nada. Ni a ellos ni tampoco a ti misma. Entonces con el tiempo descubres los rincones más extraños de ti mismo y no lo puedes remediar. Ya bastante tengo con Laura, y eso que ella no lo sabe todo sobre mí. Sin embargo, ya nunca me libraré de ella. No es que lo quiera, pero... joder.

Observo el rostro demasiado hermoso de Mitch, el trajín a nuestro alrededor se convierte en una especie de ruido de fondo y los pensamientos me llevan a los momentos en los que me ha hecho reír. En los que me ha sacado de quicio. En los que simplemente ha estado ahí. Pienso en cómo es cuando me abraza o me besa y trago con dificultad; este pensamiento es como un puñetazo en el estómago. La certeza de que esto no funcionará nunca. No puedo ser amiga de Mitch ahora que sé cómo podría afectarme.

No sé qué hacer.

27

Mitch

Sierra me observa y está claro que sus pensamientos vuelan. Pagaría lo que fuese por poder escucharlos.

No tengo ni idea de si esto siempre ha sido así, pero la Sierra que he conocido es una persona racional. O, por lo menos, intenta serlo con todas sus fuerzas. Al fin y al cabo, la racionalidad apenas conlleva dificultades, hace menos daño, es menos complicada y ayuda a mantener la distancia. Me pregunto cuánto tiempo va a pasar hasta que finalmente comprenda que a la larga esto no va a funcionar. Al menos no con nosotros.

Tiene un aspecto adorable. No solo cuando trabaja en el hospital, sino también sentada en un bar con una luz tenue y ropa sencilla. Sierra es fascinante, inteligente, sarcástica y especialmente divertida cuando no pretende serlo. Su ambición es insuperable, y aunque desde el principio ha dejado claro que prefiere ir en solitario y arreglárselas por sí misma, hasta ahora ha demostrado que le cuesta mantener la distancia, aunque sea justo eso lo que más desea. Debo reprimir una sonrisa, pues resulta paradójico. Laura fue la primera que se la metió en el bolsillo, fue tan sencillo como si hubieran nacido la una para la otra. Ahora le siguen Jane y Maisie, con las que incluso va a compartir piso. Solo que haya aceptado hacerlo ya me sorprende. Por eso no me abandona la sensación de que hay algo que se me escapa.

Y luego estamos nosotros dos. «Dios mío. Nosotros.» No tengo ni idea de qué significa en todo caso este *nosotros*. Lo que hay entre Sierra y yo se asemeja a un cuadro de Picasso, es abstracto, caótico y a primera vista no tiene ningún sentido. Pero cuando lo observas con más detenimiento, con más atención, puedes reconocer las estructuras, el juego conjunto de los diferentes elementos y lo que representa lo abstracto.

—¿Cómo sabes lo de la mudanza? —pregunta de pronto Sierra con la cabeza levemente inclinada hacia un lado.

Un mechón de su espeso y largo cabello se suelta de su coleta y le acaricia el rostro. Los dedos se me contraen, pues me gustaría tocar ese mechón. Me gustaría acariciar a Sierra, su mejilla, sus labios... Mis ojos recorren su piel, y cuando vuelvo a encontrarme con su mirada me doy cuenta de que sabe exactamente lo que estoy pensando. Porque sus ojos casi refulgen cuando los entrecierra, y se le tensa la mandíbula.

Parece no recordar que escuché el principio de su conversación con Maisie antes de tener que irme.

—El beso —contesto con voz rasposa. Al hacerlo, me giro un poco más y me inclino ligeramente hacia ella. No retrocede.

—No sé a qué te refieres —me responde, y está muy claro que está empezando a alzar una barrera. Mierda, esto me está matando.

—Si tú lo dices. —Me enderezo y me bebo el resto del agua—. Yo estaba ahí cuando Maisie te lo ha contado.

—Suena como si fuera algo muy importante, pero es solo una mudanza. Nada más.

Cuando baja la mirada y se encoge de hombros, noto una leve sensación de enfado que se disuelve casi en el aire. En cambio, me relajo y respiro hondo.

—¿Por qué te mudas?

Siento curiosidad, porque Sierra insiste demasiado en que el hecho en sí no tiene importancia. Aunque por su reacción y porque definitivamente no es el tipo de persona que comparte piso, me extraña. Cuando insistes demasiado en que no hay nada, en la mayoría de los casos hay demasiado. Y por desgracia muchas veces son cosas que, si algo tienen, es precisamente importancia.

—¿Por qué me estabas esperando en el vestíbulo? —me pregunta en lugar de contestarme, y ahora ya sé que tenía razón con mi intuición. No quiere hablar de ello. De acuerdo. Puedo esperar.

—Nash me ha pasado unos cuantos pacientes más, entre ellos uno tuyo, el señor Joon.

Por un momento Sierra parece sorprendida de que no le siga preguntando, pero se recompone enseguida y tuerce el gesto.

—Sí, lo sé.

—No parece que te haga mucha gracia. ¿Quieres que te lo devuelva?

«Por favor, di que sí», ruego mentalmente.

—Claro que no me ha gustado. Tener que ceder pacientes pocas veces es una buena señal. Pero Laura me ha contado que también ella ha tenido que ceder algunos, y los demás lo mismo. Así que no ha dependido de mí y está bien así.

Perfecto. Justo lo que no quería oír.

—Y ahora no parece que te haga mucha gracia a ti —añade, y me señala con el dedo.

—Va, quédatelo, no te dará ningún trabajo.

No pasa ni un segundo y me arrepiento de mis palabras, pues da perfectamente pie a un montón de preguntas. Y porque resulta una falta de respeto hacia mi paciente.

Ahora es Sierra la que se inclina hacia mí.

—¿Por qué lo dices? ¿Y por qué demonios quieres deshacerte de un paciente que no da trabajo? ¿Qué te pasa, Rivera? —Se me queda mirando con las cejas alzadas y yo hago todo lo posible por no inmutarme.

—No me pasa nada. Simplemente no quiero quitarte ningún paciente y Nash me ha sobrecargado un poco.

—Hmm... —Se cruza de brazos. No me cree. Para nada.

—Volviendo a la mudanza...

—Dios, me gustaría que dejaras el tema en paz de una vez y te olvidaras de él —me interrumpe.

—¿También debo olvidarme del beso? ¿Del primero y del segundo? —Intento desviar el tema y noto con demasiada rapidez que a mí este tema tampoco me entusiasma. Hablamos entre nosotros ignorando al otro. ¡Me saca de quicio!

—¿Tengo que saber de qué estás hablando?

—¿Lo dices en serio? ¿Quieres fingir que no ha pasado nada?

—Deberíamos pagar la cuenta y marcharnos. Se ha hecho tarde.

¿Qué? ¡De ninguna manera! Sin pensarlo, salvo la distancia que nos separa, coloco la mano en su nuca y la acerco a mí. Mi piel se encuentra con su piel, mi calor con su calor. Mis labios avanzan hacia los suyos y la beso.

Por un segundo se tensa y quiero dejarla ir, porque cualquier otra cosa estaría mal, pero al momento noto que sus labios se mueven e inclina la cabeza a un lado. Cómo viene a mi encuentro lentamente. Cómo responde.

Es un beso suave. Tranquilo y lento. Me recorre todo el cuerpo y hace que la piel se me erice.

Porque me hace sentir de maravilla. Más que eso.

Quizá el motivo de este beso es mi ego herido, quizá solo es que me duele que Sierra actúe como si no hubiera pasado nada. O tal vez simplemente quiero volver a besarla, porque no hay nada que desee más. Que necesite más.

Solo sé que esto..., esto es algo que me gustaría hacer cada día. Una y otra vez.

Querer besar a Sierra y no poder hacerlo se convierte casi en un dolor físico.

Así que disfruto de este momento, la beso, la aspiro y saboreo cada segundo.

Hasta que Sierra apoya sin previo aviso las manos en mi pecho y me aleja. Me mira con los ojos abiertos como platos, confundida, cabreada y pensativa al mismo tiempo. Puedo ver como traga saliva, como tiene que recomponerse. Como sus labios brillan tras nuestro beso.

—Pagamos y nos largamos —murmura, y carraspea antes de apartar la vista y hacerle un gesto a Faye.

Esto es lo último que quería oír. Pero ¿qué podía esperar después de actuar así?

—No volveré a hacerme cargo del señor Joon —añade y el «hasta que no me des una buena razón» se oye claramente aunque no lo diga.

Maldigo para mí y desearía tirarme de los pelos.

—Otra cosa, Mitch. No vuelvas a besarme sin mi permiso.

Esta frase es como si me hubiera tirado por encima un cubo de agua helada, y hace que me olvide por un momento del nuevo paciente que le quería devolver.

Soy un idiota, aunque en este preciso instante me cueste admitirlo. No debería haberla besado. No aquí, no ahora, no de esta forma. Sierra necesita más espacio, más tiempo, más paciencia, y yo debería concederle todo eso. En lugar de eso, no me controlo, actúo impulsivamente y ahora debo cargar con las consecuencias. Porque ahora hemos vuelto a retroceder un paso en vez de dar uno al frente.

«No vuelvas a besarme sin mi permiso», sus palabras resuenan en mi cabeza cuando Sierra no consigue mirarme a los ojos.

Realmente soy un jodido imbécil...

28

Sierra

Aún no estoy segura de qué me creo menos: haberle dicho a Mitch que no vuelva a besarme sin mi permiso o haberle devuelto poco antes claramente el beso y además haberlo disfrutado.

Desde que le hemos pagado la cuenta a Faye y hemos salido del bar, no hemos cruzado ni una sola palabra. Ahora nos encontramos a unos cuantos pasos de la entrada y no conseguimos despedirnos, aunque aún menos mirarnos a los ojos. Resulta extraño y desconcertante. Es justo todo lo que no quiero. Sobre todo porque no puedo nombrar lo que hay entre nosotros. Lo que somos. Extraños, conocidos, compañeros, otra cosa... Resoplo por lo bajo frustrada, porque no solo no lo sé, sino que tampoco tengo ni idea de qué es lo que quiero realmente. Y me pregunto en qué puto momento mi vida se ha complicado tanto.

—¿Quieres que te lleve a casa? —pregunta al fin Mitch rompiendo el silencio que se ha interpuesto entre nosotros y cuyo peso casi puedo sentir físicamente—. Se ha hecho tarde y...

Me vuelvo hacia él, lo observo y la defensa burlona que iba a usar («Rivera, ya no soy una niña pequeña») se me queda atragantada, porque su mirada me corta la respiración. Porque la tormenta desatada en sus ojos hace que mi corazón lata desbocado. Son demasiadas las emociones que cruzan su rostro, y yo no sé identificar ni la mitad. Pero la imagen que refleja —de pie no muy lejos de mí con una expresión seria y las manos en los bolsillos del pantalón, frente a las luces de la ciudad que relucen a nuestras espaldas— me obliga a carraspear y a tragar saliva repetidas veces. Mitch me convierte en accesible, vulnerable y torpe. Demasiado impulsiva. Lo odio. Y todavía odio más que me encante que Mitch me bese, aunque cada vez que lo hace me sorprenda. Quizá es que entre nosotros la cosa funciona así. Quizá somos respectivamente la roca —imperturbable, terca, inamovible, una constante— y el oleaje mismo —fuerte y salvaje, indomable e impulsivo—. La roca, que no puede ir hacia delante ni hacia atrás; el oleaje, que lo quiere todo y arrasa con todo.

—Me las arreglo yo sola —le contesto en voz muy baja, que aún puede llegar a oír—. Gracias.

—Vale, bien.

—Hasta mañana. —Iré a pie, así no llegaré demasiado pronto a casa. Y me voy a ir ya mismo, para que se acabe de una vez lo que en estos momentos siento como una espada de Damocles encima de mí.

Alzo levemente la mano a modo de despedida y voy a dar el primer paso, pero su voz me interrumpe:

—Lo siento.

Yo me detengo completamente perpleja, vuelvo a observar a Mitch y arrugo la frente.

—Lo de ahora ha sido como un hurto y nada respetuoso. Si quisiera besarte de nuevo, te pediré permiso antes.

Puedo entender que lo sienta. También la frase siguiente tiene sentido en mi cerebro, aunque le pidiera eso a Mitch por otros motivos. ¿Y la última? Ningún problema en absoluto. Solo hay una única palabra que me hace sentir una punzada en el estómago. Como si me cayera al vacío. Como si me hubieran dado un bofetón.

Si.

¿Qué puedo responder a eso? Es exactamente lo que yo quería. ¿O no? Nunca me habría imaginado que las cosas que quieres pudieran doler de esta manera.

—Está bien —contesto, y si no estuviera tan aturdida por toda esta locura, quizá le habría gritado. Porque no entiende nada.

Vaya ironía. Al fin y al cabo, yo tampoco entiendo nada.

Sin decir una sola palabra, sin dedicarle una sola mirada, dejo a Mitch atrás, me cruzo de brazos e inspiro el aire nocturno de la ciudad del desierto, que es mi hogar, el único que tengo.

Cada paso me aleja de un problema y me lleva a otro.

No le he dicho nada a mi madre. Ella no se imagina que en unos cuantos días recogeré mis cosas y me mudaré, y que no tengo intención de informarla de mi nueva dirección. Por mi parte, no quiero que se entere hasta que me haya ido. Por eso voy a recoger todas mis cosas en el último momento. Es posible que le deje una nota con unas pocas palabras. Aunque me temo que se enterará antes de que me haya ido. Además, hay todo un abanico de posibilidades de cómo puede reaccionar. Ninguna de ellas me gusta. A pesar de todo, cualquiera de esas reacciones será mejor que quedarme con ella.

Laura trabaja el día en el que nos mudamos. Maisie y Jane tampoco tienen el día completamente libre, así que debemos planear y distribuir bien la mudanza. Y ahora justo Mitch pregunta si puede ayudarnos y yo... le diría que sí con mucho gusto.

Tragando saliva con dificultad, me rodeo con los brazos cuando alcanzo el semáforo y espero a poder cruzar la calle. Me quedo mirando el oscuro asfalto, que reluce entre los coches que pasan. Pocos minutos después llego a casa, cierro la puerta tras de mí y al instante me relajo, pues todo está oscuro aquí. No hay nadie. Estoy sola.

Me aparto un mechón del rostro, enciendo la luz y me descalzo. Antes de cambiarme de ropa y meterme el móvil en el bolsillo del pantalón, hago círculos con los hombros, pues últimamente los tengo muy tensos.

Los pasos me conducen por sí solos a la cocina. Aunque es muy tarde, tengo hambre. Sin embargo, un vistazo a la nevera esfuma mis esperanzas de poder picar algo o incluso de poder comer algo ya hecho. Agua, un poco de leche que estoy segura de que ya ha caducado, dos latas de cerveza y un paquete abierto de pan de molde con una última rebanada reblandecida dentro. Eso es todo.

—Mierda.

Cierro la nevera antes de investigar en los armarios. Una lata de alubias, unos cuantos copos de maíz, que no me apetecen sin leche, y un montón de polvo. Casi siempre almuerzo en el Whitestone o de camino. Ya ni recuerdo la última vez que mi madre y yo comimos aquí juntas. Aunque puedo contar con los dedos de una mano cuántas fueron.

Cansada y hambrienta me apoyo en la encimera de la cocina y saco el móvil.

—Soy imbécil —musito, porque me doy cuenta de lo decepcionada que estoy por no encontrar ningún mensaje de Mitch. Es irracional. He estado con él no hace ni media hora. Y por casualidad.

Tendría que ducharme, dormir, despejarme, aunque después de esta noche me resulta más difícil de lo que pensaba. Así que le envío un mensaje a Laura, que quizá pueda distraerme de mis pensamientos.

Hola. ¿Estás durmiendo?
¿Estás con Nashville?

He pasado un buen rato en quirófano, así que hace tiempo que Laura debería haberse ido del Whitestone. A no ser que también a ella la hayan secuestrado.

Estoy con Jax, Nash tiene turno
doble. ¿Qué ha pasado?
¿Todo en orden?

Resoplo.

¿Por qué tiene que haber pasado
algo? ¿No puedo escribirle sin
más a mi mejor amiga?

Mierda. Miro la pantalla, donde veo en grandes letras: «Laura llamando».

Durante un par de segundos echo la cabeza para atrás y maldigo, porque yo misma me lo he buscado.

Es imposible no contestar, así que respiro hondo y cojo la llamada.

—¿Sierra? ¿Eres tú?

—Claro, ¿quién iba a ser si no? —le respondo con ganas de guerra y al mismo tiempo con la boca pequeña.

—¿Qué ha pasado?

—Repito: ¿por qué siempre tiene que haber pasado algo? —gruño, y con las uñas despego un trozo de barniz que se está desprendiendo de la encimera.

Laura resopla y ríe por lo bajo.

—Tú llamas tan poco como Logan. Pero cuando lo haces es que hay gato encerrado. Así que ¿qué gato encierras?

—En primer lugar, a tu hermano debería darle vergüenza llamarte tan poco, y en segundo lugar, no tengo ningún gato encerrado.

Ambas nos echamos a reír; no me imaginaba que eso fuera precisamente lo que necesitaba ahora.

—¿Cómo estás? ¿Ya has hablado con Jess? ¿Ian sigue respirando?

—Vale, pues hablemos de otra cosa primero. —Laura carraspea—. Ian se ha escondido.

—Es como si estuvierais en el servicio secreto o fuerais asesinos a sueldo.

—¡Me saca de quicio!

Escucho de fondo el ronroneo de Jax.

—¿Que Ian y Jess seguramente mantuvieran sexo por teléfono?

—¡Sierra!

—¿Qué pasa? O igual son solo amigos. Ninguna de

ambas cosas sería algo tan terrible. Nos cae bien Ian. ¿O no? Aunque no pienso admitirlo estando él cerca.

Su ego es lo bastante grande como para que encima se lo confirmemos.

—Solo es que... Jess volverá pronto a Estados Unidos y...

Poco a poco se aclara el asunto.

—No te lo ha contado. Has descubierto por casualidad que están hablando y eso es lo que te afecta. No es Ian. No se trata de ellos dos, sino de ti y de tu hermana.

—No te soporto, ¿lo sabes? —murmura, y yo sonrío.

—Lo sé. ¿Le has comentado a Jess lo que te preocupa? ¿Y le has preguntado por qué ha hecho una montaña de un grano de arena?

—No. Quería esperar hasta aclararme las ideas. Ya hace mucho tiempo que está fuera por trabajo, y yo pensaba que con todas las llamadas por Skype y los mensajes habíamos conseguido no distanciarnos. Pero si esto es verdad...

—... ¿por qué no te ha dicho nada? —termino yo su frase—. Quizá quería hacerlo.

—¿Desde cuándo eres tan comprensiva? —pregunta Laura escéptica, y yo hago una mueca. No lo soy. Solo que cada vez entiendo más que en la vida ocurren muchas cosas complicadas y que en ocasiones llevamos tanto tiempo metidos en la mierda que ya no sabemos arreglarlas.

—Habla con ella y te sentirás mejor. E intenta no matar a Ian. Vete tú a saber a quién nos pondrían como responsable. Quizá al doctor Gilipollas. Y si eso ocurre, me encargaré de que no vivas para contarlo.

—¿A quién te refieres? —pregunta Laura—. Ah, espera, el doctor..., mierda, ¿cómo se llamaba?

—Beckett Hall. —Hago como si lo fuera a estrangular.

—¡Exacto! El machirulo por el cual acabaste besando a Mitch.

Suspiro por lo bajo, aunque lo suficientemente alto para que el excelente oído de Laura lo oiga.

—Bingo, señoras y señores, por fin hemos dado con el motivo de esta llamada. —Lo dice como si estuviera vendiendo por megafonía una participación en una tómbola y estuviera anunciando el precio de unos peluches deformes y demasiado grandes—. ¿Me vas a decir de una vez qué es lo que ha hecho Mitch o, mejor dicho, qué es lo que has hecho tú? Porque estoy convencida de que Mitch es la causa del mensaje que me has enviado.

Laura tiene unas antenas demasiado sensibles, no debería haberle escrito. Por otro lado, ¿no era exactamente esto lo que pretendía? En el fondo, en silencio y en secreto; que alguien me sonsaque todo lo que pasa en mi interior para poder verbalizarlo y que no se me quede dentro como una úlcera.

—Nos hemos besado.

—Sí, eso ya me lo has contado, ¿no te acuerdas? Grant se quedó mirando a Maisie y tú... Ay, Dios, ¿me estás diciendo que lo habéis hecho de nuevo? ¿Qué demonios está pasando con vosotros dos?

—He tenido una operación urgente con el doctor Gilipollas, y por algún motivo Mitch me estaba esperando. A partir de ahí algo se salió de madre. Estábamos en el bar y en un momento dado él me ha besado. —Me froto la frente con la mano mientras todo fluye de mí. Aunque lo quisiera impedir, no podría evitarlo.

—Vale —dice Laura distendida—. ¿Y de lo que ha ocurrido entremedias merece la pena hablar?

—Si fuera así, ya no lo recuerdo.

—¿Y qué es lo que recuerdas?

—Estábamos sentados sin más —murmuro mientras mi mirada permanece fija en la nevera amarillenta—. Ni siquiera sé por qué he querido ir allí. Con él. Estaba nerviosa por el día de trabajo, mi madre, Mitch... Y como ha habido tanto lío con todo, no parábamos de interrumpirnos. Entonces él me ha besado y... —Trago saliva con dificultad, cierro los ojos y recuerdo. Los labios de Mitch, su sabor, su aroma. Todo. También que tenía miedo de que él se detuviera y aún más de que no lo hiciera—. Le he dicho que no volviera a hacerlo. Que no me besara sin mi permiso.

Mi voz suena como si estuviera muy alejada y siento como si tuviera un elefante encima del pecho. Hasta hace pocos días no conocía esta sensación. Me saca de quicio y me agota. Y eso que no me he acostado con Mitch. Esto es lo que todos te advierten: «No practiques demasiado sexo, o parecerás una facilona», «Nadie quiere una fruta ya mordida», «Si te acuestas con alguien, te enamorarás, y entonces sí que la habrás cagado».

He tenido que escuchar todas estas frases demenciales. Y nunca me han importado. Me he acostado con gente. Me lo he pasado bien. No me siento fácil y nunca me ha hecho daño. Las cosas nunca se han puesto raras. Ni antes ni después. Pero ¿esto? Esto es muy extraño. Duele. ¿Por qué nadie me lo ha advertido? ¿Por qué nadie me ha dicho: «Sierra, si no tienes cuidado, entonces vendrá cualquier idiota, te sonreirá, te pondrá algo nerviosa y a la que te despistes te robará el corazón. Tan rápida y silenciosamente que no podrás hacer nada por evitarlo. Y ninguno de los dos tendrá que quitarse la ropa interior para que ocurra»?

Menuda mierda.

—Lo siento —dice Laura.

—¿El qué exactamente? —Me aclaro la garganta.

—Que me lo hayas contado aunque no te apetecía hacerlo.

Sienta bien no haber estado obligada a confesar todo eso pero haberlo hecho de todos modos. Estoy contenta de haber dejado entrar a Laura en mi vida. Y agradecida de que ella lo haya querido.

—Hay algo más, ¿verdad? Eso no ha sido todo, ¿me equivoco? —sigue preguntándome con cuidado.

Por supuesto que no puede ver como asiento con la cabeza. Ni como cierro los ojos, porque me empiezan a arder. Aunque lo sabe.

—Si quisiera besarme de nuevo, me pedirá permiso antes.

Yo misma soy la culpable. Yo lo he provocado. Simplemente porque no estoy en disposición de proyectar mi interior hacia fuera. Porque no puedo mostrarme vulnerable. No tan deprisa, no sin más. A lo largo del tiempo he aprendido que no puedo ser vulnerable. De lo contrario, mi madre y mi vida me habrían engullido. Quererme no resulta sencillo o directamente no es posible. Casi no ha habido día en el que mi madre no me lo haya recordado.

—¿Qué? ¿«Si quisiera»? ¿Eso es lo que ha dicho Mitch? —Por el teléfono se oye un maullido nervioso y enseguida Laura se disculpa con Jax. Se habrá movido bruscamente o le habrá quitado la manta.

—Tú sabes bien que no lo piensa. Es imposible que piense algo así. Mitch es... Sabes que está enamorado de ti.

Sí. Aunque he intentado ignorarlo, con la esperanza

de que en algún momento se diera cuenta de que es imposible que lo nuestro funcione.

—¿Sierra? —sigue hablando tranquilamente, y sé lo que viene ahora—. Y tú también estás enamorada de él.

Abro los ojos y desearía no estar sentada en esta cocina. No bajo esta luz fluorescente. No en este vacío: el que hay en mi interior y a mi alrededor.

Desearía que Laura no tuviera razón.

—Sí —contesto sin fuerzas, pues dentro de mí están ocurriendo muchas cosas.

Me gusta Mitch. Me gusta mucho y no tengo ni idea desde cuándo. Ni de por qué. ¿Cómo he podido dejar que pasara? ¿Cómo se supone que voy a mantenerlo alejado y hacer mi trabajo? ¿Cómo voy a ser mejor y luchar con uñas y dientes por lo que quiero cuando a su lado ya no lo deseo tanto? ¿Y cómo demonios voy a lidiar con todo esto?

«Sé tú mismo. Aunque te resulte difícil. Cualquier otra cosa lo estropeará antes incluso de empezar.» Esta frase tan estúpida se la solté a Grant como consejo. «Sé tú misma, Sierra.» Pero ¿quién soy yo? ¿Quién es realmente Sierra Harris?

—Bien —dice Laura y me arranca de mis pensamientos.

—¿Qué? ¿Bien?

—Sí, bien —repite ella.

Me río sin humor.

—Dime, por favor, ¿qué se supone que está bien?

—Que ya no intentes huir.

—Si dejo que esto suceda, Laura, entonces... entonces todo se desmoronará.

Lo que quiero decir es: «Yo me desmoronaré». Todo se irá al traste. Todo lo que he construido a lo largo de mi vida, todos los muros, la fachada, mi escudo protector, todo se convertirá en un caos.

—Tal vez todo encaje de alguna manera, sin más —me contesta, y puedo oír la sonrisa en sus palabras. Porque conoce la sensación. No exactamente la misma, pero en cierto modo igual—. Díselo. Tómate el tiempo que necesites, pero díselo.

—La explosión, Laura. No he...

—Para ya. Esta noche no dejaré que lo menciones. No cuando por fin has sido sincera contigo misma. Estás enamorada de Mitch y has dado lo mejor de ti. No eres culpable de lo que le ha ocurrido a él.

—Yo... —Me vuelvo de repente en dirección al pasillo, pues oigo el tintineo de las llaves y el clic de la cerradura. Mierda—. Seguimos hablando estos días, ¿vale? Aclara las cosas con Jess, te sentirás mejor.

—¿Qué pasa? ¿Debo preocuparme? ¡Vaya tontería de pregunta! ¿Cuándo no debo preocuparme por ti, Sierra? Hablaré con Jess. Tú habla con Mitch. ¿De acuerdo?

—Gracias por todo —consigo decir antes de cortar la llamada, pues mi madre entra en la cocina. Bastante borracha. Lo puedo ver, pero sobre todo lo huelo, una vez que he saltado de la encimera y me he acercado un paso a ella.

—¿Qué estás haciendo? Esto no es un parque infantil. ¿Cuándo vas a crecer de una vez? —me suelta. Tiene todo el maquillaje corrido y su rostro se ha convertido en una mueca desencajada.

—Me voy a dormir —le contesto brevemente, y quiero pasar junto a ella en dirección a mi habitación, pero ella me agarra con violencia del brazo. Ahora me viene también el olor a tabaco y a vómito.

—Eres una desagradecida. No me ayudas nada. Solo eres una fuente de preocupación. ¿Por qué eres así?

Me suelto de ella y me trago un comentario envenenado, porque no serviría de nada. Porque no quiero ser como ella.

—Por ti lo he abandonado todo. Lo he abandonado todo —repite una y otra vez, y solo se detiene cuando cierro la puerta tras de mí.

Pronto se acabará. Pronto seré libre.

Esta libertad probablemente dolerá, pero de una forma distinta a la de esta especie de cárcel.

29

Mitch

«Si quisiera besarte de nuevo, te pediré permiso antes.» Esta frase se ha convertido en un bucle sin fin dentro de mi cabeza. Al igual que la reacción de Sierra, la sorpresa en su mirada, ese destello de vulnerabilidad.

Realmente estoy chalado. No sé ni por qué lo he dicho. En lugar de decir una tontería como esa, debería haberle confesado que me gusta. Que desearía besarla todo el rato, cada día, cada minuto, cada segundo, y que está bien no querer precipitarse y que voy a respetar los límites que ponga ella.

Debería haberle dicho que esperaré hasta que ella se aclare con sus sentimientos y sus pensamientos.

Debería haberle dicho todo esto en vez de lo que le dije.

Un millón de blasfemias se me acumulan en la punta de la lengua, pero no digo ni una sola palabra. En cambio, me las trago, y noto como esos pedazos de roca aterrizan en mi estómago.

Por mucho que quiera seguir reflexionando sobre Sierra, mi vida y mis malditas decisiones, ahora debo apartar estos pensamientos. Mi trabajo sigue estando ahí, así que no puedo perder la concentración, por muy difícil que me resulte.

Con un leve dolor de cabeza, me encuentro por segunda vez frente a la habitación del antiguo paciente de Sierra, el señor Joon, y sigo cavilando sobre lo que tengo que decirle. En el fondo da lo mismo. Da lo mismo si puedo o quiero hacerlo. No importa que no esté preparado para hacerlo, porque tengo que ser capaz. Y porque no me queda otra. Sierra no lo quiere de vuelta, así que yo soy su médico asignado. ¿De qué sirve aplazar esta realidad?

Decidido, enderezo los hombros antes de entrar y desinfectarme las manos. A continuación, saludo al señor Joon, en cuyo rostro solo por un momento se atisba algo así como la sorpresa.

—Doctor Rivera. Pensaba que la doctora Harris se pasaría por aquí.

—Siento tener que decepcionarlo.

Quiero sonreír o de alguna manera aparentar por lo menos ser amable, pero soy incapaz de mirar siquiera a los ojos a ese anciano que tengo frente a mí. Qué patético.

Cada vez noto más calor mientras permanezco de pie frente a la cama esperando a que él siga hablando. Al fin y al cabo, solo estoy aquí por él. Antes ha llamado a Sofie y le ha pedido hablar con la doctora Harris, que pensaba que seguiría siendo su doctora asignada.

—¿Debo entender que a partir de ahora es usted mi médico?

—Exacto.

Por primera vez alzo conscientemente la vista con el fin de mirarlo a los ojos y me cuesta más esfuerzo de lo esperado. Su mirada es inquisitiva y comprensiva al mismo tiempo, y en las comisuras de su boca se insinúa una sonrisa.

—¿Qué puedo hacer por usted, señor Joon?

—Qué ironía, ¿verdad? Ambos estamos aquí aunque no lo queramos. —Empieza a toser—. Quería pedirles que me aumenten la dosis de analgésicos. Cada vez me duele más. —Un ataque de tos le provoca un estremecimiento, su rostro se contrae de dolor y se lleva los brazos al torso.

Enseguida me acerco a él y lo ayudo a enderezarse, ausculto sus pulmones y compruebo que no se le haya acumulado agua. Parece que todo está en orden. En todo caso no debemos arriesgarnos.

—Ahora mismo le extraeremos sangre para una analítica y alguien lo llevará a hacerse una radiografía.

Tose una última vez antes de respirar con normalidad con los ojos cerrados.

—No se tome usted la molestia, doctor Rivera. Aunque la analítica presente unos valores peores, ¿qué podemos hacer?

—¿Me aconseja usted entonces que no lo visite más?

—Le aconsejo que no se lo tome tan a pecho.

Sus palabras me afectan de forma tan inesperada que contengo la respiración y apenas puedo mantener la fachada de absoluto desinterés. ¿A quién pretendo engañar? Esa fachada nunca se sostuvo delante del señor Joon y sigue cayéndose a pedazos.

—No lo hago —surge de mí, y mientras el señor Joon recupera la compostura y se relaja, noto lo estúpida que ha sido mi respuesta—. Me refiero a que... No es que yo...

—¿Son las personas mayores? —interrumpe el señor Joon mi chapucero intento de intentar finalizar una frase con sentido.

Permanezco de pie frente a su cama, lo miro fijamente, cuando lo que debería hacer es irme. Debería anotarlo todo en su historial y pedirle a Sofie que adecuara la medicación según mis indicaciones. En vez de eso, no me muevo del sitio. Sigo aquí con los pies literalmente pegados al suelo.

—Se lo pregunto porque ese puede ser uno de los motivos de que no se sienta a gusto. A menudo la razón es la edad: alguien es demasiado joven o demasiado viejo. O quizá es por la muerte. En realidad, siempre es solo la muerte —cavila el señor Joon en voz alta, y sonríe—. La muerte es ese acompañante que nadie quiere y todos tenemos a nuestro lado. De nuevo resulta bastante irónico.

Trago saliva con dificultad y cierro el puño derecho. Lo aprieto dentro de la bata, bien pegado al cuerpo, con la esperanza de que él no lo vea.

—Ah, sí. Quería darle esto.

Cojo el papel que me entrega y le echo un vistazo. Las últimas voluntades del paciente. A petición del paciente: ninguna medida de reanimación.

—¿Tiene preguntas al respecto? ¿Quiere que repasemos las posibilidades que tiene?

—No, está bien así tal como lo he escrito.

Sin decir una palabra más, añado sus últimas voluntades al historial.

—Debería descansar. Voy a ajustarle la medicación.

Luchando contra las náuseas, salgo de la habitación

y dejo tras de mí al señor Joon y sus palabras. Devuelvo su historial adonde corresponde, en el cajón junto a la puerta, antes de tener que correr hacia los baños. Debo cubrir esa distancia sin que nadie se dé cuenta de lo mal que me encuentro. Ni Sierra ni mucho menos Grant, pues si se entera él, se enteran todos.

Con la cabeza gacha recorro rápidamente el pasillo con la esperanza de aparentar estar sumido en mis pensamientos en lugar de estar a punto de desmayarme. Por suerte, no me encuentro con nadie que se interese por mi extraño comportamiento y mis pasos acelerados aunque tambaleantes.

Abro con fuerza la puerta del baño y me arrastro hasta una de las cabinas, para dejarme caer en el suelo justo al lado del retrete. Lo último que quiero es vomitar.

«Uno, dos, tres...», voy contando mentalmente mientras cierro los ojos, me pongo en cuclillas y apoyo la cabeza entre mis rodillas. Hacia abajo, de forma que la sangre fluya hacia dentro más que hacia fuera. Al menos no tan deprisa. Me cuesta mucho respirar por la nariz, y si tuviera fuerzas maldeciría en voz alta.

Estoy mareado. Bastante, pero no lo suficiente para que se me revuelva el estómago.

Dios, vaya mierda. Soy médico, un hombre adulto de casi treinta años, no un niño de cinco años. Todo esto no debería afectarme tanto. No debería afectarme, no debería afectarme, no debería afectarme para nada. Quiero decir, no es que no sepa que la muerte está ligada a la vida. No es que en un hospital no veas ni trates a personas enfermas, algunas de las cuales incluso mueren, y en realidad esté bien. Eso nunca me ha afectado... Tuve un accidente, pero he sobrevivido. Y da lo mismo lo cerca que estuviera de morir, no ocurrió. No estoy muerto. Fin de la historia.

¿Por qué entonces las palabras del señor Joon me afectan tanto? ¿Por qué sigue sacando el mismo tema una y otra vez? ¿Por qué el viejo hombre se preocupa por mí? Estoy bien. A partir de ahora, todo me irá bien...

Gimiendo sin hacer apenas ruido, alzo la cabeza, empiezo a enderezarme y siento como la frente me palpita. Mi circulación sanguínea se ha estabilizado, debería volver al trabajo. Así que poco a poco me pongo en pie, respiro hondo y salgo de la cabina. Me mojo la cara en el lavabo y con las palmas de las manos me doy tres golpes rápidos en las mejillas con el fin de activar la circulación. Parezco un maldito fantasma.

«He tenido suerte de que nadie haya sido testigo de esta tragedia», pienso para mis adentros cuando abro la puerta.

—Gracias por tu ayuda y...

Mierda. Menuda suerte. Cuando cruzo la puerta, choco directamente con Sierra, que viene con Maisie de la sala de descanso. Ella apoya su mano derecha sobre mi pecho para amortiguar el golpe y en un acto reflejo la agarro y coloco la mano en su cadera para que no se tropiece.

Noto el contacto de nuestros cuerpos en cada fibra de mi ser y cuando nuestras miradas se cruzan me gustaría sonreír con descaro y burlarme de ella. Me gustaría decirle: «Esto es lo que pasa cuando no miras por dónde vas, querida». Entonces, ella me dedicaría una mirada llena de nervios y enfado, seguramente sin ser consciente de lo adorable que se la ve en realidad. A menudo pienso que Sierra se reprime a sí misma y sus sentimientos. Que se controla demasiado. Aunque en esos momentos sus ojos desprenden fuego y eso me encanta. Más aún que su sarcasmo y sus réplicas.

Pero no abro la boca, porque lo de anoche en el bar aún persiste, lo queramos o no. Me gustaría que se pudieran retirar las palabras dichas. Borrarlas. Pero las cosas no funcionan así, por tanto debo encontrar una manera de arreglar ese «si quisiera».

Mi mirada examina el rostro de Sierra, su nariz, sus preciosos ojos con esas pestañas interminablemente largas, sus cejas algo arqueadas por la sorpresa y los mechones de pelo que de nuevo se han soltado de su coleta y caen como olas encima de su cara. No nos movemos, no sé ni siquiera si respiramos. Lo que sí sé es que no voy a renunciar. No voy a renunciar a Sierra. Me da igual lo que ocurra.

—Anda, hola, Mitch —me saluda Maisie, y sus palabras despiertan a Sierra, que enseguida se separa de mí como si se hubiera quemado al tocarme.

Su reacción me provoca una sonrisa. Vaya ironía.

Yo también la suelto, y casi siento físicamente el dolor de esa separación. Que ella ya no sea capaz ni de mirarme. Sierra retrocede asustada frente a mí como un ciervo que acaba de darse cuenta a tiempo de que la luz de los faros que la deslumbran puede resultar peligrosa.

—Tengo que irme —murmura, le hace una rápida señal a Maisie y desaparece tan deprisa que no me da tiempo a reaccionar.

«Mierda.» Esto no es lo que quiero. No soy la luz de los faros de un coche que se acerca y que puede conducirla a la ruina. Yo quiero ser la luz que la ayude a encontrar su camino.

—¿Todo bien? —pregunta Maisie con tiento, mientras yo me quedo mirando a Sierra y aprieto los dientes con tal fuerza que me duele toda la mandíbula.

—No podría ir mejor —refunfuño, y ambos sabemos que miento.

A pesar de todo Maisie no sigue preguntando. Es demasiado educada, demasiado considerada y no lo suficientemente directa para hacer eso.

—De acuerdo, bueno... Yo también me tengo que ir. Quizá nos veamos luego, Mitch.

—Espera —detengo a Maisie, y ella me mira expectante pero amable a través de sus gafas, que hoy son de un color tan clásico como el negro—. ¿Por qué Sierra te ha dado las gracias?

Da la impresión de que no se esperaba esta pregunta, pues por un momento y de la sorpresa se queda con la boca abierta y abre mucho los ojos antes de contestar.

—Estábamos hablando de la mudanza. Le he preguntado si necesitaba más cajas, pues he comprado demasiadas. A Jane ya le he dado algunas. Me dijo que el mismo lunes se las podía dejar en casa.

—¿Y no tiene que guardar las cosas antes? —me pregunto más a mí mismo que a Maisie, que se encoge de hombros.

—Sierra me ha dicho que con eso era suficiente. Antes tiene turno, después irá rápidamente a casa para recoger sus cosas. ¿Por qué me lo preguntas?

—Por nada —musito mientras me masajeo pensativo la nuca.

Eso también ha sido una mentira y a ambos nos ha quedado claro. La mirada de Maisie y la sonrisa que se dibuja en sus labios me lo revelan, antes de que ella asienta lentamente y se despida.

Después le preguntaré si me puede enviar la dirección del nuevo piso, pues quiero ayudar a Sierra con la mudanza. A nadie le gusta tener que hacer eso solo, y si lo he entendido bien, las tres tienen turnos distintos, así que no se pueden ayudar mutuamente. Al igual que Sierra, yo empiezo antes a trabajar, así que dispondré de tiempo. Y me gustaría verla. Más que dos minutos durante el trabajo. Y sobre todo fuera del Whitestone o de ese oscuro bar, en un sitio donde ambos podamos estar solos. Sierra y Mitch. Nada más ni nada menos.

30

Sierra

—Rivera, hoy te he visto más veces que en los últimos tres meses. ¿No tienes nada que hacer?

Dios, qué situación más estresante. Habría preferido estar en urgencias, pero en lugar de eso he tenido turno en planta; además de una operación, por la que estoy muy agradecida. Así que la mayor parte del tiempo apenas he podido evitar a Mitch, justo como ahora. Por lo menos tengo turno junto con Grant y Laura, que ahora mismo está apoyada sobre el mostrador de cardiología mientras se sujeta el vientre y tuerce el gesto.

—Dios, me duele tanto...

—¿Qué le pasa? —pregunta Mitch, que se nos acaba de unir. Que haya ignorado de forma consciente mi pregunta me saca aún más de quicio.

—Lo de siempre —contesta Grant mientras hace el papeleo con total tranquilidad. Claramente hoy es el que más motivado está de todos nosotros. Seguramente porque no hace ni una hora que ha empezado el turno y nosotros ya llevamos un buen rato en el Whitestone. Quizá es que también quiere adelantar trabajo, porque después estará ocupado adorando a Maisie.

A estas pequeñas reuniones casuales yo las denomino los «momentos de respiro». A menudo no duran más de tres o cuatro minutos, pero nos dan fuerza para las siguientes horas. Además, la mayoría de las veces son tristemente necesarias. Nos demuestran que los demás también lo están pasando mal, que cualquiera puede estar agotado y no saber qué hacer. En cambio, para mí el de ahora no es el clásico momento de respiro. Estoy a punto de terminar mi jornada, aunque es casi imposible salir puntual, y solo estaré un par de minutos, con la esperanza de que nadie me llame para una operación de urgencia o para cualquier otra cosa que tenga que arreglarse ahora mismo y a toda prisa. Si quiero acabar con la mudanza antes de que regrese mi madre del trabajo, debería ir largándome. No es que sepa exactamente cuándo vuelve de trabajar, pero espero que no sea antes de las cuatro, pues de ninguna manera tengo fuerzas para coincidir con ella. Hoy no. No en esta situación.

—¿Lo de siempre? —pregunta Mitch sin tener ni idea, y yo se lo explico.

—Se ha atiborrado.

—¡Oye! Eso no suena nada bien —se queja Laura y hace una mueca, aunque es cierto. Cuando Zeenah trae comida, Laura no se puede contener. Le encanta, y siempre come demasiado. Es un milagro que no le haya dolido la barriga hasta ahora.

Zeenah se ha tomado unos días libres para viajar a Pakistán a visitar a su abuelo. Creo que le irán bien. Durante las últimas semanas se ha ido retrayendo cada vez más. Seguramente tiene tan presente como yo lo que ocurrió. Aun así, eso no ha evitado que se haya despedido de nosotros. Ha querido llevarle algo dulce a su abuelo, y esta mañana a primera hora nos ha dejado una porción enorme en la sala de descanso. Además de unas pocas palabras de despedida en la gran caja, que contenía las deliciosísimas galletas con almendras, ponía: «*Nankhatai* para vosotros».

—Pero es la verdad. Te has zampado la mitad. Es poco más de la una y te has comido por lo menos veinte galletas, cuando ya te habías tragado dos *bagels*, unos cuantos ositos de gominola y un tazón enorme de muesli con fruta. Y sin olvidarnos del *frappuccino* gigante con ración extra de nata que te has metido entre pecho y espalda junto con un *muffin* de chocolate en un tiempo récord.

—Así contado sí que se explica el dolor de barriga —murmura, y contrae el rostro de dolor, mientras Mitch se ríe y niega con la cabeza.

Grant le alcanza una pastilla por encima del mostrador y le sirve un vaso de agua.

—Un antiespasmódico —se limita a decir, y asiente serio hacia Laura.

Ella suelta un resoplido de agradecimiento, que suena un poco como un gruñido, antes de tragarse la pastilla.

—¿Quieres echarte? ¿Quieres que te lleve a la sala de guardia? —le pregunto, pues se la ve hecha polvo y hoy tiene turno doble.

Le da rabia no poder ayudarme con la mudanza o por lo menos estar conmigo. Laura no sabe mucho sobre mi familia, aunque lo suficiente como para no soportar a mi madre.

—No, ya me las arreglo —murmura, y respira hondo—. Estoy frustrada, porque Nash y yo apenas hemos coincidido en los últimos días.

—Así que comes por frustración. —Grant asiente compasivo.

—¿Estás segura de que te las arreglas? —le vuelve a preguntar Mitch, y Laura responde con sorna:

—*Si quisiera* ayuda, te lo diré.

La voy a matar.

Alarga a propósito el «si quisiera» y sin duda se trata de un dardo contra Mitch. No, es una indirecta clarísima. De hecho, no hace ningún gesto, sino que se la lanza directamente a la cara. Mitch le cae bien, pero yo le caigo mejor, muy a mi pesar.

Mitch entrecierra los ojos y miles de interrogantes sobrevuelan su cabeza. Justo cuando empiezo a pensar que no lo ha captado y que respira aliviado, vuelve la cabeza hacia mí. Fija la mirada en mí y su ceja izquierda se desplaza amenazadora hacia arriba.

«¿Se lo has contado?», pregunta en silencio, y yo pongo los ojos en blanco y le contesto también en silencio: «No había nada que contar».

Mentira.

—Tengo que irme.

—Menuda mierda. Hoy es...

—Un día completamente normal —interrumpo a Laura, mientras Grant arruga la frente. No tengo ni idea de si ya sabe que me mudo hoy, pero Laura sí, y no me apetece nada que se lo recuerde a Mitch—. Hasta luego. Échate un rato si la cosa se pone demasiado mal. —Me despido de todos con la mano, ignoro a Mitch en la medida de lo posible cuando paso a su lado y desaparezco rápidamente en dirección a los vestuarios y las taquillas.

Justo cuando me quito el estetoscopio, la puerta se abre y entra Mitch. Me lo quedo mirando como si se tratara de un marciano.

—Yo también libro ahora.

—No te he preguntado —le contesto con la voz tomada, y aparto la vista de él. Maldita sea, me encantaría ignorarlo, pero ¿cómo puedo hacerlo si viene directamente hacia mí? Lo percibo. Todos mis sentidos están enfocados en él. Puedo oír sus pasos, reconocer con el rabillo del ojo su sombra, sentir su aliento en mi piel cuando se coloca frente a mí y respirarlo.

Un escalofrío me recorre la espalda, lenta e intensamente. Como si fuera Mitch el que me toca.

«Mierda, mierda y más mierda», es todo lo que se me pasa por la cabeza.

Rebusco en mi taquilla sin ningún propósito y solo para tener algo que hacer y no tener que mirar a Mitch. Me pongo cada vez más nerviosa mientras lo hago, y con toda seguridad es más que evidente que hay algo que me está volviendo loca. Algo o alguien.

—Lo siento.

Dos palabras, ocho letras. Me obligan a detenerme y, respirando con dificultad, mirar la taquilla hecha un desastre que tengo frente a mí.

—Siento haber dicho lo que dije —sigue hablando Mitch mientras da un paso hacia delante, y noto como me observa fijamente.

Si ahora me vuelvo hacia él, estoy perdida. Entonces ya no habrá distancia alguna entre nosotros. Mis hombros tocan ya su pecho cuando él se inclina hacia mí.

Me gustaría estar enfadada con él. Me gustaría gritarle y empujarlo y decirle que se puede meter sus disculpas por donde le quepan, porque me da completamente igual lo que diga o haga. O, por lo menos, hacer como si no supiera de qué está hablando.

En su lugar musito: «Está bien», y habría preferido arrancarme la lengua.

—Ahora debo irme, tengo prisa. —Rápidamente meto el resto de las cosas en la taquilla, cojo la ropa de calle y quiero ir hacia las duchas para refrescarme por lo menos un poco.

Sin embargo, no logro pasar a su lado. Con un movimiento ágil, me corta completamente el paso.

—¿Qué estás haciendo? —le pregunto sorprendida y demasiado cortés para el caos que ahora mismo reina en mi cabeza. Para lo enfadada que estoy. Con él y conmigo. Con ambos. Por el hecho de que seamos incapaces de afrontar lo que sentimos y que encima yo me preocupe por ello. Me enerva que mi corazón se acelere cada vez más cuando Mitch está cerca de mí. Casi como si quisiera impresionarlo. Somos un desastre que anhelo demasiado.

—Estás enfadada conmigo.

¿Por qué narices no puede dejarlo estar? Se ha disculpado y yo le he dicho que está bien. ¿Por qué no pueden quedarse las cosas como están? ¿Y encima aquí? Laura y Grant no están muy lejos, podrían entrar en cualquier momento. Y las paredes lo oyen todo. Ya puestos, podría agenciarse un megáfono para que se enterara todo el mundo.

—No. —*Enfadada* no es el término adecuado para lo que me pasa.

—Mentirosa.

—De acuerdo, ahora sí que estoy enfadada. ¿Contento? —Los dedos se me clavan como garras en la ropa y yo alzo el mentón en un gesto desafiante.

Él sonríe, mira mis labios y de repente me olvido de qué es lo que estaba a punto de decirle. Palabras, la silla de ahí atrás, mi taquilla... Da igual. Pues entre nosotros hay apenas un suspiro. Un paso en falso. Solo una decisión. Nada más.

Mitch traga saliva, veo como se le mueve la nuez del cuello y como su sonrisa se desvanece.

Perseveramos en esta ingravidez, en este momento en el que ni salimos volando ni nos precipitamos, sino nos quedamos mirándonos sin decir una palabra, mientras mi respiración se mezcla con la suya y yo me debato con cada uno de mis pensamientos.

«Me gustas, Mitch. Me gustas y también tus estúpidos comentarios, tu insoportable *querida*, tu ridículo movimiento de las cejas y cómo me miras. Cómo me ves. Me gustas. Demasiado. Más que todo, y lo odio. Siento no haber sido más rápida. Siento no haber sido lo bastante buena. Siento que te hayan quedado estas cicatrices, no haber podido evitarlas. Siento que tengas que acarrearlas por mi culpa.»

«Y siento no poder decirte todo esto.» Las palabras se me quedan clavadas en el pecho como astillas que no puedo sacarme, da igual lo mucho que lo intente. En algún momento se inflamarán irremisiblemente y me dolerán cada vez más. A mí y quizá también a él.

—De verdad que tengo que irme. —La frase casi se me atraganta, la voz me suena áspera y entrecortada. Demasiado baja, demasiado desanimada. Vuelvo la cabeza a un lado, retrocedo un paso y esquivo su mirada.

—Sobre lo que ocurrió en el bar... Quiero decir, lo que yo...

—Déjalo estar, Mitch.

Por favor.

—No puedo —me responde, y yo siento calor y frío al mismo tiempo. Esto es peligroso. Debo hacer algo, decir algo, lo que sea. Así que vuelvo a mirarlo, más furiosa que nunca.

—Me da igual, ¿vale? Me da igual. —Me abro paso junto a él, lo dejo allí plantado y no sé si ahora respiro mejor o peor.

Tres pasos, cuatro, cinco...

—No, no está bien. Yo..., me gustas, Sierra. Mucho.

Me tropiezo hacia delante, como si un yunque me hubiera alcanzado en la espalda. Como si hubiera perdido el suelo bajo los pies. Y así es...

Ahora mismo puedo estar de pie, pero soy incapaz de dar ni un solo paso. Ya lo sabía. Pero oírselo por primera vez a él, justamente ahora, lo convierte en algo real y tangible. En algo que ya no puedo ignorar.

—Somos compañeros, Mitch —le respondo sin fuerzas, y delimito la distancia entre nosotros. ¿Por qué me resulta tan difícil?

—Somos más que eso —insiste él, y yo desearía que los ojos no me empezaran a arder. Aprieto los párpados, también los labios, y aunque todo mi ser se quiere girar hacia él para mirarlo, hago exactamente lo contrario. No puedo. Si lo permito, quizá ya no pueda echarme atrás.

—No, no lo somos —musito, y sigo andando. Dejo a Mitch tras de mí.

Se merece a alguien mejor que yo...

31

Mitch

—Mentirosa... —murmuro por enésima vez en voz tan baja que casi no lo oigo ni yo. No la creo. Aparte de sus palabras, no hay nada más en Sierra que me convenza para que me las pueda creer.

Sus palabras reflejan todo lo contrario que sus acciones. El modo en el que me mira, cuando ella se piensa que nadie lo nota. Las reacciones de su cuerpo ante el mío.

Si a pesar de todo es verdad lo que dice, entonces me retiraré.

Voy a averiguarlo ahora mismo. En el mensaje de Maisie está la nueva dirección de las tres, y justo en este momento me encuentro frente al enorme portal, tan oscuro que parece casi negro. A partir de hoy Maisie, Jane y Sierra viven en el puro centro, a solo unos minutos del hospital Whitestone, igual que yo, solo que en la dirección opuesta.

Quiero llamar al interfono cuando alguien abre de golpe la puerta y casi se me echa encima. Maisie.

—Uf, vaya susto me has dado. —Se lleva una mano al pecho mientras resuella brevemente y se endereza las gafas.

—Hola, Mitch —me saluda Jane, y se coloca junto a ella.

—Hola. —Agito la mano y sonrío.

—¿Vienes para ayudar a Sierra? —pregunta Jane, y Maisie asiente solícita.

—Sí, me ha pedido la dirección justo por eso. Seguro que para ella es toda una sorpresa. —Le guiña un ojo a Jane, que sonríe y asiente comprensiva—. Sierra está arriba, vivimos en el primero. Ha llegado hace un par de minutos. Puedes subir tranquilamente, la puerta debería estar abierta.

—Gracias. ¿Tenéis que volver al Whitestone?

—Sí, yo tengo turno en urgencias y Jane tiene su última visita de este año como médico de urgencias —dice Maisie, y tuerce el gesto—. Me alegro de que estés aquí. Nos sentíamos mal por no poder ayudarla. En la esquina hay aparcada una pequeña furgoneta, por si la necesitáis para traer sus cajas y muebles.

—Perfecto. Gracias. Ahora que estoy aquí, me ocuparé de ella. Que os sea leve el curro. —Me hago a un lado y les dejo sitio para pasar mientras sostengo la puerta.

Cuando ya se han alejado unos cuantos pasos, entro en el pasillo fresco y bastante oscuro y subo al primer piso. En esa planta solo parece haber una vivienda, y Maisie tenía razón, la puerta sigue abierta. Me detengo en el umbral a escuchar, aunque no oigo nada. ¿Está realmente aquí?

Me dispongo a golpear con los nudillos en la madera de la puerta cuando en el último momento me lo pienso y entro sin previo aviso. El piso tiene una pinta estupenda. Un parqué de primera, mucha luz, aire acondicionado, pues no hace nada de calor... El vestíbulo es amplio, no demasiado estrecho ni reducido, y parece que al fondo lleva por una puerta abierta con marco ovalado hasta otra habitación.

En cuanto cruzo la puerta de entrada, descubro a la derecha la primera habitación. Está vacía. Enfrente hay otra llena de muebles y cajas. Así que la primera debe de ser la de Sierra. Un bonito baño... y tras el marco ovalado me espera un gran comedor con una cocina americana y Sierra.

Está sentada con las piernas recogidas en el gran sofá, la cabeza apoyada hacia atrás y los ojos cerrados. No creo que esté durmiendo, aunque no quiero sobresaltarla, ya que podría echarme la bronca de nuevo, pues he pasado olímpicamente de hacer lo que hay que hacer antes de entrar en una casa ajena. Llamar a la puerta. O, como mínimo, decir hola.

Retrocedo un paso, otro más, muy despacio, intentando regresar a la puerta de entrada para hacer lo que no he hecho, pero entonces el suelo de madera cruje de tal manera que casi me lo hago en los pantalones.

«Mierda, joder», maldigo para mí.

De repente Sierra abre los ojos y casi se cae del sofá, pues su movimiento ha sido demasiado rápido. Para cuando me reconoce, ya está con la respiración acelerada.

—Mitch —resopla—. ¿Te has vuelto loco?

—Perdona —le respondo arrepentido mientras tuerzo el gesto y me froto la nuca—. No quería asustarte.

Oigo como maldice en voz baja, mientras se endereza y se arregla el cabello. Después se me queda mirando unos segundos y debo admitir que Sierra realmente puede dar miedo. Sobre todo cuando se te queda mirando así.

—¿Qué demonios estás haciendo aquí? Mitch, acabas de salir de trabajar. ¿Te has vuelto loco o qué? —me pregunta furiosa. —Se levanta, pone los brazos en jarras y me escruta.

Sin embargo, no pienso ceder. Estoy bien. En ocasiones noto como la piel me tira, me pica o me escuece, pero no me duele. He venido aquí para hablar con ella. Para recibir respuestas. Pero sobre todo para ser un buen amigo.

—He venido para ayudarte con la mudanza.

—¿Qué...? ¿Cómo...? Quiero decir... —Vuelve a renegar y se masajea las sienes para tranquilizarse.

—Maisie me ha dado vuestra dirección. Sabía que hoy era el día de la mudanza y me he enterado de que tenías que encargarte tú sola de todo, porque los demás trabajan. Todos excepto yo. Parto de la base de que aún no has empezado, porque te acabas de sentar en el sofá y que, lo quieras o no, necesitas mi ayuda. Así que venga, manos a la obra.

—Mitch... —comienza a decir, pero yo le impido continuar.

—Podré con ello. Tendré cuidado a la hora de levantar peso, ¿de acuerdo?

—Te juro que no te aguanto —se queja sin gran entusiasmo antes de pasar pavoneándose junto a mí, salir de la habitación y dirigirse hacia el recibidor mientras de camino se agencia unas cuantas cajas—. ¿Vienes o no? —me llama con ese tono de voz irritado que conozco desde hace tiempo y que siempre consigue provocarme una sonrisa.

Recojo el resto de las cajas y la sigo en silencio hasta la furgoneta que antes me ha mencionado Maisie. Una vez que dejamos dentro las cajas vacías veo como Sierra gira una y otra vez las llaves del vehículo entre los dedos. Da la impresión de que está nerviosa.

—Ya conduzco yo. —Le tiendo la mano abierta y espero que me diga que no, que me lance las llaves a la cabeza y me suelte que no necesita mi ayuda, porque le cuesta admitir que no puede con todo.

Pero eso es algo completamente normal. ¿Quién puede hacerlo todo? ¿Quién no tiene miedo de algo? ¿Quién no necesita ayuda de vez en cuando? A pesar de todo, a Sierra le resulta difícil admitirlo. Por eso me sorprende tanto que me entregue sin decir una sola palabra las llaves y se suba al asiento del copiloto sin ni siquiera mirarme.

Por un momento estoy tan confundido que no puedo ni moverme. ¿Qué es lo que acaba de pasar? ¿Es que Sierra ha admitido una debilidad frente a mí y de esa manera ha mostrado algo de confianza en mí?

—Rivera, ¿pretendes empujar este trasto o vas a subirte de una maldita vez y a poner el motor en marcha? —me grita desde la ventana abierta, y yo sonrío. Ya está de nuevo aquí... la de siempre.

Me subo a la furgoneta, cierro la puerta y me ato el cinturón. Ya he puesto la llave en el contacto, pero antes de salir me vuelvo hacia Sierra, que está mirando fijamente por la ventanilla.

—Pensaba que me ibas a abroncar de nuevo —admito, y me río cuando se vuelve hacia mí. Abre la boca y quiere decirme algo, pero yo me adelanto—. Me alegra que no lo hayas hecho.

Cierra la boca, durante un segundo sus rasgos muestran algo así como sorpresa, y luego fija la vista hacia delante y dice:

—Vámonos de una vez, se nos está haciendo tarde.

32

Sierra

Debería haberlo echado de casa o haberle gritado. Con las heridas que tiene es demasiado pronto para encargarse de una mudanza. Debería haber mandado a Mitch a casa para que se ocupara de sus propias cosas, pero en cambio he cedido con demasiada facilidad, incluso he dejado que conduzca y ahora debo rezar aún más para que mi madre no se presente en casa antes de que haya terminado de recoger mis cosas y desaparezca para siempre.

«Mierda.»

¿Y por qué Rivera es tan cabezota? ¿Por qué me lo pone tan difícil para... para que no pueda no gustarme?

—No te molestes ni en echar un vistazo, no es nada especial —le suelto mientras entramos en el piso y conduzco a Mitch hasta mi pequeña habitación.

—Estoy aquí para ayudarte, Sierra, no porque me interesen las características de tu vivienda actual —me contesta relajado, y deja las cajas vacías en el suelo antes de ir montándolas una a una.

Hemos aparcado justo delante de casa, donde no está permitido, así que es mejor que nos demos prisa. No me apetece que la grúa se lleve la furgo y Maisie tenga que cargar con las consecuencias.

—¿Qué tengo que meter en las cajas? ¿Y qué muebles te vas a llevar?

Le señalo la estantería junto a él.

—Me llevo todos los libros. Llena la caja solo hasta la mitad, la rellenaré con ropa, así podremos cargarlas sin problemas. Además, quiero llevarme el espejo en la furgoneta, eso es todo. —Los libros de medicina en particular son bastante pesados.

—¿La cama no? ¿O por lo menos el colchón?

Sigo su mirada y por un momento me lo pienso. Sola no podría haberla llevado, pero ¿ahora? Además, con todo el estrés me he olvidado por completo de comprar una cama y una cómoda nuevas. Así que literalmente no tengo un solo mueble.

—También puedo bajarte la mesita o la cómoda —me ofrece, y me siento mal, pues me gustaría aceptar su ayuda, pero me cuesta hacerlo.

—Con el colchón es suficiente, gracias —le contesto, y meto la almohada y el resto de la ropa de cama en una caja y empiezo a recogerlo todo.

Mitch se limita a asentir y se pone manos a la obra, con rapidez, como si supiera lo que me ha costado decidirme.

En una silenciosa conformidad, lo recogemos todo y acabamos pronto. No hay muchas cosas, con Mitch va todo claramente más rápido y resulta más agradable de lo esperado. Cuando no está tomándome el pelo, volviéndome loca o parloteando sin más, irradia tranquilidad. Tranquilidad y simpatía.

Ojalá se pusiera a hablar...

—Estas son las últimas cajas, ¿verdad? —pregunta, y yo asiento—. Bien, me llevo el colchón y ahora mismo vuelvo.

Antes de que pueda contestarle o por lo menos agradecérselo, Mitch levanta el colchón y se lo lleva. ¡Será cabezota!

Aquí hay silencio. Silencio y vacío, y yo me paseo por última vez por todos los rincones, me despido de toda la mierda que no quiero llevarme y entre estas cuatro paredes dejo mi pesar por el hecho de que mi madre y yo no estemos hechas la una para la otra, por así decirlo. Voy a comenzar de cero. Resulta opresivo. Resulta liberador.

Mis pies me llevan por sí solos hacia las últimas cajas con mis pertenencias. Oigo pasos en la escalera.

—Sí que eres rápido, Rivera... —empiezo a decir, y un momento después me atraganto con mis propias palabras—. Mamá. —Mi voz se ha convertido en un hilo mientras la observo y el pánico crece en mí. Se me seca la boca, tengo las palmas sudorosas y me tiemblan las piernas—. ¿Ya has salido de trabajar? —pregunto innecesariamente, desviando su atención de las cajas hacia mí—. ¿O te han echado de nuevo?

Debería cerrar el pico y largarme. ¿Por qué nunca hago lo que debería hacer o lo que más me conviene?

—¿Qué se supone que está pasando aquí? —Tira el bolso a una esquina y alza la voz—. ¿Qué demonios está pasando aquí, Sierra? —grita, y se acerca cada vez más, mientras yo retrocedo hasta que noto la pared a mis espaldas.

—¡Me mudo! —le grito como respuesta, mientras el corazón me late con violencia contra el pecho y mi respiración se acelera—. Me mudo —repito en voz más baja, pero con más fuerza.

—De ninguna manera. ¿Quieres dejarme aquí sola? ¿Después de todo lo que he hecho por ti? —Con sus largas uñas me agarra los brazos y me zarandea, pero yo aguanto. Solloza con fuerza, grita y llora al mismo tiempo—. ¡Eres una zorra desagradecida! ¿Crees que me merezco algo así? ¿Quieres dejarme aquí sin más? ¿Igual que hizo tu padre? Yo lo he dado todo por ti —me suelta, y yo desearía poder decir que no me afecta. Pero lo hace.

Me quedo ahí quieta, sin escudo ni espada, y todas las flechas me alcanzan. Duele.

—¡Eres tan inútil como él! —De repente alza la mano y, como a pesar de todas nuestras diferencias, es la primera vez que lo hace, me quedo sin respiración y como petrificada. Se prepara para soltarme una bofetada y yo cierro los ojos, vuelvo la cabeza, pero no ocurre nada—. ¿Y tú quién eres? ¡Suéltame ahora mismo! —exclama.

Yo abro los ojos y acierto a ver como Mitch ha detenido su golpe. Su mano derecha agarra con fuerza la muñeca de mi madre. Permanece así, con el ceño fruncido, y pocas veces en mi vida me he avergonzado tanto como en este momento. Pocas veces me he sentido tan débil. Tan paralizada. Tan delicada y vulnerable.

—Ahora va a dejar usted pasar a Sierra. Y como se le acerque de nuevo, entonces no me contendré.

Fuera. Tengo que salir de aquí. Enseguida.

Paso junto a mi madre, corro hacia abajo, apenas reconozco los escalones de la escalera por los ríos de lágrimas que me cubren los ojos, y me cuesta controlar la tormenta que se ha desatado dentro de mí cuando llego a la furgoneta y me apoyo sobre la puerta del copiloto.

Estoy temblando. Tiemblo en pleno día, en el centro de Phoenix, mientras el sol luce implacable.

Lo que acaba de ocurrir me ha asustado y lo peor de todo es que Mitch ha estado allí. Lo ha visto.

Una sacudida junto a mí hace que me contraiga. Por supuesto es Mitch, que me ha seguido, se ha dado cuenta de todo, pero no comenta nada. Carga las dos cajas que faltaban y se sube a la furgoneta sin mediar palabra. Yo hago lo mismo.

Mitch no abre la boca. Ni una sola palabra durante el trayecto. Tampoco me mira, y no sé qué resulta peor: esto o que me pregunte qué acaba de pasar.

Aparcamos la furgoneta, llevamos mis cosas al nuevo piso, a mi nueva y aún vacía habitación y me dan ganas de gritar, porque Mitch sigue mudo. Porque está aquí. Porque no me puedo creer que todo se haya complicado y vuelto aún más insoportable.

La última caja ya está colocada, el colchón está sobre el suelo, el espejo en una esquina. Aún no es un hogar, pero sí más que la casa de mi madre.

Me encojo cuando Mitch me toma la mano de repente y me acaricia suavemente los dedos.

—Estás temblando —musita, y solo cuando lo dice me doy cuenta de que es verdad. Estoy temblando. De nuevo o aún. Mierda.

Nos miramos las manos. Aparte de nuestra respiración y del murmullo sordo de los coches que pasan, no se oye nada. Y cuando Mitch me suelta la mano de forma inesperada y se pone de cuclillas con la espalda apoyada en la pared, de pronto me siento infinitamente cansada. Agotada.

Sola.

Me quedo de pie como una idiota, en medio de la habitación, hasta que él da un par de palmadas en el suelo a su lado. Debería echarlo y pedirle que olvide todo lo que ha ocurrido hoy. Debería mantener la distancia. Debería decirle que yo soy la culpable de sus cicatrices. Debería decirle que me gusta. Debería decirle muchas cosas. Pero simplemente me dirijo a él en silencio y me siento junto a él en el suelo, recojo las piernas y apoyo la barbilla. Mis hombros rozan los suyos, pero me da igual. Ya no tengo fuerzas. Quizá me estoy rompiendo.

—No voy a preguntarte si quieres hablar de ello. Simplemente empieza, Sierra. Suéltalo todo.

Mi mirada está fija en una pelusa enorme que hay en medio del parqué, y en el instante en el que quiero responderle sarcásticamente que no hay nada de qué hablar noto el contacto de su mano en la espalda.

—Estoy aquí —me asegura con una voz cálida, y eso supera todo lo que puedo soportar hoy—. ¿Sigues teniendo pesadillas? —me pregunta enseguida, y yo contengo por un momento la respiración antes de apoyarme en la pared y volver la cabeza hacia él. No me mira, sus ojos están perdidos en algún punto en la distancia, su mano se desplaza de la parte superior de mi espalda hacia abajo y mantiene con suavidad el contacto—. Yo sí. Continuamente. Son diferentes cada vez, pero siempre giran alrededor de ese maldito día. De ese accidente. Y sueño cosas que nunca he vivido, porque estaba inconsciente. Es una locura.

—Lo siento —murmuro, y en el rostro de Mitch aparece una pequeña sonrisa.

—No hay ningún motivo para disculparse, querida.

Si supiera que no hay solo uno, sino montones de motivos...

—Las mías... no son tan frecuentes. Se han reducido —admito, aunque le escondo que para mí los peores momentos no me atormentan durante la noche. Mis pesadillas me persiguen durante el día. Eso es aún peor. Porque ¿cómo voy a librarme de ellas si no tengo la oportunidad de despertarme?

—Eso está bien.

No ha oído mis pensamientos.

—Sí, tal vez —le respondo agotada y bajo la vista, observo el tejido de su camisa marrón oscuro y ese hilo que comienza a desprenderse de la costura.

Desearía no sentirme tan bien cuando estoy cerca de él. Desearía que resultara tan difícil que me gustara como decirle que me gusta.

Cierro los ojos, aspiro el *aftershave* de Mitch y empiezo a contárselo todo.

—Mi madre nunca ha sido especialmente cariñosa, aunque hoy ha sido la primera vez que me ha levantado la mano. —Sucede de forma sencilla. Las palabras fluyen de mis labios, cada vez con más rapidez, hasta que no queda ninguna. Mitch no dice nada, por lo que me resulta más sencillo pensar y convencerme a mí misma de que aquí no hay nadie más que yo—. Nunca hemos tenido una buena relación, y con el tiempo ha ido empeorando. Hasta hoy. Hasta que he decidido dejarlo estar y aceptar que entre nosotras no hay nada que yo pueda salvar o arreglar. Creo que en algún momento ese pensamiento me resultaba doloroso, pero ya no. Por lo menos así lo creía, hasta que se ha presentado antes. —Mi carraspeo resuena entre las paredes de esa habitación apenas amueblada, y eso me incomoda—. Mi padre vive en México —prosigo—. No lo conozco y hasta ahora no he tenido el deseo de hacerlo, aunque, a pesar de todo, lo he buscado y he recopilado información sobre él.

»Mi madre lo conoció cuando pasó tres meses allí durante sus estudios. Para ella fue amor a primera vista, para él seguramente un lío de una noche. Ella quería que él se viniese con ella a Estados Unidos. Él no quería saber nada ni de ella ni de mí. Suena duro, aunque al fin y al cabo no conozco su versión de la historia, pero ambos eran por entonces muy jóvenes. ¿Qué haces cuando alguien a quien apenas conoces, un lío sin importancia, te dice tras la primera noche que te quiere y dos meses después te cuenta que está embarazada? —Suspiro despacio—. Tuvo que trabajar duro para ganar el dinero, mi madre no era rica, pero era ambiciosa y estudió Derecho.

»No tengo ni idea de si pensaba que él acudiría a su lado si al final me tenía o si las cosas serían de alguna manera más fáciles. Nada de eso pasó. Mis abuelos no ayudaron a mi madre, rompieron el contacto con ella y ella dejó los estudios. Después se mudó a Phoenix, aquí empezó de cero y me dio a luz. Desde ese día no se cansa nunca de recordarme todo lo que ha sacrificado por mí. Lo que ha perdido. Y que todo eso... Todo lo malo que ha ocurrido en su vida ha sido por mi culpa. —La voz se me rompe, tengo que parar y tragar, pues siento un nudo en la garganta. Y solo cuando soy consciente del contacto de Mitch en la mejilla noto las lágrimas que se deslizan por ella.

Abro los ojos y miro directamente a los de Mitch. Se ha vuelto hacia mí, nuestros rostros están a menos de un palmo de distancia. Él no dice nada, solo me observa y está aquí. Conmigo. A mi lado. No estoy sola.

Este pensamiento hace que empiece a sollozar.

—Lo siento, Mitch.

—¿Por qué no paras de decir eso? —musita, y seca otra lágrima mía.

—Tu familia... Dios, te quieren muchísimo. Se preocupan por ti. Y casi... Casi...

—Lo sé, pienso en ello muy a menudo —dice, y me alegra que no tenga que terminar la frase—. Pero gracias a ti y a los demás no pasó. Estoy aquí.

—¡Es que eres un incordio! —Intento aparentar estar furiosa, pero no puedo. Mitch coge mi rostro entre sus manos, me transmite su calor, su tranquilidad, y es como si pudiera notar la atracción entre nosotros dos. Como si fuera una estrella alrededor de la que giro.

Y con Mitch sosteniendo así mi rostro, tan cerca de mí, mirándome como si yo fuera lo único que importa, no soy capaz de pensar con claridad. Su cara se vuelve borrosa ante mis ojos, pues estoy llorando y no puedo parar. Todo lo que me oprime encuentra de esta forma su camino hacia el exterior y de nuevo me encuentro allí, en ese ascensor, en ese día.

Me duele el corazón.

Cometo el error de observar de nuevo el ascensor con más atención...

Esta vez consigo reconocer a Mitch. No veo más que sombras y contornos, pero estoy convencida de que se trata de él. Está ahí. Una parte de mí lo sabía, era lógico, estaba claro; sin embargo, la otra parte, la que confiaba en estar equivocada, se viene abajo.

¡No! Yo...

—¡Sierra! —exclama Laura reteniéndome.

Ni siquiera me he dado cuenta de que me he movido, de que me he acurrucado contra ella y de que no solo he pensado ese «no», sino que lo he gritado. Y continúo gritando. En silencio. Porque me falta el aire y no puedo parar de toser.

—El fuego —repite ella, y yo salgo corriendo.

De nuevo es el miedo el que me impulsa cuando corro, aunque en esta ocasión no me siento paralizada. No he vacilado mucho, aunque nos ha costado unos segundos muy valiosos. A nuestros amigos les ha costado unos segundos muy valiosos...

Cierro los ojos antes de que me invada el siguiente recuerdo. Antes de ver a Mitch frente a mí, inconsciente, con la ropa y la piel quemadas, mugriento, cubierto de sangre. Huelo el humo, veo las heridas, oigo la confusión, el pitido, la alarma.

De repente me separo de Mitch, me deslizo hacia un lado para alejarme de él. Con rapidez me seco las lágrimas restantes y evito su mirada. Tengo ganas de vomitar.

—Estoy aquí, Sierra —me dice, pero no puedo escuchar nada—. Y estoy... orgulloso de ti. —Se ríe—. Dios mío, suena trilladísimo. Pero es verdad. Y no te atrevas a creerte todo lo que tu madre te ha soltado, ¿de acuerdo?

Asiento, no tengo fuerzas para nada más.

—¿Sabes? Yo... La vida es demasiado corta y caótica. Nunca me había parado a pensarlo. Hasta ese día, me refiero. Desde entonces todo es diferente, y...

«Por favor», ruego en silencio, «no lo digas. Aunque lo quieras decir, no lo hagas, Mitch».

—... me gustaría...

—Gracias por la ayuda de hoy —lo interrumpo bruscamente mientras me pongo en pie y me aliso la ropa—. Te agradezco que hayas venido. Pero ahora deberías irte.

No espero a que se levante, sino que me dirijo directamente hacia la puerta de entrada y la dejo abierta. Bajo la vista a mis zapatos, igual que el primer día que visité a Mitch en el hospital. No necesito mirarlo para saber cuándo está a mi lado. Lo oigo. Lo siento. Su cercanía, su presencia.

—No tienes que darme las gracias. —Ahora está justo frente a mí y veo las puntas de sus zapatos muy cerca de las mías—. Si quieres, podría hacernos algo de comer.

Con todas mis fuerzas consigo alzar la cabeza y mirarlo.

—Por favor, Mitch, vete. —Mi voz no suena dura, sino casi amable. Da lo mismo. Cuando se dicen cosas que no son bonitas, no mejoran simplemente porque se digan de forma amable.

—Quiero salir contigo, Sierra.

33

Mitch

—¿Qué? —pregunta Sierra como si no me hubiera entendido.

—Que quiero salir contigo. Por favor —repito mis palabras, y observo cualquier reacción de ella por mínima que sea. Su boca abierta de la sorpresa, su mirada interrogativa, su frente fruncida, sus dedos, que juegan con el dobladillo de su ropa.

—Rivera. —Así es como se dirige a mí cuando quiere mantener de nuevo la distancia o no sabe cómo debe actuar conmigo. Está bien, aunque no puedo reprimir la decepción que me embarga—. ¿Por qué me pides algo así? Pensaba que ya lo habíamos aclarado.

—¿De verdad? ¿Lo hemos hecho?

Respira hondo y se enroca.

—No puedo, Mitch.

—¿Por qué? Es decir, si realmente no quieres, vale. Entonces me callaré y lo aceptaré.

Si ella hubiera dicho que no, yo habría asentido y me

habría ido. Pero me ha dicho que no puede, y quiero entender cuál es la razón. ¿Qué se lo impide? «No puedo» no es lo mismo que «No quiero». ¿Verdad?

—Hay algo que quiero saber: ¿es por el accidente? ¿Es por mis cicatrices? ¿Tiene eso entre nosotros... —la señalo y después me señalo a mí— un papel tan importante?

Quizá lo pregunto porque es exactamente de lo que tengo miedo. Quizá lo pregunto porque las cicatrices me ocupan mucho espacio mental. Porque tengo miedo de que puedan asustar a Sierra. Y me molesta, porque en el fondo no creo que ella sea esa clase de persona. Pero aun así, los pensamientos están ahí, y yo los he expresado. Porque recuerdo el día justo antes de volver al trabajo, cuando le dije que sentía que ella me hubiera encontrado y que hubiera tenido que pasar por eso. Cuando la abracé y le respondí que todo había pasado y que estaba bien, porque ambos teníamos y tenemos que lidiar con ello. Y después de mencionar mis cicatrices, Sierra se separó de mí y se volvió fría y distante. Eso es algo que aún no he podido quitarme de la cabeza.

—¿Es por eso? —le vuelvo a preguntar, pues ella sigue sin decir nada.

Estamos frente a la puerta abierta y ya no recuerdo la última vez que me temblaban tanto las piernas. La última vez que había estado tan nervioso.

Sierra me mira a los ojos, parece tensa, por lo demás es como si toda emoción hubiera desaparecido de su rostro. Está muy tranquila. Demasiado tranquila. Ella es la quietud y sus palabras la tormenta. Llegarán, con toda seguridad.

—Sí —susurra, y estoy convencido de que algo se ha roto en mi interior. Si respirar no fuera algo automático, algo que simplemente ocurre, para lo que apenas tenemos elección, me habría olvidado en ese mismo instante de cómo hacerlo. Respirar. Coger aire.

No digo nada. No sabría qué contestar. Sería lamentable quedarme ahí de pie y volver a llamarla mentirosa. Aunque mienta, no quiere que yo lo sepa. O igual está diciendo la verdad y tengo que meterme eso en la puta cabeza.

Así que salgo de su piso, cruzo el umbral hacia la escalera mientras se cierra la puerta tras de mí y trato de comprender qué es lo que acaba de suceder.

34

Sierra

Con las manos sobre la puerta cerrada de casa y la frente apoyada en la madera me limito a quedarme ahí de pie, sin saber cómo puedo soportar el dolor. Lo de hoy ha sido demasiado. Todo junto.

Mi madre, la mudanza..., Mitch. Él, sus preguntas, su sonrisa, su confianza y su apoyo, ¿cómo puedo soportarlo?

—¿Por qué no te has ido sin más? ¿Por qué? —pregunto gritando al silencio mientras me rompo por dentro. Lloro y me permito hacerlo. Ya no soy la Sierra que no se lo permitía. Llorar y sollozar, romperse por dentro y mantener la distancia.

Me vuelvo, con la espalda apoyada en la puerta me deslizo por ella, me paso los dedos por el pelo y trago con dificultad.

—Debería haberle dicho: «Por favor, pregúntame si me puedes besar». Y debería haberle dicho: «¡Por favor, no te vayas!».

Mitch debe de pensar que me causan rechazo sus cicatrices, a pesar de que ni siquiera las he visto. Pensará que la simple idea de verlas me repugna. O él mismo. Debe de sentirse herido, y yo no quería eso. Aun así, me he aferrado a esa excusa barata y he decidido permitir que piense exactamente eso. Para no tener que decir en voz alta que siento que no merezco a alguien como él.

Los sentimientos son una locura. Para nuestro entendimiento, hay muchas cosas que están claras. Es lógico, tiene sentido. Podría haberlo hablado con él y haberlo aclarado y no resultaría tan complicado como lo es ahora. Pero entonces aparece el corazón y hace todas estas preguntas de «¿qué pasaría si...?», porque tiene miedo. Tiene miedo de las respuestas verdaderas a todas estas preguntas, y nos dice que quizá lo mejor es no conocerlas. Pueden herirnos tanto...

¿Qué pasaría si él acaba odiándome? ¿Qué pasaría si no puede perdonarme? ¿Qué pasaría si yo lo permito y no digo nada? ¿Y en cuál de estos escenarios soy la peor versión de mí misma?

—Debería haberte dicho que me he enamorado de ti —sollozo mientras mi cuerpo no deja de temblar.

Alguien llama a la puerta y yo me asusto tanto que suelto un grito agudo.

—Querida —llego a oír, y respiro a trompicones, porque solo hay una persona en todo el mundo que me llama así.

Vuelvo a llorar. Estoy sentada en el suelo de mi casa y lloro. ¿Me ha oído?

—Por favor, abre la puerta.

Es como si mi cuerpo hubiera decidido actuar sin que se lo pida, pues me pongo en pie al instante y abro la puerta. Me da igual que me vea así.

Estamos el uno frente al otro, él es el sol y yo el planeta que gira a su alrededor, y mientras él me sigue observando en silencio, yo me seco las lágrimas y alzo el mentón.

—Pendejo, ¿qué más tengo que hacer para que desaparezcas? —le suelto con la voz entrecortada.

Mitch no contesta, solo avanza, y con cada paso que da para acercarse a mí yo retrocedo otro en dirección al interior del piso.

—¿Se te ha olvidado algo?

Ninguna reacción.

—¿Te has enamorado de mí?

Doy un traspié y Mitch me agarra, me abraza y me retiene.

—¿Qué has oído?

—Lo suficiente —musita. Tengo las manos apoyadas en su pecho mientras me aprieta contra él, y su mano derecha encuentra el camino bajo mi cabello hasta mi nuca—. Esta puerta no es especialmente gruesa, que lo sepas. ¿Y me acabas de llamar «imbécil»?

Vuelvo a tragar saliva y miro directamente a sus preciosos ojos. La punta de su nariz acaricia por un momento la mía, su respiración es cálida y está acelerada, como la mía. Noto como su pecho se alza y desciende.

—Según Google, *pendejo* significa «gilipollas».

Mitch lo ha oído todo. Todo. Maldita sea.

Sus labios esbozan una sonrisa.

—También significa eso, sí.

Solo falta un poco, un poquito más para que su boca roce la mía. Pero Mitch no se mueve. No pregunta nada. Por lo menos no eso.

—¿Por qué me has mentido? —Su voz es solo un hilo.

Con la mano acaricia la piel de mi rostro y su pulgar se desliza suavemente por mi mejilla.

—Porque era más sencillo. Al principio. Y en un momento dado porque ya no podía echarme atrás. Porque tenía miedo —admito. Ya no puedo más, no puedo hacerlo de otra manera. Tengo que sacarlo.

—Explícamelo, por favor.

Rompo a llorar en silencio y se lo cuento todo, y me da lo mismo lo difícil que me resulte, pues al final es más fácil de lo que pensaba.

—Podría haber actuado mejor. Haber sido más rápida —le explico—. No fui lo suficientemente rápida, Mitch. Y tú estabas ahí tirado, entre las llamas, y después con todas esas quemaduras, y yo...

Coloca su pulgar sobre mi boca y me obliga a callar. Las cejas de Mitch se juntan, la musculatura de su mentón se mueve y aprieta con fuerza sus labios.

—¿Crees en serio que eso es verdad? ¿Que eres la culpable? ¿De las cicatrices y de lo que vino después?

No consigo decir que sí ni asentir con la cabeza, aunque tampoco hace falta. Veo a Mitch y sé que ya conoce la respuesta.

—Dudé. Cuando te vi allí dentro, me quedé como paralizada. Eso nos costó un tiempo muy valioso y yo... no consigo perdonármelo. —Mi frente se abalanza contra el pecho de Mitch, cierro los ojos y clavo los dedos en su camisa—. No sabía cómo decirte que había fracasado. Que nunca seré lo suficientemente buena para ti y que... a pesar de todo me gustas demasiado.

Mitch me abraza. Noto su mentón sobre mi cabeza y como me acaricia tranquilizadoramente la espalda hasta que vuelvo en mí. Hasta que logro respirar.

—Tú hiciste tu trabajo y me sacaste de allí aunque dudaras, lo cual es algo humano. Se trataba de una situación excepcional. No tienes la culpa de nada, Sierra. Ni del accidente ni de mis cicatrices.

Tiemblo, porque no era consciente de lo que necesitaba oír eso. ¡De su boca! Cuánto lo he necesitado...

Mitch se separa con delicadeza de mí para que podamos mirarnos a los ojos. Coloca su mano bajo mi barbilla y la eleva con cariño.

—Y tú, Sierra, siempre serás lo suficientemente buena para mí.

—Eres realmente un incordio, Rivera —acierto a decirle, y eso lo hace sonreír antes de volver a ponerse serio. Antes de que su mirada se transforme, igual que la atmósfera a nuestro alrededor.

—Me gustaría besarte. Ahora. Siempre. ¿Puedo? —pregunta, y aunque no me hubiera enamorado hace ya mucho tiempo de este hombre que tengo delante, me enamoraría en este mismo instante.

Apenas he dicho que sí y los labios de Mitch ya están sobre los míos. Conquistan y exploran, me consuelan y me quieren mientras sus manos sostienen mi rostro. Y a mí.

Dando traspiés, nos vamos moviendo por el piso, de pared en pared. De beso en beso.

Pierdo la orientación y el corazón.

—Yo también me he enamorado de ti, Sierra Harris —murmura Mitch—. Me parecía que debía decirlo una vez más, por si acaso no había quedado claro.

—Idiota. —Sonrío sobre sus labios.

—Voy a enseñarte español para que puedas mandarme a la mierda en más de una lengua.

Río con ganas, dejo caer la cabeza hacia atrás y Mitch

empieza a besarme el cuello, el mentón. Su respiración choca contra mi piel caliente.

—Pero eso no quiere decir que en esta ocasión te vayas a librar de mí. Te puedes olvidar de ello.

El hormigueo en mi estómago aumenta, se extiende y el calor asciende hasta mis mejillas.

—¿Significa eso que estamos...?

—¿... juntos? ¿Que somos pareja? —completa él mi frase—. No tenemos que ponerle una etiqueta a todo esto. Yo estoy enamorado de ti. Quiero conocerte mejor y quiero pasar todo el tiempo posible a tu lado. Quiero besarte. Muy a menudo. Y... solo a ti. A nadie más.

—De acuerdo —acierto a decir, y me muerdo el labio inferior—. Quizá no deberíamos decir nada en el trabajo... Me refiero, de momento. No me gustaría... ¿Estropearlo todo? ¿Perder la concentración en el trabajo? No lo sé. Pero preferiría que lo que hay entre nosotros se mantenga primero en secreto.

—Ningún problema. En el hospital seguiré sacándote de quicio, desafiándote, robándote las operaciones y no te dejaré pasar ni una solo porque seas mi amiga.

—¡Oye! —exclamo alucinada, y abro los ojos como platos—. ¿Cómo que no me dejarás pasar ni una? ¡Si soy mejor que tú!

Riendo, Mitch me levanta, me conduce hasta el sofá del comedor y se sienta conmigo, de forma que al final aterrizo sobre su regazo.

No tengo ni idea de qué acabamos de hablar. Aquí solo está Mitch. Tiene el cabello todo revuelto, porque no he dejado de pasarle los dedos por el pelo. Tiene los labios algo hinchados y brillan por mis besos, la tela de su camisa se pega a su piel, a la prenda de compresión que sigue llevando y a sus anchos hombros, que a menudo destacan bajo la ropa de trabajo.

Me muevo para sentarme con más comodidad y enseguida retengo la respiración en cuanto los dedos de Mitch se agarran a mis caderas y veo como se transforma la expresión de sus ojos.

Mi respiración se acelera, se hace más pesada, coloco las manos como en un acto reflejo sobre las de Mitch y puedo notar físicamente la tensión que se genera entre ambos. Las chispas. La atracción y la excitación.

Y aunque en ese instante lo que más deseo es acostarme con Mitch, por mucho que desee dejar de sentirme culpable y parar de pensar en todo aquello, no puedo. Mitch se detiene, como si reconociera que lucho conmigo misma y necesito un momento.

—¿Necesitas tiempo para ti sola? ¿Quieres que te ayude a desembalar y aterrizar? —me pregunta Mitch como si yo fuera un libro abierto para él. Le agradezco que quiera que me sienta cómoda con él.

Antes de poder contestar, mi estómago suena con estrépito.

—¿O prefieres que consiga algo para comer? También puedo cocinar y estrenar vuestra cocina. Mis burritos son fenomenales.

—Tampoco estaban tan buenos. —Mierda, ¿acabo de decir eso en voz alta? Aparte de que estaban para chuparse los dedos, Mitch no sabe que en su momento los probé.

Con un movimiento ágil se endereza y yo me deslizo automáticamente cerca de él. Estamos sentados vientre contra vientre, pecho contra pecho, y para variar no tengo que mirar hacia arriba, sino que nuestros ojos se encuentran a la misma altura.

—Pero si no los has probado. —Su voz profunda y la manera en la que lo dice me excitan, por lo que debo pasarme la lengua por los labios.

—Depende de lo que estemos hablando —le contesto sin pensármelo dos veces, porque recuerdo la conversación con Laura.

La risa de Mitch es contagiosa. Sacude la cabeza como si no pudiera creer lo que le acabo de decir y vuelve a besarme otra vez. Más despacio, más conscientemente, con más intensidad que antes.

—Gracias por la oferta y por la ayuda.

—¿Pero...?

—Ahora mismo pido algo. Necesito algo de tiempo para asimilar todo lo que ha pasado hoy.

—Bien.

Mitch se pone en pie conmigo en brazos como si yo no pesara nada, solo para dejarme con cuidado en el suelo. Aunque no se separa del todo. Por un momento tuerce el gesto y pienso si tal vez solo me lo he imaginado.

—¿Nos veremos mañana? Estaré en planta.

—Yo tengo servicio en urgencias con Laura, aunque antes tenemos la ronda de visitas obligatoria en planta. Sí, nos veremos.

Me aprieta la mano y mientras lo acompaño hasta la puerta me acuerdo de algo.

—¿Mitch?

—¿Sí?

—¿Se ha aclarado lo del señor Joon? Me refiero, el motivo por el que querías librarte de él. ¿Aún tienes mucho trabajo?

Mitch se pone tenso y, aunque vuelve a recomponerse con rapidez, está claro que este tema no le hace gracia. Como no hay muchas cosas que pongan nervioso a Mitch, me extraña bastante.

—Está todo en orden, ya me las arreglo —me contesta con una amplia sonrisa despreocupada y auténtica—. No te preocupes.

—No lo hago —le contesto enseguida. Temo que aún pasará un tiempo hasta que no note la necesidad de llevarle la contraria a Mitch. Simplemente por principios.

—Hasta mañana, querida. —Se inclina, me besa en la mejilla y estoy solo a un aliento de rogarle que se quede conmigo para que pueda quitarle la ropa.

Pero no lo hago, porque por una vez quiero algo más que sexo. Este es un terreno desconocido para mí y el día ha sido tan movido, tan bonito y doloroso al mismo tiempo, que la mejor decisión es dejarlo ir y trasladar este momento entre nosotros hasta más adelante, cuando lo pueda disfrutar y apreciar mejor. Y él también.

Tenemos tiempo. Casi hago que fracase nuestra relación y no quiero que ocurra. No quiero fastidiar todo esto.

—Adiós —murmuro, y él solo retrocede a regañadientes uno, dos pasos, mientras se pasa la mano por los cabellos sonriendo.

Seguramente le resulta difícil irse ahora, y a mí que él se vaya. Pero me lo quedo mirando, porque me hace bien. Esto con Mitch. Y al mismo tiempo resulta nuevo y desconocido e irreal.

Se despide con la mano una última vez antes de bajar por las escaleras y yo cierro la puerta con una maldita sonrisa en el rostro, mientras respiro hondo.

He besado a Mitch. Una y otra vez. He conseguido soltar lastre y decírselo todo, y está bien así. Seguirá estando bien y nosotros estaremos bien.

Al sentimiento de euforia de ahora mismo se le une de repente algo de inseguridad. Mitch me tendrá que enseñar lo que significa estar juntos, pues yo no tengo ni idea de lo que eso significa para mí.

«Que no cunda el pánico», me doy ánimos, y me hago con el móvil, que está en una de las bolsas que he dejado en mi habitación, justo al lado de las cajas de mudanza. Veinte llamadas perdidas. El sentimiento que Mitch acaba de producir en mí se desvanece tan rápidamente que me pregunto si no me lo habré inventado todo. Veinte llamadas de mi madre.

«Mierda.»

El móvil me muestra decenas de mensajes y dudo si debo leer los de ella. Si podré soportarlo. Mi dedo se cierne sobre la pantalla, pero no los abro. No puedo. Ni puedo ni quiero.

En lugar de leer sus mensajes, los borro y bloqueo su número, aunque me revuelva el estómago. Al fin y al cabo, no deja de ser mi madre y... algo en mi interior aún la sigue queriendo. Pero no es suficiente. No lo es. Da igual a quién o qué quieras, en cuanto empieza a herirte hay que dejarlo atrás. Es como en una herida: la parte que se infecta, que se gangrena o que impide la cicatrización hay que eliminarla.

Yo elimino a mi madre de mi vida como un trozo de tejido insalvable.

Noto como me late la frente, y de repente siento una especie de agotamiento que no conocía. Como si por primera vez desde hace años pudiera descansar de verdad.

Bostezando, me tumbo sobre mi colchón y respiro hondo antes de escribirle a Maisie, pues no quiero que se me olvide.

Gracias por las cajas
y la furgoneta. Ya tengo mis
cosas en casa, realmente no era
mucho. ¿Hay algo que pueda
o deba aportar a la casa?

No tengo demasiado presupuesto, pero puedo permitirme dos cómodas para mi habitación, más adelante un nuevo somier y quizá una mesa para nuestra casa. Por algo trabajo tan duro, para pagar el crédito que pedí y las deudas generadas por mis estudios.

Después abro el mensaje que acabo de ver junto a los de mi madre antes de que entrara uno nuevo.

Tengo una pequeña pausa.
Ya estoy mejor del dolor de
estómago, me he tomado un té
y una pastilla. El tonto de Nash
quería enviarme a casa y Grant
ha estado pensando si me
ayudaría un laxante. Ya solo del
estrés me he comido de nuevo
cinco galletas. ¡Por favor,
no me dejes sola nunca más!

El mensaje de Laura me hace reír.

¿En serio? ¿Otra vez cinco
galletas? ¿Cómo has sobrevivido
sin mí?

Me habría encantado ver la expresión de su cara cuando Grant le propuso lo del laxante.

Llega un nuevo mensaje. No puedo hacer otra cosa que sonreír de oreja a oreja. Es de Mitch.

¿Realmente ha pasado? Tengo
que preguntártelo porque no
quiero que mañana me eches
la bronca cuando tras la visita en
planta te lleve a un cuarto oscuro
para besarte sin pedirte permiso.

Escribo mi respuesta, la borro y empiezo de nuevo. Seguramente pasan diez minutos hasta que consigo contestarle.

Ha pasado. Aun así, te echaré
la bronca si me llevas a un cuarto
oscuro para besarme.

No lo haré. Me temblarán las rodillas al devolverle el beso a Mitch y no querré parar, aunque no debe saberlo. Ahora lo más importante para mí es priorizar el trabajo antes que mi vida privada. Quiero hacer bien mi trabajo. Mejor que nunca. Quiero concentrarme, y no tengo fuerzas para que cotilleen sobre mí, aunque me dé igual.

Un nuevo mensaje.

Quizá me arriesgue.
En algún momento.

—Idiota... —murmuro, porque sus palabras me recuerdan a nuestro beso, a sus manos y cómo me han acariciado la piel. Al calor que desprendía y a la manera en que me agarraba. Con cuidado, pero sin vacilar.

Sacudo la cabeza para expulsar las imágenes de mi cabeza, porque en caso contrario no podré pensar con claridad. El estómago me ayuda a distraerme, pues se queja tan claramente que ya no lo puedo ignorar más.

—Realmente debería pedir algo para comer —decido en voz alta. Paseo la vista por las cajas de mudanza que hay junto a la pared de en frente—. Y empezar a colocar mis cosas. Y no estaría de más encargar las cómodas o un armario.

Mi móvil vibra de nuevo. Un mensaje de Maisie.

Ningún problema. Jane y yo necesitamos la furgoneta mañana para traer mi televisor y unas cuantas cajas más, después la devolveremos. Me alegra mucho que vivamos juntas. ¡Va a ser genial! Disculpa de nuevo que no pudiéramos ayudarte. Por lo menos nosotras éramos dos. Aunque vosotros también, Mitch estaba contigo, ¿no?

Y ya estoy pensando en él otra vez... Maldita sea.

35

Sierra

En el trabajo, la mañana empieza con veinte condones que de repente se desparraman por el suelo delante de mí. Laura se queda pasmada, yo me quedo pasmada y el segundo pensamiento justo después de «¡Joder, mierda!» es: «Por suerte solo está Laura».

Nerviosa e inesperadamente avergonzada, me dispongo a recogerlos y volver a meterlos en el bolsillo del que hace pocos segundos deben de habérseme caído. Acabo de comprarlos, y como esta vez lo he hecho con una intención explícita —para una determinada persona, nada más ni nada menos—, el hecho resulta aún más íntimo. Más personal.

Que Laura no haya comentado nada no mejora la situación.

—Habla ahora o calla para siempre —le planteo claramente, y ella reacciona enseguida.

—No estoy segura de qué es lo que debo decir o preguntar. Así que antes que nada mencionaré que el embalaje de los condones es bastante elegante.

Por algún motivo no contaba con eso, y al mismo tiempo su reacción es un recordatorio de por qué me cae bien Laura. Ambas disimulamos una sonrisa mientras me agacho y cojo el primer condón.

No pasa mucho tiempo hasta que los he recogido todos y los he devuelto a mi bolsillo, esta vez asegurándome de que no vuelvan a caerse. Lo hago justo a tiempo, antes de que nadie pueda hacer preguntas estúpidas.

—¡Buenos días! —dice Ian alegre cuando se acerca a nosotras.

Zeenah aún está con su abuelo, Maisie y Jane ya están trabajando. Han tenido que venir a propósito para la ronda de visitas en planta, que en esta ocasión no se ha podido organizar de otra forma. Después se irán de nuevo, terminarán con el resto de la mudanza antes de empezar su turno sobre la una. Mitch llega tarde incluso para sus estándares, y Laura se pone la bata mientras ignora a Ian.

—¿Qué haces aquí? —le pregunto imperturbable, me pongo el estetoscopio y cierro la taquilla.

La sonrisa de Ian se difumina un poco.

—¿Saludar?

—¿Cuándo te examinas de nuevo?

—Han pasado el examen a mediados de diciembre, a partir de finales de enero seré el rey de los *bambini*.

Me responde a mí, pero su atención está puesta en Laura. Todavía no se hablan de manera civilizada, y por cómo busca su cercanía queda claro que Ian lo echa de menos.

—¿Cómo está Jess? —pregunto, y tanto Ian como

Laura me fulminan con la mirada—. Entiendo. Nunca ha estado mejor.

—Laura, te lo juro, no ha habido nada entre nosotros.

Ella respira hondo, cierra la taquilla y se vuelve hacia Ian.

—Ya hemos hablado de eso, Ian. Aunque lo hubiera habido, no pasaría nada. Es solo que... me sorprendió. No me lo esperaba, y Jess no me había contado nada.

Esto le ha afectado mucho y aún la carcome.

—Simplemente necesito un poco de tiempo para poder hablar con ella del tema. Aunque sea egoísta por mi parte.

Ian sonríe.

—Está preocupada. Deberías hablar con ella. Llámala.

—Entonces... ¿sí que hay algo? —sigo preguntando, y me coloco junto a Laura.

—Es algo complicado —musita Ian y tuerce pensativo el gesto.

—¿La has visto desnuda?

—¡Sierra! —Laura me mira escandalizada y yo me encojo de hombros. ¿Qué pasa? Como si ella no llevase tiempo queriendo preguntarlo.

—No me lo puedo creer, pero lo cierto es que puedo contestar afirmativamente a esa pregunta. —Ian casi da la impresión de estar orgulloso.

—¿Y tiene eso alguna importancia? —replica Laura, y yo niego con la cabeza.

—No, era simple curiosidad.

—¡Harris! Eres un monstruo. —Ian entrecierra los ojos y yo le sonrío.

—Ian tiene razón, deberías aclararlo todo con Jess.

Tómate tu tiempo, pero que no sea demasiado. La espera lo empeora todo. —Sé de qué estoy hablando.

Ian se toca la bata de forma nerviosa y rebusca en sus bolsillos con la boca abierta.

—¿Qué demonios estás haciendo? —le pregunto.

—Estoy buscando un papel y un boli o mi móvil. Mierda, ¿dónde está?

Laura también aparenta estar tan confusa como yo.

—Tengo que dejarlo por escrito. La doctora Sierra Harris ha admitido frente a una testigo que yo, el doctor Ian Rice, tengo razón.

Laura se echa a reír, yo pongo los ojos en blanco y paso a su lado sin hacer ningún comentario, aunque debo reprimir una sonrisa.

—¿Vosotras todo bien? —le pregunta Ian a Laura mientras tanto, y oigo como ella le contesta que sí. Gracias a Dios. Añadir más drama a todo esto me haría sentir como si formáramos parte de un culebrón.

—¡Me voy a hacer la visita! —le digo a Laura por encima del hombro, y estoy a punto de agarrar el pomo de la puerta cuando esta se abre de repente y alguien se abalanza sobre mí. Mitch. Lo reconozco enseguida por su aroma, su estatura y la manera en que me sostiene para que no caiga hacia atrás.

Maldiciendo, conseguimos enderezarnos tras dar un traspié completamente enredados. Su mirada se cruza con la mía y su sonrisa es contagiosa.

—Buenos días, querida —me saluda, y es como si me acariciara. Quiero disfrutarlo, quiero saludarlo también, pero cuando oigo a Laura decir «Hola, Mitch» me cae como una ducha fría.

«Mierda. Quizá el culebrón aún no ha terminado...»

Aunque no quiero hacerlo, me alejo de él, le doy un

empujón e intento a la desesperada hacer algo que tenga sentido con las manos. Las meto en los bolsillos del pantalón, pero así me siento extraña, demasiado tensa, así que me pongo en jarras y hago todo lo posible por recordar cómo podía molestarme constantemente el hombre que tengo delante.

—¡Rivera! Mira por dónde andas. Y ya te he dicho que pares de llamarme así.

Por un segundo Mitch está confuso, pero entonces su rostro refleja que se ha enterado de todo y me sigue el juego.

—Claro que sí. Disculpa, querida.

Me cuesta sobremanera no reírme, pues exagera la última palabra. Mis tripas se encogen del esfuerzo.

—Tengo que cambiarme —dice—, pero si quieres puedes seguir observándome tranquilamente.

Ahora riza el rizo del todo. La picardía se le refleja en la mirada. Mitch está disfrutando de la situación. Y yo que pensaba que a él le disgustaría que no hubiera muestras de amor públicas por el momento. Por lo menos no hasta que nosotros mismos hayamos descubierto qué es lo que hay entre nosotros, qué tal nos complementamos. Para que podamos vivirlo con calma.

Suena un busca e Ian maldice.

—Tengo que irme. Hasta luego, *bambini*. —Pasa a toda prisa junto a nosotros, mientras yo observo como Mitch rebusca en su mochila sin prestarme atención.

Laura me da un empujón.

—Vamos, tenemos que irnos. Hasta ahora, Mitch.

Él alza la mano a modo de despedida y Laura se agarra a mí.

De camino a la ronda de visitas bosteza más de una vez.

—Por un momento pensaba que algo había cambiado entre vosotros. Me ha dado esa sensación. Pero entonces lo has puesto en su sitio y todo ha vuelto a ser como siempre. Qué cosa más rara.

Al oír sus palabras me tenso unos segundos, pero enseguida vuelvo a relajarme, así que Laura no percibe nada. Espero que no acabe atando cabos. ¿Por qué tenían que caérseme los malditos condones del bolsillo?

—Ya, qué locura —murmuro para mí.

—¿Qué tal te fue ayer la mudanza? Perdona que te pregunte ahora, pero ha sido una noche muy corta.

—Eso ya es demasiada información para mi gusto.

—Pero si no he dicho nada —musita mientras se sonroja un poco, lo cual me revela todo lo que tengo que saber—. ¿Entonces? ¿Fue todo bien? Tu madre... ¿Se lo dijiste?

—Llegó a casa justo antes de que nosotros acabáramos de cargar las últimas cajas.

Laura se detiene de repente, y como la tengo colgada del brazo tira de mí hacia atrás.

—Joder. ¿Qué pasa ahora?

Su rostro no refleja ninguna emoción.

—¿«Nosotros»?

Mierda.

—¿He dicho «nosotros»?

—¿A quiénes te refieres con «nosotros»? —sigue preguntando, y entrecierra los ojos—. Yo tenía turno, Grant y Nash también, Maisie y Jane llegaron poco después de irte tú. Ian... no. —Abre los ojos como platos—. ¿No sería Mitch?

Me froto la frente. Genial.

—Sí.

No ha tenido que atar cabos, ya se lo he servido yo en bandeja de plata.

—¿Tengo que seguir tirándote de la lengua o piensas contármelo tú sola? —me pregunta cuando nos ponemos de nuevo en marcha.

—Simplemente apareció allí, me ayudó y estuvo presente cuando mi madre me gritó y por primera vez en mi vida me levantó la mano. Después hablamos, tuvimos nuestras diferencias y... le dije que me gustaba, pero también le conté por qué no había podido admitirlo antes. Me besó. Eso fue todo. Fin de la historia —le suelto de carrerilla lo más rápido posible para que no suene muy espectacular.

Mientras tanto, a mi mejor amiga parece que vaya a darle un ataque al corazón.

—¿Laura? Se... Se te va a caer la baba como no cierres la boca pronto. ¿Sigues parpadeando? ¿Te encuentras bien? ¿Quieres que llame a Nash?

—¿«Eso fue todo»? —repite sin emoción alguna y da un traspié. Su rostro muestra la más pura incredulidad—. ¿«Eso fue todo»? Esto es... ¡Maldita sea, Sierra! Eso ya es un montón. Se lo has dicho. —Me abraza con locura y su rostro resplandece antes de dejarme seguir andando—. Estoy tan orgullosa de ti... ¿Lo llevas bien? ¿Estáis juntos? ¿Sois novios? Sabía yo que en lo de antes había algo raro.

—Lo llevo bien. Muy bien. Y no me mires así. Aún no ha pasado nada.

Inspira de forma exagerada y se apoya la mano en el corazón.

—Los condones...

—No queremos pregonarlo en el trabajo, preferimos que siga siendo algo privado —digo, y no comento nada sobre los condones.

Laura se ríe.

—Buena suerte. Cruzo los dedos por vosotros, que os vaya mejor de lo que nos ha ido a Nash y a mí. No, de verdad. Me alegro por ti. Por vosotros. Gracias por habérmelo contado.

—No te pongas sensiblera.

—Ya me conoces —me responde guiñándome un ojo toda feliz.

—Por eso mismo lo digo —gruño, y ella me saca la lengua.

De camino a la habitación donde tenemos que visitar al paciente se va tranquilizando a medida que nos acercamos, aunque no en el buen sentido, más bien parece tensa. Está demasiado seria, demasiado silenciosa. La observo con más atención. ¿Esas ojeras han sido siempre tan pronunciadas? Se la ve pensativa, como si algo la preocupara, y me avergüenza darme cuenta tan tarde.

—¿Y tú? ¿Todo bien? Aparte del sexo ardiente con Nashville, que te ha dejado agotada, ¿hay algo más?

Resopla en silencio, aunque ya avistamos a los otros y Mitch llega corriendo desde detrás.

—¡Ja! Justo a tiempo.

Con su sonrisa pícara me guiña un ojo, mientras Laura me susurra al oído:

—Te lo contaré después. No es nada salvaje.

—¿Por qué no te creo si lo dices así? —le contesto, pero ella no me responde y se dirige hacia Maisie, Jane, Nash y la doctora Pine, que ya nos están esperando.

—Buenos días —nos saluda la doctora Pine, y echa un vistazo al historial del paciente—. Antes de empezar con la visita, al doctor Brooks le gustaría decirles algo.

Nash asiente y nos saluda.

—Por favor, después de la visita espérenme un momento aquí frente a la puerta, quiero informalos sobre los horarios y unas cuantas cosas más, que me gustaría comentar con ustedes.

—Bien, ahora que ya está dicho, podemos empezar.

La doctora Pine nos precede y nosotros la seguimos para ver al paciente.

—El señor Ross tiene casi cincuenta años y fue ingresado por prescripción médica al presentar fiebre recurrente, sudoración nocturna y una disnea de esfuerzo. Ya se le ha efectuado una radiografía del tórax de dos planos en el ambulatorio. No muestra ninguna anomalía. Como pueden ustedes ver, el señor Ross está consciente, se orienta sin problemas y no da la impresión de estar críticamente enfermo.

—Me lo tomaré como un cumplido —contesta el señor Ross, que en efecto aparenta estar sano, aunque muy nervioso.

—Es que lo es —añade Maisie, y sonríe como si fuera el mismo sol sobre Phoenix. Ella es así, no hay más.

—La saturación de oxígeno del paciente es de cerca de un 96 %, la presión arterial de 150/60 y la temperatura, alta —sigue explicando la doctora Pine, e informa de los valores de las frecuencias respiratoria y cardíaca, así como del azúcar en sangre. Sonríe al paciente y se dirige directamente a él—: Señor Ross, ¿podría usted explicarnos exactamente qué molestias tiene y desde cuándo?

El paciente carraspea.

—Desde hace dos o tres semanas no me encuentro demasiado bien. Me duele todo. Pensaba que solo estaba algo cansado, pues no tenía ni tos ni mucosidad. No parecía un resfriado ni nada por el estilo. Sin embargo, la semana pasada empecé a tener fiebre y escalofríos, aunque la temperatura nunca fue muy alta. Por último, me ha salido una erupción en las manos, aunque no creo que tenga que ver con ello.

—Gracias, señor Ross. —La doctora Pine se dirige a nosotros—. ¿Qué es lo siguiente que harían ustedes?

—Preguntar por enfermedades previas —contesta Jane, y la doctora Pine asiente y le echa un vistazo al historial.

—Tenemos hipertensión arterial, que ya está siendo tratada; por lo demás, no constan enfermedades crónicas —dice la doctora Pine—. Así que presión arterial alta, nada más.

—¿Se ha procedido ya a una analítica de orina y sangre? —pregunta Laura, y la doctora Pine asiente antes de leer los resultados.

—En la orina hay hematuria y proteinuria, y en el hemograma diferencial se aprecia una desviación leucocitaria. El resto de los valores no llaman la atención.

La concentración alta de proteínas y glóbulos rojos en la orina y la analítica de sangre indican que hay una infección bacteriana.

—¿Se ha pedido una ecocardiografía? Si no fuera así, habría que hacerlo —digo yo, y la mirada de la doctora Pine se dirige inmediatamente hacia mí.

—Ya se ha realizado y disponemos de los resultados. ¿En qué está pensando usted, doctora Harris?

—Ahora mismo los síntomas no son claramente indicativos, el diagnóstico diferencial abarca demasiado, pero un motivo de los síntomas podría ser una endocarditis.

—¿Y qué significaría? —sigue preguntando.

—Significaría que nuestro paciente, aunque no lo parezca, está muy enfermo.

—Muy bien.

La doctora Pine comparte esta sospecha e informa de la terapia que debe aplicarse, un antibiótico de amplio espectro que impide la propagación de las bacterias.

Así finaliza la visita, nos despedimos del paciente y abandonamos en fila la habitación.

Según lo convenido, fuera esperamos a Nash. Me pica la curiosidad saber qué tiene que decirnos y si hay algo que va a cambiar o si solo se trata de algunas informaciones básicas.

—No les retendré mucho tiempo. Solo quería recordarles que, ya que su residencia ha resultado un éxito, pronto serán destinados a otra especialidad. Por el momento están trabajando básicamente en cirugía cardíaca y torácica, en medicina interna, así como en urgencias y en traumatología. Si desean ser destinados a otra especialidad, pueden dejar una solicitud en mi buzón. Aunque no olviden que en la mayoría de los casos se hará más por necesidad que por deseo, pues en algunas áreas vamos cortos de personal. —Con el rostro serio y como disculpándose aprieta los labios—. A más tardar, el año que viene prestarán sus primeros servicios en otra especialidad. Recuerden también que deben seguir estudiando para el examen final. —Con estas palabras Nash se despide y nuestro pequeño grupo se disuelve.

—¿Laura? —la detengo antes de que empiece con su trabajo—. Soy consciente de que no soy la persona más afectuosa del mundo, pero espero que sepas que también estoy aquí para ti. ¿Quieres hablar de ese asunto que no es nada salvaje?

—Josh ha vuelto a contactar conmigo —suelta sin más, y yo necesito unos cuantos segundos para entender qué es lo que acaba de decir. Me esperaba muchas cosas, pero no esa.

—¿Qué?

—Durante la última semana me ha escrito cada día. Siempre desde un número diferente.

—¿No habías cambiado de número?

Laura tuerce el gesto.

—Una vez, sí. Pero consiguió el nuevo. No tengo ni idea de cómo. Quizá mediante alguna página web o persona de dudosa reputación, me esperaría cualquier cosa de él.

—¿Nash lo sabe? Me refiero a lo de Josh.

—No. Pero ha notado que hay algo que me preocupa. Por eso hubo sexo y yo tuve que proponerle salir de excursión.

No sabría decir cuál de estas dos informaciones me confunde más. Tengo tantas preguntas...

—Sé que me repito, pero: ¿qué?

—Exacto. —Suspira y empieza a contármelo todo—. Ayer por la noche estábamos en la cama y el mensaje de Josh me..., no sé, ¿intranquilizó? Me escribió que me seguía queriendo y que no podía renunciar a mí. Que no entiende cómo pude herirlo y rechazarlo de esa manera cuando me llevó las flores.

Mientras Laura me lo cuenta todo tengo que controlarme para no subirme por las paredes. ¡Maldito cabrón!

—Y que estoy guapísima con ese top turquesa y la falda negra larga —susurra con la voz tomada.

Me quedo con la boca abierta y se me eriza la piel.

—Es lo que llevabas puesto el pasado viernes.

Asiente.

—Sí.

—Laura, deberías contárselo a Nash. Deberías ir a la policía.

Pensativa, se abraza a sí misma y vuelve a torcer el gesto.

—Ya he estado en la policía —admite en voz baja—. No pueden hacer nada aparte de tomarme declaración. Hasta ahora no ha cometido ningún delito.

—Vaya, vaya, ¿así que antes de que muevan el culo tiene que seguir acosándote y molestándote mucho más?

Hablo demasiado alto y me sabe mal, pero no puedo remediarlo. Es ridículo. Seguramente primero han comprobado cómo viste Laura, cómo sonríe, cómo habla y si pudo provocarlo con su falda corta o sus maneras dulces. Ella podría haberle enviado una señal equivocada. Todo esto me pone enferma.

—Chss —me ordena Laura, y aprieta los labios.

—Mierda —maldigo en voz más baja, aunque no menos emocional—. ¿Y qué tiene que ver todo esto con Nash, el sexo y las ganas de salir de excursión?

—Bueno, él notó que algo no iba bien. Que estaba intranquila y nerviosa después de mirar el móvil. Cuando se inclinó hacia mí para echarle un vistazo y ver lo que estaba leyendo, presa del pánico retiré el móvil. Nunca lo hago. Entonces me preguntó al respecto, porque estaba preocupado y antes ya se había dado cuenta de que algo me tenía inquieta. También preguntó por Josh, y eso me asustó un montón, ya que había acertado de pleno, así que... le mentí. Sin más. Le dije que estaba bien, pero que a pesar de todo podía animarme si tenía ganas. Cuando ni siquiera mi sujetador de encaje pudo vencer del todo su escepticismo, entonces es cuando le pedí que el siguiente fin de semana saliera conmigo de excursión. Hasta ese momento siempre me había negado. Que se lo pidiera por iniciativa propia seguramente lo hizo más feliz que una operación cardíaca exitosa.

Me río de forma algo histérica.

—Ya sabes lo demencial que suena esto, ¿verdad?

—Admito que cuando se verbaliza no tiene demasiado sentido. No quería mentirle. Pero... —Se muerde el labio inferior, y cuando llegamos al ascensor para dirigirnos a urgencias, ella también maldice—. ¡Las últimas semanas han sido muy estresantes! Lo último que quiero es preocuparlo.

—Y yo estoy convencida de que lo último que Nash quiere es que lidies tú sola con ese asunto y a él no le cuentes nada.

—Consejos vendo, que para mí no tengo, ¿no? —replica, y me lanza una mirada que lo dice todo.

—Solo desde que tengo que tratar contigo y con Mitch.

Riendo, me da un empujón antes de que se abran las puertas del ascensor con un *ping* y nos subamos.

—Se lo contaré todo a Nash este fin de semana cuando nos vayamos de excursión, y a Jess cuando haya aclarado con ella el otro tema. A finales de mes vuelve ya a Estados Unidos y quería tomarse una semana de vacaciones para estar conmigo. Entonces le contaré lo de Josh. A no ser que de ahora en adelante él no vuelva a molestarme.

—Cuéntaselo igualmente.

—Es que quiero olvidarme de Josh de una vez.

—Podrás hacerlo cuando él también se olvide de ti.

—Gracias.

—¿Por qué?

—Por escucharme y por preocuparte por mí.

Resoplo.

—No saques conclusiones precipitadas.

—Yo también te quiero.

36

Sierra

—Señora Dorian, sufre usted de estreñimiento —le explico a la mujer de unos cuarenta años que esboza una sonrisa en su rostro desfigurado por el dolor—. Le voy a...

Pffft.

Retengo el aire y mi mirada se cruza con la mirada aterrada de la paciente. Entonces se pedorrea con tal estruendo que resuena como si alguien aporreara la cama.

—Lo siento de veras.

A menudo el estreñimiento conlleva ventosidades, no es nada malo, al contrario, es lo más natural. Aun así, frunzo los labios y tengo que reprimirme para no echarme a reír. Ese primer pedo silencioso había sido tan inesperado y el siguiente tan...

En fin, mejor no pensar en ello. Inspiro y espiro hondo. Carraspeo y empiezo de nuevo.

—Voy a prescribirle algo que...

¡Pffft! Oigo un gemido de alivio tras otra sonora ven-

tosidad y ya no me sirve de nada fruncir los labios, ahora tengo que apretarlos con fuerza y estoy a punto de morderme el interior de la mejilla para no romper a reír. Si soy del todo sincera, no tengo ni idea de por qué, pero los pedos me hacen mucha gracia.

Como apenas puedo mantener las formas, solo acierto a decir:

—Ahora mismo pasará alguien para entregarle la receta, ya verá como mejora.

—Gracias, doctora Harris —contesta la paciente, claramente aliviada cuando yo desaparezco de la cabina y corro la cortina tras de mí para poder sonreír a mis anchas. No puedo evitar reír cuando anoto la medicación.

—¿Por qué estás tan feliz? —me pregunta Grant escéptico mientras le pido a Lisha, que está junto a él, que se ocupe de mi paciente y le entregue la receta.

—Créeme, a la larga saberlo todo no te hará ningún bien.

—De acuerdo. Entonces no. —Frunce el ceño y entrecierra los ojos.

—Estás que te subes por las paredes porque no te lo cuento, ¿verdad? —le digo de pasada, y él maldice.

—¡Sí, así es! —exclama, y se aparta de la mesa y se larga, lo cual me hace reír de nuevo.

—En breve van a entrar dos ambulancias —me informa Ducky, pues me encuentro junto al mostrador de recepción y acaba de llegar el mensaje—. Un paciente con dolores en la zona anal y otro, borracho, con graves cortes en el brazo.

—Qué bien. Nos vamos a divertir.

Lo dudo. Cuando hay alcohol de por medio, todo es posible.

No han pasado ni dos minutos y llega la primera de

las ambulancias. Laura se coloca junto a mí y cuando recibimos al paciente ya tengo claro por qué sufre de dolor.

—¿Qué demonios...? —musito.

—¿Es una cámara? —pregunta Laura.

—¿A mí me lo preguntas? A ti siempre te toca la gente que se ha metido algo por el culo —le contesto, y Laura tuerce el gesto.

—Es una cámara GoPro —nos informa la sanitaria de primeros auxilios—. El paciente se llama Tom Galen, poco más de veinte años, está consciente, valores correctos. Todo vuestro.

—Tengo tantas preguntas... —acierto a decir, con su culo desnudo delante de la cara. Madre mía, realmente ha conseguido meter esa cosa bien dentro.

—Señor Galen —empieza a decir Laura, mientras con ayuda de Ducky lo colocamos sobre la camilla—. ¿Tiene usted mucho dolor?

¿Esa es su primera pregunta? Increíble.

—Cada vez más —responde sonrojado. Seguramente todo esto le resulta vergonzoso. Lo puedo entender.

—¿Ha sido usted mismo quien se ha introducido la cámara o ha sido otra persona?

—Yo —admite, y esconde el rostro. Apenas se le entiende—. Me escocía y he pensado que podía mirar qué pinta tenía. Si todo estaba bien.

Que a estas alturas no está todo bien no se lo tiene que explicar nadie. A todas luces va a tener que ser intervenido.

—Ahora mismo entra la siguiente ambulancia, el hombre de la cámara es todo tuyo —le digo a Laura y sonrío, ella se pone manos a la obra sin decir nada y desaparece con él. Yo me dirijo hacia el otro recién llegado.

—El paciente se llama, según la documentación, Dawson Woods, treinta y dos años. Consciente, aunque ha ingerido mucho alcohol —me informa el sanitario de urgencias mientras introducimos al hombre dentro. Dios mío. Puedo oler sin problemas el alcohol—. Según él mismo, se ha bebido más de seis cervezas y después grandes cantidades de vodka, ginebra y tequila. Me sorprende que aún siga despierto y que sea capaz de hablar.

—¡Soltadme! —grita balbuceando en ese mismo instante, e intenta zafarse.

—¡Grant! Necesito ayuda —llamo mientras vamos dejando un rastro rojo tras nosotros, pues el brazo le sangra profusamente.

—¿Qué ha pasado?

—Han encontrado al paciente en los servicios de un bar frente a un espejo roto contra el que se había abalanzado. Ha empezado a pelearse con el hombre que veía reflejado porque lo ponía nervioso.

¿Qué? Incrédula, observo al sanitario, que se encoge de hombros y me responde, sin abrir la boca, que él ya no pregunta más por esas cosas.

Un paciente que se ha metido una cámara por el culo para poder observarse el recto y otro que se ha peleado consigo mismo en un espejo. Me encanta mi trabajo.

—¡Soltadme! —vuelve a vociferar el señor Woods—. Tengo que ir a trabajar.

Las últimas horas han sido turbulentas.

—¿Quieres hacer tú primero la pausa? —me pregunta Laura una vez que nuestros pacientes están atendidos y ese momento de tranquilidad nos permite respirar. El señor Woods tiene decenas de cristales en el brazo, no ha parado de sangrar, y curar esas heridas en su estado ha resultado muy estresante.

—Si te parece bien... Tengo que ir urgentemente al baño —le contesto compungida, pues mi vejiga ha empezado a quejarse en cuanto se han reducido la adrenalina y la concentración.

—Claro que sí, ve tranquila. Yo me quedo de guardia. Si ocurre algo te aviso por el busca.

—Vale. Gracias.

Me lavo las manos, dejo urgencias tras de mí y me dirijo hacia los servicios. Algunos días la mayor alegría consiste en descansar con un poco de paz y simplemente tener tiempo de respirar.

Antes de encaminarme hacia la sala de descanso y mi taquilla, me agencio en la máquina un nuevo uniforme. El mío ya ha cumplido por hoy.

Me cambio, y cuando voy a sacar el móvil y la botella de agua de la taquilla, una caja con un juego de cubiertos en el banco junto a mí desvía mi atención. En la nota que hay encima puedo leer: «Mis burritos son increíbles, querida».

—Realmente está como una cabra —farfullo, aunque tengo que reírme de sus palabras estúpidas y, a su manera, graciosas. Está claro que la caja es de Mitch.

Cojo la comida y el móvil y me siento a la mesa semicircular en la que Laura tan a menudo se echa una cabezadita.

El aroma que me recibe tras abrir la tapa es indescriptible. Huele de maravilla y por momentos se me hace la boca agua. Tras el primer bocado, no puedo reprimir un leve gemido. Una cosa está clara, no le voy a dejar nada a Grant. Ya no comparto la comida con nadie. Otro bocado y compruebo mis mensajes. Uno nuevo de Mitch. Tiene que haberlo escrito justo antes de la visita, pues cuando he mirado el móvil a primera hora aún no me había llegado.

> Me gustaría cocinar para ti.
> De verdad, no prepararte comida
> y llevártela al trabajo. ¿Qué tal
> mañana? A las siete de la tarde,
> si no tienes turno. ¿En tu casa
> o en la mía? Y por si te lo
> preguntas: sí, es una cita.

Me río con la boca llena y por poco la salsa se me escurre de los labios. No sabía que podía resultar tan penosa. Pero... una cita. Con Mitch. Suena bien. Muy bien.

No tengo que pensármelo mucho para contestarle.

> En tu casa. Espero con ansias
> tus burritos.

Realmente están muy buenos, ojalá me los haga. Tras este pensamiento, dejo el móvil a un lado y sacudo la cabeza con incredulidad. Tengo una cita con Mitch Rivera. Nuestro yogurín. El tipo que me babeó el hombro en el bar de Faye. Nunca me habría imaginado que pasaría algo así. Que me haría feliz. Que notaría un hormigueo en el vientre cuando pienso en él y que no podría parar de sonreír.

Ya casi he dado cuenta de la comida cuando mi móvil vuelve a vibrar y me muestra un mensaje de Mitch.

Tranquila que burritos no te
faltarán. Aunque antes prepararé
unas quesadillas o unas
enchiladas. ¿Te parece?

Me atraganto y tengo que toser con fuerza.
No tiene remedio...

37

Mitch

—Aquí los móviles están prohibidos.

Me encojo de hombros y casi se me cae de las manos.

—¡Grant! ¿De dónde has salido y por qué demonios te acercas de puntillas?

—No me acerco de puntillas. Y, por si no te habías dado cuenta, esto de aquí —me advierte señalando el mostrador, la mesa y el espacio de detrás— es mi lugar de trabajo.

—Tiene sentido.

—¿Por qué me sonríes así? ¿Tengo monos en la cara? ¿O es que hoy estoy más irresistible que nunca? —me pregunta arqueando las cejas.

—¿Qué? Pero si no sonrío. —Carraspeo y me guardo el móvil, y al hacerlo tengo que pensar en el mensaje de Sierra, que acabo de leer por centésima vez. Y en mi respuesta. Tenemos una cita.

—No sonríes, claro —se mofa Grant—. Y yo soy Tom Holland.

—Pues te pareces bastante a él.

—¿Verdad que sí? —responde, y se inclina hacia mí—. No cambies de tema. ¿Por qué se te ve tan feliz y embobado? Quiero decir... ¡Ah! —Abre los ojos como platos—. Estás enamorado. ¿La conozco? ¿Por fin alguien ha curado tu corazón hecho pedazos después de haber bebido los vientos por Sierra?

Ese es el momento en el que tengo que morderme la lengua para no echarme a reír bien alto. Si Grant supiera lo cerca que ha estado de dar en el clavo y al mismo tiempo lo equivocado que está...

—No se te escapa nada, Grant —le digo secamente, y le golpeo el hombro antes de llevarme dos historiales que acabo de seleccionar y volver al trabajo.

—¡Oye! ¿Eso ha sido un comentario sarcástico? —me pregunta, y tiene razón, no puedo parar de sonreír. Y no puedo parar de pensar en Sierra. En sus labios sobre los míos, los ruiditos que hace cuando la beso. En su mirada cuando me observa o la sensación cuando mi aliento coincide con el suyo. No tengo ni idea de si alguna vez tendré suficiente. Si alguna vez podré tener suficiente.

No creo que eso sea posible.

Mi turno se acerca poco a poco a su final, ha estado bien, no demasiado estresante, ningún incidente digno de mención. Además, hasta ahora no me he encontrado con grandes problemas en mi vuelta al trabajo, que tanto me gusta. Necesito unas cuantas pausas más que antes, pero cada día que pasa estoy mejor. Incluso al fin he conseguido manejar bien los casos para los que pensaba que aún no estaba preparado.

Todos menos uno. El señor Joon. Cada vez que tengo que ir a verlo, cuando agarro su historial y tengo que enfrentarme al hecho de que no voy a escaquearme de esta, empiezo a encontrarme mal y a sudar. El señor Joon es el único de mis pacientes actuales al que no puedo salvar. Para el que no existe ninguna posibilidad. Ninguna puerta trasera por la que escapar. Ninguna esperanza. Y eso me destroza. Más de lo que debería.

Quizá debido al accidente y el tiempo que le siguió me he vuelto más sensible, más reflexivo o incluso más inseguro. No lo sé. Solo sé que el caso del señor Joon me remueve por dentro y me obliga a pensar en mis cicatrices, en la posibilidad de haber muerto, en mi madre, que se puso enferma de la preocupación y que me escribe cada día, y en mis hermanos. Y en Sierra. Desde ayer, en ella en especial, pues ahora tengo claro por lo que tuvo que pasar y todo lo que se ha reprochado a sí misma.

Y eso que el señor Joon no ha sufrido ningún accidente. Es viejo y está enfermo. Su muerte no llega ni muy pronto ni muy repentinamente. Pero llega y es inevitable. Con eso es suficiente.

No me sorprende que tampoco en la visita de hoy haya cambiado nada. Me siento mal, algo mareado y ya noto la frente perlada de sudor.

—Buenos días, señor Joon. —Me quedo mirando su historial médico y me esfuerzo en concentrarme en la lectura de los últimos resultados.

—Hola, doctor Rivera. ¿Se encuentra hoy algo mejor?

—Gracias por preguntar —murmuro—. La última vez que lo visité no me encontraba mal.

—Usted me recuerda un poco a mi mujer —me dice riendo por lo bajo, aunque rápidamente se pone a toser—. Puede sonar algo extraño, pero sí, la verdad es que me recuerda a mi mujer. Siempre podías ver reflejado en su rostro cuando algo le preocupaba, cuando algo no le gustaba o cuando se encontraba mal, aunque siempre se esforzara mucho por disimularlo.

No puedo hacer otra cosa que bajar el historial y responder a la mirada de mi paciente. Se lo ve cansado, ha perdido peso. Su piel tiene un aspecto pálido, las ojeras bajo sus ojos son más oscuras y ya no puede enderezarse del todo.

—Señor Joon, con todos los respetos, deberíamos ocuparnos de usted y no de mí.

—¿Aún le ronda la cabeza el accidente? —me pregunta, y apenas puedo respirar. ¿Qué es lo que acaba de decir?

—¿Cómo se ha enterado? —Mi voz es rasposa, suena rota.

—La simpática enfermera que estuvo ayer aquí... Bueno, le pregunté si lo conocía y empezamos a charlar. En algún momento dado mencionó lo contenta que estaba de que estuviera usted mejor y que esperaba que en el Whitestone no se repitiera nunca más un accidente como ese.

No le pregunto de qué enfermera se trata. No quiero saberlo, pero intuyo que debe de haber sido Bella. No ha hecho nada malo, pero, sin embargo, me afecta.

—Siento que tuviera que pasar por algo así.

Me humedezco los labios y respiro hondo.

—Ya tenemos los resultados de los últimos análisis. Desgraciadamente han empeorado sus parámetros de infección y su hígado se encuentra al límite debido al tumor. La terapia para atenuar el dolor sigue siendo nuestra prioridad, volveremos a adecuar su medicación. Además, hemos comprobado que vomita con más frecuencia. Desgraciadamente ese es un efecto colateral del carcinoma pancreático. Si durante los siguientes días tuviera falta de apetito o dificultades para comer o incluso para retener la comida, podemos ayudarlo mediante una sonda en el estómago. —Así podríamos asegurar un suministro suficiente de alimento. Quizá para entonces yo ya no seré su médico. Es posible que la semana que viene lo trasladen a gastro por la sonda en el estómago.

Hago una pequeña pausa para que el señor Joon tenga tiempo de entender y asimilarlo todo.

—El electrocardiograma de larga duración muestra, además, que las arritmias son más frecuentes.

—¿Por qué me cuenta usted todo esto? —La pregunta me pilla tan desprevenido como la que me hizo sobre mi accidente—. Me voy a morir. El tumor y la metástasis no son operables, están en su estadio final. Ya se ha aclarado todo lo que debía aclararse. Así que ¿por qué me sigue repitiendo lo que sé desde hace tiempo? Que me voy a morir.

No puedo hacer otra cosa que buscar apoyo en la cama de mi paciente y, temblando ligeramente, me agarro a la barra que hay a los pies de esta. Tiene razón. No quiero aparentar frialdad y ser antipático, pero debo mantener esta distancia, porque si no la situación acabará sobrepasándome.

—No me entienda usted mal, doctor Rivera. No le tengo miedo a la muerte. No quiero morir, pero tampoco le temo. Sin embargo, no me apetece que me hablen una y otra vez del tema cuando me esfuerzo por olvidarlo.

Conozco la sensación de querer olvidar algo y no poder.

Estoy en casa. Tras terminar mi turno, he escrito unos cuantos informes antes de ponerme en camino. Aún siento en los huesos la visita al señor Joon y estoy agradecido de poder sentarme en el sofá. Quizá me duche antes para refrescarme y dejar tras de mí esta jornada laboral. A menudo me ducho directamente en el Whitestone, pero hoy quería irme rápido.

Mientras me descalzo, dejo mis cosas en una esquina y me busco ropa limpia y más cómoda, pienso en Sierra. Esta semana tenemos turnos parecidos, aunque ella está en urgencias. Aun así, no hemos coincidido, ella ha terminado antes que yo y me ha escrito que espera con ganas nuestra cita de mañana —a no ser que coincidamos antes en el Whitestone—, y yo le he enviado mi dirección.

Completamente agotado, me arrastro hasta el baño, me quito la ropa y también la prenda de compresión necesaria para las cicatrices de la parte superior del cuerpo, de la cadera y de los muslos, y me meto en la ducha. El agua fría me pone la piel de gallina en los brazos y hace que, por unos minutos, pueda aparcar los pensamientos.

Disfruto del silencio, solo roto por el ruido del agua a presión sobre mi piel. Pero antes de dormirme o de que el tejido cicatricial se reblandezca demasiado, cierro el agua y cojo la toalla.

Cada día veo las cicatrices. De reojo. Cuando me coloco la prenda de compresión, cuando me aplico la crema. Pero nunca conscientemente y no durante mucho rato. Aún no las observo con la atención necesaria para entender que a partir de ahora son parte de mí. Solo lo he hecho una vez.

De alguna manera duele.

Y temo el momento en el cual Sierra las vea por primera vez. Las cicatrices y las zonas enrojecidas. Que la entristezcan o, peor aún, que no pueda soportarlo. Que le produzcan rechazo.

«¡Mierda!»

No, no puede ser. ¿Cómo puedo mostrarle a Sierra mis cicatrices, mi cuerpo, si ni yo mismo soy capaz de mirarlas antes? Y de hacerlo debidamente.

Me echo un vistazo, me miro el brazo y en esta ocasión persiste la sensación de malestar en el estómago. Mi corazón late más deprisa, pero... no es como la última vez. No es como la noche en que me dieron el alta.

Las zonas enrojecidas han disminuido. Tienen mejor aspecto, aunque aún no han sanado del todo. Pero con que estén mejor ya es suficiente. Es la demostración de que algo evoluciona. De que no será tan grave.

Este conocimiento me confiere la valentía para observar la parte izquierda de mi cuerpo y cada cicatriz que se ha formado. Conscientemente.

Las veo y me duele a rabiar.

Aunque antes me dolía aún más no ser capaz de hacerlo.

38

Sierra

—Para ya de moverte, me estás volviendo loca.

—Pues vete —gruño, pero cuando Laura se dispone a hacerlo la agarro asustada del brazo—. ¡No! ¿Desde cuándo haces caso de lo que digo? No iba en serio.

Riendo, deja que tire de ella.

—Solo quería hacerte enfadar. No me imaginaba que estarías tan nerviosa.

—Y yo no me imaginaba que alguna vez tendría una cita con Mitch Rivera.

—O que te comprarías ni más ni menos que veinte condones para la ocasión.

—No son todos para esta noche, ¿vale?

Laura se echa a reír.

—Eso espero. ¿Cuántos llevas en el bolso?

—Retiro lo dicho, haz el favor de irte.

Ella continúa riéndose de mí. Justo lo que necesito ahora mismo...

Apenas he podido dormir esta noche, por la mañana me he bebido grandes cantidades de café, durante mi turno en urgencias no ha habido mucho movimiento, lo que por otra parte me ha dejado demasiado tiempo para pensar. Y desde que estoy en casa es como si anduviera sobre ascuas. En un momento dado me ha resultado tan terrible que no me ha quedado otra que llamar a Laura para decirle que iba a anular la cita con Mitch. Cuarenta minutos después ella se había plantado frente a mi puerta y desde entonces me está volviendo loca, hasta que llega la hora de salir.

—¿Sierra?

—¿Hmm?

—Te lo diré por última vez, porque pienso que deberías oírlo una vez más: te gusta Mitch, tú le gustas a él y lo de hoy no es más que una cita. Si solo quieres cenar y después marcharte a casa, para él estará igual de bien que cualquier otra cosa.

Suspiro.

—Lo sé.

—Entonces, ¿qué te preocupa?

—Solo estoy... nerviosa. Nunca he tenido una cita de verdad. De acuerdo, una vez en el instituto y otra durante la carrera de Medicina, pero eso fue diferente. En esas ocasiones yo no estaba...

—¿Enamorada?

—Sí, exacto. —Admitirlo frente a Laura ya resulta lo suficientemente difícil.

—Bueno, vete ya, y disfruta de la velada.

Asiento y me froto una vez más las manos en los vaqueros.

—He quedado con Nash en el bar en cuanto salga de trabajar. Si pasa algo, llámame o envíame un mensaje.

—Gracias, Laura.

Me abraza antes de darme un empujoncito en dirección hacia la puerta.

Dios, estoy tan agradecida de tenerla... Sin ella quizá me hubiera echado atrás y media hora más tarde no me encontraría frente al piso de Mitch.

Llamo al interfono y de puro nerviosismo casi dejo caer la botella de vino tinto que antes he comprado para la ocasión. Y eso que no suele gustarme beber vino.

Suena el zumbido y empujo la puerta de entrada.

Lentamente subo por las escaleras, el repiqueteo de mis tacones resuena en las paredes y juraría que los latidos de mi corazón también.

Mitch está apoyado en el umbral de su puerta esperándome. Me sonríe y tiene un aspecto estupendo, diferente a otras veces, pero estupendo. Descalzo, vestido con unos pantalones chinos anchos de color azul grisáceo y una camisa blanca arremangada hasta los codos. Solo su cabello caótico me recuerda al Mitch con el que suelo encontrarme cada día en el hospital.

Dejo la escalera tras de mí, voy hacia Mitch y me detengo a cierta distancia de él.

—Te has puesto camisa. —La primera frase innecesaria de la noche. ¿Qué es lo que me pasa?

—Muy observadora —contesta, y su sonrisa es cada vez más ancha.

Tiene los rasgos marcados, en contraste con la camisa clara su piel parece más morena que de costumbre. Irradia calidez y tranquilidad. A pesar de mis tacones, no soy tan alta como él. Estoy nerviosa, pero junto a Mitch me noto segura y no siento la necesidad de ser diferente a como soy. Ni de aparentarlo. Y, después de todo lo que ha ocurrido y por lo que hemos pasado, me pregunto cómo he podido considerarlo un yogurín. Mitch no es ningún niño...

—Y tú llevas tacones —me dice.

—Muy observador —repito sus palabras y le devuelvo la sonrisa.

Casi nunca uso este tipo de calzado. Simplemente porque en general no me apetece hacerlo, nada más ni nada menos. Y estoy convencida de que a Mitch le daría igual, pero esta noche los necesito. Me confieren algo más de confianza en mí misma, aunque pueda sonar ridículo.

Nos volvemos a mirar, nos observamos mutuamente y no nos movemos. Es como si no tuviéramos elección. Paseo mi mirada por su rostro, las ligeras sombras de barba, que ayer no me llamaron la atención, y su esbelto cuello, los músculos que deja entrever su camisa, ligeramente abierta, pues ha dejado sin abrochar los dos últimos botones. Mitch no me toca, pero es como si lo hiciera. Como si explorara mi cuerpo con las puntas de sus dedos...

El pasillo está en silencio, de eso estoy segura. Pero no es así dentro de mí. La sangre me zumba en los oídos, mi respiración suena agitada, aun cuando intento respirar más lenta y tranquilamente. Con más calma. Pero ¿cómo demonios puedo hacerlo si Mitch me mira así? Si me imagino que lo toco y...

Mitch se separa del marco de la puerta y con un gran paso de sus largas piernas cubre la distancia entre nosotros dos. Con un movimiento ágil, coloca su mano derecha entre el cabello sobre mi nuca y el brazo izquierdo en mi cadera para de un tirón acercarme a él. Sin titubear, presiona sus labios contra los míos y me besa; y no he sentido nada en el mundo mejor que esto. Es natural, es perfecto.

Respondo al beso, le paso la mano libre por el pelo e intento que se pegue aún más a mí, y cuando él me muerde suavemente el labio inferior no puedo reprimir un leve gemido. Separa la mano de mi cabello, la conduce a través de mi cuello hasta la mejilla y sus dedos repasan los contornos de mi mentón, lo cual me provoca un escalofrío tras otro en la espalda. Y en el mismo instante en que empieza a hormiguearme el vientre, me tiemblan las rodillas y tengo la sensación de que me falta el aire, Mitch se separa de mí.

Respirando con dificultad, nos quedamos ahí parados, nariz contra nariz, mientras yo soy incapaz de hilar un pensamiento racional. Solo estoy agradecida de no haber dejado caer al suelo la botella de vino.

—Perdona —murmura él—. No tenía intención de asaltarte de esta manera, pero no he podido evitarlo.

—Está bien. —«Por favor, no pares», le ruego en silencio.

—Entra. La cena casi está lista.

Mitch se hace a un lado y me invita a pasar al piso. Oigo como se cierra la puerta y yo le ofrezco la botella de vino.

—No sabía si era lo adecuado —admito—. No suelo beber vino.

—¿No sueles o no lo bebes nunca? —me pregunta Mitch mientras se hace cargo de la botella. ¿Cómo es que me conoce tan bien? —. He comprado unas cuantas cervezas. Tampoco sabía si eran adecuadas.

—Lo que es seguro es que no pasaremos sed —le contesto, y echo un vistazo a mi alrededor, con las rodillas temblándome un poco aún.

El apartamento es pequeño pero muy acogedor, tal como puedo apreciar al echarle ese primer vistazo. A la nariz me llega aroma de tomate, cebolla, limón y algo más que no puedo identificar. Huele de maravilla.

La luz es tenue, oigo el ligero susurro de un aire acondicionado y mientras tanto llego a la conclusión de que me gusta la casa. El sofá gastado, las estanterías repletas, la decoración sencilla.

Mitch está junto a mí y me deja un momento para que mire a mi alrededor. Doy un par de pasos más, me detengo y lo miro como disculpándome.

—¿Tengo que descalzarme? Lo siento por preguntar ahora, cuando ya estoy en medio de tu casa.

Pero Mitch se limita a pasarme el brazo alrededor y besarme en la frente.

—Si me molestara te lo habría dicho, querida. Me gusta ir descalzo, pero tú puedes quedarte con los zapatos puestos o descalzarte. Como prefieras.

—De acuerdo.

—Tengo que ir a la cocina, ¿me acompañas? ¿O prefieres sentarte y esperarme?

—Te acompaño. Quiero saber qué es lo que huele tan bien.

Mitch me antecede, deja la botella de vino y se detiene frente a un mortero, y con un gesto de la cabeza me pide que me acerque.

Me apoyo en la encimera junto a él.

—¿Qué es esto? —le pregunto antes de reconocer el aguacate y deducirlo—. Espera, ¿no estarás preparando guacamole mexicano de verdad?

Resopla y me lanza una mirada del todo incrédula.

—¿Qué esperabas? ¿Que lo comprara hecho? Mi madre lo sabría desde México y se desmayaría, te lo aseguro.

—¿Así que tiene poderes sobrenaturales?

—Sí. Cuando se trata de comida, sin ninguna duda.

Me río en voz baja y observo a Mitch chafar el aguacate en el mortero. Más bien mi mirada se fija en sus manos, las diferentes venas, tendones y músculos, que en cada movimiento se marcan y se hacen evidentes.

«Maldita sea.»

Estoy totalmente perdida. ¿Cómo algo tan simple como esto puede hacerme perder los estribos? Fascinarme y excitarme. Ya había conocido a gente guapa en mi vida, personas que consideré atractivas. En caso contrario no me hubiera acostado con ellas. Pero con Mitch es más que eso. Más intenso. Más profundo.

Creo que nunca he estado enamorada. No de esta manera. No de verdad. Si es que se puede hablar en esos términos.

Debido al nerviosismo, no dejo de cambiar el peso de un pie al otro. Mitch se da cuenta y levanta una ceja de forma interrogativa.

—No te preocupes, querida. Los burritos son para el postre.

No quiero reírme, pero lo hago de todos modos.

—Idiota —le suelto, aunque Mitch sonríe con picardía y me guiña un ojo—. ¿Y antes qué hay? —digo siguiéndole el juego mientras sirve el guacamole en un cuenco.

—Como aperitivo tenemos totopos de maíz con queso gratinado y guacamole casero, después enchiladas, ya que te gustaron tanto, tacos, y el postre ya lo conoces. Aunque también hay biónico.

Tiene que haber visto mi expresión confusa, pues enseguida me explica a lo que se refiere.

—Es una macedonia mexicana con crema agria, miel,

muesli y coco rallado. No suelo poner pasas, porque no me gustan, pero si quieres puedo echar algunas. Créeme, está delicioso.

—Suena estupendo —admito, y disfruto viendo a Mitch cocinando y preparándolo todo. Se lo ve concentrado, aunque también parece como si lo relajara. Como si fuera una meditación.

—¡Ah, mierda! —suelta de repente, y contrae el rostro cuando me mira—. ¿Quieres beber algo? ¿Tu vino? ¿Una cerveza? ¿Agua? Me he olvidado completamente de preguntarte.

Respiro hondo y me relajo de nuevo.

—Dios mío. Pensaba que te habías cortado o que algo habías hecho mal con la comida. No me asustes así.

—¿Qué habría sido peor?

—Que la cena hubiera salido mal.

Su expresión es impagable. Entrecierra los ojos y sopesa si estoy bromeando o no.

—Estás de broma.

—No. Ahora mismo no. Tengo hambre. —Sonriéndole con picardía, me acerco a Mitch hasta que nuestros hombros se tocan. Pensaba que así podría confundirlo. Soy tan estúpida que sobre todo me confundo a mí misma.

Con gesto serio, dirijo mi mirada hacia sus labios y mi ingenio se disuelve en el aire. No recuerdo en absoluto de qué estábamos hablando.

Alzo la mano derecha en un gesto mecánico y toco los labios de Mitch, sigo su contorno, siento su aliento en la piel y me da completamente igual que se dé cuenta de lo mucho que lo deseo.

Nos besamos de una manera más alocada, rápida y

hambrienta que nunca. Las manos de Mitch se introducen bajo la costura de mi top, me acarician circularmente las caderas, la cintura, y me provocan gemidos. Sin avisar me da la vuelta y yo pierdo el equilibrio, no consigo estabilizarme a tiempo con los tacones, y aunque Mitch me sostiene y yo sé que no me dejaría caer, estiro el brazo a un lado para apoyarme. Al hacerlo, introduzco la mano en algo húmedo y enseguida me quedo helada.

Abro los ojos y miro a Mitch.

—Oh, oh —acierto a decir respirando con rapidez antes de, temiéndome lo peor, mirar hacia la izquierda y alzar la mano.

Está llena de guacamole. Lo ha hecho él mismo, hace un momento. Se ha esforzado mucho, y yo acabo de meter la mano dentro. Estupendo. No es posible.

—Sí que tienes hambre. Apenas puedes esperar —comenta Mitch divertido, y yo noto como el calor me asciende hasta el rostro mientras él contiene la risa.

¿Qué hago ahora? ¿Simplemente me lo limpio? ¿Lo devuelvo al cuenco? Sería asqueroso, ¿no?

Mitch me quiere agarrar la mano, pero yo la aparto y paso por su lado.

—Ahora mismo me lo limpio en el baño, lo siento —le digo disculpándome, y no alcanzo a dar ni dos pasos antes de que me detenga y me atraiga hacia él.

Por desgracia eso lo empeora todo, porque en un acto reflejo estampo la mano contra su pecho y ahora en medio de su camisa blanca se puede ver la gigante huella verde de mi mano izquierda.

—Cerveza —digo de repente.

—¿Qué?

—Una cerveza estaría de película. O vino. Lo importante es que contenga alcohol —mascullo.

Nada de eso parece interesarle en absoluto a Mitch, simplemente está entretenido y sigue sonriendo como un estúpido sin llegar a soltarme. Sin previo aviso, empieza a lamer con picardía el guacamole de uno de mis dedos y yo siento ese roce en cada fibra de mi ser. Reprimo un gemido. Por lo menos la cuestión de qué hacía yo con todo ese guacamole ha quedado en parte solucionada.

Me conduce hasta el fregadero para que me pueda lavarme la mano y realmente me esfuerzo para no derretirme de la excitación. Y entonces veo de nuevo la enorme mancha.

—Lo siento mucho.

Sin pensármelo dos veces, me vuelvo hacia Mitch y me dispongo desabotonarle la camisa y quitársela, ya que por mi culpa está toda manchada.

Una vez abierto el segundo botón me detengo. No solo porque me doy cuenta de lo que estoy haciendo, sino también porque Mitch me impide proseguir, de forma suave aunque decidida. Bajo la camisa no llego a ver su piel, sino otro tipo de tejido.

Sé qué es, y de repente me callo, porque lo había olvidado. Aunque ahora me recuerda que entre Mitch y yo aún hay mucho que resolver. Que ya hemos hablado del tema, pero no lo suficiente.

Mi mirada se queda fija en las prendas que lleva puestas y respiro hondo con el fin de juntar el valor para tocarlas. No porque tenga miedo de lo que esconden ni tampoco porque me produzca rechazo. Realmente no me lo producen. Solo me esfuerzo en no pensar que yo soy la culpable de todo. Pero Mitch es solo Mitch. Quizá gracias a esto se ha vuelto aún más valioso. Aún más atractivo.

Sin embargo, no puedo avanzar, me detengo de nuevo. ¿Por qué? ¿Qué es lo que me pasa?

Miro hacia arriba, por encima de los dedos de Mitch entrelazados con los míos, más allá de su nuez y su mentón, hasta que alcanzo a ver su ceño fruncido y su rostro serio.

—¿Mitch? —empiezo a decir en voz baja, y coloco la mano libre sobre su mejilla—. Hablemos.

«Por favor, por favor, hablemos. No me dejes fuera.»

—No sé qué decir —me contesta con voz áspera, aunque no se mueve ni un centímetro.

—¿Me dejas verlas?

Su mirada se vuelve hacia mí, la musculatura de su mentón se mueve con fuerza y se aprecia claramente cómo lucha consigo mismo. Después de nuestra conversación, después de que estuviera ahí para mí, después de todas las bromas sobre sus burritos, pensaba que estaba claro adónde se dirigía esta cita. Pensaba que a Mitch le parecía bien; pero me he equivocado. Qué ingenua he sido.

Mitch aún lucha consigo mismo y con sus cicatrices, aunque no quiera. Y, si soy sincera, yo también he luchado con eso. De manera diferente, pero también es algo que me ha preocupado. ¿Qué pasará cuando las vea y no pueda huir de los sentimientos de culpa, de mis pensamientos y de la realidad? Aunque ahora, junto a él, ya no tiene ninguna importancia.

—¿De qué tienes miedo, Rivera? —Lo llamo a propósito así porque quiero romper el hielo y que no se eche atrás. No quiero que piense que me siento incómoda o que sus cicatrices pueden producirme rechazo—. ¿Mitch? —añado en susurros, retiro la mano de su mejilla y la entrelazo con fuerza con la suya, porque siento que lo necesita. Necesita cercanía y comprensión.

Por un momento pienso que me va a contestar que no tiene miedo, pero entonces me sorprende con su sinceridad.

—Tengo miedo de que no estemos preparados.

—¿Quieres que lo descubramos juntos? —sugiero, y puedo ver reflejados en su mirada el miedo y la inseguridad, pero también la esperanza y el deseo—. Las cicatrices me dan igual. Pero la idea de que quizá las tienes porque fui demasiado lenta, no. Este pensamiento es lo que me duele. Tus cicatrices no me importan. Yo creí... creí que te perdía —admito mientras expreso cada una de mis palabras en voz cada vez más baja—. Dudé porque tenía miedo a perderte, y después me culpé por la misma razón. Si no quieres porque no estás preparado, no pasa nada. Pero que no sea por mí. Ni se te ocurra dudar por mi culpa.

Mitch deja poco a poco de abrazarme, me suelta la mano y yo respiro. Pero en lugar de agarrar su camisa, lo rodeo con los brazos, lo estrecho y lo beso de nuevo. Hundo los dedos en su cabello con fuerza y gimo cuando Mitch se arrima a mí, cuando mi pecho se pega al suyo y él me devuelve el beso como si nunca más fuera a poder hacerlo.

Mitch me empuja fuera de la cocina. Nos tambaleamos, damos un traspié, reímos y gemimos hasta llegar al sofá. Él se deja caer sobre los cojines y me arrastra consigo de manera que aterrizo sobre su regazo. Al hacerlo, mi cabello vuela sobre nuestros rostros y no puedo evitar reír, porque está por todas partes y tengo que apartarlo.

—Eres preciosa. —La voz de Mitch es oscura y áspera. Me produce escalofríos por todo el cuerpo y noto como la piel se me eriza en los brazos y luego el escalofrío se extiende por todo el cuerpo.

Sin pensármelo dos veces, me quito el top, también manchado de guacamole, por encima de la cabeza y lo dejo en el suelo junto a nosotros. Mitch me agarra cada vez con más fuerza de las caderas y no solo puedo apreciar su excitación, sino también sentirla debajo de mí. Me mira, y la manera en que lo hace es como si me acariciara. Todo esto es tan nuevo para mí... Pero con Mitch me siento segura.

—Diría que ahora te toca a ti —lo invito, y añado un «¿Te parece bien?» mudo, porque su mirada es demasiado para mí. Demasiado intensa.

Mitch asiente, coloca mis manos sobre su pecho y permite que le abra todos los botones de la camisa.

No transcurre mucho tiempo hasta que puedo sacarla de sus pantalones y abrirla hacia ambos lados. Ahora puedo reconocer que se trata de una prenda de comprensión, no solo de una camisa. Le cubre los hombros, el lado izquierdo del brazo hasta la clavícula y le llega desde el pecho hasta debajo de la cintura y las caderas.

La cremallera está situada en el lado de su cuerpo libre de cicatrices; en la zona superior reconozco una especie de gancho de seguridad y, sin dudar, lo retiro. Una vez abierto, tiro de la cremallera despacio de tramo en tramo, noto la presión que ejerce sobre lo que cubre, tan importante para que sanen las cicatrices y las heridas. Se ve claramente como su pecho asciende y desciende. Me mira a mí, no mi mano. No podré quitarle la prenda sin su ayuda, pero puedo empezar a hacerlo.

—Déjame a mí —dice Mitch de repente y me retira de su regazo para colocarme a su lado.

Se pone en pie, deja caer la camisa al suelo como yo he hecho antes con el top y se desabrocha los pantalones. Tras inspirar hondo se los baja, se los quita y ya no lleva nada más puesto que los bóxers y la prenda elástica compresiva. Abre la cremallera hasta el final antes de desembarazarse de la manga derecha y proceder con la izquierda, con la parte herida. Tiene el rostro contraído, veo lo estresante que es, y seguramente incómodo. Estas prendas son muy ceñidas, pues al fin y al cabo deben ejercer suficiente presión sobre la piel y los tejidos para que puedan sanar correctamente.

—Espera, te ayudo.

Sin esperar su respuesta, me vuelvo y me coloco frente a él. Esto es algo íntimo y valioso, algo que nos une. Ya no tengo miedo y ya no estoy nerviosa. Estoy agradecida de que Mitch confíe en mí y de que ambos demos lo mejor de nosotros mismos para dejarlo todo atrás y concentrarnos en lo esencial: nosotros.

Una vez que Mitch ha liberado su brazo izquierdo por completo, yo sigo respirando de forma entrecortada. Él se detiene, yo también. Me encuentro delante de él y empiezo a hacer mía esa visión. Las partes enrojecidas y también blancas, la piel cicatrizada que se extiende sobre su corazón. No puedo hacer otra cosa que colocar la mano encima de este, lenta y cuidadosamente, con el fin de notar sus latidos.

Bum, bum, bum.

—Demasiado rápido, late demasiado rápido. Como si escapara de algo —susurro, y maldigo en silencio, pues es algo que no quería decir en voz alta.

Mitch coloca su mano sobre la mía.

—O como si fuera al encuentro de algo.

—Bah, qué cursi —musito, y nos reímos. Hasta que retiro la mano de debajo de la suya y con la punta de los dedos empiezo a recorrer las cicatrices y sus marcas, por encima de los hombros hasta su bíceps y de vuelta. Cada segundo que pasa, la respiración de Mitch se acelera y la mía también.

—¿Y? —pregunta Mitch sin aliento.

—¿Y qué? —le respondo.

—No tengo ni idea... de qué quería preguntarte.

Aunque sí lo sabe, pero seguramente no puede decirlo o expresarlo en palabras. Y está bien.

—Eres solo tú, Mitch. Solo tú —le digo, y lo pienso de verdad.

De repente me levanta del suelo y yo grito de sorpresa hasta que me alcanza con la boca. Hasta que sus besos me roban la respiración, sus manos me agarran el culo y su lengua juega con la mía.

Todas sus reticencias han desaparecido, es como si hubiera apagado un interruptor y finalmente pudiera ser el hombre que quería ser. El hombre que es.

Me lleva desde el sofá hasta su cama, que está en una esquina al fondo, justo al lado de una de las ventanas, y me deja caer sobre el mullido colchón. En ese momento para de besarme.

Nuestra respiración es audible y rápida, esto es como un delirio. Mitch se inclina sobre mí, me desabrocha el sujetador y lo lanza sin más comentarios. Por un instante resulta extraño estar tumbada en la cama solo con los vaqueros, las bragas y los tacones, hasta que comienza a besarme el mentón, la arteria carótida, la clavícula. Hasta que se abre camino entre mis pechos y al mismo tiempo me vuelve loca con el contacto de las puntas de sus dedos mientras me acaricia el cuerpo, de arriba abajo, una y otra vez.

—Mitch —gimo impaciente, y empiezo a despeinarlo con las manos.

Noto su risa en la piel, su respiración, sus labios y su lengua, que lame en círculos mi pezón derecho. Mi suspiro se convierte en un gemido y no puedo hacer más que acercarme a él, cerrar por unos segundos los ojos y disfrutar de esta sensación. De la caída libre. De su agarre.

Hasta que se separa de mí. Mitch se endereza un poco, abre el botón de mis vaqueros y tira un poco hacia abajo. Lo ayudo, doblo las rodillas y permito que me quite los pantalones y, de paso, los zapatos.

—¡Dios mío! —murmura, y yo sonrío.

—Ha sonado como si fuera un cumplido.

—Querida, te aseguro que lo ha sido.

Con un ágil movimiento se pone en pie y rebusca en el pequeño cajón de la mesita de noche. Intuyo qué es lo que trata de encontrar desesperadamente, así que salto de la cama y corro de puntillas hasta la cocina, donde tengo el bolso. Pocos segundos después me planto detrás de él y agito un condón delante de sus narices. Me lo quita de las manos, se vuelve hacia mí y me tira de nuevo a la cama, lo que me hace reír.

Entonces empieza a quitarse toda la prenda de compresión por encima de la cadera y de las piernas hasta que aterriza en el suelo.

Por un momento se me hace un nudo en la garganta, me quedo sin aliento y siento un vacío en el estómago, porque está claro que lo de ahora es más que sexo. Habrá una mañana después de esto. Y para mí nunca ha habido una mañana. Ninguna significativa y ninguna que recuerde. Pero después de esto habrá una mañana y otra y otra. Estoy convencida.

Resultaría inquietante si tuviera la oportunidad de seguir pensando en ello.

En cambio, Mitch atrae mi atención por completo. Se me acerca lentamente y puedo ver cada una de sus cicatrices, la piel herida que se tensa sobre sus músculos. Lo sigo con mi mirada hasta la cintura, hasta su erección.

Mitch me agarra por los tobillos y tira de mí hacia él con suavidad pero con determinación para quitarme las bragas de manera tortuosamente lenta. Olas de calor y piel erizada se alternan y me sobrevienen una y otra vez.

—Joder —musito para a continuación jadear, pues los labios de Mitch están de repente sobre la parte interior de mi muslo y la punta de su lengua me provoca oleadas de excitación en todo el cuerpo.

—¿Por qué maldices? —Puedo notar como sonríe. Sabe exactamente por qué maldigo.

Me separo de él lo justo para poder enderezarme, miro directamente el rostro de Mitch y me inclino para besarlo y para atraerlo hacia mí. Hasta que puedo... hacer esto.

Mitch suelta un gemido de sorpresa cuando lo tumbo de espaldas y me siento sobre él.

Me gusta la vista que tengo. Además, ahora me toca a mí encargarme de la situación. Literalmente.

Cuando agarro el miembro erecto de Mitch, este deja escapar el aire con violencia, antes de gemir y soltar unas cuantas palabras en español que no entiendo. Quizá sean palabrotas, quizá sean oraciones, no lo sé. Pero me gustan.

Ya no tengo prisa. Resulta demasiado fascinante

poder observar cómo se retuerce, cómo sus músculos se tensan y se mueven y con sus manos agarra la sábana debajo de él o mis muslos.

—Sierra —suspira mi nombre mientras con la mano le masajeo los testículos y le acaricio el miembro de arriba abajo una y otra vez.

Ya siento mi propia humedad en los muslos, el hormigueo entre mis piernas, y aunque me gustaría seguir torturando a Mitch más tiempo, yo misma ya no puedo más.

Agarro el condón y abro el envoltorio. Mitch quiere enderezarse, pero yo lo empujo contra la cama porque quiero seguir encima.

—No quiero cambiar de posición —le digo decidida, y él se limita a sonreír.

Su rostro se me acerca mucho y yo...

—¡Mitch! —gimo, me muerdo el labio inferior y apenas puedo soportar la tormenta de sensaciones. Con el dedo me acaricia la vulva, lo introduce dentro, y yo separo las piernas un poco más, porque no puedo hacer otra cosa. Estoy demasiado bien. Sus dedos están por todas partes.

—Yo tampoco quería cambiar de posición —me explica junto a mis labios, y me gustaría insultarlo, pero ahora mismo me cuesta demasiado.

Cabalgo su mano, lo dejo hacer y siento cómo se va construyendo mi orgasmo, mientras con el pulgar me acaricia sin pausa el clítoris y los otros dedos distribuyen la humedad. Mis músculos se tensan, mis gemidos aumentan, cierro los ojos y Mitch se detiene. ¿Cómo puede parar ahora? ¿Cómo?

Mis labios emiten un pequeño grito de frustración, como si fuera un gemido, mientras las piernas me tiemblan. Me besa, me abraza y necesito un momento para poder volver a pensar con claridad.

—Quiero estar dentro de ti cuando te corras —dice en voz baja y tranquila, me acaricia la mejilla y me quita el condón de la mano como si supiera que ya no soy capaz de ponérselo.

Le hago sitio, él me agarra por las caderas y yo me inclino despacio sobre él y lo dejo entrar. Paso a paso, con cada movimiento un poco más.

—Dios mío... —oigo como suspira, y sé exactamente a qué se refiere.

Me coloco el pelo tras los hombros, empiezo a moverme y noto como la excitación de hace un momento, el hormigueo y la tensión regresan. Aun así no acelero los movimientos, balanceo las caderas lentamente adelante y atrás. Porque quiero disfrutarlo.

—Esto es... Esto es... Sierra, no puedo prometerte no ponerte ahora mismo de espaldas y comerte entera como sigas torturándome de esta forma —me dice, y gime en voz alta y profunda. Sus manos no paran de moverse, me acarician la piel, los pechos, el culo, y yo me pierdo en esta sensación.

Pero en un momento dado ya no puedo más. Aumento el ritmo, cada vez voy más deprisa. En la habitación resuenan nuestros jadeos, así como nuestros gemidos y el choque de nuestros cuerpos.

Mitch se retuerce bajo mi peso, sus dedos se colocan sobre mi vulva y con cada movimiento mío presiona mi parte más sensible y me ayuda a correrme.

Me empiezan a temblar las piernas, mis movimientos se vuelven frenéticos y, cuando mi orgasmo está a punto de estallar, Mitch se pega a mí, levanta sus caderas y me embiste mientras no deja de acariciarme.

Chillo, grito su nombre, y mientras me corro me coloca de espaldas con un ágil movimiento y se introduce en lo más hondo de mí. Más profundamente, con más fuerza, más deprisa hasta que él también se corre diciendo mi nombre.

Mi nombre nunca había sonado tan bonito.

39

Mitch

Completamente sin aliento, me dejo caer junto a Sierra y le estampo un beso en los labios hinchados. Tiene los ojos cerrados y su boca dibuja una clara sonrisa. Nunca la había visto tan preciosa como ahora.

La estoy mirando fijamente, lo sé, pero, joder, no me puedo creer que esté tumbada a mi lado. Entre mis brazos. Que acabe de pasar todo esto y que no parezca que se arrepienta.

Sierra se despereza, emite un par de sonidos graciosos, se gira hacia mí y coloca una mano sobre mi abdomen. No, no se arrepiente. No se aleja, no se pone en pie e intenta marcharse. Está tumbada junto a mí, acurrucada, se queda aquí, y sabe Dios que es lo mejor que me ha pasado nunca.

Si pudiera, no me movería, permanecería así toda la eternidad disfrutando de esta sensación. Pero por mucho que lo desee, no puede ser. Maldiciendo por dentro, aprieto los dientes para alargarlo por lo menos un poco. Un minuto o dos. Pero en un momento dado ya no lo soporto. La delgada película de sudor que cubre mi cuerpo y el movimiento físico de hace un momento han hecho que note la tirantez y el escozor de la piel cicatrizada. El escozor es frecuente, pero la prenda de compresión me ayuda mucho, así que apenas lo sufro. En este preciso instante me rascaría con mucho gusto toda la piel o me la arrancaría directamente a tiras de lo mucho que me pica.

—¿Mitch?

—¿Hmm?

—¿Todo bien?

Por un momento he cerrado los ojos, y cuando los abro veo como Sierra se ha sentado junto a mí y me observa preocupada.

—Me refiero, por lo de ahora y... no pareces especialmente relajado.

—Lo de ahora ha sido perfecto y espero que lo repitamos —le respondo sincero, y ella parece aliviada—. Solo tengo que... ¿Te parece bien si te dejo un momento sola y voy al baño? —No puedo evitarlo y me rasco con disimulo una parte de la cintura. Aunque no con el disimulo suficiente, porque la mirada de Sierra se dirige directamente hacia allí. Mi movimiento no le ha pasado desapercibido.

—¿Te duele? ¿Te he hecho daño? —me pregunta seria, y su expresión grita claramente: «No te atrevas a mentirme, Rivera».

Acabamos de acostarnos, estamos sentados desnudos uno frente al otro, ambos queremos que esto funcione y, a pesar de que ya hemos hablado del accidente, me cuesta admitir frente a ella que me tengo que ocupar de mis cicatrices.

—No —contesto, niego con la cabeza y me froto la frente—. Tengo que ducharme y ponerme la crema, porque me pica la piel, y después debería ponerme de nuevo la prenda de compresión. Me gustaría dejar que pasaras tú antes al baño, solo que... —Vuelvo a maldecir por lo bajo.

—No tiene importancia, Mitch —responde ella, y coloca la mano sobre mi pecho—. Ve. Te espero aquí.

Como no sé qué más puedo decir, agarro su rostro entre mis manos y la beso en la boca.

—Vuelvo volando, querida.

Con estas palabras salto de la cama, atravieso la habitación en dirección al baño y lo primero que hago es tirar el condón. Después abro el grifo de la ducha, me meto enseguida dentro y reprimo un suspiro de satisfacción. El agua enfría mi piel recalentada, se lleva el sudor y el escozor, que me acompañará durante un tiempo. El tiempo que mi piel necesite para recuperarse. Podría haber sido peor. En mi caso el prurito es menor y llevadero. Si aumentara, siempre puedo medicarme, algo que por suerte hasta ahora no ha sido necesario, por lo menos no desde que me dieron el alta.

Me ducho a toda velocidad, cierro el agua y me seco por encima antes de envolverme la cintura con la toalla. Además, busco otra toalla limpia en el pequeño armario junto a la ducha y la dejo sobre el lavabo. Para Sierra, por si la necesita.

Ahora solo falta la crema. Con el tubo en la mano, vuelvo al dormitorio, donde, tras unos pocos pasos, me detengo para observar a Sierra.

Se ha tumbado bocabajo, las sábanas se han arrugado y enrollado entre sus piernas y su cabello oscuro está esparcido alrededor de su cabeza. Y su espalda, así como el inicio de su culo, están sin tapar. En ese momento evito tener que pellizcarme o darme una fuerte bofetada para comprobar si realmente estoy despierto o si esto ha sido solo un sueño.

Me tomo mi tiempo para observarla a cada paso que doy y al final me siento junto a ella al borde de la cama. Las puntas de mis dedos acarician la piel entre sus omóplatos, deslizándose por el arco que forma su columna hasta su trasero para volver a empezar. Sierra vuelve la cabeza hacia mí y me sonríe con calidez.

—¿Todo bien?

—¿Otra vez preocupada? —le pregunto bromeando, y ella resopla.

—Nunca me he preocupado por ti ni por nada que tuviera que ver contigo.

Divertido, me inclino sobre ella y coloco la mano sobre la parte baja de su espalda.

—Mentirosa. —Entonces la beso.

«¡Maldita sea!»

Besar a Sierra viene a ser cada vez un éxtasis que desearía que nunca se acabara.

Esta noche ha sido igual. Embriagadora. Increíble. Aunque nada saliera según lo planeado. Y me pregunto cómo continuará. Y cómo terminará. ¿Se quedará toda la noche o se irá tras la cena?

—Si quieres puedes ir al baño. He dejado una toalla preparada para ti encima del lavabo. Por si quieres ducharte.

Ella se endereza y yo le retiro un mechón de la cara para colocarlo tras su oreja.

—¿Es esta la crema para tus cicatrices? —me pregunta sin comentar mi propuesta. Señala el tubo que llevo en la mano.

Asiento y en un abrir y cerrar de ojos me quita la crema de la mano.

—¿Puedo hacerlo yo?

Sierra me observa seria y yo alzo las cejas asombrado.

—¿Quieres ponerme la crema?

—Sí. Si te parece bien. Si no resulta demasiado...

Aprieta los labios, se lo piensa un momento, así que termino su frase con la palabra que me viene a la mente.

—... ¿íntimo?

Su mirada se cruza con la mía, inclina la cabeza un poco hacia un lado de forma que el mechón que le acabo de colocar tras la oreja cae de nuevo hacia delante.

—O incómodo. Pero sí, *íntimo* sería la palabra.

Somos compañeros, hemos pasado por muchas cosas, nos hemos enamorado, nos hemos acostado y no ha sido algo de una sola vez. Por lo menos así lo espero. Es cierto, aplicar crema sobre mis cicatrices resultaría muy íntimo. Íntimo de una manera distinta a acostarse con alguien. Así que me pregunto interiormente si me importaría, y aunque me pongo muy nervioso, la respuesta está clara: confío en ella.

—De acuerdo. Si quieres... Te espero a que vuelvas del baño.

—Me ducho deprisa y me desinfecto las manos. ¿Tienes gel?

—En el armario junto al lavabo.

Salta literalmente de la cama y grita mientras corre:

—¡Dame dos minutos!

Por el camino se dedica a recoger su ropa.

Y realmente es así de rápida. Regresa vestida y preparada, con el top aún manchado de guacamole, y mantiene las manos en alto como si fuera a empezar ahora mismo una operación. Eso me hace reír.

Me siento en el borde de la cama, ella se coloca frente a mí y me extiende la palma de la mano.

—La crema, por favor.

—Sí, doctora Harris —le contesto, y pongo algo de crema en sus dedos.

—¿Debo tener algo en cuenta? —pregunta antes de comenzar.

—Simplemente no ejerzas mucha presión, y lo mejor es aplicarla de arriba abajo. Hay que extenderla con suavidad sobre el tejido.

—Vale.

Concentrada, empieza a aplicarme la crema y el primer contacto siempre resulta algo extraño. Inusual. Porque en ocasiones casi ni lo noto. Cuando nos hemos acostado era algo diferente, pues el foco no estaba concentrado ahí. Ahora sí.

Sierra procede con cuidado, lo reconozco cuando lanzo un vistazo a la izquierda y sigo sus movimientos. Creo que en este momento es más médica que amiga. Entre sus cejas se forma una arruga, mueve los labios una y otra vez, a veces incluso llega a mordérselos o los aprieta. No creo que se dé cuenta, pero es bonito poder observarla así.

—Por favor, levanta el brazo o muévelo un poco hacia atrás —murmura mientras se inclina más hacia mí.

Extiende la crema a la altura de mis costillas y está tan cerca de mí que consigo darle un beso rápido en la sien.

—Rivera, déjate de tonterías, estoy trabajando —gruñe, y agita la mano libre, como si yo fuera una mosca pesada, y me empuja.

Realmente estoy loco por esta mujer.

Procuro disfrutar de los últimos movimientos y del contacto, pues pronto habrá terminado. Durante los segundos restantes cierro los ojos y me concentro en la sensación de los dedos de Sierra sobre mi piel. Diferentes zonas ya han absorbido la crema y apenas noto la picazón. Podría acostumbrarme a que ella lo haga. Y a que este aquí, conmigo.

—Listo —oigo que dice, y abro los ojos para echar un vistazo. Solo hay un punto en el que las cicatrices están algo hinchadas, pero por lo demás y como no podía ser de otra manera, lo ha hecho perfecto.

—Gracias, querida. Me ha sentado genial.

—De nada —me contesta, y se endereza—. ¿Necesitas ayuda con la prenda de compresión?

Me echo a reír. Cuando Sierra hace algo, lo hace bien.

—¿Qué tiene de gracioso? —Suena confusa.

—No eres mi enfermera, no tienes por qué hacerlo.

—Soy tu... —De repente detiene su justificación apasionada y abre mucho los ojos—. Olvídalo. Tengo que lavarme las manos.

La miro con una sonrisa, pero no la detengo.

¿Estaba a punto de decir «tu novia»?

Niego con la cabeza y me revuelvo el pelo. Aunque suene extraño, estoy contento de que no lo haya dicho. Esta es nuestra primera cita y, a pesar de que no hay nada que desee más que estar con Sierra, ambos hemos decidido ver primero adónde nos conduce. Mantenerlo en privado. Para mí también significa no ponerle un nombre a todo esto, sino simplemente disfrutarlo. Aun así, hay una buena parte de mí a la que le habría gustado oírselo decir.

Mientras Sierra está en el baño, saco una prenda de

compresión nueva de la cómoda junto a la cama y una camisa limpia. Los pantalones aún me los puedo poner. Siento bien la piel, no se ven restos de crema, así que me voy vistiendo lentamente. Mientras me pongo la prenda de compresión pienso en cómo se desarrollará la noche. En lo que me gustaría que pasara.

Y lo tengo muy claro cuando Sierra regresa y me mira desde esos enormes y preciosos ojos.

—¿Necesitas ayuda?

—No —contesto, aunque es evidente cómo me peleo con la prenda.

Lo que más tiempo me lleva y más me cuesta es pasármela por las caderas y lograr meter el brazo. Sierra espera pacientemente hasta que lo consigo solo, aunque en alguna ocasión puedo ver como mueve los dedos por el deseo de intervenir y decir algo así como: «Déjame a mí, Rivera, no puedo quedarme mirando sin más».

Una vez que he terminado y me he puesto de nuevo la camisa y los pantalones, voy a su encuentro, la sujeto suavemente por los hombros y le pregunto sonriendo:

—¿Antes ibas a decir que eras mi novia?

Sus mejillas se enrojecen de forma tan delicada que apenas se ve, mientras me alcanza su mirada aniquiladora.

Antes de que pueda lanzarme algo a la cabeza sigo hablando, me inclino un poco más hasta apoyar la frente sobre la suya y cerrar los ojos unos segundos.

—Sería bonito escuchar algo así alguna vez —admito—. Pero hoy me conformo con que te quedes aquí. Conmigo. No te vayas esta noche.

Su «vale» dicho con voz apagada provoca que se

aceleren los latidos de mi corazón, y cuando murmura «No pensaba irme» hace que se desboque.

Mierda, ¿qué es lo que hace esta mujer conmigo?

—Bien. —Tampoco habría dejado que Sierra se fuera así sin más—. ¿Qué tal si comemos algo?

40

Sierra

Comienza mi turno en urgencias. Dos días más y por fin tendré libre. Quién habría dicho que me alegraría por ello... Sacudo ligeramente la cabeza y suspiro. Aunque me ha sentado bien mudarme. Quiero estar en mi nuevo piso sin tener miedo a que en cualquier momento entre mi madre para decirme de qué soy culpable y por qué motivo tendría que estarle agradecida. Ya no quiero seguir pensando que no me merezco nada, por más que trabaje. O que solo sirvo para algo si soy mejor que los demás. Quiero intentar creer que es suficiente con ser tal como soy. Sierra. Solo Sierra...

Y me sienta bien pasar tiempo con Mitch. Sonrío recordando la noche pasada. El sexo increíblemente bueno, pero sobre todo los momentos posteriores. Aquello que en parte había temido: nuestras conversaciones, el permitir una cercanía que no tiene nada que ver con el sexo. La cena, que no solo estaba buenísima, sino que fue muy divertida, porque me gusta el humor de Mitch, aunque él nunca llegará a saberlo. Resultó extraño dormir junto a alguien que me importa. Despertarme al lado de alguien y no querer desaparecer en ese mismo instante.

Hemos venido juntos al trabajo, pero una vez dentro del Whitestone nuestros caminos se han separado. Estamos de acuerdo en que aquí no se debe saber que salimos juntos. Es más fácil así.

—¿Por qué sonríes de esta forma tan rara? —me susurra una voz directamente en la oreja, y yo doy un respingo y maldigo.

—Mierda, Laura. ¿Tienes que asustarme de esta manera?

—Y estás diferente.

Me vuelvo hacia ella.

—¿Qué tal tu noche?

—¿Qué tal la tuya?

—No desvíes la atención, Sierra.

—Te has dado cuenta. Eres tan lista... Me gusta.

—Qué graciosa —me contesta Laura frotándose los ojos, para a continuación abrirlos y renegar—. ¡Maldita sea! Hoy me he puesto rímel, ¿se me ha corrido?

Se me acerca y automáticamente yo me distancio un poco.

—No. Las ojeras ya estaban de antes.

De repente empieza a husmearme.

—Hueles diferente. Muy sutil, pero... —Es como si hubiera estado dormida hasta ahora y finalmente se hubiera despertado—. ¡Dios mío! La cita de ayer.

—¡Chss! —le ordeno callar, y enseguida baja el tono de la voz.

—¡No me enviaste ningún mensaje! ¿Cómo fue? ¿Qué tal la cena y Mitch y la noche en general?

—Entra un nuevo paciente ahora mismo —nos informa Lisha, que está trabajando toda concentrada detrás de nosotras.

—Gracias —le contestamos Laura y yo al unísono, lo que le provoca una sonrisa. Por suerte no ha oído nada.

Por si acaso, retrocedo unos cuantos pasos para alejarme del mostrador, porque no me gustaría que alguien nos estuviera escuchando.

—La noche estuvo muy bien —admito en voz baja, y Laura lo celebra sin abrir la boca.

Vuelve a hacer ese movimiento extraño con manos y brazos, lo que llama la atención de Lisha.

—Déjalo estar —le gruño, y enseguida deja de hacerlo.

—¿Qué había de cena?

—Burritos —le contesto sin pensármelo dos veces, y reprimo la risa.

—¿Estaban buenos? Quiero decir... —empieza a tartamudear—. Me suena todo esto. ¿Estamos hablando de comida? Creo que tengo un *déjà-vu*.

Espero un momento, convencida de que caerá en la cuenta pronto.

—No me jodas, os habéis acostado.

—Sí.

—¿Te has quedado a dormir?

—Sí.

Por algún motivo me siento vulnerable al admitirlo. Incluso frente a Laura. No deja de ser la única que lo sabe. O quizá por eso mismo.

—Cambiemos de tema. No quiero que nadie se entere. Así que no hablaremos de ello en el trabajo. ¿Entendido?

Laura se ríe.

—¿Qué? ¿Vais a sacar vuestros sentimientos de la mochila y a dejarlos en casa?

—Ya sabes a lo que me refiero —le suelto nerviosa, y me preparo para la llegada del paciente.

—Sí, y también que a la larga no funcionará. Pero hasta entonces mi boca permanecerá sellada. ¿Hablamos luego?

—¿Hay alguna forma de evitarlo?

—Eres tan lista, Sierra... Me gusta.

—Cierra el pico —gruño, pero tengo que reírme.

—Puedes estar contenta de que el único problema que tienes es si le cuentas a alguien lo de tus citas o no, yo en dos días tengo que salir de excursión y aún no sé por qué lo hago. Sobre todo, porque Josh no ha vuelto a escribirme.

—Dile a Nash que puede irse de excursión con el gato.

—Le rompería el corazón.

La miro de reojo y alzo una ceja.

—Si no te vas con él de excursión, tampoco se va a terminar vuestra relación.

—De alguna manera lo conseguiré. Se alegró tanto que ahora no puedo echarme atrás. Aunque preferiría meterme en la bañera y relajarme.

—Entonces pásatelo bien —le contesto maliciosa, y me gano una mirada suya feroz—. En cualquier caso, lo de Josh no me gusta nada.

—Tal vez por fin se está rindiendo.

—Eres una ingenua, Laura. Te lo repito, cuéntaselo a Nash. ¿Has hablado por lo menos con Jess?

Suspira.

—Jess y yo hemos aclarado lo de Ian. Todo está bien entre nosotras. Pero ¿lo de Josh? No. No lo sabe. Y

Nash..., de momento tampoco. Me cuesta decírselo. No quiero que después de todo lo que ha pasado y hemos dejado atrás, encima tenga que preocuparse por Josh.

Quiero protestar, pero Laura se me adelanta.

—Se lo contaré si Josh vuelve a enviarme un mensaje. Te lo prometo.

—Eso espero —le digo.

El tipo es un gilipollas y también da algo de miedo. Confío en que se mantenga alejado de Laura. Yo estaría más tranquila si por lo menos Nash lo supiera.

—Aunque estés unos cuantos días fuera, nada cambia. Sierra sigue con la misma cara avinagrada.

—¡Hombre, Zeenah! —exclama Laura, y abraza a nuestra compañera, que de repente ha aparecido junto a nosotras.

Yo estoy tan sorprendida que no puedo articular palabra.

—Yo también me alegro de veros —murmura, y al decirlo realmente parece muy feliz.

—No te arrimes tanto —le digo, y ella me guiña el ojo.

Laura se separa de ella con tanta vehemencia que Zeenah tiene que recolocarse el pañuelo de la cabeza.

—¡Te hemos echado de menos! ¿Cuándo has vuelto? No tenía ni idea de que hoy te tocaba turno. Tus galletas estaban buenísimas.

Resoplo.

—Espero que no hagas más. Laura comió tantas que le dio dolor de barriga y tuve que aguantar sus quejidos.

—¡Oye! —exclama Laura colocando los brazos en jarras—. Tampoco fue para tanto.

Nuestras miradas se cruzan y enseguida cede.

—De acuerdo, fue terrible. Pero valió la pena por las galletas.

Zeenah sacude la cabeza riendo.

—Os he echado de menos. Fue bonito regresar a casa, pero me alegro de haber vuelto. —Respira hondo. Da la impresión de que se ha reconciliado consigo misma. Me alegra mucho.

—¡Ha llegado la ambulancia! —grita Lisha, y viene a nuestro encuentro.

—Vamos —dice Laura toda contenta, y nos ponemos manos a la obra.

—¿Qué tenemos? —pregunta Laura, mientras me hago una primera impresión—. El señor Fuller, cincuenta y tantos, ha tenido un accidente con una pistola de clavos.

—Siempre que estás en urgencias aparece gente con algo en el trasero —le suelto a Laura, que se atraganta con una mezcla de tos y risa.

—En este caso solo se trata de una nalga —me contesta en susurros, mientras aparece ante nosotras el trasero desnudo del paciente.

—Realmente me alegro de haber vuelto —repite Zeenah con una gran sonrisa.

—Esto es ridículo. ¡Y todo es culpa tuya! —grita el hombre, mientras su mujer corre junto a nosotras furiosa y para nada arrepentida.

—¿Culpa mía? Te he dicho que no quería hacerlo, pero tú me has puesto esa máquina monstruosa entre las manos y luego te has colocado justo en medio.

—¿Así que ahora es culpa mía que me hayas disparado un clavo en la nalga? —pregunta consternado.

Esta discusión seguramente nunca habría finalizado si Lisha no se hubiera hecho cargo de la mujer y la hubiera tranquilizado.

—Lo más probable es que tengamos que amputar la nalga en cuestión —bromeo en voz baja, pero parece ser que el paciente ha llegado a oírlo y exclama:

—¿Qué?

Laura me fulmina con la mirada, aunque en sus ojos reconozco que se echaría a reír con ganas.

—No, señor Fuller, mi compañera está bromeando. Vamos a ver si requiere que le administremos la antitetánica, haremos una radiografía enseguida y veremos hasta dónde ha llegado el clavo. Después seguramente le pondremos la anestesia local, procederemos a extraer el clavo, limpiaremos la herida y, según el tamaño de esta, la coseremos. Como prevención, voy a recetarle un antibiótico, y notará usted dolor al sentarse, pero debería sanar sin problemas. No se preocupe.

—Vaya humor más raro —gruñe el señor Fuller, y me observa con el rostro pálido. Como si pretendiera descubrir si realmente estaba de broma.

Sonrío a Zeenah y ella me devuelve la sonrisa. Los turnos en urgencias no hacen más que mejorar.

—Mierda —siseo cuando la puerta se abre más rápido de lo sospechado y entro en el piso dando un traspié, porque aún voy con la misma ropa de ayer y los zapatos de tacón. Un poco más y se me cae la gran sandía que llevo en una bolsa.

Totalmente agotada, cierro la puerta, lanzo los zapatos en una esquina y respiro aliviada, pues por fin puedo andar con normalidad. Me dirijo a la cocina para vaciar las dos bolsas llenas que he traído. Además de la sandía, he comprado un arsenal de comida preparada, así como dos manzanas, yogures, zumo, algo para picar y artículos de higiene. Simplemente cosas básicas que me hacían falta. La nevera es enorme y, lo más importante, está limpia. La de mi madre estaba tan asquerosa que hacía una eternidad que yo ya no guardaba nada dentro. Aquí es diferente. Además, Maisie, Jane y yo nos hemos repartido los estantes. El de arriba es el mío, el de debajo de Jane y el tercero de Maisie, porque es la más bajita. El de abajo del todo es comunitario, igual que los cajones para la fruta y la verdura y los de la puerta para las bebidas. Aún no hemos tenido ocasión de celebrar la mudanza o, por lo menos, de cenar las tres juntas. Siempre una de nosotras tenía turno en el hospital y, aunque estuviéramos todas en casa, por lo menos una de nosotras estaba tan cansada que al final no pudimos organizar nada. Tampoco hemos tenido una vida en común digna de mención, aunque a mí ya me va bien. Cualquier cosa es mejor que lo que tenía con mi madre.

Una vez que he guardado la compra, lleno el armario del cuarto de baño para las compresas y los tampones que todas nosotras utilizamos y coloco el resto de las cosas.

Cuando regreso a la cocina americana de nuestro piso y echo un vistazo alrededor, aún me parece increíble vivir aquí. No ver más a mi madre. En alguna ocasión todavía escucho su voz llena de reproches y todas las palabras que me han herido. En ocasiones veo su mirada frente a mí, la de decepción y la de disgusto. Y entonces recuerdo que todo esto pertenece al pasado. Que ya no forma parte de mi vida. Intento decirme que me merezco más, aunque me resulte difícil de creer. Y que aunque sea la segunda o la tercera mejor, sigo siendo alguien. Que no siempre tengo que ser la mejor. El trabajo ya es lo suficientemente exigente, y si sigo metiéndome presión con estas expectativas y esta ambición, en algún momento me derrumbaré, y llegado ese punto ya no podré ayudar a nadie. Y mucho menos a mí misma. Me estaba olvidando de qué es lo más importante en este trabajo, que no soy yo.

No tengo ni idea de si mi madre ha intentado llamarme otra vez porque aún tengo bloqueado su número. Este pensamiento a veces duele, pero resulta menos doloroso que no hacer nada y permitir que me siga destrozando la vida. Que siga destrozándome a mí.

Oigo como suena el móvil y lo cojo de la barra de la cocina. Un mensaje nuevo. De Mitch. Automáticamente tengo que sonreír.

Querida, hoy me toca trabajar
hasta tarde. ¿Nos vemos mañana
por la noche? ¿En tu casa
o en la mía? También podemos
salir a cenar o a tomarnos algo
más que un agua en el bar.

Le contesto enseguida, en caso contrario me olvidaré cuando vaya a ducharme y después me caliente una ración de pasta precocinada. Lo que daría ahora por una ración de los chiles de Mitch... ¿Cómo es que este hombre cocina tan bien? Ahora la comida preparada no me sabe a nada.

Mañana me parece perfecto.
Vayamos a cenar directamente

después de salir de trabajar.
Luego vemos qué hacemos.
Maisie y Jane tienen turno de noche hasta el domingo, así que no hay forma de que lleguen a casa antes de las diez. Disfruta de tu noche. Me voy a la ducha.

Ni diez segundos después suena un nuevo mensaje.

Eres un demonio.

Me da la risa. Qué tonto es. Mi sonrisa es tan ancha que las mejillas ya me duelen mientras dejo el móvil a un lado y entro en mi habitación para buscar algo de ropa. Allí descubro dos grandes cajas que ayer no estaban ahí. Anda, son las dos cómodas que había pedido, ahora me doy cuenta. Deben de haber llegado esta mañana a primera hora y Maisie y Jane han sido tan amables de traérmelas aquí. Menos mal. Cuánto me alegrará cuando haya sacado mis cosas del resto de las cajas. Durante estos días también tienen que llegar dos pequeñas estanterías para mis libros.

Así que ¡cambio de planes! Revuelvo en una de las cajas y en el montón de ropa de al lado y me agencio una vieja camiseta y unos shorts para empezar a montar los muebles. Ducharme antes no tiene ningún sentido. Después me pongo a buscar la caja de herramientas, que ha traído Jane y que debe de estar por alguna parte. Ah, ahí está. Entre la cama de Maisie y su escritorio nuevo. Saco las herramientas necesarias y me pongo manos a la obra realmente motivada.

Unas cuantas horas después, el estómago me ruge y me duele la cabeza, pero he conseguido montar las dos cómodas. He tardado tanto porque, tonta de mí, he empezado montando la primera con una pieza mal puesta y me he dado cuenta demasiado tarde. Me ha costado media eternidad ver por qué el cajón no entraba donde debía y por qué no había nada que encajara correctamente.

Agotada, me paso la palma de la mano por la frente y me seco el sudor.

El deseo de terminarlo todo y guardar las cosas se ha agigantado, pero el de ducharme, ponerme ropa limpia y comer algo, aún más, así que lo dejo todo tal como está, cojo ropa limpia y me ducho con agua fría. Suelto un suspiro de satisfacción al cerrar los ojos y colocar el rostro bajo el chorro de agua. Me sienta genial. No suelo ducharme más tiempo del necesario, pero hoy pienso quedarme aquí hasta que me entre frío y la piel se me empiece a arrugar.

No es muy tarde, aunque tras secarme y colocarme la toalla alrededor de la cabeza me pongo el pantalón corto del pijama y una camiseta ancha. Me doy crema en la cara, las piernas y los brazos y ya está bien por hoy. Después pongo a hervir agua para prepararme por fin los fideos con salsa teriyaki y me dejo caer en el sofá. Durante la primera media hora me dedico a zapear sin ton ni son por los canales de televisión, hasta que me pongo a ver la última película de *Spider-Man* y me es inevitable sonreír. Grant realmente se parece un poco al actor, no por el color del pelo, pero sí por los rasgos del rostro y la sonrisa. Qué locura. Grant ya no tiene un aspecto tan de niño, aunque por dentro lo siga siendo.

El tiempo pasa volando, lleno un bol de patatas fritas, pues no me he quedado satisfecha con los fideos, y disfruto de esta noche tranquila para mí sola. Por eso me asusto cuando de repente oigo el ruido de las llaves abriendo la puerta.

—¡Hola! ¡Ya estamos en casa! —exclama Maisie alegre, y yo sonrío, pues esto cada vez me gusta más, más de lo que pensaba. Sentir que tengo un hogar. Hasta ahora apenas lo había sentido.

—Estoy en el salón —respondo mientras ellas se descalzan y guardan sus cosas.

—Anda, la nueva de *Spider-Man* —exclama Maisie feliz, y se deja caer directamente a mi lado en el sofá—. Ya la he visto dos veces.

—¿De verdad?

—Pues claro. Quiero decir... Tom Holland es perfecto para el papel protagonista.

—¿Te refieres a ese? —le pregunto, y señalo al chico-araña que me recuerda a Grant.

—Exacto. —Se coloca bien sus gafas color lavanda y sonríe.

—Si tú lo dices... —musito, y me aguanto la risa—. ¿No conocerás por casualidad a alguien que se le parezca?

Maisie se esfuerza por recordar.

—No estoy segura...

Esto resulta tan gracioso que me gustaría que Laura estuviera aquí.

—Sigue pensando y dime si se te ocurre alguien.

—¿De qué estáis hablando? —Jane se acerca a nosotras y apoya los brazos sobre la barra de la cocina. Tiene pinta de estar agotada.

—Del tío que hace de Spider-Man —contesto, y me vuelvo por completo hacia las dos—. ¿Qué tal el turno?

Habéis estado en planta, ¿no? Gracias por haber recogido mis paquetes.

—No ha sido nada —responde Maisie mientras Jane murmura «Un caos». Cada una de ellas ha contestado a una cosa diferente.

—Jane debería haber hecho su turno en planta, pero al final ha tenido que ir a urgencias y después a una operación urgente. —Maisie señala a nuestra compañera de piso, que bosteza como si se lo hubiera ordenado con el gesto.

—¿De qué era la operación?

—Le hemos vuelto a coser la mano en su sitio a una mujer.

Lo dice como si no fuera nada, como si hubiera, no sé, realizado una operación de apendicitis.

—¿Qué?

—Sí, debió de ser tremendo. Ella y su marido estaban cocinando juntos y ella no se fijó y puso la mano donde él estaba cortando carne en ese mismo instante. Así que de golpe tenía media muñeca colgando.

—No ha sido una operación de corazón, pero no está mal. —Muevo las cejas de arriba abajo para hacerla reír.

Entiende el sarcasmo, eso me gusta. Además, no hay duda de que es buena observadora, por lo menos esa es la impresión que tengo. Jane no es muy habladora, más bien silenciosa e introvertida, pero en ocasiones pienso que en realidad estas son las personas que más tienen que decir. Estas personas tienen tanto que decir que la mayoría de las veces se quedan mudas porque no existen suficientes palabras y, al mismo tiempo, hay cantidades ingentes de ellas.

Lo sé bien. Antes de que Laura se decidiera a ser mi amiga, de que Mitch se enamorara de mí y de que todos nosotros nos hayamos vuelto más cercanos, yo era una persona así. Era callada. Y eso que tenía una historia que contar. Aunque seamos sinceros: no todas las historias quieren ser contadas y no cualquiera quiere oírlas. En ocasiones ni nosotros mismos.

Creo que Jane también es una de estas personas. Aunque diferente a mí. No es que me importe, así que no voy a preguntar, pero ahora que vivimos juntas muchas veces pienso en ello.

—Yo no he tenido ninguna operación interesante ni ninguna urgencia, por si os interesa —farfulla Maisie, que coge una de mis patatas fritas y la hunde en salsa barbacoa.

—¿Y qué ha pasado contigo?

—Tuve que ir a ginecología, están faltos de personal. Aunque fue muy interesante.

—Me ducho y después a dormir —dice Jane bostezando, y se despide brevemente con la mano antes de desaparecer.

—¡Buenas noches! —le contesta Maisie, y se mete otra patata frita en la boca.

—¿Tengo que compartirlas contigo?

—Claro. Y voy a ver la película contigo. ¿Qué te parecería una fiesta de inauguración? —Está radiante y sus ojos literalmente refulgen cuando lo dice. En la punta de su nariz destaca una gota de salsa.

Suspiro. Con Maisie simplemente no te puedes enfadar.

41

Mitch

Hoy ha sido un día muy movido. Pero no me importa, porque luego he quedado con Sierra para ir a cenar con ella. Este será mi momento feliz del día, después de haber tenido que redactar en las últimas horas informes, revisar y actualizar mis historiales médicos y que me hayan asignado sin más ocho nuevos expedientes. A pesar de los refuerzos, el número de pacientes nos va sobrepasando poco a poco. Sobre todo, porque necesitamos urgentemente más personal de enfermería que nos apoye a nosotros y al equipo existente. Aunque, tal como tengo entendido, de momento faltan recursos. Es para tirarse de los pelos. Justamente en los ámbitos de la sanidad y la educación no deberían priorizarse la economía, la maximización de los beneficios y el ahorro de dinero.

Por lo demás, no podemos hacer nada más que dar lo mejor de nosotros mismos.

Ahora mismo visito en su habitación a la señora Anselm, que mañana será operada. Una intervención de rutina, hay que colocarle un *stent*.

—¿Tiene usted alguna pregunta sobre la intervención, señora Anselm? —Miro a los ojos verdes de la enfurruñada señora de sesenta y tantos años y tengo que esforzarme por mantener el contacto visual, pues me observa con repugnancia. A pesar de su edad, apenas tiene una cana y sus mechones de color rojo fuego se arremolinan por encima de su cabeza hasta llegar a los hombros.

—¿Va usted a rasurarme?

Alzo las cejas confundido.

—¿Perdón? ¿Por qué iba yo a rasurarla?

—No quiero que usted me rasure todo el cuerpo.

—Señora Anselm, no tenemos que rasurarla.

La verdad es que no tiene mucho vello y la intervención no se realiza en la región inguinal si todo va según lo planificado.

—Deje que lo haga una enfermera.

De acuerdo, ahora sí que estoy harto. Voy a entrar en su juego.

—¿Y por qué no puedo rasurarla yo, señora Anselm? ¿Tiene usted miedo de que le rasure los pezones?

Ahora es ella la que está desconcertada.

—¿Por qué tendría que rasurarme los pezones? ¿Se ha vuelto loco?

—¿Y por qué tendría que rasurarla siquiera? —le vuelvo a preguntar con insistencia, y debo aguantarme la risa.

—Por la operación. ¿Me está escuchando? ¿Lo ve? Por esto es mejor que no lo haga usted.

—Señora Anselm —prosigo con toda la tranquilidad que puedo—, mañana se someterá usted a una operación del corazón. Se le colocará un *stent* y no habrá que rasurarla. Ni el pecho ni ninguna otra parte del cuerpo. Accederemos por la parte interior de su muñeca.

—¿Está seguro? Parece confundido. En un documental que vi hace poco se veía como le rasuraban todo el cuerpo al paciente.

¡Madre mía! Mejor no le pregunto de qué documental se trataba...

—Estoy seguro. Descanse.

—¡Como me despierte rasurada lo denuncio! —me grita al irme, y al cerrar la puerta tras de mí me río tanto por diversión como por desesperación.

—¿Qué te parece tan divertido? —pregunta Nash de repente a mi lado con voz grave, sorprendiéndome.

—Mierda —suelto, y casi dejo caer el historial.

—¿No tienes trabajo? —bromea, pues ambos sabemos cómo es la situación en este momento.

—Mi paciente no quiere que la rasure yo.

Mientras recorremos el pasillo me mira tan confundido como yo hace unos segundos miraba a la señora Anselm.

—¿De qué la operaréis?

—Hay que colocarle un *stent*. Por la muñeca.

Eso hace que Nash sonría tanto como yo antes.

—Entiendo. Y después dice la gente que en el hospital te aburres.

—Sí. No tienen ni idea.

—Avísame si surge cualquier cosa, ¿de acuerdo? Tengo que ir en la otra dirección —me dice, y señala el siguiente cruce de pasillos hacia la izquierda.

Apenas se ha ido Nash cuando se me acerca Sofie.

—Hola, *bambino*. Qué suerte que te he encontrado. Tu paciente quiere ver a un médico.

—¿Qué paciente? —le pregunto una vez que me he detenido.

—El señor Joon.

Me pongo tenso.

—¿Quieres que te acompañe?

—No. Yo... ahora mismo me paso por allí. Gracias.

—Claro. —Sofie sonríe y se quiere ir, pero yo la detengo.

—Espera, ¿puedes llevarte este historial? Después lo recojo.

—Ningún problema.

Se lo entrego y ella se despide con la mano y desaparece.

El señor Joon. Respiro hondo. Desearía que todo esto no me afectara tanto. Desearía mantener la confianza de antes. Desearía poder salvarlo, pues entonces no tendría este problema...

Con pasos rápidos me dirijo a su encuentro, no me tomo la molestia de llamar a la puerta, sino que entro sin más. No, para ser sincero estoy tan nervioso e imbuido en mis pensamientos que simplemente me he olvidado de hacerlo.

—Ah, doctor Rivera. Me alegro de verlo.

El señor Joon realmente tiene mal aspecto. Es como si desde que ingresó hubiera envejecido años. Tose, tiene la voz débil y rota, la piel pálida y cada vez le cuesta más respirar, a pesar de la máscara de oxígeno que se acaba de quitar para poder hablar conmigo. Se puede apreciar el dolor que sufre, y eso que debe de tener más analgésicos en el cuerpo que sangre.

—¿Qué puedo hacer por usted, señor Joon?

Se echa a reír.

—Eso ya lo hemos aclarado. No puede hacer nada por mí.

Me coloco junto a su cama y acerco la silla que hay pegada a la pared para sentarme. Yo también estoy agotado. Y no entiendo por qué me sigue llamando. Me siento como si tuviera a alguien sentado en el pecho mientras me retuerzo las manos.

—¿Por qué estoy aquí entonces? Explíquemelo, por favor, señor Joon.

Las arrugas se le marcan más, las ojeras se le ven más oscuras, los labios quebradizos y los movimientos ralentizados.

—Para hablar —musita cuando responde a mi mirada—. Pensaba que podría hablar un poco con usted.

Me clavo los dedos en la tela de los pantalones y también debo obligarme con todas mis fuerzas a permanecer sentado. ¿Hablar? ¡Mierda! ¿No le he mostrado ya claramente que no quiero hacerlo? Me refiero... Nunca me he quedado mucho tiempo aquí, no he sido muy hablador, siempre he estado tenso, en los límites de lo descortés, incluso sin quererlo. ¿Y ahora? Ahora quiere hablar. Y hace rato que me he sentado. Una terrible equivocación por mi parte.

Vacilo.

—Deme solo cinco minutos. Por favor.

¿Qué tipo de persona sería si me negara? Mi madre se avergonzaría de mí y yo también. No me he hecho médico para huir de las personas a las que trato. Ni de mí mismo.

—De acuerdo —murmuro, y me trago el nudo que tengo en la garganta.

—¿Tiene usted familia, doctor Rivera? —pregunta sin mirarme.

—Mis padres, sí. Y mis hermanos. Viven en México. Los veo menos de lo que me gustaría —admito.

—Tiene usted que verlos más a menudo. Llámelos más a menudo, escríbales.

Enseguida el sentimiento de culpa me asciende por la espalda, me rodea el cuello y el pecho. Tras el accidente lo he hecho con menos frecuencia de lo habitual.

—¿Recuerda usted que me preguntó por qué no quería luchar?

Ahora me mira y yo asiento.

—Porque a lo largo de mi vida siempre he actuado así. Combatiendo solo las batallas que pudiera ganar.

—¿Y cómo sabe uno qué batallas puede ganar? —le pregunto muy serio.

—Ah, esa es la clave. ¿Qué batallas se pueden ganar? ¿Cuáles parecen no tener futuro y en realidad sí que lo tienen? Al final uno debería hacerse la siguiente pregunta: ¿qué batalla es la que vale la pena luchar? Da igual si se gana o se pierde.

—Esta batalla habría valido la pena. Habría tenido algo que ganar —le contesto, pero él ríe sin humor y tose al instante.

—¿Qué? ¿Uno o dos años de quimioterapia y todos sus efectos secundarios? ¿Qué es lo que habría ganado exactamente? Más tiempo, pero no menos dolor. Más tiempo, pero menos calidad de vida. Más tiempo, pero en soledad. —Se toma un momento para coger aire.

—¿Piensa usted que como está solo su vida tiene menos valor?

—No. Pero pienso que estando solos en ocasiones podemos tomar las decisiones que en caso contrario no nos habríamos atrevido a tomar. Si mi mujer estuviera aún con vida, lo habría intentado por ella. Quizá entonces le habría dado preferencia al tiempo frente a la calidad de vida, porque ella lo habría compartido conmigo. Quién sabe.

—Pero así no tiene usted ni lo uno ni lo otro.

—Eso es cierto. Pero ya no lo necesito.

No entiendo del todo adónde nos conduce esta conversación. Si tiene sentido, si lleva a alguna parte o si tiene que llevar a alguna parte. Quizá el anciano simplemente quiere hablar conmigo porque le sienta bien.

—Ocúpese de las personas a las que quiere y que lo quieren. Estas son las únicas batallas que cuentan y que hay que luchar. Esto es de lo que más me arrepiento. De no haber dispuesto de suficiente tiempo cuando podía haber hecho uso de él. O también de no haber reconocido con qué rapidez pasan las cosas. Me olvidé de que en un momento dado todo llega a su fin.

Su mirada triste se posa sobre mí y yo lucho contra todos los sentimientos y pensamientos que se agolpan en mi interior. Todo lo que tras el accidente me ocupa y me aflige.

—¿Por qué no tiene usted miedo, señor Joon? —le pregunto con la voz tomada, y si lo nota lo ignora.

—¿Quién dice que no lo tengo?

—Usted —le contesto.

—Ah, es verdad. —Me mira casi de forma orgullosa, porque nota que he prestado atención a todo lo que ha estado diciendo. Se coloca la máscara de oxígeno sobre la boca y la nariz, y respira hondo dos o tres veces antes de poder continuar hablando. Sin embargo, ya no me mira, sino que dirige su vista a la ventana. O a otro mundo—. Quizá no tenga miedo de la muerte, sino de no haber vivido lo suficiente. De no haber existido de forma lo bastante sincera y decidida. La muerte no es el problema, sino todas las cosas de las que nos arrepentimos. Todas las cosas que ya no podemos remediar. —Sus dedos tiemblan al enderezarse la camisa del pijama—. Uno debería conocer sus demonios. Póngales usted nombre, no evite su mirada. En caso contrario, lo devorarán.

Pocas horas después, las palabras del señor Joon aún me rondan la cabeza. No consigo desprenderme de ninguna de ellas y eso me saca de quicio. ¡Maldita sea! Tendría que haberme ido. No debería haberme sentado a escucharlo.

Las personas mueren. Cada día. Eso lo sé. Esta profesión no nos permite olvidarlo. La muerte se pasea entre nosotros como una sombra, un acompañante constante, y a veces no nos queda otra que dejarla vencer. Está aquí y aun así nunca había pensado de verdad que en algún momento vendría irremisiblemente a por mí. Que entonces no se encontraría a mi lado para llevarse a una de las personas a las que trato, sino a mí mismo. Tuve que estar a punto de morir, aun sin enterarme, para comprenderlo. Y ahora ya no puedo olvidarlo. Tengo la certeza de que no solo dejamos vencer a la muerte en ocasiones, sino que siempre gana. En algún momento.

Este anciano, que me habla sobre las cosas de las que me arrepentiría si no empiezo ya a vivir y a luchar por aquello que quiero y que me dice que no debería huir de mis demonios, no mejora las cosas. Yo aún sigo metido en ese ascensor, ardo y ardo, y aunque no me dé cuenta todo duele.

¡Joder, joder, joder! Me meso los cabellos, me apoyo

en la pared y respiro hondo una vez que he llamado al ascensor. Quiero bajar, necesito tomar aire fresco. Solo dos minutos. Porque tengo la sensación de que me ahogo.

Ping. Me despejo, quiero subirme, pero cuando se abren las puertas me quedo como petrificado, porque de repente me encuentro con Sierra. Le cedo el paso.

—Hola. —Sonríe, aunque enseguida alza las cejas. Me observa escéptica. Con esa mirada que me atraviesa—. ¿Ha pasado algo? ¿Estás bien?

Me esfuerzo por aparentar estar alegre.

—Sí, todo bien. Solo quería respirar un poco de aire fresco. Tengo demasiado trabajo. ¿Qué haces aquí?

Veo claramente como ella sopesa si estoy diciendo la verdad o si estoy disimulando. No es que no confíe en mí, pero... así es Sierra. Es como si tuviera un radar para las cosas que no van bien.

—Hmm —se limita a decir, y después añade—. Tengo una pausa y quería verte.

Esto me coge tan de sorpresa que ya no puedo disimular la sonrisa. La de ahora es auténtica. Sienta bien.

—¿De verdad?

—No me obligues a repetirlo, Rivera —suelta medio en broma medio advirtiéndome, y yo me inclino un poco hacia ella, ahora mismo lo que más deseo es besarla, mientras suena otro *ping* y las puertas del ascensor se cierran.

—Me has echado de menos, querida —me burlo de ella, y en el preciso instante en el que ella toma aire para replicarme echo un vistazo alrededor para ver si hay alguien cerca. Entonces la beso. Es un beso rápido. Demasiado rápido.

Mierda. Ahora quiero más.

Sierra está tan sorprendida que se me queda mirando con la boca abierta.

—Yo también te he echado de menos —le digo lo que siempre suelo decir. Porque es cierto—. Lo siento, no volveré a traspasar la frontera —añado, porque por un instante me siento mal.

La mirada de Sierra queda anclada en mis labios, mientras se muerde los suyos. Solo unos segundos. Esta distancia que mantenemos es decisión suya y realmente voy a respetarla, pues quiero que lo nuestro funcione. Aunque me cuesta un mundo hacerlo.

Estamos frente a frente, nuestras narices casi se tocan y sé que debemos separarnos. Pero ninguno de nosotros lo hace.

De repente algo se mueve en el ángulo izquierdo de mi ojo.

—¿Estamos jugando a un juego que todavía no conozco? —pregunta de repente Ian tan cerca de nosotros que Sierra suelta un taco y yo retrocedo de golpe.

—¡Ian! ¿Te has vuelto loco? —gruñe, y lo fulmina con la mirada.

—¿Loco... por inteligente? ¿Por guapo? ¿Por mi sentido del humor? ¿Por sexy? Ya sea en bóxers o sin ellos. Con gotero o sin gotero. —Alza las cejas varias veces y sonríe.

—¿Qué? —pregunto irritado, y Sierra pone los ojos en blanco.

—Iba con el gotero y con unos bóxers ajustados y...

Mientras escucho, me cruzo de brazos y aprieto los labios. ¿Unos bóxers ajustados?

—Olvídalo. Ha sido una indirecta tonta por un encuentro nuestro tras el accidente que me gustaría olvidar —se queja Sierra. Mientras tanto, Ian rompe a reír.

—Ahora que ya hemos aclarado de nuevo lo estupendo que soy: ¿qué es lo que hacéis exactamente aquí? Os estabais mirando como si tuvierais un problema, *bambini*. No os estaréis peleando de nuevo, ¿verdad?

—Tus palabras suenan como si tuvieras la patria potestad sobre nosotros.

—Sí —le doy la razón a Sierra—. Suenas como mi madre justo antes de darnos con la cuchara de madera.

—Hmm, no es mala idea. Ya que pronto me convertiré en vuestro responsable, debería agenciarme una de esas cucharas.

—¿Le viste el trasero? —musito yo, porque no puedo evitarlo.

Ian asiente casi orgulloso, mientras Sierra parece cada vez más desesperada y se masajea la sien izquierda.

—¡Llevaba puestos unos bóxers! —remarca, y en el preciso instante en el que Sierra realmente quiere plantarme cara, suena mi busca y yo me quedo completamente pálido.

El señor Joon. Mierda.

Sin decir una palabra, salgo corriendo. Oigo como Ian y Sierra gritan a mis espaldas y me sabe mal dejarlos así plantados, pero se trata de una emergencia.

Cuando llego a la habitación del paciente, se ha desatado el infierno. Bella y Sofie están ahí, aumentan la saturación de oxígeno, colocan al paciente en la posición correcta e inclinan la cama. Los monitores pitan y yo apenas puedo respirar.

—Doctor Rivera —me llama Sofie, y eso me espabila. Cada vez que me llama así es que va en serio.

Lo estamos perdiendo y ha firmado unas últimas voluntades. No requiere reanimación. Tengo ganas de vomitar.

—Parada cardíaca —grita Bella, y yo no puedo hacer nada. No debería hacer nada.

Sin embargo, empujo a Bella a un lado y le pido que le haga el boca a boca al señor Joon. Rápidamente me subo a la cama y me siento a horcajadas sobre él, fijando con las piernas sus caderas. Y entonces procedo con el masaje cardíaco.

Me doy cuenta de que tengo a Sierra a mi espalda, me ha seguido, pero no me doy la vuelta. Tampoco cuando le pregunta a Sofie si puede ayudar.

No digo nada. Presiono el pecho del señor Joon, le rompo la primera costilla, la segunda y no puedo parar. Tengo la cabeza vacía y al mismo tiempo tan llena que duele. Miro el rostro del hombre que me acaba de impartir una lección sobre la vida y cuya enfermedad me ha metido el miedo en el cuerpo.

Está pálido. Tiene un aspecto completamente diferente y apenas puedo soportarlo. Aunque sé que él no quería todo esto...

... No puedo parar.

De repente Bella suelta un taco y veo por qué. De la boca del señor Joon fluye sangre, y por un momento dejo de masajear. Con cada movimiento, con cada presión que ejerzo, fluye más.

Sierra también maldice, se coloca junto a mí, mientras Bella retira la máscara de oxígeno.

—¿Le has roto una costilla? ¿Colapso pulmonar? —pregunta Sierra, aunque no le puedo responder porque continúo con mi labor de forma encarnizada.

No voy a dejar que muera. Aún no.

Solo tengo que conseguir que su corazón vuelva a latir, después ya nos ocuparemos de sus pulmones y sus costillas.

—Mitch —me susurra Sierra en un momento dado, y noto su mano sobre el antebrazo.

Las costillas bajo mis manos se mueven adelante y atrás. El señor Joon ha adelgazado mucho, está débil.

Está tan pálido... Hay tanta sangre... Y la maldita línea plana no desaparece.

—Mitch —repite ella—. Está... No lo ha conseguido.

No puede ser. Con el puño derecho golpeo la caja torácica del señor Joon en el punto preciso donde se encuentra su corazón. Una vez, dos veces. Tiene que volver a latir. Una tercera vez...

Entonces Sierra me agarra la mano, la retiene, mientras se inclina sobre el señor Joon y me mira.

Me detengo.

Respirando con dificultad, me arrodillo sobre él y observo su rostro. Oigo sus palabras en mi cabeza. Entonces huelo a humo, y el pensamiento de haber estado a punto de morir repta por mi piel. El miedo anida en mí, tiemblo ligeramente.

Aparto la vista hacia la pantalla del monitor.

—Hora de la muerte, 12.38 —susurro sin fuerzas, y retiro la mano de la de Sierra.

Hay tanto silencio... Demasiado silencio mientras me bajo de la cama y me pongo en pie con las piernas temblando. Después tendré que escribir un informe. Más tarde, ahora no. Ahora solo quiero salir de aquí. Irme. Necesito un momento para mí.

Así que me voy sin decir palabra, casi me abalanzo fuera de la habitación a pesar de la sensación de mareo que me invade. No tengo ni idea de adónde, simplemente necesito salir de aquí. Oigo pasos tras de mí, por encima del murmullo en mis oídos y de mi respiración dificultosa.

El señor Joon estaba débil, el cáncer ha hecho su trabajo. Los pulmones estaban muy afectados, también los otros órganos, apenas podía respirar, su sistema inmunitario estaba debilitado, también su corazón. Al final puede haber sido un ataque al corazón lo que le haya costado la vida. Eso o las costillas que le he metido en los pulmones contaminados por el cáncer.

¡Mierda!

Doy una vuelta sobre mí mismo para acabar golpeando con el puño la pared y cierro los ojos cuando mi cuerpo choca contra esta.

Alguien me toca el hombro izquierdo y yo me contraigo y abro los párpados. Sierra. No quiero que me vea así. Ahora no puedo hablar, no se lo puedo explicar. Por eso me deshago de ella, doy un paso atrás y apenas puedo soportar ver cómo cambia la expresión de sus ojos cuando sus dedos se alejan lentamente de mi brazo. Lo último que quiero es herirla, pero ahora mismo necesito todas las fuerzas para evitar romperme del todo. Esto resulta especialmente difícil, porque no puedo explicar bien el motivo.

Carraspeo.

—Está bien. Solo necesito un momento para mí solo —le digo, me doy la vuelta y me voy. No he mentido del todo, tampoco le he dicho la verdad completa. Así es justo como funciona la vida.

42

Sierra

Mitch todavía no ha llegado. Hace dos horas que debería haber terminado su turno. En el Whitestone prácticamente nunca salimos puntuales y en un día cualquiera esto no me sorprendería, aunque no sé por qué tengo una sensación rara. Desde hace un rato, desde la muerte del señor Joon, el paciente que primero estaba a mi cargo y después al suyo, no he sabido nada de él y tampoco lo he visto. Parecía afectado. Espero que esté bien.

Antes de cambiarme y recoger mis cosas para irme, me paso por el mostrador de recepción, donde me encuentro con Sofie.

—¿Aún no has terminado? —me pregunta amistosamente, y yo asiento.

—Sí. Me voy ahora mismo, antes de que alguien me vea y me asigne algo.

—Ah, sí —me contesta, y asiente con la cabeza.

—Antes de que me vaya: ¿no habrás visto por casualidad a Mitch?

Es bastante improbable, pero vale la pena intentarlo. No ha leído mi mensaje, seguramente tenga el móvil en la taquilla.

—No, lo siento.

—¿Qué es lo que sientes? —pregunta Grant, que aparece de repente detrás de Sofie.

—No haber visto a Mitch.

Grant sonríe y alza repetidamente las cejas.

—¿Tienes algún problema en la musculatura facial? —replico molesta, pero él se limita a reír y me dice:

—Lleva como veinte minutos ahí. Aunque no sé si ya se habrá ido —me dice señalando en una dirección, y yo maldigo para mí, pues intuyo adónde ha ido.

—Gracias —le respondo mientras me pongo en movimiento.

De camino me encuentro con la nueva cirujana de cardio, a la que saludo con cordialidad. La doctora Davis es realmente simpática. Es una pena que hasta ahora no haya podido trabajar con ella y en cambio me haya tocado el doctor Gilipollas.

¿Es aquí? Sigo avanzando un poco más. Aquí es. La antigua habitación del señor Joon.

Aún no he echado un vistazo al interior, estoy apoyada en la pared frente a la puerta, pero estoy segura de que Mitch está dentro. Aunque tengo esperanzas de equivocarme.

Reina el silencio; demasiado silencio. Respiro hondo y empujo la puerta entreabierta lentamente.

Mitch está aquí. Maldita sea. Así que esto le ha afectado de verdad.

Entro sin hacer ruido y paso a paso me voy acercando a él. Está de espaldas a mí, no puede verme y tampoco se mueve. Está encorvado, con la cabeza gacha, mientras apoya los brazos sobre el armazón de la cama ahora vacía.

No estoy segura de lo que debo decir. Quizá debería desaparecer y dejar que lidie con su tormento por sí mismo.

Pero no puedo. Y tampoco quiero.

Así que alargo la mano hacia él; quiero apoyarla en su espalda o en su hombro, pero detengo el movimiento, vacilando, pues no quiero asustarlo.

Pensativa, bajo la mirada y retiro la mano. Tal vez debería decir algo primero o simplemente marcharme. Tal vez todo esto no sea más que una estupidez.

—¿Cómo has sabido dónde estaba? —musita Mitch, y yo me estremezco porque no había contado con eso.

Alzo la mirada, veo como me observa por encima del hombro y me asusto de nuevo, porque nunca antes había visto esa expresión en su rostro. Tan fría y vulnerable al mismo tiempo.

—Grant me ha chivado en qué dirección debía ir, el resto ha sido instinto —le contesto.

Mitch se endereza y se vuelve hacia mí.

—Entiendo.

—Mitch, yo...

—Estoy bien.

Me río de forma seca.

—Claro que sí. —Ahora lo miro mosqueada. ¿En serio piensa que no voy a darme cuenta de que ha llorado? —Si no quieres hablar, me parece bien. Pero no digas tonterías.

Nos observamos en silencio, y la distancia que hay entre nosotros no me gusta nada.

Suspirando, me coloco un mechón de pelo tras la oreja y respiro hondo.

—No he venido aquí para discutir contigo. Solo estaba preocupada.

—Gracias, querida. Pero...

—No te atrevas a decirme que estás bien —le advierto, y le cojo la mano—. Ven. Quiero contarte algo.

Mitch permite que lo conduzca fuera de la habitación y recorremos el pasillo hacia las escaleras. Y no le digo nada hasta que llegamos allí, porque no quiero que se eche atrás.

—¿Las escaleras? —pregunta sorprendido mientras nos sentamos en uno de los escalones.

—Claro. Aquí apenas ocurre nada, así que hay tranquilidad. Casi todos solemos coger el ascensor.

Estamos sentados hombro con hombro, puedo notar su calor y oler su aroma. No me puedo creer que esté enamorada de Mitch. Y no me puedo creer que vaya a hacer esto. Que vaya a abrirme tanto. Que vaya a permitirme ser vulnerable.

—¿Sabes? Hace tiempo que vengo pensando en esto —empiezo a decir, mientras miro junto con él la pared blanca de en frente y las duras baldosas de la escalera me taladran el trasero—. La razón de que yo..., la razón de que no fuera capaz de reconocerlo.

Por fin Mitch me mira directamente a los ojos. Vuelve la cabeza; me observa, lo veo con el rabillo del ojo y enseguida me siento reconfortada. La urgencia de huir y no añadir nada más, alzar un muro, resulta abrumadora. Como si de nuevo fuera otra persona, otra Sierra.

Junto las manos y las presiono contra mis muslos. Con toda la fuerza posible. Me gustaría responder a su mirada, pero si lo hago no podré seguir hablando. Ya resulta lo suficientemente difícil admitir que esta es una parte de mí. Que hay más que la Sierra sarcástica y distante. Más que la que piensa que es perfecta, pero, a pesar de todo, no lo bastante buena para merecer amor. Respiro hondo.

Soy más que eso y ahora empiezo a entenderlo.

—Si miro hacia atrás, veo que hace tiempo que sé que me gustas, Mitch. No sé cuándo me enamoré de ti. Quizá la primera vez que me preparaste comida. Quizá cuando te dormiste sobre mi hombro babeando o la primera vez que me llamaste «querida» sonriendo. No lo sé. Aunque sí sé cuántas veces y en qué momentos lo he tenido claro. En cuántas ocasiones no lo he reconocido y no he querido admitirlo. Lo supe la primera vez que me animaste y el corazón me dio un vuelco. Después de que una y otra vez cocinaras para mí y fueras tan amable conmigo, a pesar de que yo te rechazaba con todas mis fuerzas. Lo sabía —prosigo en murmullos— cuando estaba junto a Laura y esa detonación retumbó en mis oídos. Cuando estabas tirado en ese ascensor con todas esas quemaduras y por primera vez en mi vida tuve realmente miedo. —Tengo que carraspear y respirar hondo antes de poder proseguir—. Lo sabía y me he preguntado por qué no podía expresarlo. Por qué no me lo podía creer. Al fin y al cabo, habría sido todo más fácil, ¿no? —Ahora me echo a reír. No lo puedo remediar—. Todo el mundo te cuenta que la comunicación es importante. Cuando hablas con el otro, se aclaran las cosas. Todos los problemas. Hablar entre nosotros es de adultos, y es sencillo. Para algunas personas quizá lo es. En muchas situaciones seguro que lo es, pero no siempre y no para cualquiera. Para mí no lo era. Primero tenía que ganar la batalla contra mí misma. No, eso..., eso no es del todo correcto. Primero necesitaba comunicarme conmigo misma para poder hacerlo contigo.

Ahora me atrevo a mirar a Mitch. En sus ojos aún relucen las lágrimas de hace un rato. Parece cansado. Abatido. Veo agotamiento en su interior más profundo. Lo conozco.

Al alargar la mano en su dirección, me duelen los miembros, agarrotados. Lentamente y titubeando alcanzo su mano y entrelazo nuestros dedos.

—Me he dado cuenta de que hablar sobre un problema facilita las cosas, aunque eso no significa que sea fácil hacerlo; por más que todo el mundo lo diga, es mentira. Si hay algo dentro de nosotros que nos roba las palabras, ¿cómo vamos a formar frases?

Ahora pienso en mi madre, en mi padre y en las raíces que no conozco, en la ambición insana que tenía y que aún sigue ahí, porque algo así no desaparece de un día para otro. Pienso en que no quería reconocer todo lo que me ha hecho mi madre durante estos años, lo que me ha hecho creer, y en que todavía deberá pasar algo de tiempo hasta que logre desprenderme de ello para cambiar la percepción que tengo de mí misma. Conozco mis fundamentos.

Y una mirada a los ojos de Mitch me demuestra que él también conoce los suyos. Una lágrima se desliza por su mejilla, y me duele verlo así.

—Sueno como Laura —admito de repente, y maldigo en silencio—. Pero en ocasiones tiene razón. No te atrevas a decírselo. —Mis palabras provocan la risa de Mitch y yo suspiro casi aliviada—. Jamás habría pensado que lo diría, pero deberíamos intentar hablar sobre lo que nos ha pasado. Quizá con alguien que nos pueda ayudar a trabajarlo. No tiene que tratarse de una terapia, pero tal vez sí unas cuantas charlas para ver adónde nos conducen. Juntos, pero cada uno por su cuenta.

—Es posible —musita Mitch, y yo le aprieto la mano.

Nos quedamos un rato sentados en silencio, entre los pensamientos y las palabras, entre la esperanza y los miedos, entre los muros derribados y los nuevos obstáculos.

—No fue por el señor Joon —oigo las palabras de Mitch y apenas me atrevo a tocarlo. Aprieta los labios, mueve el mentón y, al tragar con dificultad, se le mueve la nuez—. Era por lo que él representaba. Por mi miedo —admite—. Nunca le había tenido miedo a la muerte. Era una contrincante a la que había que ganar, pero nadie a quien no se pudiera vencer. Fui un ingenuo, porque creía que la muerte también podía perder y porque nunca me dio por pensar que en alguna ocasión podría ser yo el que luchara por su propia vida. Estuve tan cerca de morir, Sierra... Tan cerca... ¡Joder! —Se pasa la otra mano por el rostro y un escalofrío me recorre el cuerpo al ver lo hecho polvo que está—. Pensé que todo iría mejor, que no sería gran cosa. Después de hoy... Después de hoy ya no podré engañarme. Este accidente, las cicatrices, el que faltara tan poco, que ocurriera tan de improviso.

—Lo entiendo —le digo, y añado susurrando—: Yo estuve tan cerca de perderte que cada vez que pienso en ello me falta el aire.

De repente Mitch tira de mí y me abraza. Conduce la mano derecha por debajo de mi pesada coleta hasta el cuello y se me eriza la piel. Me besa en la frente, noto sus labios suaves, su respiración caliente y los saltos que me da el corazón.

Esto es bonito. Es como volver a casa.

Pero no es suficiente. Me vuelvo del todo hacia él, alzo la cabeza y cojo su rostro entre mis manos.

En realidad, quería decirle algo. Algo más o menos inteligente, que no suene como esos arrebatos repipis o supuestamente poéticos de Laura, pero en su lugar me inclino y beso a Mitch. Cierro los ojos, disfruto de estar cerca de él. A mi manera le digo más cosas que con las palabras, le cuento una historia. Este beso le enseña lo agradecida que le estoy. Que me hace feliz que esté aquí conmigo y que sus cicatrices no me importan. Este beso demuestra que aún soy insegura y que me gusta retraerme o responder de forma sarcástica, pues así tengo que enfrentarme menos a mis sentimientos. Este beso está diciendo: «Tenemos un montón de trabajo por hacer, pero aquí estoy, por si me necesitas».

No tengo ni idea de si Mitch lo entiende, pero ahora mismo tampoco importa. Y mucho menos cuando él intensifica el beso y me sostiene como si eso fuera todo lo que necesita.

43

Sierra

Finales de noviembre

—¿Estás seguro de que no hay ninguna posibilidad? —le pregunta desesperada Laura a Nash y lo agarra del cuello de la camisa.

—Lo siento —contesta él con su acento británico más marcado, lo que me demuestra que lo dice muy en serio.

—¿Qué está pasando aquí?

En lo que se refiere a Laura, hace tiempo que ya no puedo actuar como si no me importase, así que me sitúo junto a los dos. Además, hace media hora que he terminado de trabajar. Maisie me está esperando; quiere que vayamos a hacer la compra juntas, pues nuestra nevera está más que vacía, y además está tratando de convencernos a Jane y a mí para que cocinemos con ella esta noche, aunque por dos minutos de espera no creo que haya problema.

Laura se vuelve hacia mí de morros.

—Desde ayer intento cambiar el turno, pero no hay manera. Jess ha adelantado su llegada un día.

—Entiendo. ¿Cuándo aterriza su avión?

—Hoy a las tres.

—¿En dos horas? —le pregunto confundida, y Laura asiente.

—Pídele un taxi, cariño —propone Nash.

—¿No te parece una buena idea? —sigo insistiendo, porque a Laura no se la ve muy convencida.

—Habría preferido ir a buscarla yo misma. —Está decepcionada.

—¡Aquí estás! —exclama Maisie, que hace un rato que se ha cambiado y ahora viene hacia mí—. Te estaba esperando junto al ascensor y he pensado en echar un vistazo para ver dónde estabas.

¿Dónde demonios está Grant? Maisie ya no lleva la ropa de trabajo y él llega tarde. Está mona y al mismo tiempo sexy, de manera no intencionada y como si no fuera consciente de lo guapa que es en realidad.

Antes de que pueda explicarle a Maisie la razón por la que sigo aquí, ella ya ha sondeado la situación y se da cuenta de que Laura no está bien. Yo le cuento lo que está pasando y ella hace una mueca de disgusto.

—Vaya. ¿Y si vamos nosotras a por ella?

—¿Qué? —Miro fijamente a Maisie, sorprendida. ¿Tengo que ir con ella hasta el aeropuerto, volver, ir a hacer la compra y cocinar? ¿En serio quiere torturarme de esa manera?

—No, no puedo pediros eso. Tendríais que llevarla a mi casa, porque si no tendría que venir aquí en taxi a buscar la llave e ir allí de nuevo en taxi...

Suspiro maldiciendo y cierro por un momento los ojos.

—Déjale la llave a Maisie y dile cuándo aterriza exactamente Jess y en qué terminal, voy a cambiarme.

Laura nos rodea con los brazos y nos da un fuerte achuchón.

—Sois las mejores. Gracias.

Nash parece aliviado.

—Tengo que ir a quirófano. Gracias por ocuparos.

Se despide y yo me deshago de Laura y le doy una palmadita para finalmente ir a cambiarme.

Una vez que me he duchado a toda prisa, me he cambiado y he cogido el bolso, regreso a la recepción de cirugía cardíaca. Laura y Nash han vuelto al trabajo y Maisie me está esperando. Ah, allí está Grant. Veo cómo trata de esconderse tras el mostrador y una pila de historiales para mirar a hurtadillas una y otra vez a Maisie. ¿Cómo es que ella no se da cuenta? Niego con la cabeza.

Un segundo después, veo a... Mitch.

Mi corazón da un vuelco, se para, vuelve a latir y de nuevo da un vuelco. A cada paso la necesidad de tocarlo y besarlo es mayor. Sobre todo cuando él sigue hablando con Maisie pero me mira a mí. No aparta la vista, sonríe y yo no puedo hacer otra cosa que hacer lo mismo.

Cuando los alcanzo, Maisie me pregunta:

—¿Lista?

—Sí.

—Pasadlo bien —dice Mitch, y por un momento estamos el uno frente al otro sin movernos. A mí me cuesta lo indecible irme y también quedarme. Porque, sea como sea, no puedo acercarme a él.

—Gracias. —Aunque quiero decir: «¿Nos vemos mañana? ¿Cómo estás? ¿Me has echado de menos, Rivera?». Sin embargo, me trago las palabras y me despido de él, de Grant, y me obligo a ponerme en marcha. Maisie me acompaña, aunque a cada paso voy más lenta y aprieto los puños.

Ya no quiero esto. Sin pensar si puede salir mal o si no me lo merezco, me doy la vuelta y corro hacia Mitch.

—Me gustaría... —Me trago el nudo que tengo en la garganta—. Me gustaría estar contigo, Mitch. De verdad y de forma oficial. ¿Vale?

El pánico se apodera de mí, porque al oír mis palabras abre los ojos como platos, pero por otra parte sigue sin reaccionar. Pero entonces tira de mí hacia él y me besa. Llego a oír los vítores de Grant y los gritos de sorpresa de Maisie, eclipsados por los latidos de mi corazón y mi respiración agitada.

El beso de Mitch cambia de lo apasionado a lo tierno y vulnerable antes de que se separe de mí y yo pueda respirar hondo.

—Querida... —murmura sonriendo satisfecho—. Pensaba que nunca me lo pedirías.

Riendo, le doy un puñetazo en el hombro, al que él responde con otro beso.

—Y ahora vete, que si no llegaréis tarde.

—¿Me escribirás cuando termines tu turno?

—Prometido —me contesta, y se detiene para colocarme un mechón tras la oreja—. En un rato tengo por fin mi primera operación de verdad.

Me quedo mirándolo sorprendida.

—No me habías dicho nada.

—Quería esperar hasta que se confirmara.

—Enséñales todo lo que sabes, Rivera —le susurro antes de abrazarlo y volver junto a Maisie, que me observa completamente sorprendida mientras Grant agita pompones imaginarios.

—Ya veo ante mí la nueva edición del *Whitestone News*. A rebosar de cursilerías, amor y drama.

Grant suspira y Mitch finge estrangularlo, mientras yo me río y Maisie se cuelga de mi brazo como una amiga. Es bonito y loco al mismo tiempo.

Nos ponemos en camino hacia el coche de Maisie, estacionado en el aparcamiento que hay debajo del edificio principal. Un pequeño utilitario azul apagado con algunas abolladuras y que ya ha dejado atrás los buenos tiempos. Maisie abre la puerta y entra. Yo también quiero hacerlo, pero no puedo.

—Súbete —me dice, como si yo estuviera esperando educadamente a que me diera su permiso.

—Es lo que estoy intentando —gruño, y tiro con fuerza varias veces de la puerta.

—Ay, mierda, perdona. No acostumbro a llevar a nadie.

Se acerca a mí corriendo, tira unas cuantas veces con fuerza de la manija de la puerta mientras con la cadera ejerce presión contra ella. Poco después se abre, y no puedo entender cómo ha podido hacerlo.

—La puerta a veces se atasca.

Espero que conduzca mejor de lo que el estado del coche sugiere.

—En la ciudad hay mucho tráfico, todo son atascos, mejor vamos por la autovía —dice Maisie, y pone el motor en marcha. Nuestras miradas se cruzan, ella sonríe—. Conque Mitch y tú...

—¡Me alegro mucho de veros! —exclama Jess, deja caer su equipaje y nos da un gran abrazo a Maisie y a mí. Estoy tan agradecida de que la hayamos encontrado deprisa... Odio los aeropuertos. Todo es demasiado grande, demasiado lleno, demasiado ruidoso.

—Me ahogas.

Jess me suelta y sonríe.

—Ay, Sierra. Cómo he echado de menos tu mal humor.

Maisie se ríe tapándose la boca con la mano. Como si siempre estuviera de mal humor, es ridículo. Jess agarra su maleta y nosotras su equipaje de mano.

—Laura me ha escrito diciéndome que veníais a recogerme. Os lo agradezco mucho.

—Ningún problema. ¿Qué tal el vuelo? —pregunta Maisie mientras nos encaminamos hacia la salida. Y añade una decena de preguntas como: «¿Alguna novedad? ¿Qué tal por Europa? ¿Cuánto tiempo te quedas? Vives en Nueva York, ¿verdad? Jane, Sierra y yo nos hemos mudado y compartimos piso, pronto celebraremos una fiesta de inauguración, ¿te apuntas?».

Ambas conversan y se entretienen, y yo disfruto escuchándolas.

Llegamos hasta el coche de Maisie, metemos las maletas en el equipaje y, cuando me quiero subir, Jess me detiene.

—¿Te importa si nos cambiamos de sitio? En el asiento trasero siempre me mareo. —Hace un gesto de ruego.

Yo suspiro.

—Aprovecharé para echar una cabezadita —contesto, y sonrío.

—¡Eres la mejor!

—Repítelo cuando Laura pueda oírte.

Jess se ríe y se sienta en el asiento del copiloto.

Las puertas están cerradas, el motor está en marcha y Maisie sale del aparcamiento. El tráfico es denso, hay muchos coches. Jess nos habla de su estancia en el extranjero, mientras Maisie se altera por cómo conducen algunos. Fuera va oscureciendo y yo me inclino irritada hacia delante para echar una mirada por el parabrisas.

—Hmm, un tiempo extraño... —musita Maisie, y expresa lo que estoy pensando.

Yo vuelvo a sentarme bien, miro por una de las ventanillas laterales y no me puedo creer lo que estoy viendo.

—Mierda.

—¿Qué pasa? —me pregunta Maisie, y Jess se vuelve hacia mí.

—¿Puedes salir de alguna manera de esta carretera? Allí hay una salida, ¿verdad?

—¿Qué es eso? —pregunta Jess, y respira enérgicamente al ver cómo se hace más grande y se acerca.

—Aún falta un poco, cada vez hay más tráfico. Sierra, ¿qué está ocurriendo? ¿Por qué maldecís?

—Una tormenta de arena. —No puedo decir más, y es la primera vez que también oigo maldecir a Maisie en voz alta—. Pásate al carril derecho, hacia fuera. Rápido.

Conozco las tormentas de arena y he vivido algunas en mi propia piel. En general suelen ser poco importantes y pasan rápido. Pero esta es enorme, avanza deprisa y se alza imponente. Ya no deja pasar los rayos solares. En resumen: un gigantesco rodillo de arena se acerca a nosotras y en cualquier momento nos alcanzará. La visión es cada vez peor y pronto nos engullirá una espesa nube de polvo tóxico. A nosotras y a todo Phoenix.

Los dedos de Maisie se agarran al volante con tal fuerza que los nudillos se le ponen blancos, mientras Jess se aferra a su asiento.

Tres.

Dos.

Uno.

Ya estamos dentro. Los primeros coches frenan de golpe, no pueden mantenerse dentro de su carril. Se puede ver el pánico que se ha apoderado de muchas personas ante este fenómeno. O bien porque no lo conocen, o bien porque, a pesar de todo, les da miedo.

Un coche nos roza ligeramente y de pronto nos sorprende una fuerte sacudida desde detrás. Jess grita y yo jadeo cuando noto como nuestro coche es empujado por los carriles a través de esa oscura nube de polvo en la que aquí y allá solo se ve el resplandor de las luces.

Nos detenemos, nuestras respiraciones son audibles y el corazón me late con demasiada fuerza en el pecho.

Jess se desabrocha el cinturón e intenta bajarse, y yo no puedo parar de maldecir.

—¿Qué demonios estás haciendo? —le grito, y me desabrocho para detenerla. Consigo agarrarla por los hombros y la vuelvo a sentar.

—Tengo que salir de aquí. Tenemos que salir de aquí —murmura. Seguramente sufre un ataque de ansiedad. No lo conoce, nunca se ha encontrado en una situación como esta.

—Ponte de nuevo el cinturón, Jess. Vamos.

—Jess —dice Maisie, y oigo su voz temblorosa—. Sierra tiene razón.

Intento atarle el cinturón.

—Aquí dentro estamos más seguras que allá fuera. Si salimos...

Clic. Abrochado. Y antes de que pueda seguir hablando una nueva sacudida me deja sin respiración. Salgo disparada hacia un lado, primero contra el asiento y después contra la puerta. El cristal se rompe y noto un fuerte dolor en la zona lumbar.

—¡Aaah! —grito, y empiezo a temblar. Tengo la cabeza a punto de estallar. Maldita mierda—. ¿Vosotras estáis bien? —Parpadeo y miro hacia delante.

Jess está sentada, llora, pero no contesta.

—¿Maisie? —pregunto, y la oigo respirar. Resuella. Tose. No pinta nada bien.

Con todas mis fuerzas me levanto y me deslizo del asiento hacia delante. Por todas partes hay cosas desperdigadas que han salido volando de nuestros bolsos.

Me inclino un poco más, aunque el dolor lateral apenas me deja pensar con claridad.

Maisie intenta quitarse el cinturón, pero se ha quedado atascado y le falta el aire. No, no, no. Hasta ahora no estaba del todo segura, pero ahora está más que claro.

—¿Dónde tienes el espray del asma? —le pregunto rápidamente.

—Bolso —jadea, y las lágrimas se agolpan en sus ojos, mientras Jess sigue llorando en silencio y se dice a sí misma que todo irá bien.

El bolso. El bolso cuyo contenido se ha desperdigado por debajo de los asientos. No puede ser verdad...

Rebusco por todas partes, gimo, maldigo, toso, mientras el sudor se desliza por mi frente.

¿Dónde está el maldito cacharro? Desde el exterior nos llega demasiado ruido para que pueda soportarlo. O quizá está todo en silencio y solo retumba mi cabeza. No lo sé.

Recojo pañuelos, un móvil, un bálsamo para los labios, un bolígrafo, voy tanteando por debajo de los asientos, pero no encuentro el maldito..., ¡aquí está! Rápidamente agarro el espray y lo saco del espacio entre el asiento del conductor y la puerta para alcanzárselo a Maisie lo más rápido posible. Ella lo presiona, inspira hondo, tose, espira y vuelve a inhalar.

Estoy tan aliviada que me tiembla todo el cuerpo.

—¿Por qué no nos has dicho nada nunca?

Respirando aún con dificultad y agotada, vuelve la cabeza hacia mí.

—Lo siento.

—Todo irá bien. Yo... ¡No!

Se oye un clic, Jess se baja del coche, vacila y yo me deslizo hacia la puerta para bajarme también y detenerla. Eso me cuesta mucho más esfuerzo del esperado. Me duele todo.

—¡Jess! —la llamo, y al momento no puedo evitar toser, pues la arena de la tormenta ha llegado hasta mis pulmones. Me subo la camisa por encima de la nariz y la boca, miro a mi alrededor, pero no veo a Jess.

No. No puede ser. No es posible.

Vuelvo a toser, me retuerzo del dolor y escupo sangre sobre el asfalto polvoriento.

Agradecimientos

Muchísimas gracias. Realmente era lo primero que tenía que decir. La historia de Sierra y Mitch ha exigido de mí lo indecible —la historia de amor, los temas médicos, la parte emocional—, y mi vida cotidiana muchas veces no me ha permitido escribir y ser tan creativa como hubiera deseado. Esta es la razón de que hayáis tenido que esperar más de lo que habría deseado para leer la segunda entrega, y lo siento. Aunque también estoy muy agradecida por vuestro apoyo, vuestra comprensión y vuestra paciencia infinita. No podía tener mejores lectores que vosotros.

Espero que Sierra y Mitch encuentren un hueco en vuestro corazón.

Si tenéis preguntas, observaciones o algo que decirme, no dudéis en escribirme. Me alegraré de cada mensaje vuestro.

Como siempre, muchas personas maravillosas me han ayudado a convertir este libro en lo que es.

Gracias a todo el equipo de LYX y Bastei Lübbe, así como a mis maravillosas editoras, Alexandra Panz y Jil Aimée Bayer. Sin vosotras no lo habría conseguido. Confío en que sigamos insuflando vida a muchas otras historias.

Gracias a mi agente literario, Klaus Gröner (de erzähl:perspektive), que desde hace años está a mi lado y lucha por mis proyectos cuando yo no puedo hacerlo.

Gracias a los mejores amigos y amigas del mundo: Bianca Iosivoni, Anabelle Stehl, Laura Kneidl, Nicole Böhm, Tami Fischer, Alexander Kopainski, Nina Bilinszki, Marie Graßhoff, Klaudia Szabo y Laura Graßhoff. Sois mi familia. En ninguna parte me siento mejor que con vosotros. Gracias.

Gracias a Nicole Böhm, que de nuevo ha realizado una maravillosa y absolutamente genial ilustración para la solapa interior de la edición en alemán. En esta ocasión con Sierra y Mitch. Nadie podía haber trasladado mejor al papel a los personajes y la escena.

Gracias también al personal médico que ha revisado todos los pasajes de manera exhaustiva. Con humor, empatía y conocimiento me habéis ayudado y habéis conseguido que esta historia sea real. A pesar de mis continuas investigaciones, a menudo no tenía ni idea de cómo proceder. Gracias por salvarme. También un enorme agradecimiento al resto de los lectores y las lectoras beta y al Sensivity Reading Team. Sin vosotros todo sería la mitad de bonito y de gracioso. Gracias a Alana, Anna, Anna, Caro, Fenja, Izzy, Janine, Jenny, Katharina, Mandy, Marie, Marina, Mary, Melissa, Miriam, Sarah, Shehla, Sophia, Tabea, Vally y Vivien.

Gracias a mi familia. Y, como siempre, sobre todo a mi marido y a Lotte, que han tenido que aguantarse cuando colocaba las barricadas frente a mi cuarto de trabajo. Os quiero.

Gracias a todas mis maravillosas colegas, que como yo piensan que colaborar es más bonito que competir.

Gracias a todo el público lector, bloguero y librero. ¿Qué sería de mí sin vuestro apoyo? Gracias por vuestra implicación y vuestra pasión. Y por recomendar mis libros.

VUESTRA AVA

Aquí tenéis mi Instagram: @avareed.books
Hashtags: #avareed #whitestonehospital #lyxverlag

Glosario

Alteraciones vegetativas: También denominadas «alteraciones del sistema nervioso autónomo», que regula las funciones corporales como la presión arterial, el pulso, la frecuencia respiratoria y la digestión.

Amnesia retrógrada: Una forma de pérdida de memoria. En este caso el paciente no recuerda (todos) los hechos acontecidos antes del trauma o suceso. A menudo el daño es ligero y la amnesia solo persiste durante unos pocos minutos u horas (en caso de daño leve).

Anestesia: Proceso reversible de pérdida de consciencia con el fin de conseguir la ausencia de respuestas al estímulo quirúrgico o de diagnóstico. Se diferencia entre la anestesia general o total y la anestesia local.

Anestesista: Profesional de la medicina especialista en anestesiología. Acompaña y supervisa a los pacientes durante el proceso anestésico.

Angiografía por resonancia magnética: Mediante la

angiografía se ven los tejidos sin necesidad de hacer radiografías. Es un tipo de resonancia magnética más respetuoso y menos preciso que el habitual.

Antibióticos intravenosos: Medicamentos que se suministran mediante un catéter (entrada) directamente en la vena.

Arritmia cardíaca: Se produce cuando el corazón late demasiado rápido, lento o irregularmente.

Arteria pulmonar: También conocida como «tronco pulmonar» *(arteria pulmonalis)*. Las arterias pulmonares derecha e izquierda transportan la sangre oxigenada desde el corazón a los pulmones.

Asistolia: Cese total de la actividad cardíaca eléctrica y mecánica (línea plana), generalmente precedida por una fibrilación ventricular. Puede provocar la muerte en cuestión de pocos minutos.

Ataque epiléptico: Se produce a raíz de una anomalía en el cerebro, donde se cargan demasiadas células nerviosas y se emiten demasiadas señales. La enfermedad en sí misma se conoce como epilepsia.

Capacidades neurocognitivas: Habilidades cerebrales relacionadas con la percepción, el pensamiento y la cognición. Aquí se incluyen, entre otras, el habla, la atención, la orientación, la memoria, la planificación, la creatividad y el aprendizaje.

Carcinoma pancreático: Cáncer de páncreas.

Cardiología: El estudio del corazón, una rama de la medicina interna.

Casaca: Ropa de servicio (parte superior) que utilizan, entre otros, el personal de enfermería y el personal médico.

Cirugía: Rama de la medicina que se ocupa del diagnóstico, el tratamiento quirúrgico y la rehabilitación de enfermedades y lesiones. Se distinguen ocho especialidades diferentes: cirugía general, cirugía vascular, traumatología, ortopedia, cirugía torácica, cirugía visceral, cirugía plástica y cirugía cardíaca.

Cirugía torácica: Especialidad quirúrgica que se encarga del tratamiento de enfermedades, lesiones y deficiencias en el área torácica.

Cólico: O dolor abdominal. Así se denominan la mayoría de las veces los dolores no continuos, durante los cuales los músculos se contraen sin previo aviso por oleadas.

Collarín: Collar cervical. Se coloca en el cuello con el fin de evitar lesiones en esta zona o que estas empeoren.

Contraindicación de fibrinólisis: La razón o el estado por el cual una medida, en este caso una fibrinólisis (eliminación de un coágulo de sangre en un tejido mediante medicación), no debe o no puede ser realizada.

Contusión cardíaca: Se refiere a un traumatismo sordo, una herida sorda del corazón. En la mayoría de los casos se produce por un golpe fuerte en un accidente de automóvil o una caída desde una gran altura.

Contusión pulmonar: Complicación derivada de un traumatismo torácico.

Desfibrilador: Aparato médico que con la ayuda de descargas eléctricas puede terminar con las arritmias cardíacas o la fibrilación ventricular. No tiene efecto sobre la asistolia.

Diagnóstico: Todas las medidas que conducen a identificar y nombrar una enfermedad, así como su resultado.

Disnea: También denominada «dificultad respiratoria aguda». Puede provocar miedo a la asfixia o a la muerte. Las causas tanto de la dificultad respiratoria aguda como de la crónica pueden ser, entre otras, el asma, la neumonía, los tumores, un infarto, la hiperventilación o un trastorno de ansiedad.

Drenaje torácico: Método de eliminación de sangre u otros líquidos que puedan haberse almacenado en el tórax con ayuda de un tubo o catéter.

ECG: Abreviatura del resultado del electrocardiograma, aunque también puede referirse al propio procedimiento. El ECG representa gráficamente los procesos eléctricos de la musculatura cardíaca.

Ecocardiografía: Examen ecográfico del corazón.

Ecografía Doppler transcraneal: Radiografía especial no invasiva.

Ecografía FAST: Siglas de «Focused Assessment with Sonography for Trauma». Se trata de una ultrasonografía traumática que se realiza sobre todo durante los primeros auxilios de pacientes con politraumatismo (cuando existen una o más heridas que pueden provocar la muerte).

Edema pulmonar: Se refiere a la acumulación de agua en los pulmones. En la mayoría de los casos están provocados por enfermedades cardíacas.

Edema pulmonar tóxico: Ver «edema pulmonar». Que sea tóxico implica que es causado por humo o gases venenosos.

Embolia pulmonar: Estrechamiento de una arteria pulmonar o de una arteria bronquial por un coágulo de sangre o algo similar. Una embolia pulmonar fulminante es una complicación con peligro de muerte por una trombosis de las venas que impide que se bombee sangre al ventrículo derecho del corazón.

Endocarditis: Inflamación del endocardio.

Enfermedad coronaria: O «de las arterias coronarias». Las grandes arterias (arterias coronarias o vasos coronarios), que proporcionan oxígeno a la musculatura cardíaca, se estrechan o calcifican.

Esternotomía: Una esternotomía mediana suele ser la forma más común de acceder al corazón durante una intervención.

Etilefrina: Agente vasopresor mimetizador del sistema simpático. Medicamento que refuerza la acción del sistema nervioso autónomo.

Fibrilación ventricular: Alteración del ritmo cardíaco que puede provocar la muerte.

Fractura de clavícula: Rotura de la clavícula.

GA: Gasometría arterial.

Hematoma: Acumulación de sangre.

Hematoma intracraneal: Sangrado venoso o arterial dentro del cráneo (hemorragia cerebral).

Hematuria: Presencia de glóbulos rojos en la orina. Sirve de indicador de alerta.

Hemotórax: Acumulación de sangre en el tórax.

Hipertensión arterial: La hipertensión arterial o «presión arterial alta» es una enfermedad que se origina en el corazón o los vasos sanguíneos, por lo que se considera una enfermedad cardiovascular.

Ictus: En las hemorragias cerebrales se diferencia entre hematoma subdural, epidural e intracerebral. Subdural = sangrado entre la duramadre y el cerebro, epidural = sangrado entre el hueso y la duramadre, intracerebral = sangrado en el tejido cerebral.

Íleo: Obstrucción intestinal.

Insuficiencia anastomótica: Una posible complicación postoperatoria. Se produce cuando la conexión entre dos estructuras anatómicas (la conexión artificial durante la operación de vasos sanguíneos, órganos huecos o nervios) no es óptima o se rompe.

Insuficiencia cardíaca: El corazón no consigue bombear al cuerpo la cantidad suficiente de sangre y oxígeno.

Intraoperatorio: Durante una operación.

IRM: Imagen por resonancia magnética o tomografía por resonancia magnética. Es un procedimiento diagnóstico para la generación de imágenes que muestran cortes en sección del cuerpo. A diferencia de la tomografía axial computarizada (TAC), no se utilizan rayos X.

Lorazepam: Medicamento que actúa contra el miedo, como relajante muscular y contra los espasmos.

Máquina corazón-pulmón: De forma abreviada, MCP. Aparato médico que durante un determinado tiempo puede ejercer las funciones de los pulmones y el corazón.

Mediastino: La parte central del tronco, limitada por el esternón, la columna vertebral (por detrás), el cuello (por arriba) y el diafragma (por abajo). En esta zona se encuentran, entre otros, el corazón, el esófago y los pulmones.

Medicina interna: A los médicos de esta especialidad (que se encarga de la estructura, la función y las enfermedades de los sistemas de órganos) se los llama «internistas».

Metástasis: Células cancerosas que se han desprendido del tumor primario.

Miserere: Cólico durante la oclusión del intestino.

Neumonía: Inflamación de los pulmones (aguda o crónica).

Neumotórax: Aire que se concentra entre los pulmones y la pared torácica.

Neurología: La enseñanza y ciencia del sistema nervioso y de sus enfermedades, así como de las posibilidades de su tratamiento.

Nistagmo: Afección en la que los ojos se mueven de forma rápida e incontrolada.

Parámetros de infección: Todos los valores de laboratorio que pueden indicar una infección.

Parámetros vitales: Medición de las funciones corporales más importantes, como la frecuencia cardíaca y respiratoria, la temperatura corporal y la presión arterial.

Poco invasiva: Tanto como sea necesario y tan poco como sea posible. Durante la intervención, la herida y la zona de corte deben ser lo más pequeñas posibles.

Postoperatorio: Algo que ocurre después de una operación o como consecuencia de esta.

Presión arterial: Presión sanguínea del sistema circulatorio que puede medirse fácilmente en las arterias (vasos sanguíneos que transportan la sangre desde el corazón).

Priapismo: Erección permanente sin que el hombre esté sexualmente excitado ni tenga deseo sexual.

Proteinuria: Presencia de proteína en la orina. Puede indicar una insuficiencia renal o un daño en los corpúsculos renales debido a diferentes enfermedades en las que los riñones están implicados.

Quemaduras (categorías): Según la profundidad del tejido dañado, las quemaduras se clasifican en cuatro grados. Grado I: Dolor, enrojecimiento, hinchazón, capa externa de la piel (quemadura solar). Grado II

(IIA): Dolor, enrojecimiento, ampollas, epidermis y parte de la dermis, sin formación de cicatrices. Grado II (IIB): Apenas dolor, enrojecimiento, ampollas, afectadas capas profundas de la dermis, sanación con cicatrices. Grado III: Ausencia de dolor, piel muerta, piel acartonada negra, blanca o gris, no es posible la sanación espontánea, en caso necesario se realiza un trasplante de piel, formación de cicatrices. Grado IV: Carbonizado, se ven afectados músculos, grasa y huesos.

Quimioterapia: Tratamiento médico de tumores malignos. Es una parte importante del tratamiento del cáncer. Las sustancias químicas que se le suministran al cuerpo deben atacar a las células cancerígenas, reducirlas y, en el mejor de los casos, destruirlas. Durante el tratamiento, el cuerpo se debilita sobremanera.

Reanimación cardiopulmonar: Se lleva a cabo treinta veces el masaje cardíaco y dos veces la respiración asistida, de forma alterna, como medio de reanimación. El masaje cardíaco siempre tiene prioridad. En las directrices se recomienda, en caso de no saber bien cómo realizarla, solo presionar.

Reflejo del tendón de Aquiles: Acto reflejo que sirve para comprobar el estado de los nervios. Para ello se golpea suavemente con un martillo de reflejo en el talón de Aquiles por encima del hueso del talón para conseguir en un paciente sano una respuesta refleja directa (contracción de los músculos flexores; la pierna reacciona de forma refleja a este golpe).

Reflejo rotuliano: Un acto reflejo como el del tendón de Aquiles, que provoca, tras un golpe sobre la rótula, una contracción de la musculatura.

Sala de reanimación: También llamada «sala de choque», es una sala de tratamiento especial que se encuentra en urgencias. En ella se asiste en primera instancia a los heridos graves y con politraumatismos.

Saturación de oxígeno: Muestra qué carga de oxígeno tiene la hemoglobina (complejo proteínico que capta el oxígeno y lo transporta como hemoglobina hasta los glóbulos rojos en la circulación sanguínea).

Separador: Un separador quirúrgico en la esternotomía mantiene ambas mitades del esternón abiertas.

Signos vitales: Así se denominan las funciones vitales perceptibles exteriormente, como la presión arterial, el pulso y la respiración.

Sonografía: Ecografía (imagen por ultrasonidos).

***Stent*:** Malla extensible que se implanta para mantener abiertos vasos sanguíneos o cavidades.

TAC: Abreviatura de tomografía axial computarizada. Un método radiográfico en el que, a diferencia de las radiografías convencionales, se reconstruyen imágenes de sección del cuerpo para, por ejemplo, evaluar mejor los órganos y el tejido enfermo (en términos de forma y posición).

Tono muscular: Estado de tensión de un músculo.

Tratamiento inicial: Se refiere al primer y principal tratamiento tras el diagnóstico.

Traumatismo craneoencefálico: El TCE (también llamado «TEC», traumatismo encefalocraneano, o «EEC», embolia encefalocraneal) es la lesión interna o externa del encéfalo con afectación cerebral. Suele causarlo una fuerza externa aplicada sobre la cabeza (golpe, impacto o caída), que también lesiona el cerebro.

Traumatismo torácico: Lesión de la caja torácica (tórax) y de los órganos que se encuentran en esta, como los pulmones y el corazón.

Trombectomía pulmonar: Ver «embolia pulmonar». Si no es posible una intervención menos invasiva, se realiza una trombectomía de la arteria pulmonar (con ayuda de la máquina corazón-pulmón). Cuando se trata de una embolia pulmonar aguda o fulminante, entonces se abre la caja torácica, se enchufa la máquina corazón-pulmón y se procede a retirar el material trombótico.

Trombo: O «material trombótico». Posible causante de una obstrucción.

Trombosis: Obstrucción de un vaso sanguíneo provocada por un coágulo.

Tumor: Puede ser tanto benigno como maligno. El tumor hace referencia al crecimiento de un tejido, independientemente de su causa.

Vasos coronarios: Vasos sanguíneos que se encuentran directamente en el corazón y que suministran oxígeno y nutrientes al tejido muscular de este.